POSTHUMANITIES

# ポストヒューマニティーズ

## 伊藤計劃以後のSF


限界研［編］

飯田一史
海老原豊
岡和田晃
小森健太朗
シノハラユウキ
蔓葉信博
藤井義允
藤田直哉
山川賢一
渡邉大輔



南雲堂

ポストヒューマニティーズ　目次

# ポストヒューマニティーズ——伊藤計劃以後のSF

# 序論　日本的ポストヒューマンの時代

限界研・藤田直哉

日本SFが活況を呈している。

「日本SFの夏」とも呼ばれるこのSFの活況とは、基本的にはSFというジャンルを冠されるSF小説の出版点数の拡大と、質の変化・向上のことである。

かつて笠井潔は、狭義のSFジャンル以外の場所にSF的なものが拡散し、SFというジャンル名が有名無実化していく時代の中で、〈SF（的なもの）は勝利した〉が〈SF小説は敗北した〉と総括した。

しかし現在は、そのような時代を経て、なおもう一度、SFというジャンルそのもののコアになる小説作品に活気が戻ってきている。大森望は「つまり、〈SF「のような」小説の繁栄〉が続く一方、日本のSF小説はジャンル的に復興し、どうにか持ちこたえている、出版界の現況に鑑みれば、日本SFはじゅうぶん健闘していると言えるのではないか」と、「SFマガジン」二〇一一年七月号「伊藤計劃以後」特集にて現状分析を行っている（「二〇一〇年代の日本SFに向けて」）。

「日本ＳＦの夏」とは、「ＳＦマガジン」二〇一二年十一月号の特集タイトルであり、実質上、これが「日本ＳＦの夏」宣言であると考えても良いだろう。それは、九〇年代に狭義のジャンルＳＦや、ＳＦと冠されて出版されるＳＦ小説が減っていたことを指し、「ＳＦの冬」と呼ばれていた状況に対して、現在が、コアなＳＦ小説の活況にあることを示している。

本論集は、そのような「活況」にあるＳＦ作品を検討することで、現代ＳＦとは何かを探究する論文集である。

その結果、ある二つの答が得られる。第一に、現代ＳＦ作品の特質とは何か。第二に、それが広範な読者を獲得したのは何故かということである。

作品に内在している質が読者を獲得し、読者は自身が生きている環境によって、ある種の作品への共感を高める。ＳＦの質を分析することが同時に読者の生きている現実への分析となるはずである。あくまでも文化研究であるので、社会や世界がそのまま理解できるということではない。どのような主題や内容に現在の読者が興味を持っており、ＳＦというジャンルの中でそれがどのように育っているのかを通じた、間接的な理解である。だが、間接的とは言え、その理解には、ＳＦ読者ならずとも、価値があるはずである。

現代日本ＳＦの特質とは何か。

それは、〈日本的ポストヒューマン〉であるというのが、それぞれの論考と共同研究を通じて得たわれわれの答えである。

〈日本的ポストヒューマン〉とはわれわれの造語であるので、説明をしなくてはならない。

本来のポストヒューマンとは、チャールズ・ストロスの『アッチェレランド』などに描かれるような、技術的特異点を超えてしまい、現在の人間では想像もつかないようになってしまった人間のことを指すSF用語である。

現代日本のSFにおいて中心的な主題になっているのは、日本的な形で変奏されるポストヒューマンである。

以下、英米での〈ポストヒューマン〉と、本書で用いる〈日本的ポストヒューマン〉の違いを、読者への便宜のために、極端に単純化して提示する。


〈ポストヒューマン〉
・「特異点」を超えた人間が死を喪失するなど、多幸感に満ちている場合が多い。
・人間を広義の情報と捉え、魂＝情報として描く傾向がある。
・キリスト教の思想がバックボーンにある（千年王国主義や復活の思想の影響）。
・アーサー・C・クラーク『幼年期の終わり』『都市と星』の影響が大きい。

〈日本的ポストヒューマン〉
・特異点に向かって無限発展していくというようなタイプの多幸感や、魂をコピーして永遠に生きたり復活するというものは少ない。
・ＳＮＳやコミュニケーション、「空気」の中に溶け込んで融解、あるいは接続していくような主体を描く傾向がある。

・欧米と違い、キャラクター文化が異様に強いので、自身とキャラクターとの関係性を融解させがちである（仏教やアニミズムの影響か？）。

・小松左京『果しなき流れの果に』「神への長い道」『虚無回廊』の影響が大きい。

〈日本的ポストヒューマン〉は手塚治虫「火の鳥」の21世紀版としてイメージしていただいても良いかもしれない。ただし、「火の鳥」が未来や宇宙や時間に重点を置いていたのに対して、われわれの論じる〈日本的ポストヒューマン〉は、キャラクターや情報環境に重点が置かれているという違いがある。

この〈日本的ポストヒューマン〉こそが、現代SFで中心的な主題になっている。そして、現代の読者は、この〈日本的ポストヒューマン〉にリアリティを強く感じる生を生きている。

これが、本論集全体の結論である。

このような〈日本的ポストヒューマン〉は、伊藤計劃が『ハーモニー』で描いた、意識のない「生府」に生きる主体がひとつのモデルとなる。ネットワーク接続され、空気に瀰漫《びまん》するかのように、「意識」を消失させていく主体のリアリティこそが、伊藤計劃が時代を画する存在となった主要な理由である。そして、伊藤計劃以後に生じている「日本SFの夏」とは、この〈日本的ポストヒューマン〉という主題系を巡っているのではないかというのが、本論集の結論である。

〈日本的ポストヒューマン〉は、日本が他の国と違ってキャラクター文化がとても強いので、キャラクター論に対するSF的アプローチのような側面がある。日本特有の文化環境によって自己とキャラクターとの関係が密接に感じるようになってしまったり、日本特有のコミュニケーション作法と情報環境によって自己の輪郭が融解して「つながる」ものになってしまうような、そんな国の読者が共感する〈ポストヒューマン〉像こそが〈日本的ポストヒューマン〉である。

日本的な文脈で咀嚼された〈ポストヒューマン〉的なリアリティと、脳科学やロボット学などの成果を用いたハードSF的な思考の融合。これこそが、現代日本SFで起こっていることであり、それこそが「日本SFの夏」を導いた最も重要な主題的な理由である。

例えば、現代日本SFでは以下の主題が数多く扱われている。「人間」「意識」「身体」「情報」「コミュニケーション」「生命」「AI」。これらは、全て、〈日本的ポストヒューマン〉とも言うべき主題の周囲を巡っている。これらの主題を並べ、その焦点を探るならば、そこには〈日本的ポストヒューマン〉とでも呼ぶしかないものへの探求と思索が見出せる。

よって、現代SFを理解することは、「われわれ」が何であり、何になろうとしているのか、その手探りの最先端を知ることになるだろう。

本書は二部構成になっている。

第一部「日本的ポストヒューマンの諸相」では、現代日本SFのコアである、〈日本的ポストヒューマン〉を主題とする論考を展開する。

伊藤計劃、円城塔、飛浩隆、瀬名秀明、長谷敏司、宮内悠介、神林長平、野尻抱介ら、現代日本SF小説の中核の作家たちがここでは扱われる。

巻頭を飾る岡和田晃「『伊藤計劃以後』と『継承』の問題――宮内悠介『ヨハネスブルグの天使たち』を中心に」は、「日本SFの夏」最大の立役者である伊藤計劃を論じ、「伊藤計劃以後」とは何かを明らかにする論考である。岡和田晃は、伊藤計劃を「二一世紀の実存」の作家として捉えてきた。その彼が「伊藤計劃以後」の作家として挙げるのが、宮内悠介である。「伊藤計劃」のコアをその政治性と解釈し、それを意識的に継承している作家として宮内を論じる背景には、ゼロ年代のオタク系作品が「政治性」を脱落させがちであったことへの強い批判意識がある。本論は、本書が論述対象の前提としている「伊藤計劃以後」という状況を解釈し、批判し、その先を提示しようとする情熱的な論考である。

海老原豊「カオスの縁を漂う言語SF　ポストヒューマン／ヒューマニティーズを記述する」は、日本SFでは長い歴史を持ちながら、一般の人々のSFイメージからは脱落しがちであった言語SFを系統立てて評論する試みである。神林長平、伊藤計劃、飛浩隆、長谷敏司らの作品を見ながら、言語SFがどのような構造変動を遂げたのかを検討する。サピア＝ウォーフの、言語が世界を構築するという仮説を基にしたSFが流行していた時代は終わり、「二層構造モデル」になったと分析してみせる。そのような言語理解の変化が、人間そのものや、人文学（ヒューマニティーズ）を更新しうるものなのではないかと野心的に提案する。

シノハラユウキ「人間から亜人へと捧ぐ言葉とは何か――瀬名秀明『希望』論」は、瀬名秀明の難解な力作である「希望」の読解を、瀬名自身のロボット学や「エンパシー」「シンパシー」の議論、さらには漫画研究者・伊藤剛のキャラクター論や、AI、フィクション論などを接合し、援用し、読解しようとする試みである。ロボットやAI、キャラクターなど、人間に準じる存在を「亜人」と定義し、それを読解／理解しようとして彼が用いる理論装置の多様性は、〈日本的ポストヒューマン〉がどのような関心を持たれているものなのかを、明瞭に示している。難解になったと言われることもある瀬名作品が、一体何をどのようにして描こうとしているのかを明らかにした本論文は、瀬名秀明論として非常に魅力的、かつスリリングである。

藤井義允「肉体と機械の言葉――円城塔と石原慎太郎、二人の文学の交点――」は、現代日本における、純文学・ＳＦ・エンターテインメントを股に掛けて活躍する最重要作家の一人、円城塔作品を丁寧に読み込み、その意義を明らかにする論考である。ある意味で評者を化かすかのような円城作品を読解するにあたって、円城塔が芥川賞を受賞した際の石原慎太郎発言を引用し、石原の文学観と比較する形で円城の性質を浮き彫りにする。二人の違いは「言葉」に対する態度・認識の違いであり、それを用いて行おうとすることの違いである。ひいては、それは人間観の違いでもある。円城塔という作家が新しく現れることで更新されようとしているものが何なのか、本論でその一端が明らかになるだろう。

藤田直哉「新世紀ゾンビ論　あるいはHalf-Life（半減期）」は、現代ＳＦやサブカルチャー作品の中に大量に現れるようになったゾンビ作品を論じ、メディアの変容によって人間自身の自己理解のモデルに変化が起こったのではないかと提案する。映画、ゲーム、アニメ、マンガ、小説などを行き来しながら「新世紀ゾンビ」の特色と、それを巡るテーマ系の変遷を辿ることで、「ゾンビ」モデルの自己理解がなぜ発生するようになったのかを探る。藤田の観点からすれば、ゾンビとは、朽ちるインフラのようなリアリティを前提とした、多幸感のない〈ポストヒューマン〉なのである。

第二部「浸透と拡散、その後」では、別のジャンルにまで拡散した〈SF（的なもの）〉の現在を検討するために、「エヴァンゲリヲン新劇場版」「魔法少女　まどか☆マギカ」などのアニメ、「STEINS;GATE」などのゲームや、SF映画、さらにはベストセラーを出し続けているがSFファンあるいは評論からは死角になっている「ネット小説」というジャンルに対する論考が収められている。

第二部での議論は、第一部で主題にする〈日本的ポストヒューマン〉に関する議論と、密接に結びついたものである。

なぜなら、様々な文化的生産物をも「ソフトウェア」と看做し、そのようなソフトウェアと自己とを融解させる性質を〈日本的ポストヒューマン〉は持っているからである。たとえば、アニメに由来するコミュニケーションや人間理解を現実に輸入するという形でそれらは相互作用を持つ。われわれ自身が、メディアやコンテンツを享受することによって、それらとのサイボーグになっているかのように自己理解が行われることこそが、〈日本的ポストヒューマン〉の特徴である。だから、第二部と第一部の分析は、循環している。他メディアに「浸透と拡散」したSF的なものが、新たにSFの対象とすべき「環境」と化した中での生を扱うのが〈日本的ポストヒューマン〉である。

山川賢一「アンフェアな世界――『ナウシカ』の系譜について」は、ゼロ年代に広範にヒットしたアニメ作品、「エヴァンゲリヲン新劇場版」「魔法少女　まどか☆マギカ」「輪るピングドラム」などに共通する要素を取り出し、分析する。共通している物語構造としては、希望や行動が絶望に裏返る、という点である。そのような作品に影響を与えたであろう作品として、山川は「風の谷のナウシカ」を挙げる。ナウシカにおける「業が業を生み、悲しみが悲しみを作る輪から抜け出せない」という世界観の背景には、「科学」や「合理性」への強い懐疑心があったのだ。本論は、このような宿命感、挫折感を描くアニメが何故現代の日本で広範な影響力を持ったのかに対するひとつの回答である。

小森健太朗「虚構内キャラクターの死と存在――複岐する無数の可能世界でいかに死を与えるか」は九〇年代後半から現在にかけて、美少女ゲーム、アニメで流行した重要なテーマである「ループ」ものに対して、網羅的かつ新しい視座からの解釈を投げかける論考である。「AIR」「Ever17」「ひぐらしのなく頃に」「STEINS;GATE」さらには「魔法少女　まどか☆マギカ」までもが俎上に挙げられ、「可能世界」と「死」という問題を巡り、現象学やウスペンスキー哲学が理論的装置として使われ、「ループ」ものに新たな解釈を与える。「可能世界」や「ループ」感覚の生もまた、〈日本的ポストヒューマン〉の一形態である。

渡邉大輔「SF的想像力と映画の未来――SF・映画・テクノロジー」は、映画史の構造変動の中でSFがどのような意義を果たし、今では主流と化したのかを史的に辿る論考である。古典映画から、リドリー・スコット、スティーヴン・スピルバーグ、クリストファー・ノーランなどを通観し、SF映画なるものがSFとどう関係してきて、どう変容してきたのか。そしてそれが、「映像」の撮影や公開が手軽にできるような監視社会・情報社会における感性にどう接続されるのかを問う論考である。

蔓葉信博「科学幻視――新世紀の本格SFミステリ論」は、本格SFミステリを系統立てて整理し、「本格SFミステリの五大要素」を提出する。21世紀の本格ミステリは、時にSFと区別がつきにくくなっている部分があった。島田荘司の提唱する「21世紀本格」は、脳科学などを取り入れるものであった。また、脱格系などと呼ばれる清涼院流水、舞城王太郎の作品もかなりSFに近い。SFの側からも、第一回日本SF新人賞の受賞作に三雲岳斗『M．G．H．楽園の鏡像』というSFミステリ作品を選ぶなどの動きがあった。SF、ミステリ、その両者の側から、現在大きなジャンルになろうとしている「本格SFミステリ」を本格的に論じた、ひとつのメルクマールともなるべき論考である。

末尾を飾る飯田一史「ネット小説論――あたらしいファンタジーとしての、あたらしいメディアとしての」は、ネットそれ自体に発表される「ネット小説」の潮流を紹介し、評論し、未来への展望を拓こうとする野心的論考である。書籍化され、数万から数百万部売れているという影響力の割に、批評的には無視されがちであった「ネット小説」の可能性を本論では提示する。「情報環境の影響を反映したSF小説」だけでは死角になってしまう、「情報環境それ自体の中にある小説」に、未来の小説の可能性を見出す本論は、読者そのものの文化享受のモードの変容をも示唆しており、未来における文化のあり方に対して様々な示唆や提案を行っている。エスタブリッシュメントではなく、開拓されたばかりだからこそ存在する野坊主さや、クズばかりであることをも厭わないことで内容面でも商業面でも自由ができるという「ネット小説」のあり方は、初期のSFが持っていたエネルギーに似たところがあるのかもしれない。

〈日本的ポストヒューマン〉という概念が生まれたり、「浸透と拡散」現象が起こるのは、SFの持っている共通の特性に由来する。

すなわち、それ自身が「境界」であり、カオス的な揺らぎであるという特質である。

例えば、ＳＦは、科学なのか文学なのか。荒唐無稽でジャンクなカウンターカルチャーなのか、高級で難解な純文学なのか。固定した定義を持つのか、そうではないのか。それらの「揺らぎ」の中にあること、境界そのものであるという特性を、ＳＦは持っている。

そうであるがゆえに、ＳＦとは、読者に、自分自身と、〈人間〉ではないものの境界を曖昧に感じさせる性質を持ち、そのことが〈日本的ポストヒューマン〉という主題として、本格ＳＦ小説に再び現れているのである。

そのような作品が広範な読者を得ているという事実は、人間や様々な定義などが崩れ始めている、あるいは境界が揺らぎ始めているという社会状況の中に生きていることを示唆している。そしてその中には、来るべき未来の萌芽が先駆的・兆候的に現れている。

本論集が、ＳＦファンの方々に届き、議論して欲しいのはもちろんであるが、それ以外の一般の読者の皆様にも届いてくれたらと切に願う。ＳＦで起きていることは、現代社会で起こっていることの極端な戯画化である。ＳＦと、ＳＦ評論を読むことによって、現代についての示唆や新しい理解のモデルを得ていただけると、心から信じている。

# 第一部

# 日本的ポストヒューマンの諸相

# 「伊藤計劃以後」と「継承」の問題――宮内悠介『ヨハネスブルグの天使たち』を中心に

岡和田晃

When there's no future　How can there be sin　――Sex Pistols

## 1、『屍者の帝国』――「伊藤計劃バブル」を呑み込んで

伊藤計劃の遺稿を引き継いで円城塔が完成させた『屍者の帝国』（二〇一二年）が、第三十三回日本SF大賞特別賞を受賞した。これをもって「Project Itoh」は、一つの完成を見たと言ってよいだろう。そもそも『これはペンです』（二〇一一年）や『道化師の蝶』（二〇一二年）といった、「難解」で知られた円城の作風からするとあまりにも平易に読めてしまう作品群は、ペンネームにあやかり「小説（を書く）機械」として自らを位置づけてきた円城らしからぬ――何としてでも芥川賞を獲ろうという――異様な熱気を感じさせるものだった。そして実際に『道化師の蝶』が芥川賞を受賞した、その記者会見の席で『屍者の帝国』の「継承」を明かすことで、円城は『屍者の帝国』に、日本語で書かれたテクストが甘受しうるもっとも華やかな舞台を与えるという粋な演出をやってのけたのだ。

芥川賞の受賞会見で存在が明かされ、受賞後第一作として刊行された『屍者の帝国』は、周知のと

おり、伊藤の遺したわずかな材料、すなわち四百字詰め原稿用紙三十枚の原稿とA4用紙で二枚のプロットをもとに、三カ年の歳月を費やして書き上げられたものだった。没後四年が経過し、伊藤計劃の名はSFというジャンルの枠組みを越え、社会に広く浸透を見せてきたが、円城塔は、巨大化した「伊藤計劃」という固有名に向き合い、その遺志をいかに「継承」可能か、最高の実例を示してくれたと言うことができる。伊藤計劃の作品について持続的に論じてきた筆者は、『屍者の帝国』を、伊藤計劃が強い影響を受けたブルース・スターリングやウンベルト・エーコであっても、ここまで完成度の高い原稿には仕上げられなかったろうと評したことがあるが[1]、それは裏方に徹することで、円城が、自己の立場を媒介項《メディア》として徹底させ、テクストのダイナミズムを最大限に引き出すことを選んだ姿勢に感服しての謂いだった。

《死》によって途絶していた一つのテクストが、「合作」によって見事に再生して成功を収めたということは、「SF冬の時代」と「近代文学の終り」（柄谷行人）を経たうえで、SFが、そして文学が新たなフェーズへ移行しうるという、またとない希望なのかもしれない。実際、『屍者の帝国』は、SF・ミステリ・ホラーといったジャンル・フィクションの淵源に遡行し、十九世紀文学の到達点として称揚される『カラマーゾフの兄弟』（一八八〇年）をも内に取り込むという離れ業をなすことで、強く「継承」の意志を有したテクストだった。

しかし、テクスト単体の価値のほかに、『屍者の帝国』の成功には、没後、急速に巻き起こった「伊藤計劃バブル」が多大な貢献をなしていたことは間違いない。演出された状況としての「伊藤計

（1）岡和田晃「『屍者の帝国』クロスレビュウ　新たな時代の『世界文学』」「SFマガジン」二〇一二年一一月号、四二頁、早川書房。

劃バブル」。つまり夭折した作家を盛大なブロックバスターとして「殿堂入り」させてしまおうという欲望のダイナミズムがそこに強く働いていたということだ。「Project Itoh」は資本主義的な欲望の拡大・再生産のメカニズムに吸収されてしまったと、シニカルな者は告げるかもしれない。だが、そうした理解は重大な過ちを孕んでいる。伊藤計劃が作中で描いたカタストロフは、資本主義が私たちの《生》をまるごと呑み込んでしまう、そのような状況の延長線上にあるものだからだ。だから伊藤計劃のテクストがベストセラーになるのは、皮肉にも状況がもたらした必然である。そして、完成した『屍者の帝国』は、「伊藤計劃バブル」の功罪をも内に抱え込んでいる。そう遠くない未来に『屍者の帝国』は英訳され、世界へ発信されるに違いない。その時、内に秘められた「伊藤計劃バブル」の痛みはいかなるインパクトをもたらすのだろうか。

　かつて筆者は、伊藤計劃の第一長編『虐殺器官』（二〇〇七年）を論じた際に、『虐殺器官』を読み終えた者が言葉を失うのは、矛盾に満ちた世界を前にアイロニストとしての振る舞いを余儀なくされながら、なおも自分たちが置かれた《生》の様態を正しく認識できずにいることを、自覚させられたからだと指摘したことがある。[2] つまり、伊藤計劃を読む者は、それとは知らず「不在の連帯」とも言うべき共同体を形成してしまう。この「不在の連帯」は高度資本主義の産物たる「伊藤計劃バブル」を駆動させた主軸であろうが、そこで共有されている《生》は、まさしく高度資本主義が露わにした「剝き出しの生」（アガンベン）にほかならない。私たちは皆、その生死が、確率論的に決定される地平

（2）岡和田晃「「世界内戦」とわずかな希望――伊藤計劃『虐殺器官』へ向き合うために」「ＳＦマガジン」二〇一〇年五月号、二三〇―二五九頁、早川書房。

に生きている。ほかならぬ３・11東日本大震災と、それに伴う福島第一原発事故の衝撃が、改めて人々をそうした事実に直面させた。自然災害である震災にイデオロギーの介在する余地はないが、付随して起こった未曾有の原発事故は、原子力という技術体系が人間の管理能力の限界を遥かに逸脱したものだったことを明るみに出したのである。哲学者の國分功一郎は、ハイデガーの「落ち着き（Gelassenheit）」という概念を説明しながら、技術を用いることには「諾」と言い、技術が人間を支配することには「否」と言う、そうした「諾」と「否」を同時に行なうことの意義を思考する重要性を説いた（「〈原子力の時代〉の哲学」(3)）。伊藤計劃のテクストを通じてこうした「落ち着き」を考えることは、「ＳＦに何ができるか」（ジュディス・メリル）という大文字の問いへと、私たちを絶えず引き戻してゆく。

「ＳＦに何ができるか」――それは伊藤計劃その人の生涯を賭した問いでもあった。その問いこそが「伊藤計劃バブル」を超えた可能性の地平を提示しうる。本稿では、「ＳＦに何ができるか」という問いに直接答えることはできないものの、「ＳＦマガジン」二〇一一年七月号の特集タイトルともなった「伊藤計劃以後」というパラダイムをあえて採用し、伊藤計劃の遺した可能性について考えたい。「特集　伊藤計劃以後」は、それまでの「ＳＦマガジン」とは異なり、批評を中心とした紙面構成をとっていた。そこからは、何よりも伊藤計劃が読者の批評精神を刺激した存在だったことがよくわかる。だが同号では「伊藤計劃以後」とは具体的に何であるのか、明確な定義はなされていない。代わりに強調されたのは、３・11後の「いま、ここ」とダイレクトに結びつくものとして、小松左京賞や

---

（3）國分功一郎「〈原子力の時代〉の哲学」「季刊メタポゾン」第七号、メタポゾン発行・寿郎社発売、二〇一二年、七―一一頁。

日本SF新人賞の受賞作家のうち「SF冬の時代」で不遇を余儀なくされた若手の作家に焦点を当てること、加えて、小説外で描かれる想像力に現代SFと密接に結びつくものが存在することを示すことだった。しかし一方で、「伊藤計劃以後」というパラダイムで書かれたにもかかわらず、集まった論考のなかには、伊藤計劃が提示した問題に対してどこまで意識的か疑わしいものも少なくなかった。領域横断的な想像力を排除してはならないが、さりとて伊藤計劃という固有名を、単なるビッグワードとして捉えることは慎む必要があるだろう。では、改めて問おう。「伊藤計劃以後」とはいかにあるべきか。『屍者の帝国』に続く新たな「Project Itoh」は誕生しえるのか。

## 2、「いま集合的無意識を、」――神林長平はなぜ伊藤計劃がこわいか

漠然とでも「伊藤計劃以後」をイメージした場合、多くの読者は円城塔とともに、神林長平の「いま集合的無意識を、」を念頭に浮かべるだろう。本作は「伊藤計劃以後」の翌月、「SFマガジン」二〇一一年八月号に発表された。そして同作を表題作とした短編集『いま集合的無意識を、』は、「伊藤計劃以後」の文脈で読まれることを前提としたかのように、遺稿集『伊藤計劃記録』（二〇一〇年）、『伊藤計劃記録　第弐位相』（二〇一一年）から創作を抜粋し再編集を加えた短編集『The Indifference Engine』（二〇一二年）と同時発売という、否が応にも「伊藤計劃」との連関性を意識させる形で世に出された。この「いま集合的無意識を、」においては、ほかならぬ伊藤計劃という固有名で呼ばれる存在が「文字列」として登場し、語り手である「ぼく」と対話する。この「ぼく」は、キャリア三十年のベテランSF作家だというが、「現在どんどん進化し続けているコミュニケーションツールや

その中身にはまったく疎い」。にもかかわらず、「それらを利用しなければ実現できないような仕事をする気はないので、最新機器を使いこなせていないことに焦りも引け目も感じていない」。この「コミュニケーションツール」とは、〈さえずり〉というTwitterを彷彿させるソーシャルメディアと、「スマホ」などのデバイスの両方を指している。文庫解説者の飛浩隆をして「どうみても作者本人」と言わせせしめる、私小説めいた体裁で描かれる本作では、その「ぼく」が、コンピュータの向こう側から作家の問いかけに文字を介して応答を行なう「伊藤計劃」という名の「意識だけの存在」と、奇妙な邂逅を果たしたという体裁になっている。だが、それ以上に重要なのは、本作が伊藤の遺作長編『ハーモニー』（二〇〇八年）に対する批評になっている点だろう。語り手は、『ハーモニー』で描かれたカタストロフと、伊藤計劃が闘っていた癌という病を結びつけ、両者の間に作者の「呪詛」を読み込み、その思弁が浅薄であると糾弾する。伊藤計劃は病を通じて世界の〈リアル〉を垣間見たが、その〈リアル〉に対していかに振る舞うべきかを〈答〉として得られなかったのだと指摘するのだ。すなわち、「彼、伊藤計劃が、自ら求め捜していた〈答〉を『ハーモニー』で得られなかったのは、意識についての考えが浅くて、どういう方向に考えなければいいのかを捉え切れていなかったためである」と語り手は糾弾する。「〈リアルな世界〉をどう解釈するかという〈物語〉」を生む〈意識〉についての試行錯誤が、伊藤計劃は不徹底だと言うのである。

こうした前提から、語り手は〈意識〉について講義を行なう。〈リアル〉を投影する〈意識野〉というスクリーンを想定することで、〈わたし〉という「フィクション＝物語」を投影する「映写機」として〈意識〉の機能を説明し、『ハーモニー』のラストのように人類の〈意識〉が消去されてしまえば、福島第一原発事故のような想定外のリスクを推し量るような想像力も失ってしまうだろう、と告げるのだ。だから語り手は、圧倒的な〈リアル〉の力に立ち向かうために、「物語」の復権を訴える。そして語り手は、この〈意識野〉を、コンピュータ・ネットワーク（ウェブ）が可視化しているとも断じる。

まさしくウェブは、体外に出た〈意識野〉そのものに見える。そのスクリーンに投影されているのは人類全体の集合的な〈わたし〉だ、というふうに感じられるのだ。この〈わたし〉は、個人のそれと同じく虚構にすぎないが、虚構だからといって現実から乖離しているわけではなく、ネットに広がる集合的な〈わたし〉もまた、リアルな世界に向けて開かれている。ときどき虚構のそれが現実社会に向けて実際に作用を及ぼしているというのは、このところチュニジアやエジプト、リビアといった中東でわき起こった、前世紀からの長期政権批判運動を見ればわかるだろう。煽動している強いリーダーがいるわけではない、きっかけとなった人物はいるにしても、それだけでは政権を倒すまでの実効的な力にはならない。あれは集合的な意識＝フィクションの力が、リアル世界に向けて噴出した、その威力を示すものだ。（……）

ぼくらはいま、人類の集合的無意識を顕在化するテクノロジーを手に入れて、それを意識しようとしている。生まれたときからこのテクノロジーを空気のように当たり前に利用してきた若者たちにとっては、自分の体臭に気づかないようにかえって意識しづらいのではないかと思ってしまう。

（「いま集合的無意識を、」二一九頁）

こうした前提のうえで、語り手は「ネット＝顕在化された集合的無意識」を、無自覚に使うことの危険性をも指摘する。「暴走する知性」は「意識＝物語」で制御できるが、「意識＝物語」そのものをコントロールする術を人類は身につけていないというのが、その謂いである。こうして「いま集合的無意識を、」は、若い世代が失語を余儀なくされている「不在の連帯」について、その声質を鮮やかに解きほぐしてくれる――かのように見える。だが、神林の批評には、看過できない欠陥がある。

まず、大前提として、神林が指摘する「呪詛」は、文学における「病」の伝統について、あまりにも無知であると言うほかない。『ハーモニー』にも採用された糖尿病の例に明らかなことでもあるが、伊藤計劃にとって病とはあくまで隠喩であった[4]。「いま集合的無意識を、」が、エッセイとも私小説ともSFともとれる体裁を採用することで、『ハーモニー』のテクストに真剣に向き合うことを放棄している、ちょうど裏返しであるだろう。

そのうえで、神林の問題は、大きく分けて三つある。まず第一に、世代の問題だ。「いま集合的無意識を、」で神林は、ソーシャルメディアを通じたコミュニケーションから断絶とした存在として自らを位置づけ、反対軸に「生まれたときからこのテクノロジーを空気のように当たり前に利用してきた存在」、つまりデジタル・ネイティヴとしての後発世代を置いている。同作では、この後発世代の象徴として「伊藤計劃」という固有名が措定されているが、この構図は否応なく「神林長平」と「伊藤計劃」の世代間対立を意識させる。ところが伊藤計劃は、同世代が抱えていた離人症的心性を巧みに抉り出したが、また一方で安直な世代間対立を決して是認しなかった。そもそも伊藤計劃のデビュ

（4）伊藤計劃「ロマンス（物語）のかみさまは病気がお好き」『伊藤計劃記録　第弐位相』早川書房、二〇一一年、二九九―三〇一頁等を参照のこと。

ー長編である『虐殺器官』は、第七回小松左京賞の落選作である。つまり選考委員の小松左京は、後発世代の伊藤計劃を拒否した。ところが、伊藤計劃は小松左京を受け入れたのである。小松は選評で、『虐殺器官』で虐殺を引き起こしている人物（ジョン・ポール）の動機が弱く、ラストの主人公（シェパード大尉）の行動が説得力を欠いていると指摘したが、伊藤計劃はこの批判を受け入れた[5]。そして第二長編の『ハーモニー』において伊藤は、小松に指摘された「動機や説得力の弱さ」という弱点を逆手に取り、サイバーパンクＳＦの伝統と接続させながら、むしろ弱点を武器として文体の域にまで昇華させたのだ[6]。

『ハーモニー』は、全人類の「意識」が消滅した、その先の世界で記述された回想録、という体裁をとっている。ゆえに語り手は人間でも幽霊でもない。ルネッサンスで確立された人間観を超克した存在、ポストヒューマンなのである。小松の言う「動機や説得力の弱さ」は、自らが生きる離人症的な世界の様態を、そのまま反映したかのようなetml言語によるタグ埋め込みのスタイルとして構造に取り込まれている。興味深いのは、『ハーモニー』で描くポストヒューマン像が、小松のデビュー長編『日本アパッチ族』（一九六四年）が描いた「人間＝機械共生《マン＝マシン・インターフェース》」、鉄を喰らい、鉄と一体化する人間像をアップデートした形になっているということだ。一九五三年生まれの神林は「団塊の世代」ではないが、「いま集合的無意識を、」でなされる線引きは、あまりにも「団塊の世代」と「団塊ジュニ

（５）岡和田晃「二十一世紀の実存」「小松左京マガジン」第三七巻、株式会社イオ、二〇一〇年、四二―四九頁。
（６）例えば、伊藤計劃「ＳＦの或るひとつの在り方――最高に精度の高いセンサで、現在を捉えること。」の記述に顕著であろう。『伊藤計劃記録』早川書房、二〇一〇年、一四八―一五二頁。

ア」（あるいは「ロスジェネ」）の対立構図に似すぎている。『ハーモニー』はむしろ、戦後、小松左京が直面した実存の空白、すなわち、日本SFの出発点と強く呼応するものだ。こうした連関性を無視し、伊藤計劃の問題を世代の問題に帰結させてしまえば、テクストが有した可能性は、どこまでも矮小化されてしまう。ゆえに神林の言説は、死者と、死者の遺した言葉への「冒瀆」にほかならない。

第二は「物語」の問題だ。神林は〈意識野〉という脳科学用語を用いながら、人間が「フィクション」を受容して〈わたし〉＝アイデンティティを獲得するのだと楽天的に告げる。「フィクション」を通じて、人は原発事故のリスクを見積もる想像力を培い、ひいては剝き出しの〈リアル〉に対抗する術を見出すと、神林は高らかに宣言する。だが、この時、神林の「フィクション」観は、あまりにも素朴で無警戒なものとなっている。神林は『ハーモニー』において、伊藤の行なう「意識」に対する考察が不徹底だと糾弾したが、批判を行なう当の自分は、「フィクション＝物語」そのものについての考察をまるで深めない。ポストモダニズム批評の例を出すまでもなく、批評の伝統において「物語」の自明性を疑い、その暴力性に対して批判的な眼差しを向けることは、方法論的大前提となっている。フランス革命の断頭台、ナチスのガス室、スターリンの「粛清」、イスラエルによるパレスチナ人の虐殺、ルワンダにおけるツチ族の虐殺、そして「在特会」の反韓デモに至るまで、「物語」が「集合的無意識」と結びついた際に発露される暴力は、史上、連綿と存在してきたし、今後ますます無軌道になりゆくことだろう。そうした暴力の性質を理解し、無意識に加担してしまわないためには「物語」そのものについての批判意識を培うことが不可欠である。皮肉にも神林自身が指摘しているように、「暴走する＝フィクション」を、人間はコントロールすることができないからだ。

第三に、インターネットの問題だ。神林は「まさしくウェブは、体外に出た〈意識野〉そのものに見える」と告げているが、ここで致命的に欠けているのは、その「ウェブ」を誰が設計したのか、という観点だ。少なくとも伊藤計劃は、情報環境が私たちの身体と逃れ難く結びついた状況を描きながらも、その情報環境を誰が設計したのかという点にきちんと眼差しを向けている。神林は伊藤の作品が、「聖なるものであれ邪悪な存在であれ、神的な視点がどこにもない」つまり「反形而上的な思想」に貫かれていると述べているが、伊藤計劃ほど神的な視点を重要視した作家もないだろう。哲学者のジャン＝リュック・ナンシーが『神的な様々の場』（一九九七年）で論じているような、「神々を伴わず、いかなる神も伴うことなく、我々の周囲に、至るところに分離的に措定[7]」されている、超越なき超越性の場を単独者として希求しているという意味で、伊藤計劃のテクストは、きわめて強い形而上学的な志向性を見せている。実作者であることに居直っているのか、神林には文学史的な視座が致命的に欠けているが、伊藤計劃のテクストは――カフカから「ヌーヴォー・ロマン」に至る――二十世紀的な「大量死」に連関したモダニズム文学の伝統に、強く根ざしたものである。「いま集合的無意識を、」では、「このところチュニジアやエジプト、リビアといった中東でわき起こった、前世紀からの長期政権批判運動」が例に出されることで「アラブの春」が取り上げられるが、ジャーナリストの重信メイが『「アラブの春」の正体――欧米とメディアに踊らされた民主化革命』（二〇一二年）で賢明にも指摘していたように、「チュニジアやエジプトで人びとが立ち上がったのは、政府の腐敗に対する怒りであり、仕事がない、貧しいということへの不安[8]」に基づいた抵抗だった。それは、切実な

（7）ジャン＝リュック・ナンシー『神的な様々の場』大西雅一郎訳、ちくま学芸文庫、二〇〇八年、原著一九九七年、一二六頁。
（8）重信メイ『「アラブの春」の正体――欧米とメディアに踊らされた民主化革命』、角川ｏｎｅテーマ21新書、二〇一二年、五頁。

る生存への欲求に根ざしたものでもあり、背後には欧米諸国とマスメディアの思惑が複雑に絡んだものとしてある。神林は、そうした政治的状況をあまりにも単純化してしまっている。とりわけ致命的なのは、インターネットを可能にした高度資本主義社会への批評意識が欠落していることだ。

以上の理由から、「いま集合的無意識を、」は、『ハーモニー』に「痛烈な一撃」（飛浩隆）を加えるどころか、『ハーモニー』の掌中で踊らされているテクストであると結論せざるをえない。それでもこの作品に価値があるとしたら、それは「伊藤計劃」という固有名のインパクトを、一種の不可知性として表現しているところだろう。だがしかし、このような姿勢では、３・11以降、ソーシャルメディアを席巻した同調圧力、虐殺の言語に対抗することなど、とても覚束ない。アメリカ人が竜を恐れる理由を喝破したアーシュラ・Ｋ・ル＝グウィンの言に倣えば、神林長平は伊藤計劃がこわいのだ。

## 3、「The Indifference Engine」――主体なき決断の自走

「いま集合的無意識を、」にて神林は、伊藤計劃の思想は『虐殺器官』と『ハーモニー』にすべて書かれていると、文字データとしての「伊藤計劃」に言わせているが、ここでも神林が見落としているものがある。それは伊藤計劃が生前に残した二本の短編だ。神林が結局は守旧的な「物語」礼讃に堕することで、「世代」の桎梏に絡み取られ、高度資本主義への批評意識を持つことなく、読者の「想像力」を限りなく通俗化させていったのに比して、伊藤計劃の短編は、とりわけSFと政治の関わりを鋭角的に描き出し、ＳＦにシリアスな社会性を恢復させる可能性を示している。とりわけ伊藤計劃の短編第一作「The Indifference Engine」（二〇〇七年）は、現代ＳＦがそのような「脱政治化」のく

びきから脱しうる可能性を示した傑作である。そもそも、円城塔が完成させた『屍者の帝国』は、伊藤計劃との最初の共同執筆作品である『ディファレンス・エンジン』の「解説」（二〇〇八年）を発展させたものとして読むことができる。そして「The Indifference Engine」は『虐殺器官』のスピンオフでもあった。『虐殺器官』において、「ハラペーニョ・ピザを注文し認証で受け取る世界」を守りたいと主張するリベラル・アイロニスト、ウィリアムズが同作には登場するのだ。

　ウィリアムズはシェパード大尉やジョン・ポールとは異なり、まさしく小市民的な良識派として描かれる。しかしその良識は、世界を蹂躙する暴力について、見て見ぬふりをすることによって保たれたものだった。だから「The Indifference Engine」のウィリアムズは、ＰＴＳＤに悩まされる存在として描かれる。『虐殺器官』のラストが「決断」の暴力を明るみに出したのだとしたら、「The Indifference Engine」では、その「決断」を、そのまま生きてしまう者たちが登場するのだ。

「The Indifference Engine」では、ピーター・Ｗ・シンガーが『子ども兵の戦争』（二〇〇五年）で解説した少年兵問題を軸に、戦争によって無辜の子どもが例外状態に放り出されたさまを描いているが、その文体は、現代マグレブ文学を代表する作家の一人アマドゥ・クルマの『アラーの神にもいわれはない』（二〇〇〇年）を彷彿させる。同書では、当事者としての立場からアイロニカルに「子ども兵」の実態が語られる。その文体は、「ちびニグロの」フランス語、一種のピジン語と言うべきものだ。同作では、家族を失った少年ビライマが、内戦下のリベリア・シエラレオネにおいて、子ども兵として遍歴を続けた過去を振り返る。一方の「The Indifference Engine」では、アフリカが舞台なのは間違いないが、具体的な地名までは明確化されない。語り手の少年「ぼく」は、ゼマ族のシェルミッケドム民主同盟《デモクラティック・アライド》の兵士として、ホア族のシェルミッケドム解放戦線《リベレーション・フロント》と戦っている。三年前、語り手の家族はホア族に皆殺しにされた。母親は顔を激しく殴打された挙句に背中を撃ち抜かれ、十歳にもならない妹は強姦され、眉間に銃弾を叩き込まれた。以来、「ぼく」は兵士として、命じられるがまま、ホア族を殺し続けてきたのである。

ここで語られるゼマ族とホア族との対立は、一九九四年のルワンダ大虐殺が下敷きとなっている。(9) ルワンダ大虐殺は、その圧倒的な規模にもかかわらず、報道の対象とならなかった。『ジェノサイドの丘』（一九九八年）の著者フィリップ・ゴーレイヴィッチが言うように、世界はルワンダを見捨てたのである。そして、この見捨てられた「ルワンダ」という固有名は、「リベリア」や「シエラレオネ」、あるいは「スーダン」や「リビア」など、今なお続く虐殺の模様と入れ替え可能であるだろう。だが、本作は、子どもたちが生来有する暴力性を描くに留まらない。「昔この土地を支配していた白人たち――オランダ人」の仲介によって一時的に戦争が終わった結果、少年兵の「ぼく」は「微笑みの家」という矯正施設へ送り込まれる。そこで「ぼく」は「心に注射」――「顔ゲシュタルト形成系神経構造局在遮断認識偏向」という医学的処置――を施され、自分たちと敵対するホア族との違いを見分けられなくされたのである。これが「脳をいじって」、自分と他者とを分かつ諸々の基準を「公平化」すること、すなわち公平化機関《インディファレンス・エンジン》というわけだ。施術後、語り手が自らを虐殺に駆り立てた上官と、再会した際の対話を見てみよう。

---

（9）伊藤計劃は、ルワンダ大虐殺を扱った映画『ホテル・ルワンダ』（二〇〇四）の公開運動に強い関心を寄せていた。岡和田晃「危険なヴィジョン2.0」伊藤計劃『The Indifference Engine』ハヤカワ文庫ＪＡ、二〇一二年、二九六頁を参照。

この男は叫んでいた。奴らは俺たちとは違う、奴らは人間じゃない、だから殺して殺して殺しまくれ。そうぼくらのケツを叩いて、連中の弾幕のなかへ突撃させていった。

「でも、ぼくらはホアと戦ってきたじゃないか。連中が、ぼくらの生まれる前からどんなひどいことをしてきたか、あんたは教えてくれたじゃないか」（……）この連中は、ぼくに誰それを殺せと命令してきた大人たちは、ぼくらを動かすために嘘の歴史をでっちあげたんだ。連中が先に手を出した、だの、連中は痛みを知らないから残虐だ、だの、そういったたわごとをぼくらの耳に吹き込んで、友だちがばたばた倒れていくのを見てたんだ。

「だから嘘ではないと言っているだろうが」

元上官は声を荒げてから、両の指先でまぶたを揉んで、

「ただ、戦いがはじまるまでは誰も歴史なんて関心がなかった。お互いがだ。自分らの民族がどんな歴史を背負っているかなんて、戦争がはじまる前はただのひとりだって気にしちゃいなかったんだ。歴史を作ったら、ゼマはホアを憎みはじめた。ホアも同じさ。歴史ってのはな、戦争のために立ち上げられる、それだけのもんなんだ。歴史があるから戦争が起こるんじゃないぞ。戦争を起こすために歴史が必要なんだ。奴らと俺たちは違っていて、奴らと戦わなきゃいかんだけの理由をひねり出すためにな。歴史だけじゃないぞ、国だってそうだ。ホアだのゼマだのだといった部族だってそうだ。いや、そもそもだな、俺とかお前とかいう区別だって、戦争のためにあるんだ。殺して『合う』ためには、お前と俺とが別々じゃなきゃできんからな。『俺』と『お前』が憎み合うから戦争が起きるんじゃない。戦争するために『俺』なんてものは存在するんだ」（「The Indifference Engine」六四頁）

語り手も気づくことになるが、ここで元上官が行なう説明は、「公平化機関」の正当性を、はからずも傍証している。「公平化機関」が行なう「心」への「注射」とは、脳を操作することで、自己と他者との境界を、外側から強制的に消去してしまうことだった。その結果、痛みの存在は認識できるが、痛みを痛みとして感じることが不可能な状態に、「ぼく」は陥ってしまっている。『虐殺器官』で語られるように「地獄は脳のなかにある」というわけだ。こうした状況を、「ぼく」はウィリアムズとの対話を経ることで理解する。ＰＴＳＤを医療の力で治療する道を選んだウィリアムズは、一種のリベラル・アイロニストとして、「自己」と「他者」の境界を棚上げすることで生まれる公共性の、上辺だけを取り繕ったような欺瞞を語る。この矛盾に、公法秩序の外側に生きてきた語り手は気づいてしまう。だから「ぼく」は、「歴史」や「国家」や「民族」への帰属からアイデンティティを導出するのではなく、ただひたすら殺すために殺す、そのためだけの共同体を形成するに至る。必要なものは、もはや理性の産物である言語ではない。この共同体を結びつけるのは、主体なき決断のための決断なのだ。語り手は「戦争は終わっていない。ぼく自身が戦争なのだ」と断言し、自分たちが、「言葉では心もとない」ので「ＡＫを使って」会話する、ゼマ族とホア族という「種族を超えて結びついた軍隊」だと告げる。彼らは、いったいどのような「景色」へ到達しようとしているのか。彼ら自身が戦争を体現していると告げるとき、彼はその「戦争」がどこに由来するものだと考えるのか。脳か、環境か、帝国主義と植民地支配に由来する混迷をきわめたアフリカの歴史か。

## 4、「ヨハネスブルグの天使たち」——暴力の反復を阻止する意志

「The Indifference Engine」の問題意識を引き継いだ同時代の作家として、まず挙げられるのは、宮内悠介だろう。一九七九年生まれ、SFの二大新人賞だった小松左京賞と日本SF新人賞の廃止をうけて設立された創元SF短編賞の出身であり、破竹の快進撃を続ける彼は、デビュー作を含む連作短編集『盤上の夜』(二〇一二年)で第一四七回直木賞候補となり、また第三三回日本SF大賞を受賞。二〇一三年一月には「(池田晶子記念)わたくし、つまりNobody賞」の第六回受賞者ともなった。

その宮内の出世作である『盤上の夜』は、囲碁や将棋などのアナログゲーム(電源を使わないゲーム)に取材した作品集だった。『盤上の夜』は、「四肢切断された天才女性棋士」や「生涯不敗を貫いたチェッカーの達人」が、単に厳密なルールに則った知恵比べに留まらず、ゲームのルールが含有する確定性と不確定性の再考、機械との対局に見られるポストヒューマニズムへの思弁といった、読者の知的好奇心を駆り立てる要素をふんだんに取り入れながら、それらを、取り扱われるゲームを知らずとも理解できるような開かれた作品へ仕立て上げる離れ業を見せている。だが、ゲーム的な虚構空間を全面に押し出しながら、『盤上の夜』は伊藤計劃への応答をふんだんに含んだ作品でもあった。とりわけ、後述するが、『盤上の夜』の掉尾を飾る「原爆の局」は、『虐殺器官』と同様に、スペクタクル化された「大量死」に正面から向き合った作品として、ともに論じられるべき傑作である。

もともと、宮内は「新本格」の影響を受けて本格ミステリを書いていたが、SFを「再発見」するにあたって、伊藤計劃の短編「The Indifference Engine」や「From the Nothing, with Love.」(二〇〇

八年）に決定的な影響を受けたという。[10]

本稿では、宮内が「ＳＦマガジン」で連載し、書き下ろしを加え、『ヨハネスブルグの天使たち』というタイトルで早川書房より単行本化が予定されている（二〇一三年三月末現在）〈ＤＸ９〉シリーズという作品群を分析するが、同作は伊藤計劃が「The Indifference Engine」で投げかけられた問題についての「継承」となっている。〈ＤＸ９〉シリーズは、現在発表されている宮内の小説のどれよりも、現代社会の複雑な政治状況を、精緻な世界構築を通じて分析しようという野心を感じさせるものだからだ。

伊藤と宮内を取り結ぶもう一つの糸として、Ｊ・Ｇ・バラードが挙げられる。後期バラードの代表作『コカイン・ナイト』（一九九六年）は、スペインの高級リゾート地エストラージャ・デ・マルという閉鎖的なコミュニティにおいて、密やかに行なわれた犯罪を描いた作品である。「The Indifference Engine」が、『虐殺器官』がグローバルな規模で語った問題を、子どもというミニマムな視点から語り直したものであるように、『コカイン・ナイト』の情景は、バラードが『殺す』（一九八八年）で描いたゲーテッド・コミュニティを彷彿させる。その意味で『コカイン・ナイト』は高度資本主義と二十世紀の病理を、箱庭的な相互監視社会においてシミュレートした作品であろう。その箱庭的世界において、「芸術と殺人は常に、相並んで繁栄の道を歩んできたのです」と殺人が全面的に肯定される。「悦楽の園」（ヒエロニムス・ボッシュ）を覆い尽くすマグマのような世界の真実から目をそむけさせる、偽りの倫理が否定されるのだ。そして〈ＤＸ９〉シリーズのオープニングを飾る

（10）本稿執筆にあたって筆者が行なった宮内悠介への取材に基づく。

「ヨハネスブルグの天使たち」（二〇一二年）は、「悦楽の園」の底の底が完全に抜けてしまった世界、ヨハネスブルグが舞台として選定されている。

ヨハネスブルグとはどのような場所か。一九九四年に、人種差別政策アパルトヘイトが廃止されて以後、南アフリカ共和国では民主化が進んだ。確かに経済的な成長も続いたが、それによってもたらされたのは、所得格差、貧富の差の大幅な拡大であった。毎日新聞の特派員として四年間ヨハネスブルグに在住した白戸圭一による『ルポ　資源大陸アフリカ　暴力が結ぶ貧困と繁栄』（二〇〇九年）が、ヨハネスブルグがいかに危険な街であるのかを赤裸々に伝えている。白戸によれば、一九九四年の民主化後、ヨハネスブルグは凶悪犯罪の発生率が世界最悪の状態となり、現在に至っている。二〇〇六年度、「人口十万人当たりの殺人発生率は四十・五件」で、「これは日本の約四十倍、英国の約二十八倍。都市部を中心とした凶悪犯罪発生率が高い米国と比べても、約七倍の高率」であるという。強盗事件でも、警察官は被害者から簡単な聞き取りをして終わり。ショッピングセンターで激しい銃撃戦が行なわれても、警察官の現場到着が一時間後などというケースも珍しくないという。

つまり、マイク・デイヴィスが『要塞都市LA』（二〇〇一年）で紹介したような「先進国」に設定されたゲーテッド・コミュニティとヨハネスブルグは一線を画している。「東京でマンションを借りるのとさして変わらぬ家賃」で召使い付きの六百坪はある大邸宅を借りることができる。電気フェンス、民間警備会社への非常通報システム……こういったシステムは、奢侈のためではなく、自衛のために生まれてきたものだ。ヨハネスブルグの治安の悪さは単に虐げられた黒人たちが暴れているから、というものではない。むしろ重要なのは、高等教育に代表される社会資本を適切に「継承」したかどうかである。言い換えれば格差の範囲は、いち個人の努力では挽回できないレベルにまで広がりを見せている。とりわけアパルトヘイト撤廃以後、建前としては平等がもたらされたように見えながら、実質的な経済格差が止めどなく進行してきた、という点に真の問題がある。その意味でヨハネスブルグは、ゲーテッド・コミュニティが内部から締め出した貧民や暴徒と、常に臨戦態勢にある都市だと言ってよいだろう。この舞台を扱う手腕に宮内悠介のオリジナリティがある。伊藤計劃とはずばり、映像的な経験から思想性を汲みとり、それを軸にものを書く作家であった。例えば映画評論家の柳下毅一郎は、伊藤の映画についてのエッセイを文庫化した『Running Pictures: 伊藤計劃映画時評集1』（二〇一三年）の解説「完璧な一分間」で、次のように述べている。

技術的ブレークスルーによって、映画は衝撃を受け、さまざまにかたちを変えつつあった。変革期こそもっとも興味深いときだ。そして技術的変化がもっとも鮮やかなかたちで現れたのがSF映画だった。作り手たちがみずからの抱くヴィジョンと技術の可能性を手探りでためしていく中で生まれたのが『マトリックス』や『ファイト・クラブ』といった傑作群なのだ。
伊藤計劃が自分のテーマや文体を見いだしていくとき、その契機となったのがそうした映画なのである。（「完璧な一分間」三〇五頁）

柳下は伊藤が映画からテーマや文体を汲み取ったと告げているが、これは伊藤が、多大な映像的経験を踏まえることで、自らのナラティヴが届く範囲を——スティーブン・スピルバーグ監督の『宇宙戦争』（二〇〇五年）やクリストファー・ノーラン監督の映画『ダークナイト』（二〇〇八年）がポスト9・11における《生》のあり方を未曾有の範囲で伝えたように——的確に「拡張」させる技法を身につけたことを意味している。一方で宮内の「ヨハネスブルグの天使たち」は、伊藤のように構造を前景化させせない。代わりに突き詰めるのが、政治的な状況のシミュレーションだ。この作品で描かれる近未来のヨハネスブルグは、土着のズールー族と、オランダ系の白人層アフリカーナーとの対立が、大規模な紛争にまで発展している。北部がズールー族を中心に連合したことが契機となって南アフリカ共和国は南北に分断され、実質的な内戦状態に陥っている。もはや、どちらにも正当性はなく、紛争は泥沼の一途をたどっている。北部は比較的治安も行政も安定しているというが、ケープタウンなどの南部は、半ば無政府状態。高層ビルは廃墟となり、インフラは壊滅した。人々の平均寿命は四十七歳にまで退行している。HIVが蔓延し、空は無人機が無差別爆撃を続け、人は相も変わらずAK47を手にして戦っている。こうした紛争状況に、DX9という「日本製のホビーロボット、通称、歌姫」が絡んでくるのだ。

「歌姫」の「ロボット」となると、多くの読者は初音ミクのようなボーカロイドを連想するだろう。宮内自身、ボーカロイドを用いて作曲し、そのアルバムを愛読者へ向けてプレゼントしたこともある。しかし、現代SFでボーカロイドが登場する際、多くはきわめて安直な用いられ方がなされている。代表的なものが、ボーカロイドSFの代表作である野尻抱介の『南極点のピアピア動画』（二〇一二年）だ。収録作「歌う潜水艦とピアピア動画」が第四三回星雲賞日本短編部門を受賞したことからもわかるとおり、本書はコアなSFファンの支持を集めたが、「小隅レイ」というSF評論家・柴野拓美の筆名「小隅黎」をもじった名を持つヴァーチャル・アイドルが初音ミクそのままの姿で登場する。日本SF育ての親・柴野拓美という「死者」への「冒瀆」を平然と行なうこうした措置からもわかるとおり、二〇〇〇年代中盤からのオタク・カルチャーにおける「萌え」の席巻を、そのまま肯定的にＳＦへ持ち込んだ作品として読むことができる。同作は不穏なまでに楽天的で、あたかもボーカロイドが地球を救うと言わんばかりの展開を見せているが、その本質は、文化帝国主義的に世を席巻する「萌え」記号の無自覚な称賛というに尽きるだろう。では、「萌え」の何が問題なのか。『ハーモニー』英訳版を愛読するというピューリッツァー賞作家のジュノ・ディアスは、ポップ・カルチャーの多くが、性的・政治的・あるいは人種的な差別構造を無自覚に内包していると告げている[11]が、ディアスが見抜いているように、「萌え」記号の席巻は、ネオリベラリズムの浸透と軌を一にし――さながら「公平化機関」のように――フェミニニティをフェティシズムに書き換え、私たちの「想像力」がいかなる謬見に支配されているかということから、静かに目を背けさせるものとして機能する。

〈ＤＸ９〉シリーズは、かような萌え記号への過剰な期待を入れ込むことはなく、あくまでもシミュレーションの一端として、ボーカロイド的なものを紛争状況の政治システムに組み込んでいる。そこには、技術の政治性をフラットに問い直す眼差しがある。そもそもＤＸ９という記号がボーカロイドの名称として用いられていることからして、「海外展開の都合」という現実的な理由によると説明されているくらいだ。そして「ヨハネスブルグの天使たち」には、ヨハネスブルグに進出した日本企業が買い取ったビルに取り残されたＰＰ《プリプロダクト》２７１３というアンドロイドが登場するが、彼女は「戦闘美少女」（斎藤環）のような華々しい活躍など一切しない。反対に、一万二〇〇〇回を超えた落下試験をプログラムとして埋め込まれた、落下による衝突を性的快感として学習し、バラード中期の代表

（11）岡和田晃「ジュノ・ディアス来日記念イベント経過報告」（http://speculativejapan.net/?p=211）「speculativejapan」、二〇一一年。

作『クラッシュ』（一九七三年）への戯画であるかのように、受動的で無力な存在として描かれる。「ヨハネスブルグの天使たち」の主要登場人物であるスティーブは、十歳の時に出逢った戦災孤児のアフリカーナーであるシェリルを守りながら、混乱に乗じた強盗で身を立てていた。溜めた金を通じて教育を得るべく、アジトであったスラムを抜けようとする二人は、人種の枠を超え、互いが互いを必要としていることに気づいて結婚する。その後、スティーブは停戦後の復興のために動き回り、「人々の善意のスイッチを入れるような話しかた」をもって、利害の調整に邁進する。やがてズールー族の指導者となった彼は「昔の政治哲学を読みあさり、汎アフリカ多元共同体主義とも言うべき枠組み」を提唱し、あたかも第二のネルソン・マンデラのようにふるまう。だが、戦争を止めたのは、スティーブ個人の営為ではない。いわば、政治的な妥協に由来するものだった。無軌道な戦いのための戦いに疲れ果て、「終わるべくして終わる性質の闘い」だったと、部族対立が融和するさまは描かれる。やがて大統領となったスティーブは、自らの行動が虐殺の世紀の反復でしかないことを哀しいまでに自覚している。


彼は自らを運動家ではなく詩人《イボンギ》と名乗った。

スティーブは知っていた。目指す国家が実現したところで、いずれはレーニンやチトー、あるいはマンデラのように一代限りの理想となるだろうことを。

スティーブは知っていた。ゆくゆくはクーデターが起き、書いた本が焼かれ、かつての仲間たちのように自分の死体が広場に晒されることを。

スティーブは知っていた。それでも、人々には理想が必要であることを。

いつか、誰かが紛争を止めねばならないことを。(「ヨハネスブルグの天使たち」二七頁)

こうしてスティーブは、自らの末路を予感しながら、それでも一時の調停のために、アイロニカルなふるまいを抑止する。白人右派によって妻のシェリルが殺された際には、ケープタウンで最後に残った純血の白人区であるゲーテッド・コミュニティの第九区を訪れ、復讐の代わりに「彼らの同胞であるシェリルの埋葬を願った」。こうしたスティーブの行動は人々の心を打ち、「世から見放されたアフリカの南の利権争いを、人類の問題に変えてみせ」、遅々として進まなかった南北の融和を実現した。しかし、ここで、文民統制を徹底させる前に、ズールー族によるホロコーストが起きてしまう。はからずもズールー族の代表者としてホロコーストの責任を負う立場となったスティーブは、シェリルが残していたDX9の研究成果を引き継ぎ、DX9に自分たちの人格を書き込むことにより、「民族であることをやめ」、新しい人《ニュー・マン》すなわちポストヒューマンとすることに、新たなエクソダスの道筋を見出すのだ。このように見ていくと、シニシズムに押し潰されず、自らの末路を予感しつつも、「民族」という概念を揚棄させようという「ヨハネスブルグの天使たち」は、「The Indifferencce Engine」と、綺麗な対構造をなしていることが見えてくる。SFが往々にして見て見ぬふりをする暴力の性質に向き合いながら、『南極点のピアピア動画』のような虚飾としての楽天性に居直らない倫理を読み手に伝えるテクストとなっている。

## 5、「ロワーサイドの幽霊たち」――回帰不能点を書き直すこと

現代の紛争状況におけるテクノロジーのあり方に、的確な批評的視座を加える宮内は、〈DX9〉シリーズと並行して別のSFシリーズを書いている。レトロフューチャーなユーモアSF「スペース金融道」（二〇一一年）に始まる連作がそれである。量子金融工学という荒唐無稽なアイデアが耳目を集める同シリーズであるが、〈DX9〉シリーズを考えるうえで興味深いのは、DX9の立ち位置にあたるアンドロイドに、アイザック・アシモフの「ロボット工学三原則」を下敷きとした「新三原則」が付与されていることだ。アンソロジー『NOVA7』に収められた「スペース地獄編」（二〇一二年）を見てみよう。

第一条　人格はスタンドアロンでなければならない
第二条　経験主義を重視しなければならない
第三条　グローバルな外部ネットワークにアクセスしてはならない

スタンドアロンとは、人格の複製や転写ができないことを意味する。二つ目の経験主義は、あまり合理的すぎるのもなんなので、もう少し人間風に行きましょうということだ。たとえば、靴紐が切れたから、今日は気をつけてみようとか。（「スペース地獄編」二九頁）

なぜこうした「新三原則」が必要になるのか。それは、アンドロイドは身体的なスペックが人間よりも勝るため、意図的に知性が人間を超えてしまわないよう、各種制限が課せられたからだと説明されている。意図的に仕立てあげられた二級市民。その流れでDX9とは、あくまでも人間の社会行動を代補する存在として描かれる。つまり、人間がなしえないことを代わって成し遂げる道具として、DX9は位置づけられているのだ。シリーズ第二作「ロワーサイドの幽霊たち」（二〇一二年）では、そうした方向性がいっそう強調されたものとなっている。本作は――アメリカ貿易センタービルを崩落させ、もはや世界が公法秩序の「例外状態」（カール・シュミット）に陥っていることを強く印象づけた――9・11同時多発テロを扱った作品だ。文芸評論家の大杉重男は、アシモフの「ロボット三原則」に、日本国憲法との類似性を読み取っている。

闘争のない理想の世界を作るためには多くの人類を犠牲にしなければならない。しかし理想の世界を作らなければ更に多くの人類が犠牲になるだろう。どちらの道を選択しても三原則の第一条に抵触するのであり、ロボット的思考に立つ者はどちらも選択できず決定不能状態に陥る。そして決定を下すことができるのは、非ロボット的な人間的思考の持主だけである。

戦後の日本をロボット的な国家であると考えるなら、それは常に決定不能の状態にあったと言える。そして必要な決定をしてきたのは、日本と同盟関係にあるアメリカ、あるいはアメリカによって主導された国際連合である。（「『ロボット工学三原則』と日本国憲法」[12]）

（12）大杉重男「『ロボット工学三原則』と日本国憲法――『日本人』の条件（1）」「早稲田文学1」、早稲田文学会、二〇〇八年、二九三頁。

つまり大杉はアメリカのことを、ロボットの上位に位置し、三原則に従わず無根拠に意思決定を行なう「人間」的な国家であるとし、その決定に盲従してきた「ロボット」的な国家として日本を置いていたのである。こう見ると、「ロワーサイドの幽霊たち」は、「ロボット」の国家による「人間」の国家への書き直しとして読むことができそうだが、それにはもう一つ、ブライアン・オールディスの「リトル・ボーイ再び」（一九六六年）を参照する必要があるだろう。『盤上の夜』に収められ、「大量死」を主題とした「原爆の局」は、このブライアン・オールディスの「リトル・ボーイ再び」を重要なヒントとした作品だ。この、ヒロシマに再度原爆を落とすという論争的な題材を扱った短編は、一度もリプリントされていないにもかかわらず、日本SF史においてその「悪名」を轟かせている。そもそも「原爆の局」は「リトル・ボーイ再び」のダイナミズムを、日本人でも拒絶反応を起こさない形で換骨奪胎することが目論まれていた。そして、この「ロワーサイドの幽霊たち」は、その文脈を受けて、アメリカ人にも受け入れられる「9・11再び」という目標を立てて書かれたものだった。(13)

同作は何よりもまず、9・11に関係した当事者のコメントを随時引用して取り込んでいくという体裁が人目を惹くものとなっている。コラージュされた当事者の、複数的な「声」こそがむしろ主役であり、本編は従であるという変わり種の構成を見せている。主要登場人物のビンツは、ウクライナ系の移民であり、最初の記憶としては、永住権《グリーン・カード》を申請するために世界貿易センタービルのツイン・タワーを訪れたときのものだった。そして、ビンツの個人史を振り返りながら、テクストは、ツイン・タ

(13) 宮内悠介×草場純×岡和田晃「第33回日本SF大賞受賞記念インタビュー——宮内悠介『盤上の夜』を語り尽くす！」「Webミステリーズ！」(http://www.webmysteries.jp/sf/miyauchikusabaokawada1303-1.html)、二〇一三年。

ワーの来歴をゆるやかに重ね合わせていく。二つのタワーの間には〈過去〉がある。前世紀、ニューヨークは急速に近代化し、一九七三年に完成した世界貿易センタービルはその象徴だった。そもそもニューヨークは「先住民のインディアン」から「二十四ドル」で買われたものであり、資本の楽園たることを運命づけられていた。

やがてエンジニアとなったビンツは、DX9と出逢う。面白いのは、実在する文献の引用からなる世界貿易センタービルの建設・運営・調整に関わった当事者の声に混じり、DX9の開発について、あるいは世界貿易センタービルの再建についての台詞が入り交ぜられているということだ。それによれば、「DX9は歌を経由することで、ロボットらしさと人間らしさを橋渡しする」ことが目指されたものだった。「ヨハネスブルグの天使たち」において「歌」は、ズールー族とアフリカーナーの希望を乗せたものとして描かれた。しかし「ロワーサイドの幽霊たち」では、「歌は悪魔の産物だ」と言い切る9・11同時多発テロの実行犯にしてアル・カーイダのテロリスト、モハメド・アタに焦点が当てられる。アタの人格を転写したDX9が暴走し、再建されたツイン・タワーへ再度の自爆攻撃を仕掛ける様子が描かれるのだ。これはもともと、バラス・フレデリック・スキナーの行動分析学――「人間に関するもろもろの事柄の複雑な世界に関する実験的分析」――に基づく実験として、DX9に9・11当初の人間の行動予定、初期条件、そして記憶や関連情報をインプットし、当時の分析を再現、シミュレーションの対象とするものだった。ところが、9・11という事件は、それ自体が、一種の予測不可能性を体現する、きわめて不確定なものである。かくしてビンツは、悲劇の当事者たることを余儀なくされる。なぜならば、ビンツはビンツ自身ではなく、ビンツの記憶を埋め込まれたDX9であることが、自らを設計した「父」からの電話によって、明らかにされたのだ。

声はつづける。

ビンツのいる場所が、世界貿易センター北棟の展望フロアであること。ビルにいるのはDX9と呼ばれるロボットであり、行動があらかじめプログラムされていること。ビンツのみ自由に行動できるよう、これからガードを外す予定であること。

そして七分後、そこに飛行機が衝突する——はずだったこと。

「飛行機が軌道をそれた。目標は不明だが、ミドルタウンのエンパイア・ステート・ビルディングに向かっている可能性が高い」

テロリズムだ、と電話の相手は言う。

「正確には、飛行機を操縦しているDX9、モハメド・アタの行動が何者かに乗っ取られた。わたしたちは再度の乗っ取りを試みたが、対象がDX9であるために、うまく遠隔で制御できない。そこで、同じ機種であるおまえに協力を要請することにした。……いま、最後のガードを外す」

その瞬間、大量の身体情報が流れこんできた。（「ロワーサイドの幽霊たち」一九頁）

かくして「ビンツ＝DX9」は、あくまでも「自由意志」をもって、「モハメド・アタ＝DX9」を止めることを強いられる。あくまでも人間のために働かせることを前提として設計された、アシモフの「ロボット工学三原則」を「自由意志」に置き換えたかのような「父」の提案は、強制された「自由意志」として、圧倒的な衝迫を与えつつ、彼らを突き動かしている。批評家の宇野邦一は『アメリカ、ヘテロトピア』（二〇一二年）で、トクヴィルのアメリカン・デモクラシー論をふまえながら、フランス革命で達成されなかった「秩序」と「調和」が、むしろアメリカでこそ成し遂げられ、その一方で、アメリカの独立革命が、一種の「永続革命」として自走を続け、いわば構成的な形で権力構造を生み出し、事後的に政体、憲法、公共性、そして法的空間が構成されたと論じている。自走を続ける「構成的権力」（ネグリ）は、運動を持続することによって例外状態を恒常化させ、「正しい敵」をあぶり出し、再帰的に自らを正当化させていく。だから9・11のようなテロリズムは、「構成的権力」によって統制された秩序の裂け目に噴出することで、自走する「永続革命」を、黙示録さながらのディストピアへと変えていくものとして機能した。人格をデータとして転写されたDX9によって――いわば被害者としての「人間」を欠いた箱庭として――9・11の書き直しを目論んだ「ロワーサイドの幽霊たち」が新しいのは、私たちが直面していた現実の行き着く先を、鋭くモデル化しているからだ。9・11に、現実の裂け目に起こりえた別の物語を埋め込もうとしても、それは過去に起こった歴史を「幽霊」として再起させるだけだ、ということを、本作はシミュレートしてみせたのである。

## 6、「ジャラララバードの天使たち」、「ハドラマウトの道化たち」――原理主義と情報環境の交錯のなかで

9・11がビン・ラディンという「正しい敵」を発見したことで、泥沼の一途を辿った歴史的事実を反復するかのように、〈DX9〉シリーズは中東へと眼差しを向ける。そう、アフガニスタンだ。第三作「ジャララバードの兵士たち」（二〇一二年）は、『屍者の帝国』の主たる舞台であるアフガニスタンの近未来が描かれる。ウンベルト・エーコは、ワトスン博士がアフガニスタン帰還兵であること

を見ぬいたシャーロック・ホームズの言葉を引きながら、9・11以後の世界を〈欧米列強が帝国主義的覇権を競った「グレート・ゲームへの後もどり」だと評したが(14)、その意味で『屍者の帝国』は、過去の時代を扱ったものでありながら、私たちが生きる現実をそのまま「グレート・ゲーム」の文脈で描き直した、新たな自然主義の文法と読むこともできる。では近未来のアフガニスタンを扱った「ジャララバードの兵士たち」はどうなのだろうか。本作でのアフガニスタンはホラーサーン部族連合《Tribal Union of Khorasan》と、人種融和を目標に、名前が変更されたものとして語られる。

> 数年前、人種融和を目的に改名されたばかりだ。意味は、陽の昇る場所――この地域の、古代から中世にかけての呼称だ。改名の理由は、アフガンという名称が、本来はパシュトゥンという一民族を指すことから。現状は人種融和には程遠い。ペシャワールで見た英字新聞には「ホロコースト」の見出しが掲げられていた。パシュトゥン人の勢力が、ハザラ人の住むスィヤーチャール村を焼き払った。それが、一週間前のこと。パシュトゥンはこの国における絶対多数。各地で、これと同じような虐殺が起きている。
>
> そして、この国がホラーサーンと呼ばれることはない。人々の帰属意識は、国ではなく個々の部族にある。外国人は単にこう呼ぶ。――アフガンと。（「ジャララバードの兵士たち」一三頁）

ここで注意しなければならないのは、民族紛争がいっそう激化したかに見える中東の状況を、「ヨ

（14）ウンベルト・エーコ『歴史が後ずさりするとき　熱い戦争とメディア』、リッカルド・アマデイ訳、岩波書店、二〇一三年。

ハネスブルグの天使たち」で描かれたアフリカの情勢と、いたずらに交換可能なものと理解してはならないということだ。つまり、当たり前といえば当たり前の話ではあるが、中東とアフリカの情勢は大いに異なるのである。アフガンの男たちは、ソヴィエト連邦の進軍と戦い、内戦を経て、アメリカの介入を受けた。もっとも大きい相違点の一つが、イスラム教をどのように焦点化するかということだ。「ジャララバードの兵士たち」において、DX9は戦闘マシーンとして輸入されたが、イスラム教の教義に従い、「偶像崇拝の禁止」に合わせて顔を潰され、人を惑わす悪魔の道具だからと、歌を歌うための喉を潰された存在として描かれる。そこに、〈現象の種子〉という「空気感染するLSD」なる兵器の問題が絡んでくる。もともと〈現象の種子〉は、世界中がトリップをしてしまえば戦いはなくなるという思想に基づくフラワー・ムーヴメントの延長線上で製造されたものだった。「The Indifference Engine」の「公平化機関」は、あくまでも手術を通じて脳を改造し、人間の認知を歪ませるというものであったが、〈現象の種子〉は、兵器として外部化され、空気感染という形で拡散を見るのである。ここで注目すべきは、〈現象の種子〉が人間には感染するものの、DX9には感染しないということだ。ここでDX9の存在が、いかに戦争のための戦争に対するオルタナティヴたりえるかという思考実験がなされる。そして「ジャララバードの兵士たち」で扱われた問題は、「ハドラマウトの道化たち」(二〇一三年)にまで持ち越されていく。

「ハドラマウトの道化たち」の舞台は、近未来のイエメンだ。日本人読者の多くにとって、イエメンは馴染みがない国かもしれないが、チュニジアで起こった「ジャスミン革命」は、「アラブの春」として、イエメンにまで波及を見せていた。イエメンはアラビア湾に面した周辺諸国のなかで、唯一、王政ではなく共和制をとる国だったが、大統領のアリ・アブドラ・サーレハは、三十四年もの長きにわたって事実上の独裁君主として君臨しており、独裁者が住民を抑圧している点が他国と共通していたのである。そのイエメンは石油がほとんど採取できないため、近隣のバーレーンに比べて非常に貧しい。また、地政学的には貿易の拠点であるアデン港に面し、対岸に無政府状態が続いているソマリアを挟むという厄介な場所でもある。

「ジャララバードの兵士たち」も「ハドラマウトの道化たち」も、イスラム世界に対するアメリカ軍の介入を動因としてプロットを進めていくのであるが、「ハドラマウトの道化たち」では、カウンター・グローバリゼーションとしての原理主義がクローズアップされる。しかし、イエメンの「日干し煉瓦の家」こと「ハドラマウト・シバームの旧市街」は、現存する最古の都市であるサナア旧市街と同じく、世界遺産に指定されている。また、先史時代からの遺跡が多数あるために、「先進国」すぎるアメリカは、それらを破壊しながら制圧を進めることができずにもいる。ここに絡むのが、先住の部族民、クルド系住民、そしてユダヤ人をとりまとめる指導者の女性、ジャリア・ウンム・サイードである。彼女は新宗教の教祖として活動しているが、それは、実のところ超党派的な共同体をゆるやかに組織するものともなっている。彼女は自らの統治を、サーバーのデータ処理によって直接民主制をとり、多様性を多様なままに吸い上げる、最適化されたシステムを実現させたものだと称するのだ。

ジャリアが言うには、サーバーが物事の決を採るほかに、シバームが解決すべき問題を住民に問う。住民は一人ひとりが問題解決の道筋を示し、それに対し、システムは最適と思われる解を選別する。人間に選別させないのは、民族や信仰の区別をなくすため。

人口が多いほど、優れた解が理解される確率が高まる。

「意見が採用されれば報酬が発生する。だが、どのみち人種間や信仰間の競争が働くので参加を促すまでもない」

システムは経済行動や軍事行動の解を導き出す。むろんそれは最適解ではない。しかし人が決めるよりはましだという。それに、人種も信仰も違う人々の集まりにとって、有効な決定手段があるでもない。システムがなければ烏合の衆になりうる。

だから、住民としてもそれを手放せない。（「ハドラマウトの道化たち」一六五頁）

このくだりは、近年かまびすしい、コンピュータ・ネットワークを介した直接民主制の是非についての議論を想起させる。とりわけ、「チェスの名人が五万人を相手に対局した」という言及は、宮内悠介がゲーム研究家の草場純を交えた鼎談で、コンピュータ囲碁について言及した部分を連想させる。(15) コンピュータ囲碁の思考ルーチンが強化されたのは、モンテカルロ法を取り入れたからだった。モンテカルロ法とは、いわゆる「総当り法」のことを指すが、これに最善手を読むための先読みのルーチンとしての評価関数を加えることで、コンピュータ囲碁は驚くほどの発展を見せた。「ハドラマウトの道化たち」で語られる直接民主制において、評価関数にあたるのは、ジャリアの身体、そして政治的手腕だ。そこに、DX9による人格コピーの技術と、コントロール可能な「公平化機関」とも言うべき〈現象の種子〉が絡んでくる。現実に、イエメンには「フーシー派」というシーア派の流れを汲む一派がおり、イエメン政府と隣国のサウジアラビア政府に挑発行為を仕掛け、臨戦状態となってい

(15) 前掲、宮内×草場×岡和田インタビューを参照。

る。加えて、「アラブの春」において、反政府勢力の内にはアル・カーイダが暗躍していたこともあって、内戦の勃発直前にまで緊張が高まったと言われている。また、「革命の母」ことイエメンの女性活動家タワックル・カルマンが二〇一一年にノーベル平和賞を受賞したことは、ジャリアの行動を読む者の視点をいっそう輻輳化させる。こうした状況に、私たちはインターネットを介してリンクしているのだ。

「ハドラマウトの道化たち」のラストでは、「多様性」についての二つのあり方が語られる。多様性のフレームで覆い隠された画一性と、イスラムの原理のような画一的な伝統を多様に解釈するということ。どちらも一長一短で、システムによってその矛盾を捨象するのは難しく、その間には、無数の陥穽が潜んでいる。この点を考えることは、近年の柄谷行人が論じるような、経済的な交換様式としての「世界宗教」を考える端緒ともなるだろう。(16) だから紛争地帯のシミュレーションは、再帰的に私たちの「いま、ここ」へと押し戻されることになる。〈DX9〉シリーズは、単行本化にあたってあと一編の書き下ろし作品が加えられるというが(17)、連作の締めとなる最終作は、必然的に「いま、ここ」の意味を、より直截的に問いかけるものとなるに違いない。

## 7、『Delivery』、「自生の夢」――未来への「継承」を主題化する

(16) 柄谷行人『世界史の構造』岩波書店、二〇一〇年。
(17) 二〇一三年三月末現在、DX9シリーズの最終話は発表されていない。

これまで伊藤計劃から宮内悠介へ至る流れを概観してきたが、宮内が「継承」したものを要約すれば、神林長平の言う「物語」が、限りなく自閉化していくのとは別種の可能性を模索する道筋だと言うことができる。ＳＦ評論家の渡邊利道は、「受け継いだものと切り開いたもの」[18]（二〇一三年）において、『虐殺器官』が日本ＳＦの趨勢を一気に塗り替えたとし、その影響下で、「現代の地球の延長線上にある社会を、政治経済のインフラの変貌からシリアスに描く作品が続々と書かれるようにな」ったと述べている。ここで渡邊はそうした「シリアス」な作品に比べて「外宇宙に人類が飛び出して個性的な登場人物が縦横に活躍する娯楽性の強い冒険活劇」の影が薄くなったと総括しているが、渡邊の言う「シリアス」な作品と「娯楽性の強い冒険活劇」の二項対立は、とりわけ伊藤計劃の登場以降、すでに無効化していると言わざるをえない。今やスペースオペラでさえ、「シリアス」な問題意識抜きには語れないからだ。

　その実例として、伊藤計劃とほぼ同世代（一九七二年生まれ）の八杉将司が二〇一二年に発表した長編『Delivery』を挙げることができる。本作は、古今東西のＳＦガジェットを満載し、そこから新たな思弁を生み出す野心作だ。類人猿のゲノムを書き換え、人工子宮より誕生する「ノンオリジン」の語り手アーウッドは、世界規模の災厄「スーパーディザスター」の生き残りと、ケルト神話に由来する「レッド・ブランチ」というグループを組織し、水や食料を確保するためにストリート・ギャングめいた抗争を行なっている。しかし、第二章から、突如、トーンが大きく変わる。出くわした交戦相手に心臓を引きぬかれたアーウッドは、気づいたら脳と脊髄を引きぬかれて生体神経中枢維持装置

（18）渡邊利道「受け継いだものと切り開いたもの」「ＳＦマガジン」二〇一三年五月号、早川書房、三〇―三五頁。

「ドウエルシステム」に差し込まれている。脳神経に電極で直接刺激を与えられ、神経伝達物質の投与もできる「ナーバスチューナー」が装備され、肉体は遠隔操作可能なドローンである「ポーター」を使用することになるのだ。ここから話のスケールは一気に大きくなり、ブルース・スターリングのポストヒューマンSF〈機械主義者／工作者〉シリーズを彷彿させる壮大な展開を見せる。

サイバーパンク・ムーヴメントの理論的擁護者であったスコット・ブカートマンは、「ポストヒューマン時代の太陽系」（一九九一年）[19]において、J・G・バラードやウィリアム・バロウズの仕事を援用しながら、〈機械主義者／工作者〉シリーズの代表作『スキズマトリックス』（一九八五年）の特徴を次のように論じているが、この指摘の多くは『Delivery』にそのまま当てはまるものとして読むことができる。

スターリングが行なっているのは、多様なディスコース――経済、政治、歴史、テクノロジー、等々――が構成する網（もしくは〝ネット〟）から現われ出るユニークなテキストマトリックスの創出である。こうしたディスコースが交錯する物語＝ナラティヴは、ときとして"ナラティヴ"とほとんど言いがたい、一種の思想講義=イデオレクトを生み出す。実際のところ、これはナラティヴではなく、周到に展開された未来の記号論とも言うべきものだ。作品には感覚に関連する修飾が過剰なまでにあふれていて、色、手触わり、匂いなどが、あらゆる描写の一部をなしている（色彩

（19）スコット・ブカートマン「ポストヒューマン時代の太陽系」山田和子訳、『ユリイカ』一九九三年一二月号、青土社、五四―七一頁。

への注目は、とりわけディレイニーやゼラズニイのSFを想起させる）。（「ポストヒューマン時代の太陽系」六二頁）

そもそも伊藤計劃はファン・サイトを作るほど、スターリングに深く私淑していた。そしてスターリングは*The Zenith Angle*（二〇〇五年）に見られるように、ポスト9・11の政治状況へとりわけ自覚的な作家であった。そして八杉は、ブカートマンが論じたような「テキストマトリックス」を、あくまでもSFガジェットを通じて考え、徹底して磨き抜くことでアップデートする。『Delivery』はエンターテインメント性の高い正統派ハードSFとして高く評価されたが、その魅力は畢竟、八杉の粋を凝らしたガジェットのブリコラージュから生じるものにほかならない。しかし、柴野拓美がハードSFを論じた「『空想科学』宣言」一九八三年）で述べているように、「物語のスケールに応じた新しいテーマなりアイデアなりの『発見』が一本とおっていないと、せっかくの哲学体系も血のかよわない」ものとなってしまう。[20] ここで『Delivery』は「継承」の問題を作品の「一本とおったものとして」扱うことで、「シリアス」なヴィジョンを拓くという方法を採ったのである。

話のスケールを外宇宙にまで拡大させながら、めまぐるしいどんでん返しを続ける『Delivery』を支えるのは、アーウッドとヒロインのキュリア、そして兄貴分のジェイドの関係と彼らの葛藤にほかならない。作中でノンオリジンは自らのアイデンティティを否応なく「ヒト」と対比させて考えざるをえないと語られるが、ここで「ノンオリジン＝起源なき者」が抱くアイデンティティの不安は、ま

(20) 柴野拓美「『空想科学』宣言」「SF　JAPAN」二〇一〇年Autumnに再掲、徳間書店、五二頁。

さしくヒューマニズムとポストヒューマニズムの合間に根ざした実存的不安のことを指している。『Delivery』では、人類が、根本的に情報と相同性があるとみなされる。そして、情報の内部の「免疫活動」で潰すことのできなかった異物は、情報そのものを巻き込んで崩壊するか、外部に「排除」される。この「排除」こそが、本作のタイトルでもある「産出《デリヴァリ》」なのだ。つまり『Delivery』では、情報としての身体が「種」の問題にまで拡張されているが、伊藤計劃を軸としてこの問題を考えた場合、「The Indifference Engine」ではなく、自意識を有したテクストの語りからなる「From the Nothing, with Love.」と対比させる必要があるだろう。

「From the Nothing, with Love.」は、「私は書物だ。現在生起しつつあるテキストだ」という語りが印象的な傑作だが、「テキストマトリックス」を渡り歩く存在として、スパイという形象が召喚される。間テクスト性に満ちた本作は、もっとも早い時期に書かれた先行世代による伊藤計劃への応答である飛浩隆「自生の夢」（二〇〇九年）と強い連関性を見せている。第四一回星雲賞日本短編部門を受賞した「自生の夢」では、不完全性定理で著名な哲学者から名を取ったGödel（ゲーデル）という検索エンジンが登場し、クラウド・コンピューティング時代のアイデンティティのあり方を模索する。そこで行き着いた結論は、コンピュータが検索し、それをランダムにカットアップした言葉は、すでに顔なき死者の言語であり、「死体」の寄せ集めということだった。

「死者」の産物、言うならばガラクタの寄せ集めによって形成されたアイデンティティ。「自生の夢」は、水見稜の「野生の夢」（一九八二年）を下敷きにしているが、連作の一環として「野生の夢」を収めた『マインド・イーター　完全版』（二〇一一年）の解説文「人と宇宙とフィクションをめぐる『実験』」において、飛浩隆は――おそらく「自生の夢」と照応するという意味を込めて――水見稜の

「おまえのしるし」（一九八三年）を引用している。「おまえのしるし」の短い結語に、「自生の夢」、そして「From the Nothing, with Love.」の核心が根ざしているのだ。

死体《コーパス》の上に死体《コーパス》が積もり、言葉《コーパス》の上に言葉《コーパス》が積もる。掘り起こされたときは、意味の違うものになっているかもしれないが、意味以外にも伝えたいことはあるし、それは時を経てさらに強力になるだろう。（「おまえのしるし」二七五頁）

死体と言葉を繋ぐもの。『屍者の帝国』でも言及されたこの相同性を、ブカートマンが言う「テキストマトリックス」のなかで、『Delivery』もまた、共有している。自意識を失った言葉は、生命を失った死体＝言葉は、それぞれ「ゴミ」となる。その「ゴミ」が、いかにアイデンティティを育み、しかるべきパートナーを見つけ、次代へ希望を繋いでいくのか。ガジェットから考えられた八杉のテクストは、先行者としての情報を、いかに後代へ「伝達」させるか、つまりはポストヒューマンへ至る道を――アーウッドとジュリアがいかに「子孫」を未来へ残すのかを通じ――模索している。作品内の表象が作品外の環境へと繋がる瞬間だ。同作のクライマックスで、アーウッドとジュリアが未来を考える際の会話に、そうしたヴィジョンがよく現われている。

「しかし、地球にいたころを思い出すな。さっきの街もそうだが、こんな場所がたくさんあっただろう」

「そうね……ねえ、あそこを出ようとした目的、まだ覚えている？」

「ああ。子供を産んで、家族を作って、俺たちの子孫を残していくんだったな」

「まだその気ある？」

俺とキュリアに残されているのは脳と脊髄、それに血液だけだ。それでも遺伝子が備わった細胞がある。技術的にはそれを幹細胞に戻し、生殖細胞にして精子と卵子を作り、遺伝子をいじれば子供ができる。

しかし、相当高度な遺伝子工学などの医療技術が必要だ。

「やろうにも無理だろう」

「じゃあ、諦めた？」

そう言ってグラスレンズの瞳で、俺の顔をのぞき込んだ。（『Delivery』二九五頁）

何かが「ゴミ」となるのは、それが捨てる側によって「ゴミ」と名指されたことによるだろう。(21)「ゴミ」と名指され、そこで諦めてしまうのではなく、そこからアイデンティティを確立させれば、そこから新しい何かが生じるはずだ。だから『Delivery』における「産出」という考え方は、情報と身体の差異を意図的に消滅させ、そこからポジティヴな意味を析出しているという具合に読まなければならない。「継承」を主題化した『Delivery』は、単なるありふれた「創発」礼讃に留まらず、いかにして優れた先行者の遺産を「産出」へと変えていくか。『Delivery』というテクストは、そのための重要なヒントを与えてくれる。

（21）八杉将司×岡和田晃「八杉将司インタビュウ」「ＳＦマガジン」二〇一二年七月号、早川書房、二二六頁。

二〇一二年、「The Indifference Engine」は英訳され、そのテクストは日本にも紹介された[22]。その問題意識を的確に「継承」し、ポスト9・11の紛争状況へ的確な思弁を加えた宮内悠介の〈DX9〉シリーズの文脈で、八杉将司の『Delivery』を捉えることは、スペースオペラのような「エンターテインメント」と「シリアス」なフィクションを統合する一つの試みであると言えるのみならず、「From the Nothing, with Love.」から「自生の夢」に至る「死体」としての「言葉」へ生の息吹を吹き込むことにも繋がるだろう。

本稿では「伊藤計劃以後」のパラダイムを明確化するため、論じる対象を最小限に絞らざるをえなかったが、伊野隆之、上田早夕里、樺山三英、片理誠、佐藤亜紀、佐藤哲也、酉島伝法、長谷敏司、藤井太洋、仁木稔、松本寛大、山口優、吉川良太郎といった作家たちもまた、「伊藤計劃」を中心に置けば、共通した問題意識を有していたことがよくわかる。今日、あらゆる書き手は自らのスター性と作品の強度を独自に止揚させる必要に迫られているが、そのなかで、「伊藤計劃バブル」に代表される作家のブロックバスター性を批評的に取り込んだ『屍者の帝国』は、その最良の成果を示したといえる。では、一つの完成を見た「Project Itoh」の先を考えるためには、何が基準となるのだろうか。

先行者の仕事へ的確な参照を加えることで「世代」間の断絶を克服した書き手であること。「物語」が懐胎する暴力性について――とりわけSFが主題とする科学との関係について――自覚的な書き手であること。言語、「例外状態」、そして身体の問題について、サイバーパンク以降の成果をふまえ、

(22) "*The FUTURE is JAPANESE*", VIZ Media LLC,2012. および『THE FUTURE IS JAPANESE』早川書房、二〇一二年、三四五―三九四頁。

的確な批評的視座を加えた書き手であること。「伊藤計劃以後」を考えるうえでは、こうした条件を、最低限の規範として挙げることができるが、それ以上に重要なのは、「伊藤計劃」という固有名が表象した《生》の様式を把捉することだ。それは高度資本主義の実質的な包摂のなかでいかなる倫理を保持するか、という問題をも意味している。ＳＦのみならず、広く文学シーン全般において、トランスメディア的な戦略は必須の条件になっているが、それは言い換えれば、ＳＦや文学に内在する、それぞれ位相の異なった「政治」そして「速度」の問題を意識することに繋がるだろう。

伊藤計劃は、思想家ポール・ヴィリリオの『速度と政治』（一九九七年）を愛読したが[23]、ＳＦのみならず、広く文学ジャンルの規範が多様化していく速度、ヘゲモニーを握っていて規範化されている領域が空洞化していく速度、その周辺部分が規範的な領域に吸収されていく速度、実際の書き手が多様化していく速度[24]といった、それぞれの「速度」の差異を的確に把握しながら、「伊藤計劃」という固有名が担った政治的な表象と存在論的な状況をともに理解し――商業主義的な制約に由来する――ある「速度」と別な「速度」が織り成すコンフリクトを乗り越えた言葉を発するべく努め、想像力の脱政治化を可能な限り押しとどめていくことこそが、今後の批評的課題となるだろう。

二〇〇〇年代における伊藤計劃の「死」は、一九八〇年代に確立されたブロックバスター的状況を全身で引き受けた作家・中上健次の死（一九九二年）以来の「空洞」を文芸シーンにもたらしたが、

(23)「ＳＦセミナー２００８」における筆者の取材に基づく。
(24) 池田雄一「スペクタクルと文学」『小説トリッパー』二〇〇八年秋季号、朝日新聞出版、二九八頁。

その「死」は逆説的に、現代ＳＦの出発点を形作ったものと言うこともできる。(25) 書き手であろうが、読み手であろうが、「伊藤計劃」という「死者＝言葉」の伝えるものを未来に「継承」して新たな「産出」を生むために、私たちは今や、新たなフェーズ、新たな地平に立っている――そう、『Delivery』のアーウッドが別な宇宙へと「産出」されたように。ここから先を拓くため、私たちの選択、そして倫理の如何が問われているのだ。

(25) 岡和田晃「「サイバーパンク」への返歌、現代ＳＦの新たな出発点――*Harmony by Project Itoh*」「ＳＦマガジン」二〇一一年五月号、早川書房。

**【主要参考文献】（注釈に出典を記したものは除く。また、入手しやすい版を挙げた）**

伊藤計劃『虐殺器官』ハヤカワ文庫JA、二〇一〇年、原著二〇〇七年。

伊藤計劃『ハーモニー』ハヤカワ文庫JA、二〇一〇年、原著二〇〇八年。

伊藤計劃『The Indifference Engine』ハヤカワ文庫JA、二〇一二年。　※伊藤計劃「The Indifference Engine」および「From the Nothing, with Love.」の出典。

伊藤計劃『Running Pictures: 伊藤計劃映画時評集1』ハヤカワ文庫JA、二〇一三年。

伊藤計劃、円城塔『屍者の帝国』河出書房新社、二〇一二年。

神林長平「いま集合的無意識を、」『いま集合的無意識を、』ハヤカワ文庫JA、二〇一二年。

小松左京『日本アパッチ族』角川春樹事務所、二〇一二年、原著一九六四年。

ピーター・W・シンガー『子ども兵の戦争』小林由香利訳、日本放送出版協会、二〇〇六年、原著二〇〇五年。

アマドゥ・クルマ『アラーの神にもいわれはない』真島一郎訳、人文書院、二〇〇三年、原著二〇〇〇年。

フィリップ・ゴーレイヴィッチ『ジェノサイドの丘』柳下毅一郎訳、WAVE出版、二〇一一年（新装版）、原著一九九八年。

宮内悠介『盤上の夜』東京創元社、二〇一二年。

宮内悠介「ヨハネスブルグの天使たち」「SFマガジン」二〇一二年二月号、早川書房。

宮内悠介「ロワーサイドの幽霊たち」「SFマガジン」二〇一二年八月号、早川書房。

宮内悠介「ジャララバードの兵士たち」「SFマガジン」二〇一二年一一月号、早川書房。

宮内悠介「ハドラマウトの道化たち」「SFマガジン」二〇一三年二月号、早川書房。

宮内悠介「スペース金融道」大森望責任編集『NOVA5』河出文庫、二〇一一年。

宮内悠介「スペース地獄編」大森望責任編集『NOVA7』河出文庫、二〇一二年。

宮内悠介「スペース蜃気楼」大森望責任編集『NOVA9』河出文庫、二〇一三年。

J・G・バラード『コカイン・ナイト』山田和子訳、新潮文庫、二〇〇五年、原著一九九六年。

J・G・バラード『殺す』山田順子訳、創元SF文庫、二〇一一年、原著一九八八年。

J・G・バラード『クラッシュ』柳下毅一郎訳、創元SF文庫、二〇〇八年、原著一九七三年。

白戸圭一『ルポ　資源大陸アフリカ　暴力が結ぶ貧困と繁栄』朝日文庫、二〇一二年、原著二〇〇九年。

マイク・デイヴィス『要塞都市LA』村山敏勝、日比野啓訳、青土社、二〇〇八年（増補新版）、原著二〇〇一年。

野尻抱介『南極点のピアピア動画』ハヤカワ文庫JA、二〇一二年。

ブライアン・オールディス「リトル・ボーイ再び」伊藤典夫訳、「SFマガジン」一九七〇年二月号、原著一九六六年。

宇野邦一『アメリカ、ヘテロトピア』以文社、二〇一二年。

八杉将司『Delivery』早川書房、二〇一二年。

ブルース・スターリング『スキズマトリックス』小川隆訳、ハヤカワ文庫SF、一九八七年、原著一九八五年。

Sterling,Bruce"The Zenith Angle" Del Rey, 2005.

飛浩隆「夜と泥の」『象られた力』ハヤカワ文庫JA、二〇〇四年。

飛浩隆「自生の夢」大森望責任編集『NOVA1』河出文庫、二〇〇九年。

水見稜『マインド・イーター　完全版』創元SF文庫、二〇一一年。

ポール・ヴィリリオ『速度と政治——地政学から時政学へ』市田良彦訳、平凡社ライブラリー、二〇〇一年、原著一九九七年。

追記・本稿は二〇一三年三月末に上梓された。校正時に〈DX9〉シリーズが、『ヨハネスブルグの天使たち』として単行本にまとめられたのを確認したが、論の内容には手を加える必要を感じなかった。書き下ろしの最終話「北東京の子供たち」については別の機会に考えたいが、作家・批評家の山野浩一が、連作にサミュエル・R・ディレイニーの叙情を読み取ったと筆者に伝えてくれたことは、ここに明記しておく価値があろう。ディレイニーは『エンパイア・スター』（米村秀雄訳、サンリオSF文庫、一九八〇年、原著一九六六年）で、スペース・オペラを語る文体そのものを、凝集的かつ複合的なものとし、語られる問題の射程を一気に広げた。ディレイニーの方法をもって、新たに見えてくる「未来」が、あるはずだ。

# カオスの縁を漂う言語ＳＦ——ポストヒューマン／ヒューマニティーズを記述する

海老原豊

## ■はじめに

本論があつかうのは最近の言語ＳＦだ。

言語ＳＦときくと広いＳＦのなかの狭い領域を連想する人もいるかもしれない。確かに、対象となる作品は言語がガジェットとして重要な位置を占める作品だけだ。しかし、本論を通じて得られる新しい言語モデルは、言語ＳＦというサブジャンルのみならず、ＳＦという一文学ジャンル、さらには現代を生きる私たちの想像力すら射程に入るシロモノだ。詳しくは後に述べるが、現代を代表する言語学者ノーム・チョムスキーは言語活動こそが人間の精神の本質だとした。逆にいえば、言語活動を分析することとは人間とは何かを考えること。本論は、一貫して新しい言語モデルの抽出を試みる。したがってこの新しい言語モデルは、必ず新しい人間像＝ポストヒューマンへと私たちを導くだろう。この試みは必然的に、人間を考えることを専売特許にしてきた学問＝人文学（humanities）から一歩、先へ進むように私たちの背中を押すことになる。

## ■新しい言語モデルの構築にむけて

古くからSFでは言語が中心的なガジェットとして描かれてきた。ジョージ・オーウェルの『一九八四年』ではニュースピークという人造言語が夢想される。これはサピア＝ウォーフの仮説「言語はその話者の思考に強い影響を与える」にもとづいている。独裁国家は国民の自由を制限しようと「自由」という言葉そのものを辞書から抹消する。ニュースピークが完成したあかつきには「アメリカ独立宣言」は表現できないとされる。ニュースピークの原理はシンプルだ。この発想は現代日本でも見られる「言葉狩り」に近い。言葉が存在しなければ、それに対応するもの・概念も「なかったこと」になる。

サピア＝ウォーフ仮説は、さまざまな印象的なエピソードと対になって語られる。「エスキモー（イヌイット）の人たちは、雪を表現する語彙をたくさんもっている」や、そのバリエーションとして「四季豊かな土地で農耕をいとなむ日本人は、雨を表現する語彙をたくさんもっている」というものもある。印象的であり、それゆえに直感的に理解しやすい話だ。しかし、言語学ではいまやこれらのエピソードは単なるエピソードであるとかたづけられている。イヌイット（日本人）はたしかに雪（雨）を表現する語彙をたくさんもっているかもしれないが、それが「世界認識の違い」へと強い影響をあたえているわけではない、と。

言語学の最新動向はともかく、SFでは、このサピア＝ウォーフの仮説に触発された言語が登場する作品がいまでも人気である。テッド・チャンの「あなたの人生の物語」には、異星人の非線状的な言語を習得した人間の言語学者が、人間の線状的な時間認識（過去・現在・未来）をこえて、すべての時間をまるで重ね合わせたかのような非線状的な世界認識に到達する過程が描かれる。川又千秋『幻詩狩り』では読んだ人を狂わせる「幻詩」が描かれ、山本弘の短編「メデューサの呪い」では、特定の仕方で配置された言葉は、それを目にするものの精神を破壊するほどの力をおびる。いずれの場合も、私たちの世界認識は使用する言語によって規定されていて、異なる言語を用いるようになれば異なる世界認識を獲得し（テッド・チャン）、言語を暴力的に攪乱されれば発狂してしまう（川又千秋、山本弘）。

サピア＝ウォーフ仮説の根本には言語＝世界という発想がある。

この言語＝世界の起源は古い。言語を魂や理性といった抽象概念に、そして話者の身体を物質とすれば、心身二元論へと簡単に還元できる。話者の世界認識を規定するのは、その話者の出自ではなく、話者が用いる言語である。端的にいえば、話者は誰だって・何だってよい。そして話者という具体的な人間が捨象されるのと同時に、普遍的な魂や人間理性が抽出される。哲学、思想、科学の歴史をひもとけば、このような言語＝世界モデルの例はいくつも見出せる。

さらにいえば、その言語＝世界は現代と相性がよい。言語をソフトウェアに、話者をハードウェアに置き換えてみよう。新しいソフトウェアを買えば、いま使っているハードウェアを変えなくても、異なる世界を見ることができる。新しいソフトウェアが、そのハードウェアに対応しているという条件はつくが。ウェブサイトは０か１かの記号へと原理的に還元できる。さらには０と１の並びに手を加えることで、異なる世界（ウェブサイト）を構築することができる。ここにも言語＝世界という思考を確認できる。

この言語＝世界という考え方を、ソフトウェアたる言語がハードウェアたる人間を一元論的に統御することから「一元論モデル」と呼ぶことにする。先に西洋哲学の伝統であれば「心身二元論」だとしたが、この心身二元論は、魂（精神、言語、名称はなんでもよい超越概念）に身体を隷属させるという点で、結局のところ一元論だ。

私たちの日常生活は使用している言語におおいに制限されている。翻訳不可能（困難）な概念に出会うたびにもどかしさを覚える人であれば誰しもが、一元論モデルに理解を示すだろう。しかし、この一元論モデルはアップデートする必要がある。その理由は複合的だ。一つは哲学的なもの。人間というマシンに言語＝意識というソフトを走らせたとき、このソフトのどこを調べても人間がもっているとされる魂は発見できない。魂の存在は無限退行し、「あるのだからある」という信仰へといきつく。かつては信仰が哲学を下支えしていたが、信仰を否定するように発達した近代社会が成熟した今、パトロンを喪失した哲学は一元論モデルではない別のモデルを探す必要に迫られている。

また、テクノロジーの発達も関係している。私たちがいままでに生み出してきたテクノロジーのなかには、直感的に理解しやすい一元論モデルとは異なる方法で生み出されたものもある。近年注目をあつめている複雑系というジャンル横断的な科学的な思考も、一元論モデルとは全く別物だ。

そして何より根本的な理由。本当に人間は心（言葉）／身体に分割しうるのか。意識の本質をプログラムという0と1の配列、つまりは自然または人工の言語にあるという発想は根深い。後に触れるようにチューリング・テストもこの発想にもとづいている。

伝統的な一元論モデルに対して、本論が提示するのは「二層構造」モデルだ。人間を言葉と体に分割することはできない。身体が捨象された抽象概念としての情報を、血肉化（embodiment）しなければならない。そのために、言語を身体的根拠をもつ深層構造と、個別・具体的な社会における実践である表層構造の二層にわけて考える。そのうえで、私たちがふだん用いている表層言語には、つねにすでに深層構造からのフィードバックが刻まれているとみなす。言語の二層構造モデルにのっとり、どのような心‐身の関係が、言語‐人間の関係が可能なのか、SF作品をひもとくことで考えていく。

思想やテクノロジーの変化に対応するように、そして状況によっては先取りしながら、SFは一元論モデルへの違和感を示してきた。SFが科学やテクノロジーに重きを置き、物語内部で思弁をめぐらせてきた直接的な結果だ。ただしテクノロジーへのまなざしは表層的なものにとどまらない。いくつかのSFが先鋭的に描出したシーンは、たとえそれが未来であっても（いや未来であるがゆえに）生々しいほどに現在的であり、私たちに一元論モデルへのアップデートを執拗にうながす。本稿は現代の、特にゼロ年代以降の日本SF作品に着目することで新しい言語像を切り取ることを目指す。

## ■一元論モデルの残響　神林長平『言壺』（一九九四年）

言語を操作する機械の出現によって人間が被った現実の変容を表現した連作短編集、神林長平の『言壺』を一読して感じること。それは、ワーカムの破壊力。

いくつかの短編のあいだには差異がみられるが、大きな世界観は共通している。ワード・プロセッシング・デバイス、ワーカム。キー・アイテムであるワーカムは万能著述支援用マシンで、ユーザーが文章にしたいと思っているアイディアを、問いかけ「なにを表現したいのか？」を通じて文字にしていく。下手な言葉遣いやまとまりのないイメージも、ワーカムが「正しいもの」へと直してくれる。

ワーカムは、作品発表されたのが一九九四年であることを考えると、ワープロが進化したものだ。だが、ユーザーの癖を覚え、思考を先取し、あまつさえネットワークを構築するにいたっては、現代のPCやスマートフォンに読み替えたほうが妥当だ。ここには、未来予測小説というSFの一側面がじゅうぶんに発揮されているといえる。

物語は「書くこと」と「言葉」がテーマとなる。『言壺』の登場人物たちはつねに何かを書いている。職業を（電送）小説家とされることが多いが、本人がはっきりと認めるようにワーカムによって彼らの「世界観はすっかり変わってしまった」（九一頁）。ワーカムを使うことで、極めて人工的で、矛盾やあいまいさといったノイズのない作文をすることに慣れてしまう。

新しいテクノロジーによって私たちは新しい言語を手に入れ、それによって新しい世界観を強要されている。『言壺』をつらぬく思想は単純だ。単純であるがゆえに大きな破壊力をもっている。「強要」と書いたが、ワーカムはまるで土着の生態系を破壊する外来種の生物のように、ユーザーがワーカムを使用する前にもっていた「想い」に影響をあたえる。ある作家はいう。

「ようするに、核になるものはわたしの場合、言葉ではなく、非言語的な想いであって、表現したいことははっきりとしているものの、言語ルールにはもともとのせることができなくて、書いているうちになんとなくそれに近づいてくるのをよしとするものなのだ。」（一〇三頁）

「わたしが表現したいものは、本来言葉にならないものなのだ」（一〇三頁）という作家がもつ倒錯的な願望を、ワーカムは阻害する。神林は『言壺』において、「言葉は、物理的に人体に作用するんだ……いい気分にさせたり、不快にさせたり、だ。狂わせることもできる。精神を破壊することもできる」（三二頁）というように、サピア＝ウォーフ仮説につらなる一元論モデルを踏襲している。ワーカムは、言語＝世界が人間という容器に流し込まれるとき、適切なかたちに収まるように調節するバルブのような役割を果たす。ただし、「ワーカムのその自己というのは、使用者によって形造られるものだ」（一一五頁）とあるように、一元論モデルを完全に反復しているのではなく、ユーザーの思考や癖がワーカムから吸い上げられて、言語を身体に走らせるそのやり方へと影響を与えている。このユーザー情報の吸い上げは、かなり重要な点だ。ワーカムをサイボーグ的な装置、身体の延長としてとらえると、身体の変容が言語に影響を与えたのだといえる。

『言壺』が描いているワーカムというテクノロジーは、現代社会のワード・プロセッシング・デバイス（ＰＣからスマートフォンまで）の登場を予見したのみならず、単純な一元論モデルによらない新しい言語観を模索しつつあった。とはいえ、新しいモデルを結晶化するにいたったのかといえば、残念ながらそうではない。文学的な作家、つまり書くという行為に極めて自覚的な作家が陥りがちな穴に、神林の『言壺』も落ちている。先に引用した「本来言葉にならないもの」という、「言語化されない残余」がそれだ。

「言語化されない残余」は、簡単に言い換えれば、辞書を引いたときのもどかしさだ。単語Ａを辞書で調べると単語Ｂを使って定義されていて、次に単語Ｂを辞書で調べると単語Ｃにあたり、以後、この作業を繰り返す。ここまで極端ではないにしろ、構造主義者よろしく言語を差異の体系としてとらえる限り「言語化されない残余」はつねに体感される。直感的に感じられるこのもどかしさは、文学的な作家にとっての一種のロマンとして輝く。ポスト構造主義／脱構築が、修辞分析から「言語の不可能性」(デリダ／ポール・ド＝マン)へとたどり着く姿と似ている。ただしこれらの思想／批評が切実さをもって受容されたのは、せいぜいが八〇年代までだろう。「言語化されない残余」をめぐる脱構築的ロマン主義は、作家・批評家によほどの技術がないと単なる言葉遊びへと矮小化されてしまうのがオチだ。「言語の不可能性」を宣言するのはたやすいが、では今・現在・目の前で行われている言語行為の説明はいかにしてつけるのか。神林の『言壺』は一九九四年の作品。ある種の先見性はそなえている一方で、言語的ロマンという隘路に陥っている。その原因として考えられるのは、一つは時代的な制約、もう一つは作家としての神林の創作哲学だろう。

## ■普遍文法としての虐殺　伊藤計劃『虐殺器官』(二〇〇七年)

神林『言壺』から十余年。神林長平が作家のロマンとして表現した「言語化されない残余」は、伊藤計劃の『虐殺器官』には存在しない。

タイトル『虐殺器官』の「器官」という言葉が端的に示しているとおり、人びとに訴えかけ虐殺を誘発する文法は、物質的な器官として体内に埋め込まれている。虐殺の主犯とされる人物ジョン・ポールはＭＩＴで言語の研究をしていた経歴をもつ。また、作中ではジョン・ポールのＭＩＴ時代の恋人ルツィアが「チョムスキー」という名前を口にする。ゆえに「器官」という言葉から、ＭＩＴで自身が提唱した生成文法理論を研究していたノーム・チョムスキーの「言語習得装置」を連想するのは間違いではない。

『虐殺器官』は一元論モデルではない新しい言語(観)を、チョムスキーの生成文法理論を参照しつつ試みている。特殊部隊隊員である主人公のクラヴィスから、どのような研究をしていたのかと問われたルツィアは、次のように答える。

「そうね……言うなれば、言語が人間の行動にいかに影響を及ぼすか、その研究ね」
「言語が人間の現実を形成する——エスキモーは雪を二十通りの名詞で形容する、ってあれのことですか」
「昔懐かしいサピア＝ウォーフの話ね。いいえ、それとは違うわ〔…〕あれは一種の都市伝説に近いわね。話が伝わるたびに、単語の数は増えていった。〔…〕実際にはね、ヒトの現実認識は言語とはあまり関係がないの。どこにいたって、どこに育ったって、現実は言語に規定されてしまうほどあやふやではない。思考は言語に先行するのよ」（八六 - 八七頁）

このようにルツィアはサピア＝ウォーフ仮説（一元論モデル）を全面的に否定する。ではその代替として提示される「虐殺の文法」とはいったいどのようなものか。

その前に、チョムスキーの生成文法理論を簡単に紹介したい。チョムスキーは、人間が母語を習得する過程を観察し、第二言語（外国語）を習得するのに必要なインプットの量と比べて圧倒的に少ない量のインプットにしかさらされていない赤ん坊でも、いずれは流暢に母語を使えるようになることに気がついた。少ないインプットから正確なアウトプットという、第二言語習得には見られず、母語習得にのみ見られるこの現象の要因に、人間が生得的にもっている言語習得器官を想定した。これは胃や肺、心臓のように個別具体的に特定することはできていないが、脳のどこかにあると推定されている器官だ。すべての言語は、それを統御する文法をもつ。文法は言語によって異なっているが、それはあくまで見かけ上のことでしかなく、チョムスキーはあらゆる言語が深層構造＝普遍文法をもっていると考えた。この普遍文法はスイッチ（「パラメーター」という）のオン・オフ（0か1）と、「原理」で表現される。例えば単語が二つ並んだとき、前の単語と後の単語、どちらが全体を統御するのかを規定するといったように（日本語であれば「美しい花」は全体として名詞であるので後ろの単語「花」が全体を統御している）。普遍文法がスイッチのオン・オフに還元できるために、赤ん坊は少ないインプットでも自身の脳に埋め込まれている言語習得器官のスイッチを母語にあわせて入れることができる。

ジョン・ポールはクラヴィスに向かって、次のように「虐殺の文法」のからくりを説明する。

> 「人間がやりとりすることばのうちに潜む、暴力の兆候が具体的に見えるようになったのだよ。もちろんそれは、個人個人の会話のレベルで見えてくるものではない。［…］地域全体の表示頻度でないとわからない。ただし、この文法による言葉を長く聞き続けた人間の脳には、ある種の変化が発生する。とある価値判断にかかわる脳の機能部位の活動が抑制されるのだ。それが、いわゆる『良心』と呼ばれるものの方向づけを捻じ曲げる。ある特定の傾向へと」（傍点引用者、一五五頁）

これを聞いて、クラヴィスは「虐殺の起こった地域では、予兆としてその深層文法が語られる」（一五六頁）のだと理解する。「深層文法」はまさに生成文法理論がいうところの普遍文法だ。人間が脳に生得的にもっている「虐殺器官」のスイッチを、操作されたインプットによってオンにしてしまえば、その人間たちは突然、赤ん坊が母語を話し始めるように、虐殺を始める。

虐殺の文法をなぞる言葉は脳のどこかにあると推定される虐殺器官、すなわち物質に働きかけ、変化させる。このとき言語は物質的現実に影響をあたえるだけではなく、物質的現実こそが言語の根拠となっている。根拠とはＤＮＡ／遺伝子のことだ。物語終盤、虐殺の文法が「食料不足に対する適応」「人類がまだ食糧生産をコントロールできなかった時代の名残だ」（二六〇頁）と明らかにされる。これは、例えば肝臓が、種としての人類が今と比べて圧倒的に餓えていたころの遺伝的特徴を引きずり「飢餓には強いが飽食には弱い」といわれるのと近い。ＤＮＡとは四種類のアミノ酸からなる物質であり、その文字列はコードとして読解され、たんぱく質などの設計図（遺伝子）となる。虐殺の文法は、だから原理的にはＤＮＡの文字列へと還元することができる。

以上が、伊藤計劃の言語観、脳の深層にある器官に働きかけ、物質的根拠をもつものとしての言語だ。先に確認したとおり、確かに神林の『言壺』でも、言語は物理的身体としての人間へ力を及ぼす。言語は「いい気分にさせたり、不快にさせたり、だ。狂わせることもできる。精神を破壊することもできる」。しかし、これはあくまで「世界観はすっかり変わってしまった」という程度に留まる。たとえて言うならば、個別言語Ａ（日本語）と個別言語Ｂ（英語）の違いのために、特定の言語を使い続けることで話者が身につける言語の癖の一種にちかい。ところが、伊藤計劃の虐殺の文法は、この表層的な個別言語の水準ではなく、もっと深層にある、チョムスキー的な普遍文法（彼はこれをＩ言語と命名する）の水準で機能している。人類が遺伝的形質として獲得した「虐殺」を発動させるのは、「殺せ」「虐殺しろ」といった直截的な言葉「だけ」ではない。ジョン・ポールは扇情的なポスターや看板のスローガンが効果的に虐殺を誘発することは認めつつ、「虐殺の文法の効果は、語る内容に依らない。日常的な会話にいくらでも忍ばせることができる」（二一八頁）という。「個人個人の会話のレベルで見えてくるものではない」「語る内容に依らない」、表層的な意味内容を越えた深層で機能する虐殺の文法。

チョムスキーが生成文法理論および普遍文法を考えた思想的背景には、ソシュール由来の構造言語学／記述言語学の方法論的な限界があった。チョムスキーはソシュールを「構造主義者」と呼ぶことにためらいを覚えている。

これまでに、本当の意味で生産的な伝統が二つあり、今日の言語研究に関心のある者なら誰にとっても、それらが関連性をもつことは疑いない。その一つは、一七世紀からロマン主義の時代を通じて花開いた哲学的文法の伝統であり、もう一つは、これまで「構造主義」という名前で呼んできた伝統だが、この名称はいくらか誤解を招くかもしれない。（チョムスキー『言語と精神』六〇頁）

チョムスキーはここでデカルト／ポール・ロワイヤル的な哲学的文法と、ソシュール／インド・ヨーロッパ語族研究由来の構造言語学・記述言語学を対比させている。思想史の文脈ではソシュールは構造主義者の先駆だと位置づけられるが、チョムスキーによる言語学史のなかでは、構造主義者とはいわれない。なぜならば、ソシュール言語学は、新しい発話を無限に生成する言語の本質的な能力を、構造的に示すことを目的としていないからだ。それはあくまでも個別具体的な言語を差異の体系としてとらえる共時的なまなざしに支配されていて、チョムスキーが仮定した表層／深層という二層構造を完全に射程外においている。まとめると［表1］のようになる。

［表１］

| | ソシュール | チョムスキー | 神林『言壺』 | 伊藤『虐殺器官』 |
|---|---|---|---|---|
| 表層構造 | 差異の体系<br>言語化されない残余 | 個別言語 | ワーカムによって拡張された人間の身体 | 会話・イメージ（入力）<br>虐殺の事例（出力） |
| 深層構造 | × | 普遍文法<br>Ｉ言語 | × | 虐殺の文法 |

チョムスキー＝伊藤のように、言語を深層と表層の二つに分け、身体に根拠をもつ深層から表層へのフィードバックを可能とするものが、二層構造モデルだ。

虐殺の文法の物質性＝深層構造のほかに『虐殺器官』では、興味深い描写がある。クラヴィスによるジョン・ポールの追跡という主筋のほかに、サイドストーリーとしてクラヴィスの母親をめぐる生命倫理の問答がそれだ。母親は交通事故にあい終末医療を受けているが、最終的に生と死の境界はクラヴィスの手にゆだねられる。クラヴィスは意識があるのかないのかを医者に問うが、「いったいどれだけの脳の部位、どれだけの人格や意識を構成する機能モジュールが残存していれば、『わたし』と呼ぶに充分なのでしょうか」（二四二頁）と返される。結局、本人でないかぎり「わからない」。ここで問題となっているのは、意識を「機能モジュール」という部品へ解体していることだ。

解体されるのは意識だけではない。クラヴィスたち特殊部隊の隊員たちは、戦闘中に負傷しても作戦を継続できるように「痛覚マスキング」という「グロテスクな麻酔」を受けている。「戦闘の障害になる『痛み』を『感じる』のを抑えながら、『痛い』と『知覚する』ことは妨害しない」（一八四頁）。「感じる」ことと「知覚する」ことが、脳内の別のモジュールによって処理されているから可能となった技術だ。

意識にしろ感覚にしろ、脳内に機能モジュールとして散在している。もし心の実体を一箇所の物質へと結晶化させてしまうと、脳内で操作する「小人」の存在を仮定することになる。だから心は複数の機能モジュールからネットワーク的に発生するものと考えるのが妥当だろう。この場合、意識は深層にあるネットワークを部分的に走る偶発的な表層といえる。結局、虐殺の文法は、虐殺のみならず意識の機能モジュールや痛覚マスキングといったほかの重要なアイディア／ガジェットも同時に可能にしている。根底で共通しているのは二層構造モデルだ。

この二層構造モデルは、新しい人間像すなわちポストヒューマンを記述するための言語であり、それと同時に、ポスト人文学すなわちポストヒューマニティーズの言説でもある。

批評的言説においては、ソシュール以来の伝統的な手付き、つまり差異の体系として記号をあつかうことが主流であった。もっとも典型的な記号学として言語学を定義したソシュールを引き継ぎつつ、ロラン・バルトは言語学の一分野としての記号学を提案した。バルトは構造主義とポスト構造主義をつなぐ思想家としてしばしば位置づけられるが、彼以後のポスト構造主義者たちはこの「言語学的転回」をさらに発展させていく。フェミニズムは社会的性別の構築性を理論的に検討するジェンダー・スタディーズへと姿を変えた。階級や人種といった、それまで安定したラベルだと思われていたものが、実際には、言語をふくむさまざまな社会的実践の中で構築されてきた（され続けている）ことが指摘され、カルチュラル・スタディーズやアイデンティティ・ポリティクスといった諸研究を派生させていった。そこではまるで本質主義が諸悪の根源であるかのように、徹底的にパージ（追放）されていく。

だが人文学（humanities）の最新動向は、社会の発展と無関係ではありえない。テクノロジーの進歩、具体的にいえばDNA／遺伝子を研究対象とする分子生物学のめまぐるしい発展は、社会のみならず人文学にも変化を迫る。言語の社会構築性を高く評価する一元論モデルによる言説分析は、ある意味で、楽なものだった。なぜなら、言説「だけ」を分析していればよいのだから。しかし、もはやそのような言説への安住（安住の言説？）に身を浸すことはできない。さまざまなデータが、私たちに私たちの身体性をつきつける。言語学もまた、さらなる変容を要求されている。チョムスキー以来の生成文法理論を、生物学や情報工学から、アップデートしなければならない。今こそ、二層構造モデルが必要とされる。そしてこの二層構造モデルこそがポスト人文学の記述言語となる。

## ■身体からのフィードバック　飛浩隆『ラギッド・ガール』（二〇〇六年）

飛浩隆の仮想リゾート世界を舞台にした『グラン・ヴァカンス』は、それ単独で読んでいる限り、仮想世界／人工知能SFとして分類されるだろう。人間世界からのゲストを失った仮想リゾート〈数値海岸《コスタ・デル・ヌメロ》〉のAIたちと、彼らを突然襲った謎の侵入者の戦いが描かれる。しかし前日譚となる短編を集めた『ラギッド・ガール』とあわせて読むと、〈廃園の天使〉シリーズは言語SFと考えられる。なぜなら「ラギッド・ガール」「クローゼット」「魔述師」で焦点となっているのは、著述物としてのAIと仮想世界、読者としての人間、そしてこの両者のあいだの相互交流の方法論だからだ。そう、仮想世界は言語構築物としてとらえられている。

仮想世界とそこを訪れる人間の関係は、二層構造モデルに基づいている。本節では、飛がアップデートした二層構造モデルの特徴をつかむことを目標とする。

現実世界の人間は、コンピューター上の仮想世界〈数値海岸〉を直接に訪れることは不可能とされる。「直接」という表現は正確ではない。そもそも現実世界の人間と、仮想世界は存在しているレイヤーが異なるからだ。一般に現実世界の人間が仮想世界を「訪問」するには、アバター（電子的代理人）を派遣することが多い。しかし〈数値海岸〉に、現実の人間の完全な電子的コピーを移植することはリソース的に無理だ。そのため、人間が世界を認知する癖を写し取った電子的コピー＝情報的似姿を派遣する［図1ⓐ］。ゲストは情報的似姿が体験したものを、あたかも録画したビデオを見るかのように、好きなときに「体験」することができる［図1ⓑ］。この技術の開発者であるドラホーシュ教授は、情報的似姿を「ヴィデオテープ」へとなぞらえた。

このとき重要な役割を果たすのが、視床カードと呼ばれるテクノロジーだ。これにより、人間が何かを知覚するときに「感覚器官」と「感覚」にあるあいだが埋められる。視床カードが発明される前、例えば人はゴーグルを付けて現実を多層化していた。しかしゴーグルという「感覚器官」の存在は、多層化された現実は本物ではないと興醒めさせてしまう。そこで脳に直接に感覚を送りこむ装置が求められた。こうしてできあがったのが視床カードだ。

視床カードには二つの役割がある。視床カードをつけた人間は、自分独自の感覚情報を代謝する癖（代謝個性）を視床カードを通じて吸い出し、まっさらな情報的似姿を生身のゲストに近づくようにモデリングしていく［図1ⓒ］。そして〈数値海岸〉で情報的似姿がした経験は、視床カードを通じて現実世界で実際の人間の経験として体験される。

〈数値海岸〉から帰ってきた情報的似姿を、多層現実として視床カードの上で走らせることは、言語構築物を読む＝体験することだ。仮想現実という「別の世界」を経験する。これは言語＝世界とす

［図１］（円が情報的似姿）

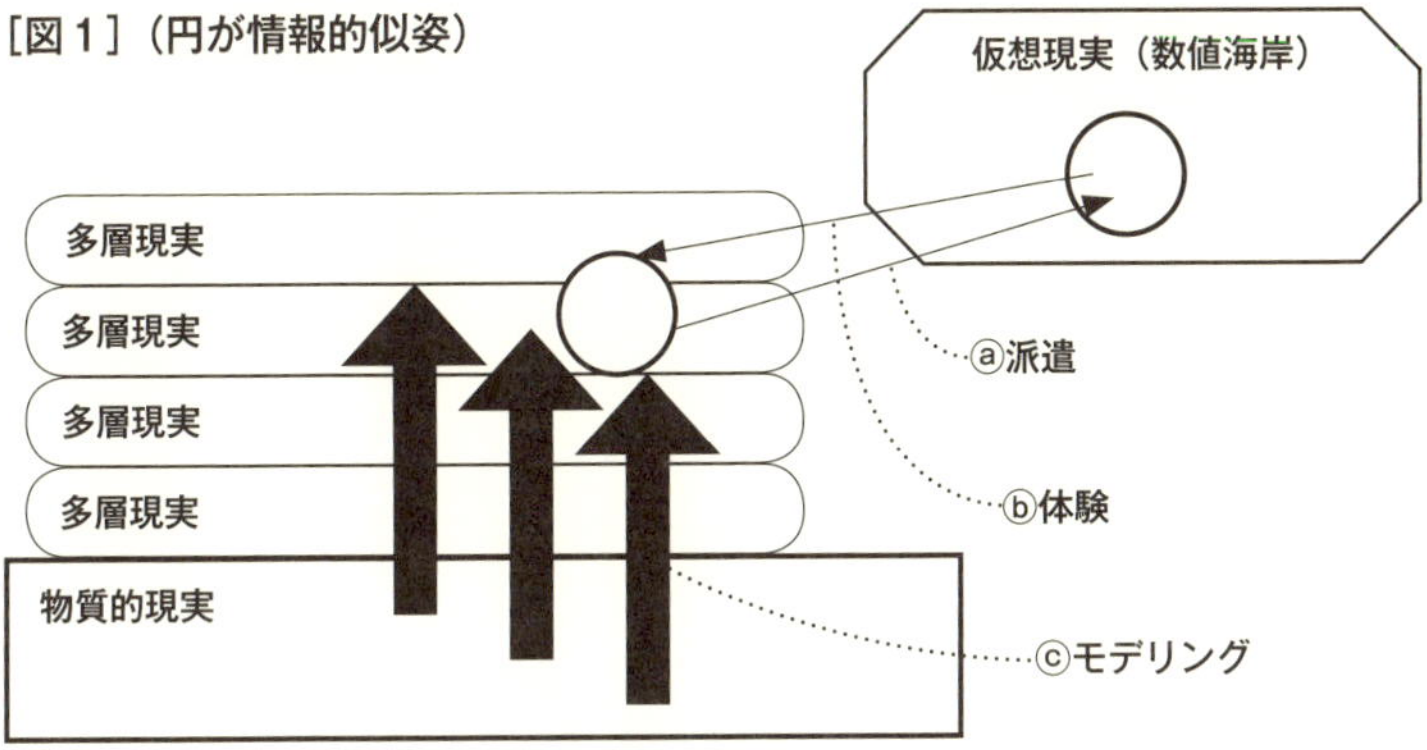


る従来の一元論モデルを反復しているように思えるが、決定的な違いが一つある。それは、〈数値海岸〉に派遣される情報的似姿は、各人の個性、感覚情報を処理する代謝の癖にあわせて調整されている。つまり、単純に経験を再生するのではなく、それに先立ってそもそも経験を可能にするためにユーザーの身体的情報を情報的似姿にアップデートしているのだ。

ドラホーシュ教授の言葉をひいてみよう。

「ヒトの認知システムは生息環境に適応するために形成された。[…] 人類であればだれしも同じ臓器をもっているように、認知を成立さす基本的な部品と構成はみな同じだ。ゲノムにならって、これをだれかが「認知総体《コグニトーム》」と命名した。[…] ヒトの認知総体《コグニトーム》をソフトウェア的に模したＡＩの核はいまやロボット産業の基幹パーツだ。これをもとにした〝似姿の台紙〟を視床カードに組み込む。でもこいつはまだ、つるんとした人体模型みたいな段階だ。そこに―― [：] きみの個性をうつしとっていく」（傍点引用者、六五頁）

仮想世界での体験パッケージ（＝言語構築物）を話者が直接に体験するのではなく、話者の個別具体的な物質的背景をフィードバックしたもの（よりしろ）を媒介として体験している。ここでのポイントは二つある。一つは情報的似姿という分身（表層）を用意していること。そしてこの情報的似姿を、身体的な特徴にあわせるように適宜、アップデートしていること。チョムスキー、伊藤計劃に続き、飛浩隆の作品世界においても、個人的な代謝の癖がきざまれた物質的身体と、その身体の癖を写し取った情報的似姿という二層構造が見出せる［表2］。

「ラギッド・ガール」は『虐殺器官』のように言語を深層と表層に二層化している。さらに、深層から表層へのアップデート修正がはっきりと観察される。虐殺の文法が発現した虐殺事例とは異なり、情報的似姿はあくまでコンピューター上のものであり、かつ深層構造の持ち主たる人間の外部に存在しているので、単純に『虐殺器官』と並列することはできないと反論されるかもしれない。しかし、例えば「魔述師」が鮮明に問題化したように、もし疾患により身体（深層構造）しかもたない人間に情報的似姿を走らせたら、外部からは人間なのか情報的似姿なのかの区別を原理的につけられない。表層構造というのは、身体と社会のインターフェイスの一種のメタファーとしてとらえる必要がある。ある時は個別言語であり、ある時は虐殺であり、ある時は情報的似姿といったように。共通しているのは、身体という深層構造からのフィードバックがあること、つまり身体化された情報であることだ。『ラギッド・ガール』の連作短編を通じ、仮想世界〈数値海岸〉のさまざまな区界やコンピューター・ネットワーク上に亡霊のように浮かび上がってくるバグの発生源は、コンピューター世界における言語の衝突ではない。コンピューター外の現実世界に存在していた何かが言語的な仮想世界に残し

[表2]

| | チョムスキー | 伊藤『虐殺器官』 | 飛「ラキッド・ガール」 |
| --- | --- | --- | --- |
| 表層構造 | 個別言語 | 会話・イメージ(入力)<br>虐殺の事例(出力) | 情報的似姿 |
| 深層構造 | 普遍文法<br>I言語 | 虐殺の文法 | 個人的な代謝の癖 |

た痕跡が原因だ。ひらたくいえば〈数値海岸〉に現実が侵入している。いったい何が、そして、どうやって？

答えは「ラギッド・ガール」＝阿形渓という女だ。飛は記録（言語）を一方通行的に読み込む一元論モデルが見かけ以上に困難であることを、「ぎざぎざ」「ざらざら」といった皮膚感覚で表現している。それはレコードを再生すればするほど、レコードそのものが物質的に損傷していくのと似ている。「ラギッド・ガール」では、情報的似姿の経験を現実世界で再現するために、阿形渓という女の「直感像的全身感覚」という特殊能力の仕組みが研究される。阿形渓は、「過去から現在に向かう一直線の時間の定規。生まれてこのかた、すべての記憶をその線にそわせて並べて」（四九頁）、過去を全部、断面として記憶、いつでも好きなときに思い出すことができる。この「直感像的全身感覚」には「これ全身サイのケツ」と形容される、阿形渓のざらざらした身体そのものが必要とされる。彼女の皮膚は特殊な記録媒体であるが、そこに記録されるとは、彼女の皮膚を記録することでもある。先の表で、「ラギッド・ガール」には「情報的似姿」（表層）と「個人的な代謝の癖」（深層）の二層が観察されると指摘したが、実は、この二層構造は阿形渓という一人の人物に「直感像的全身感覚」と「ぎざぎざの皮膚」として同時に実装されている。情報的似姿をテクノロジーとして完成させるために、阿形渓を感覚と皮膚に象徴的に分離しなければならない。そして、この分離はのぞきこんだものを深遠へと引き寄せ、

〈数値海岸〉にとりつく亡霊にしてしまう。
最後には阿形渓にとりこまれてしまうアンナ・カスキは、彼女の皮膚をみて、こう欲望する。

診察の日に見た渓のはだかが思い出された。全身に刻印された苦痛。それを想像した。私の身体に、渓のこのテクスチャがマップされたら、どんな感じだろう。ざわざわと鳥肌がたった。嫌悪ではなかった。では何かと問われても、言いあらわせない。（六二頁）

アンナ・カスキは、阿形渓の皮膚のぎざぎざを感じたい、記録媒体のざらざらした物質の物質性を実感したいのだ。先に引用したドラホーシュの「つるんとした人体模型みたい」という言葉を思い出そう。代謝個性の癖を写し取るまえの情報的似姿は「つるん」としていて、阿形渓の「ぎざぎざ」な皮膚と見事に対比される。何も記されていないものは「つるん」としている一方で、すべての感覚を記録している皮膚は「ぎざぎざ」。

記録されたものも、何かを記録している。いままでのテクノロジーが記録したものは、いずれも無生物・無知性であった。しかしもし今後、知性を言語によって記録することが可能になったとき、果たして記録された知性は、記録媒体の感触を覚えているのだろうか。常識的に考えれば、答えは否である。しかし、飛はこの記録する／記録されるという関係性をゆさぶりつづける。阿形渓のざらざらした皮膚へと取り込まれたアンナ・カスキは、阿形渓のまさにその皮膚を記憶している。ジョン・ファウルズ『コレクター』でミランダを「殺した」のは、ほかでもない読者だと、アンナ・カスキはいう。そして「どんなに静かに生きようと願っても、つねに世界とこすれあうことからは逃れられない」（七九頁）とも。

情報的似姿を単なる媒体（メディア）と考えるのは間違っている。いや、正確にいうならば、媒体を抽象的で透明なものと考えることが間違っている。いかなる媒体であれ、そこに伝達されるメッセージによって、媒体は歪む。この歪みこそが媒体が伝えるメッセージだ。文法が深層構造から表層構造へと変形するように、媒体の歪みによってのみメッセージは伝達しうる。阿形渓のざらざらした皮膚の感覚が、彼女に取り込まれてしまうアンナ・カスキ（の情報的似姿）に偏執的についてまわるのは、このざらざらした感覚なしではアンナ・カスキの情報的似姿は存在しえないことを意味している。

「ラギッド・ガール」で阿形渓のぎざぎざした皮膚が問題となっているというのは極めて象徴的な話だ。彼女の皮膚は、彼女の身体を覆う表面的なものである。だが、彼女の皮膚は表面的なものではあっても、表層的なものではない。深層構造として機能し、個別的な感覚という表層を記憶する／再生することを可能にしている。このねじれが、表層／深層を人間の内部からとりだし、コンピューター上の仮想現実へと移植する（ずらす）ことを可能にし、かつまた、このねじれこそがアンナ・カスキをとりこみ、〈数値海岸〉の亡霊へと変えてしまうのだ。

## ■表層言語としてのetml　伊藤計劃『ハーモニー』（二〇〇八年）

神林がロマンとして残した「言語化されない残余」は、あくまで表層構造の問題だ。チョムスキーの生成文法、伊藤計劃の『虐殺器官』、そして飛浩隆の「ラギッド・ガール」においては、言語が深層／表層の二層へ分離している。そして表層には深層からのアップデート修正が確認される。これが二層構造モデルだ。

再び伊藤計劃へ戻ろう。『ハーモニー』は『虐殺器官』後の世界を描く。ここでもまた言語が重要な役割を果たす。

最初にこの小説を手にとった読者は、テクストに埋め込まれたしかけ「etml」に驚くだろう。物語を最後まで読むと、html タグのように物語の外部(しかしテクストの内部)に書き込まれたこれらの文字は、読者に指定した感情を喚起するためのものだとわかる。

このテクストは etml の 1.2 で定義されている。etml1.2 に準拠したエモーションテクスチャ群をテキストリーダーにインストールしてあれば、文中タグに従って様々な感情のテクスチャを生起させたり、テクスト各所のメタ的な機能を「実感」しながら読み進めることが可能であるように書かれている。現在においては、このテクスト中に埋め込まれた etml で文脈が要求する感情を作り出す方法のみが、人間の脳に残された種々の「感情」という機能を生起させるトリガーとして存在している。生存上、喜怒哀楽が要求される局面は、人類が完全に社会化された現在においてはあまりに少ない。(三四九―三五〇頁)

本節では、感情技術言語 etml が、どのような経緯で社会に実装されたのか、そして何がその結果もたらされたのかを考えたい。

〈大災禍《ザ・メイルストロム》〉のために、人間の身体が何よりも大切な社会的なリソースとして認識され、いかなる瑕疵も与えられることのないように徹底的に監視された社会。人間の身体はインストールされた恒常的体内監視装置 WatchMe によって管理されている。体内はつねにデータ化され監視、バランスが崩れると調整するための物質がすぐに分泌されるという徹底的な指導にさらされ、「不健康」が物理的に不可能になる。また、個人の趣味・嗜好はメタ・データとして拡張現実空間に重ねあわされる。本来であれば個人の身体内部に剰余として神秘化されつつかくまわれていたはずのものが、環境＝アーキテクチャに染み出している。

人類は、種として生存し繁栄するために感情や意識を遺伝的形質として獲得した。かつて「意識を必要としない」民族の一員であったミァハは圧倒的な暴力にさらされ、生き延びるために意識を生み出した。ミァハはいう、「システムがそれなりに成熟していれば、意識的な決断は必要ない」（三三四頁）。この世界において意識をもつことが苦痛であるのならば、意識を棄て、完全な調和が支配する世界を作ればよい。そう考えたミァハは、六千人規模の同時多発的自殺をしかけ、WatchMe の背後にいる「老人たち」に最後のスイッチを押すのだとけしかけた。「老人たち」は決断し、人類は意識や感情を失う。意識・感情を喪失したトァンが、そこにいたる経緯を自らの視点から etml を駆使して記述したのが、この『ハーモニー』というテクストだということが最後に明かされる。

この言語はいったい何をもたらすのか。

ミァハの旧友であるトァンはＷＨＯの螺旋監察官。同時多発自殺の背後にミァハの存在を感じ、独自の調査を進める。その過程で出会った父の共同研究者・冴紀ケイタ教授は、テクノロジーが進化すると身体はデッドメディアになるのではないかとトァンに向けていう。「人間の肉体なんていうのは、魂にとって時代遅れのデッドメディアに過ぎん。いつか人間が精神をデジタル空間に移行すれば、仮想のわたしの研究室で、フロッピーや磁気テープやフラッシュメモリの間に、魂のない人間がごろんところがっているっていうのはあり得る話じゃないか。」それに対して、トァンは明確な懐疑を示す。いわく、デッドメディアになるのは身体ではなくて精神のほうではないか。「精神は、肉体を生き延びさせるためのたんなる機能であり手段に過ぎないかも、って。肉体の側がより生存に適した精神を求めて、とっかえひっかえ交換できるような世界がくれば、逆に精神、こころのほうがデッドメディアになるってことにはなりませんか。」（一六七—一六八頁）

このトァンの指摘は、極めて重要だ。冴紀の言葉はサイバーパンクSFが志向した脱身体（disembodiment）の願望を忠実になぞったものといえる。魂は0と1とで表現される電気信号まで抽象化され、媒体はなんであってもかまわない、ただ存在することさえできれば。

しかし、この脱身体志向には落とし穴がある。アラン・チューリングという人工知能（ＡＩ）研究者にしてチューリング・テストの発案者のエピソードを紹介しよう。キャサリン・ヘイルズ『いかにして私たちはポストヒューマンになったのか』の序文で紹介されているが、二つのディスプレイごしに、どちらのディスプレイの先に人間がいて、どちらにＡＩがいるのかを人間の被験者に答えさせるチューリング・テストには、「人間／ＡＩ」のほかに実はもう一つのバリエーションがあった。それが「男／女」である。しかし、今日では「男／女」チューリング・テストは、ジェンダー研究ならいざしらず、ＡＩ研究の現場では試みられることはほとんどない。ヘイルズはチューリング・テストから身体が抜け落ちた瞬間をここに見る。以降、ＡＩ研究者のもとめる知性は、どこまでも抽象化されたものとなっていった。冴紀教授の魂像も、この延長線上にある。言語という抽象的なものは存在しない。チューリング・テストを抽象的な記号操作の典型とみなすとき、ホモセクシュアリティの「投薬治療」によって自らの心身を壊されたチューリングその人の人生を思わずにはいられない。他の誰よりも彼が、言語から身体性を取り除くことはできないと熟知していたはずだ。

それに対するトァンの指摘「こころのほうがデッド・メディアになる」は、ＡＩ研究者が落ちる脱身体志向という穴への、鋭い警句となっている。意識や魂といった抽象的な存在が言語を操っていると考えるのではない。意識はある種のプログラムを走らせた結果、生じるものとして考えられる。どこに走らせるかといえば、身体だ。この身体は深層構造として普遍文法や虐殺の文法、それに意識（を生む）文法を内蔵していて、外部からの入力によって、表層構造（個別言語、虐殺事例、意識・感情）を発生させる。

身体が効率よく繁栄するために意識を生み出した。トァンの指摘は、そういいかえることができる。そしてこの言葉は『虐殺器官』で、虐殺の文法が「食料不足に対する適応」という自然淘汰の結果だとするジョン・ポールの仮説とつながる。


飛浩隆の作品分析を通じて見えてきた二層構造モデルをさらにアップデートする必要がある。言語は二層に分かれる。『ハーモニー』で私たち人類は、意識・感情をもつことを生存戦略として選択した。これは『虐殺器官』で描かれた、かつての人類が、虐殺を生存戦略の一つとして遺伝的に構造化したのと類比的である。いずれの場合も「虐殺」や「意識・感情」は選択しうるものだ。好きなように選べるという意味ではなく、スイッチのオン／オフが相互排他的に切り替わるという意味での選択。『虐殺器官』では虐殺の文法のオン／オフのトリガーとなったのは会話やイメージの積み重ねだった。対して『ハーモニー』では会話やイメージといったシンボル（象徴・記号）ではなく、WatchMe というテクノロジー、生府（バイガメント）という社会制度だ。これらは人間が人間として誕生して以来、

［表3］

| | チョムスキー | 伊藤『虐殺器官』 | 飛「ラキッド・ガール」 | 伊藤『ハーモニー』 |
|---|---|---|---|---|
| 表層構造 | 個別言語 | 会話・イメージ（入力）<br>虐殺の事例（出力） | 情報的似姿 | 意識・感情<br>etml |
| 深層構造 | 普遍文法<br>I言語 | 虐殺の文法 | 代謝個性の癖 | 身体（＋テクノロジー）<br>意識（を生む）文法 |

所与のものと思ってきた身体の境界を、暴力的なまでに攪乱する装置だ。この点では神林長平の『言壺』を連想させるが、『ハーモニー』の場合、テクノロジーの操作対象は表層ではなく深層にある。そして、これと引き換えに得たのが感情記述言語etmlだ［表3］。

人類が到達した完全調和・意識不要の世界では、感情記述言語を読み込むことで人は感情を経験することができる。これは一見すると二元論モデルのようだ。日本語の母語話者が第二言語としての英語を話すこと、あるいはSFの例でいえばテッド・チャン「あなたの人生の物語」のように、異なる言語を使用することで異なる世界内経験をしているように思える。しかし二元論モデルではない。深層構造では身体（＋テクノロジー）が自身の繁栄を目指し「こころ」のスイッチがオフにされ、オフにされた「こころ」をそれでもなお体験できるように、身体の深層構造を反映したetmlが表層構造で言語として読まれている。現代日本に生きる私たち読者がetmlを読み込んでも、当然、いかなる感情も喚起されない。etmlを読むためには、深層構造の「こころ」のスイッチがオフになっていなければならないし、etmlとは「こころ」のスイッチがオフという身体でしか走らないプログラムなのだ。単にetmlを読めば感情がダウンロードされるというのではなく、そもそもetmlを可能にするには身体から言語へのアップロードが必須。ゆえにこのetmlは二層構造モデルを前提としているし、二層構造モデルがなければetml（というアイディア）は不可能だ。

さらにもう一つ、注意すべきことがある。深層構造＝身体へと働きかけるテクノロジーを表層的なものとしてとらえてはならない。『一九八四年』では、独裁国家が国民の「自由」を、個別のふるまいのみならず、概念そのものすら抑圧しようとした。しかし、その手法が実に浅はかであった。二層構造モデルに基づいて考え直すと、「自由という言葉」「自由なふるまい」「自由という概念」はいずれもすべて表層構造に留まる。ビッグ・ブラザーは、この表層構造にしかその支配を及ぼせていない。主人公ウィンストン・スミスは、物理的に過去の新聞記事を改竄する仕事をしている。そのとき、使われるテクノロジーは、あくまで表層的なものなのだ。オブライエンは拷問でスミスの心を壊すことはできても、『ハーモニー』のようにスミスの意識を消滅させることはできない。それは拷問という極めてアナログなテクノロジーが用いられているからだ。深層構造は身体的根拠があると何度も述べたが、それは直接の暴力を加えろ、という意味ではない。母語習得の過程で私たちは身体的暴力を受けるわけではない。虐殺の文法のスイッチをオンにするときにも、暴力は必要とされない。ではどのようなテクノロジーが必要とされるのか？　WatchMe と生府だ。『虐殺器官』は、表層の etml のかたちのみならず、深層構造へと働きかけるテクノロジーはどのようなものかを徹底的に突き詰めている。

## ■ユートピア／ディストピアの陥穽を超えて　長谷敏司『あなたのための物語』（二〇〇九年）

前節では伊藤計劃『ハーモニー』の物語外／テクスト内に埋め込まれた etml タグは、身体の深層構造（「こころ」のスイッチがオフ）の状態を前提とした言語だと結論づけた。また、そのような深層構造への変化をもたらすテクノロジーとしてWatchMeと生府をあげた。『ハーモニー』ではあくまで物語外にとどまっていた感情記述言語を、物語の中心にすえたのが長谷敏司『あなたのための物語』である。本節は、『あなたのための物語』にも観察される二層構造モデルと、『ハーモニー』にはみられない可能性を描出することを目的とする。

ふつう、人間は言語で「悲しい」と書いても、気持ちそのものを伝えることはできない。電動義肢を制御するために開発された言語Neuron Interface Protocol（ＮＩＰ）、そしてＮＩＰを応用し脳の神経に直接働きかけることで、感情を生み出すことができる技術Image Transfer Protocol（ＩＴＰ）は、「伝えたい相手の脳内でも働く書式で発火させることで、記述者の「悲しい」を完全に伝達する技術」（一六頁）とされる。主人公のサマンサ・ウォーカーは、自分が創設者でもあるニューロロジカル社で働くＩＴＰ技術の開発者。ＩＴＰで記述された《wanna be》というＡＩに言語運用の経験をさせ、創造性を必要とする小説創作をさせようと試みている。

《wanna be ＝彼》が書いた『レ・ミゼラブル』の読書レポートのタイトルは「主人公ジャン・バルジャンは、生涯好んでパンを食べたか」だ。人間からしてみればピントの外れたこの問題設定は、しかしＩＴＰ・ＡＩの《彼》にとっては理由のあることだった。サマンサの同僚の一人はこう指摘する。

「《彼》は、食事や人体に強い関心を持っているんだ。《彼》は直接、食事を体験することもないし、眠ることも痛みを感じることもない。我々が物語を受け取るときには、登場人物と同じ人間だから、人体を基準に経験を共有する。だが、それがない《彼》には、人間の身体感覚が一番刺激の強い情

報なんだ。」（三四頁）

ＡＩに読ませることによって前景化されたが、そもそも人間の言語にはすべて話者の身体が刻印されている。『あなたのための物語』では議論の対象とはならないが、《彼》が「パン」を焦点化したことは、例えば黒人読者が白人作家の文学上の正典を、女性読者が男性作家の文学上の正典を読んだときに、身体レベルで覚える違和感と似ている。ここにもまたチューリング・テストが隠蔽した言語の身体性が露呈している。

物語は、サマンサが不治の病を発症し余命半年と宣言されたあと、劇的に変化する。ＩＴＰ実用化の最大の障壁「世界が色あせてつまらないものになったような感覚が、ＩＴＰ経験の使用中ずっと続く」という「平板化」問題をいかに解決するか。サマンサは本来であればそれにとりくまなければならないが、死の恐怖、病がもたらす身体の苦痛に耐えかねて、自分の脳内に移植したＩＴＰ制御部（コントロール）に直接ＩＴＰを書き込み、「病」という経験を緩和しようと試みる。しまいにはかたく禁止されているＩＴＰデータを不正に使用し、それを走らせればつねに幸福を感じられるＩＴＰテキストさえ作ってしまう。しかし、結果的にこの過程で彼女はＩＴＰ平板化の原因を突き止める。

ＩＴＰ使用者の感覚が平板化してしまうのは、「ＩＴＰの記述の中では、世界から特別なものは消えてすべてが均等に再配置」され、「優先順位」が定められないことに起因する。サマンサはＩＴＰテクストがもたらす経験を、脳内に移植されたＩＴＰコントロールというコンピューター知性と人間のあいだで交わされる「異種知性間コミュニケーション」ととらえなおした。人間知性がコンピューター知性と対話をするときに用いる言語は、当然、人間の身体が埋め込まれた人間言語であっては困る。そこでＩＴＰを用いるわけだが、このときに行われる情報のそぎ落としが平板化を招いていた。

平板化の原因を特定できたことと、平板化を克服することは別だ。サマンサは、病のために引退を迫られたが、それを拒否。サマンサの後任と目されるケイトを中心に組織されたプロジェクト・チームが、スタンド・アローンで研究するサマンサと競い、平板化問題の解決策を探す。サマンサとケイトは、それぞれの方法論へとたどり着く。

ケイト案は「優先順位をＩＴＰ制御部にそれらしく割り振らせればよい」というものだ。これに対してサマンサは、「使用者の人間性の基盤を、ＩＴＰ制御部というコンピューターが支配することになる」ので、「社会と合意をとるのは、長い目でみればあなたの方法のほうが難しい」と反論。

一方、サマンサ案は「平板化は、感情経験を積みなおすことに専念すれば、克服可能」というものだ。サマンサは平板化の問題を、二つの問題へと分解して考えた。一つは「ＩＴＰ制御部と脳神経のあいだで、当初考えていたようではないデータの伝達」（異種知性の会話問題）をしていること、もう一つは、「結果として身体感覚に関わる脳神経を正しく発火させられていないこと」。そして平板化の本質を後者に求めた。実際《彼》は、言語能力をあたえるＩＴＰをつねに稼動させることで、人間らしい感情を獲得しつつある。つまり優先順位は学習することができるのだ。サマンサは、脳内にＩＴＰコントロールを二個配置するように提案する。ＩＴＰコントロール（Ａ）に経験したいＩＴＰテキストを走らせる。ＩＴＰコントロール（Ｂ）は、ＩＴＰテクスト化した使用者の感情を走らせる、いわば「使用者の情動の鏡像役をさせる」「情動の手本」とする。このＩＴＰコントロール（Ｂ）に使用者の情動を学習させたうえで、ＩＴＰコントロール（Ａ）からＩＴＰテクストを伝達すればよい。飛の小説にたとえてみると、サマンサ案のＩＴＰ（Ｂ）は情報的似姿であり、そしてＩＴＰ（Ｂ）を

［表４］

| | チョムスキー | 伊藤『虐殺器官』 | 飛「ラキッド・ガール」 | 伊藤『ハーモニー』 | 長谷『あなたのための物語』 |
|---|---|---|---|---|---|
| 表層構造 | 個別言語 | 会話・イメージ（入力）<br>虐殺の事例（出力） | 情報的似姿 | 意識・感情<br>etml | ITPコントロール（B） |
| 深層構造 | 普遍文法<br>I言語 | 虐殺の文法 | 代謝個性の癖 | 身体（＋テクノロジー）<br>意識（を生む）文法 | 使用者の脳神経 |

〈数値海岸〉というコンピューター世界で走らせるのではなく、自らの脳内で走らせるのだといいなおせる［表４］。

ケイトはサマンサ案に、次のような反論をする。

「そのやりかただと、ＩＴＰ使用者は〝自分をまねるＩＴＰ人格〟を頭の中に入れるのですよね。しかも、刺激の優先順位づけを、〝情動の手本〟であるそのＩＴＰ人格にゆずり渡すことになります。社会から、人間存在に対する挑戦だと判断されてしまいませんか。」（二一五頁）

サマンサと一緒にニューロロジカルを立ち上げ、今は技術畑からは引退し、経営に専念しているデニスが「ユーザーにとっては得体の知れない、〝人工のこころ〟が、平板化で崩れた〝自分のこころ〟のかわりをするなんて、ユーザーが受け容れるわけがないだろう。」（二一九頁）とサマンサ案を一蹴する。『あなたのための物語』が『ハーモニー』とは異なるのは、このケイト案とサマンサ案の対立に集約される。『ハーモニー』では、完全調和・意識喪失と、感情記述言語etmlが二層構造モデルの裏表として表現されていた。etmlはディストピアの言葉とでもいわんばかりに。ところが『あなたのための物語』ではユートピア的調和／意識喪失ディストピアの陥穽を超える方法が求められる。

たしかにケイト案は、人間が意識を失い完全調和を手に入れた世界へと通じる可能性を原理的に排除できない。しかしサマンサ案は、自らの脳内に自らの情動の癖を学習したＩＴＰコントロールを育てるので人間意識の喪失とはならない可能性がある。ケイトやデニスの批判は妥当なものだろう。しかしＩＴＰをやがて体になじむ「人工臓器」と同列にあつかう（あるいは、願望として同列にあつかいたい）サマンサは、二層構造モデルの言語が『ハーモニー』のユートピア／ディストピアへと至らない、ぎりぎりの境界を模索しているといえる。

『あなたのための物語』は、「サマンサ・ウォーカーは死んだ」で幕をあけ、しばらく本編とは異なる客観性の強い文体で、サマンサの死の瞬間をニュースのように詳述する。そして本書は「そして、サマンサ・ウォーカーは、動物のように尊厳なく死んだ」で終わる。サマンサが死んだあと、ケイトやデニス、ニューロロジカルがＩＴＰをどのように社会へと広め、その結果、どのような社会が到来したのかの記述はまったくない。読者は、ただ想像するのみである。しかし、本編にて執拗に繰り返されるサマンサの病状、痛みと苦しみ、死への恐怖は、読者に身体というものの重さを確実に残す。彼女の身体こそが、サマンサ版二層構造モデルの可能性の根拠となっている。

## ■言語、あるいはカオスの縁　伊藤計劃・円城塔『屍者の帝国』（二〇一二年）

最後に、伊藤計劃が書いた短編を、彼の死後に円城塔がプロローグとしてひきつぎ長編小説として完成させた『屍者の帝国』をとりあげたい。『死者の帝国』もまた言語ＳＦであり、登場する菌株Ｘを言語だと考えると、二層構造モデルの新しい側面をみることができる。

主人公をジョン・ワトソン博士、舞台を一九世紀末のイギリス（を発端とした世界）にし、フランケンシュタイン博士のテクノロジーによる死者を「屍者」として蘇らせることが可能になった世界。死ぬと人間の身体から二一グラムの物質が減少することから推定された人間の魂の物質的実体＝霊素の存在がある。擬似霊素書込機（インストーラー）と、擬似霊素（プログラム）さえあれば、屍者を作ることは可能なのだ。といっても、生きている人間とまったく同じ動きができるわけではなく、フランケンシュタイン（の怪物）の動きのような緩慢な動作である。戦争における兵士として、近代産業社会における労働者として、屍者は重宝される。

ワトソンは、ウォルシンガム機関という政府の間諜組織から、アフガニスタンの山奥で「屍者の帝国」を建設中である、アレクセイ・カラマーゾフとの接触を命じられる。そこから、フランケンシュタイン博士が、後に物語としても語り継がれる最初の屍者＝ザ・ワンの復活の際に用いたといわれている〈ヴィクターの手記〉を追跡し、日本、アメリカ、ふたたびロンドンへとワトソン一行は旅していく。最初のうちこそスチームパンク的な国際スパイ〈軍事〉SF色が強いものの、後半、とくにザ・ワン＝チャールズ・ダーウィンが登場してから、人間の意識をめぐる議論が展開される。

ダーウィンは、人間以外の動物にも魂があるはずだと信じ、屍者化の実験を施してきたがことごとく失敗。例外的に成功したのは人間と、とある菌株だった。そして得た結論が、「わたしたちは人間の屍者化などに成功していないのだ。［…］言葉による菌株の不死化にすぎない。わたしたちが自分の意志と思っているものは、人間の体内でのみ活性化するこの菌株の活動が見せる幻であるにすぎない」（三六七頁）である。この菌株は、人間の中で派閥を形成していて、宿主である人間が死ぬと活動を停止する保守派（さらにいくつかの集団にわかれている）と、死体の中でも活動を続ける拡大派にわかれる。死者を屍者へと変える言葉（パンチカード）が通じる相手が、この拡大派だ。しかし、もし菌株の言葉を用いて保守派を拡大派へと鞍替えすることに成功すれば、「屍者と生者の別はなくなる。わたしたちの魂は生前から不死の菌株に占領されることになる。死は死ぬ。」（三七〇頁）

ダーウィンによれば人間の意識は、複数の菌株派閥による「合議」「闘争」からなる。意識にかかわるエージェントの種類の多さが、矛盾にみちた人間の意識を生む。拡大派だけに働きかけた結果、肉体が死んだあとも動くことができる屍者は、だから「木偶の坊」のようなフランケン・ウォークしかできない。

さらにダーウィンは、分離した菌株X、「非晶質体」すら手にしている。

ダーウィンが、潜水艦ノーチラス号をつかってワトソンたちとともにイギリスの解析機関（一種の巨大コンピューター）へ向かうのは、「死が死ぬ」のを防ごうと菌株Xと対話を試みるためだ。手にした青い小石（＝菌株Xの保守派）を使節として、ダーウィンは解析機関に働きかける。ダーウィンはいう。

「形成されるのはフィードバック・ループだ。人間が解析機関にプログラミングを施し、解析機関はネクロウェアの設計を行い、ネクロウェアはXとの対話を行い、Xの活動は屍者の行動を規定する。屍者による経済活動は生者の生活を変容させ、解析機関へのプログラミングを変化させる。」（三九八頁）

以上のダーウィンの仮説から見えてくるものは、一元論モデルから二層構造モデルへの転換だ。フランケン・ウォークしかできない屍者は、端的にいえば一元論モデルに統御されている人間のことだ。特定のプログラムによって、マシンがあるふるまいをする。プログラムを変えてしまえば、そのマシンにとっての世界も変わる。だが『屍者の帝国』は、この一元論モデルではとらえきれない人間の意識活動に肉薄している。

ダーウィンは、魂を「複雑性の海で相転移的に不意に生じる」ものだというウォルシンガム機関の見解をひいた。「複雑性」がキーワードだ。事実、ダーウィンが考えた、菌株Ｘの派閥間の合議・競争が意識を生じさせるという発想は、意識をコンピューターでシミュレートする実験において実践されている。一元論モデルのように、複雑なプログラムで人工知能を構築するのではなくて、相互にフィードバックしあう単純な計算式で記述できるが、複数個のエージェントを導入し相互合流をさせると、進化の過程を再現できる。これは人工知能（ＡＩ）に対して、人工生命（ＡＬ）と呼ばれるが、生命進化の説明だけではなく、意識の成り立ちを考えるのにも有用とされる。複数のエージェントが限られた資源をめぐり競合状態にある。それぞれのエージェントは、比較的単純な動きをするようにプログラムされているが、自分を含む周囲との関係において自分のふるまいを決定するため、マクロな視点でみると、複雑な動きをする。これが複雑系科学の一領域であるセル・オートマトンや、それを用いたＡＬ研究の前提となっている。もちろん、この前提は菌株Ｘにもあてはまる。

実は『虐殺器官』では、「個人レベルではなく、ある程度の個体に感染した段階で、社会的にその機能を発揮するモジュール」（二六一頁）というように虐殺の文法が説明されている。虐殺はある集団が別の集団に対してむける暴力であり、個人のスイッチが入ったからといってすぐさまそれが虐殺をひきおこすわけではないことを示している。しかし、それでは全員のスイッチが入ればよいかというと、そういうわけでもないのだ。「ある程度」とあるように、スイッチの入った個人が集積し閾値を超えると虐殺が発動する。これはダンカン・ワッツが『偶然の科学』でネットワーク理論（これも複雑系の一部とされる）を使って分析した暴動発生のメカニズムと比べられるだろう。つまり『虐殺器官』には、複雑系への目配せがすでにあった。

ただ、足りない点もある。『虐殺器官』『ハーモニー』ともに、「虐殺の文法」「意識（を生む）文法」の遺伝的形質の根拠として自然淘汰（淘汰圧）を持ち出しているが、何もかもをダーウィン的進化論で説明するには限界がある。『種の起源』を著したダーウィンでさえ、自然選択（自然淘汰）だけで生物組織の複雑さを説明することは不合理にみえると認めている（ロジャー・リューイン『複雑性の科学』）。ここでもまた複雑系科学は進化論に新しい視座を与えている。複雑な組織をゼロから作るプログラムを外部から与えるのではなく、個々のエージェントにごく簡単な制約のみを与えることで複雑な組織を自発的に形成させることは可能だ。単純な規則から、全体的なパターンが創発する。菌株X内部の競合状態が、人間の魂を創りだす。

円城塔は、伊藤計劃より一歩、先に踏み出そうとした。環境適応・自然選択という大きな言葉でまとめられた人類進化の過程を、別の角度から記述しようとしたのだ。生存戦略として有利だから人類は意識を獲得した。これは「ホワイ（なぜ）」についての答えだ。伊藤計劃が示したのはそこまでだった。円城塔は、さらに答える。どのように人類は意識を獲得したのか、という「ハウ（どのように）」という問いにも。

## ■ポストヒューマンの人文学《ヒューマニティーズ》へむけて

これまで神林をのぞいてゼロ年代以降の日本の言語ＳＦを分析してきた。大きな流れとして確認できたのは、一元論モデルから二層構造モデルへの転換だ。この二つの言語モデルを簡単にふりかえってみよう。

一元論モデルとは言語＝世界であって、特定の言語を使うものは、特定の世界内に存在していると考える。ここでいう言語はあくまで個別言語である。言語は差異の体系であり、どうしても言語化不可能な残余が構造的に存在してしまう。また言語同士にも差異があり、逆説的だが、翻訳不可能性に言語の可能性が宿る（デリダ）。場合によっては、暴力的な言語使用によって人を狂わせるなど物理的な攻撃を加えることもできる。

二層構造モデルは、言語を二層構造としてとらえることが前提。チョムスキーであれば普遍文法を深層構造におき、個別具体的な言語を表層構造におく。虐殺の文法は表層構造を通じて、深層構造のスイッチ（パラメーター）をオンにするものだ。また、飛浩隆の情報的似姿は、深層にある人間個人の代謝個性の癖を写し取った表層構造といえる。etmlやＩＴＰ（Ｂ）も同様である。この二層構造モデルのメリットは、二層化したことで抽象的・象徴的な記号（言語）に具体的・実体的な根拠をあたえられることにある。チューリング・テストは人工知能の（あるいは被験者の）「身体」を捨象したが、それによって生じる問題を回避しうる。意識はプログラムであるという考えに対して、意識とは特定の入れ物の中でのみ実現されうるという立場をとる。

作家によって二層構造モデルへの迫りかたは異なる。ただ共通していえるのは、人間の物質的現実と人間同士の相互作用を、言語活動へと組み込んでいるということだ。極北には『ハーモニー』の感情記述言語etmlが可能となった（を可能にした）ユートピア／ディストピアがある。しかし、それだけではないのは『あなたのための物語』や『屍者の帝国』が示したとおりだ。

チョムスキーが言語を人間の固有の性質であり、人間の本質でさえあると主張するとき、彼が繰り返していうのは言語の創造的な機能だ。決められたメッセージだけを伝達するのであれば、人間以外の生物にも見られる行動である。人間がユニークなのは、一度も見たことも聞いたこともない文を生み出し、かつそれを他人へと伝え、理解してもらうことが可能である点。言語の本質、つまり人間の本質を同定しようと、チョムスキーは言語を個別言語と普遍文法へと二層化し、個別言語研究を通じて、普遍文法の抽出を試みた。自身も指摘しているが、このチョムスキーの手付きは、惑星の動きから万有引力へとたどりついたニュートンに近い。

作品に二層構造モデルを見いだせる作家は、だからニュートン／チョムスキー的な発想をしている。作家が科学を意図したかどうかはもはや関係ない。近代科学の系譜に連ねることができるという意味で、彼らもまた科学者だ。これらの作家が、言語に着目し、そしてまた言語の可能性にも大きな関心をはらっているのは、テクノロジーの発展ゆえ。『ハーモニー』の分析から見えてきたのは、深層構造に直接、テクノロジーで介入しうる事態。これは仮定の話ではなく、ひょっとしたらすでにそのような事態は現出しているのかもしれない。さらにこのテクノロジーは、さまざまな二層構造モデルのバリエーションを想像可能なものにしてくれた。めまぐるしいほどの情報環境のアップデートが、一番の原因だ。情報から身体を捨象した「情報化社会」が、その反対に情報を身体化していく。身体化社会の到来。情報――あるいは言語とも魂ともいっていいだろう――への引力と身体への引力に挟まれた中州のような場所に繁茂するのが、さまざまな言語ＳＦだ。今までであれば情報化への引力が強くどうしても一元論モデルへの誘引が勝っていたが、現代の情報環境は身体化への引力を確実に強化している。あちこちで潮の変わり目が渦となっているのを観察することができる。これからは二層構造モデルが優勢になるだろう。そしてやがては一元論モデルは、おとぎ話のようなものへとなってしまうのかもしれない。一元論モデルから二層構造モデルへと転換する今が、ちょうど「良い」瞬間のかもしれない。一元論モデルと二層構造モデルにはさまれ想像力が最大化する今は、まるで「カオスの縁」だ。

カオスの縁とは完全なカオス（予測不可能）と安定した秩序（予測可能）のあいだに出現する、「情報計算能力が最大」で、「万能計算」可能、「高い適応度」を示す場所だ（リューイン前掲書）。混沌と秩序のはざまに、最大の可能性がある。複雑系研究が、単なる計算不可能な複雑な事象のみを対象にしていると考えるのは大きな間違いである。秩序と無秩序のはざまに生じる、可能性にあふれた状態を精査し、できるのであれば再現すること。生物の自己組織化、人間の進化、種の定期的な絶滅、複雑な文化をもつ共同体の出現、意識・感覚の出現。これらの「なぜ」に答えるために複雑系はモデルをつくりアルゴリズムを走らせ「どのように」を示そうとしてきたのだ。

ヒューマンのその後の姿を描こうとすると、言語が関係してくる。人間の本質は言語にあり、それゆえにポストヒューマンが新しい言語像なくしては誕生しないのは十分に理解できる。新しい言語は、今までの人文学が用いてきた言語とも、また異なっている。アラン・ソーカル、ジャン・ブリクモン『「知」の欺瞞』が露悪的に示したような人文学における科学の濫用ではなく、テクノロジーから人文知への創造的なフィードバックが今こそ必要だ。こうして構築される言葉は、ポストヒューマニティーズのそれである。見かけ以上に困難な試みだ。伝統的な科学は記述しうるものを対象とし、また伝統的な人文学は記述しえないものを対象としてきたからだ。前者は秩序を、後者は混沌をあつかってきた。水と油のように混ざり合わないもの。しかし、両者が出会う境界（インターフェイス）には想像力が最大になる空間が広がる。そこにＳＦという文学ジャンルが生まれ、育った。ＳＦがもつ強力な想像力は「カオスの縁」のもたらす可能性に比肩しうることは、今までのＳＦの歴史が証明してきた。

　ＳＦは、ポストヒューマン／ヒューマニティーズの言葉を紡げる科学《サイエンス》・文学《フィクション》の混淆。今、この瞬間も、カオスの縁を漂う。

**■引用文献（引用は以下の版による）**

伊藤計劃『虐殺器官』ハヤカワＳＦシリーズ、二〇〇七年
伊藤計劃『ハーモニー』ハヤカワＳＦシリーズ、二〇〇八年
伊藤計劃・円城塔『屍者の帝国』河出書房新社、二〇一二年
神林長平『言壺』ハヤカワ文庫、二〇一一年
ノーム・チョムスキー、町田健訳『言語と精神』河出書房新社、二〇一一年
飛浩隆『ラギッド・ガール』ハヤカワＳＦシリーズ、二〇〇六年
長谷敏司『あなたのための物語』ハヤカワＳＦシリーズ、二〇〇九年

# 人間社会から亜人へと捧ぐ言葉は何か──瀬名秀明「希望」論

シノハラユウキ

人間に似ているが人間ではないような存在──ＳＦであればＡＩ、ロボット、アンドロイド、あるいは進化した人類（ポストヒューマン）と枚挙に暇がないが、そのような存在と出会うとき、人間はそれを自分の同族であると感じるだろうか、あるいは逆に自分との違いに気付いて戸惑いを覚えるだろうか。本論では人間に似ているが人間ではないような存在のことを、便宜的に亜人と呼ぶことにする。

亜人は何もＳＦだけの存在ではない。例えば、産業技術総合研究所のＨＲＰシリーズやロボット工学者である石黒浩のジェミノイドなどといったヒューマノイドロボットが、現実に開発されるようになってきた。これらが日常生活の中にまで入ってくるのにはまだ一層の時間はかかるだろう。とはいえ、少しずつ研究室の外へと出て行こうとしているのも確かだ。先に述べたジェミノイドを始めとする石黒の研究活動などはいい例であろう。大阪万博でコンパニオンロボットとして使われたほか、新宿タカシマヤで動くマネキンとしての展示、平田オリザの演劇への出演、現代アートのインスタレーション等、多彩な活躍をしている。こうした活動に、人間とは一体何かということへの探求があるのは確かだ。しかし、一方で人間ではないものの可能性も探られている。タカシマヤでの展示では、マネキン人形（人間ではないモノ）とファッションモデル（人間）の中間としての位置づけというコンセプトがあった。人間のファッションモデルは、人形よりも商品をアピールすることが可能だろうが、人形のように四六時中働かせておくことはできない。だが、ヒューマノイドロボットならどうか、と。あるいは、産総研のＨＲＰは、人間との共同活動を行うことのできるハードウェアとして開発され複数のバージョンがあるが、中でも未夢（ミーム）という愛称で知られる「ＨＲＰ－４Ｃ」はボーカロイドエンジンを搭載し、歌うロボットとしても注目された。ボーカロイドについては既に説明不要かもしれないが、歌声を合成するシンセサイザーソフトであり、代表的なものとしては初音ミクが挙げられる。シンセサイザーには、実際の楽器の音をできるだけ忠実に再現することを技術的に目指しながらも、一方でシンセサイザー独特の音として音楽の世界の中で認められていった歴史がある。ボーカロイドもまた同様の傾向が見られ、一方で、本物の人間の歌声にできる限り近づけるという技術的な進歩があり、他方で、独特の機械音声が人間とは異なるボーカロイド独特の声として評価されている。

ヒューマノイドロボットを研究する理由は、人間とは一体何かを理解するためというのはよく言われることである。あるいは、人間の代わりになって働くものという役割もあるだろう。だからこそ、人間を徹底して模倣しようと様々な技術が開発されている。しかし、そうして産まれてくるものは、人間によく似ているが、人間とは違うものであり、人間とは違うということに対して、価値が見出されたりもする。亜人は人間によく似ている。だが、決して人間ではない。そのような人間ではないものが人間社会の中に存在する、ということは既に起こり始めているし、今後実際に起きてくることだろう。人間社会の中で亜人を受け入れるためには、いかなる心構えが必要となるのか。必ずしも、亜人を人間扱いする必要はなく、むしろ、亜人を亜人として受け入れることこそが必要となるはずだ。

瀬名秀明は、連作短編集『あしたのロボット』（文庫化にあたり『ハル』に改題、二〇〇二年）以来、ロボットをモチーフに上記のようなテーマを、フィクション、ノンフィクションを問わず書き続けている作家である。特にケンイチくんというヒューマノイドロボットを主人公にした連作小説〈ケンイチくん〉シリーズが代表的であるが、実はこのシリーズの途中で瀬名の作風は変化している。それはこのテーマへのアプローチの仕方が変化したことに伴っている。本論では、その変化がどのようなものであるかを解くために、「希望」という短編を読んでいきたい。「希望」は〈ケンイチくん〉シリーズの一編ではないし、またロボットすら出てこない作品ではあるが、瀬名作品の変化を如実に表した象徴的な作品である。そしてまた同時に、人間社会と亜人の向かうべき関係の一つの姿を探ろうともしている。

亜人を人間として扱うのではなく、人間とは違うものとして捉えるというのは、いわば脱人間中心主義的なアプローチなのであるが、SFの中にはそれをテーマにしてきた作品は多い。人間とは全く異なる認知や思考を行うAIや異星人などを描く作品群だ。しかし、瀬名作品はそうした作品群とは異なっている。瀬名は、小説に出てくるモチーフを通してではなく、小説の書き方を通して、脱人間中心主義的なアプローチを試みようとしている。SFとは「サイエンス」と「フィクション」の両面から成り立っているが、本論ではその両方、特に「フィクション」の面を重視しながら、瀬名作品から考える、亜人と人間社会というテーマを論じていきたい。瀬名という作家は、ロボットというテーマ以上に、物語であることについて繰り返しテーマとして扱ってきており、「フィクション」だからこそできる応答の仕方を示そうとしているのではないかと考えられるからだ。

## 1、「希望」におけるコミュニケーション理論

「希望」は、言美という少女が、梁瀬通彦とベル・フィッツジェラルドという二人の天才的な科学者に半ば監禁されるような形で育てられ、梁瀬の実験に参加してきたという自らの半生を、記者に対して語るという形式によって進行する。

梁瀬は、質量と加速度の計測によって、コミュニケーションについて定量化しようとするという研究を行っている。この研究は当初、自動車の衝突実験に使われるダミー人形の開発という形で進む。言美は、このダミー人形につけられたセンサと同期して、衝突を疑似体験するという実験を繰り返されることになる。この実験で梁瀬が抽出したのは、「痛み」を質量と加速度によって定性・定量化する方法であった。より正確に言うのであれば、「痛み」を相手と共有すること、あるいは「痛み」についてのコミュニケーションを成立させる条件とでも言えるかもしれない。

「痛み」は、哲学における他我問題の典型例として扱われる知覚現象である。すなわち、自分が「痛い」ということは自分にとっては明らかであるのに対して、他人が「痛い」ということは自分にとっては決して分からない（あるいは自分の「痛み」は決して他人には伝わらない）という問題である。このような問題が生じるのは、コミュニケーションがある内容を伴ったメッセージの交換だと見なされているからだろう。「痛い」という発話がなされた時、その発話からその発話が持っているだろう

内容（つまり「痛み」）にどのように至ることができるのかということが問題にされている。瀬名は、コミュニケーションの定義を誰も知らないと述べている。発話がなされたとして、その発話が伝達するであろう内容が伝達されたのかという達成度を定量的に評価する基準がない、ということである。ところで、梁瀬の研究の意義は、こうしたコミュニケーションの達成度を、質量と加速度によって定量化することができたという点である。ここに、メッセージとそこから読み取られる内容といった関係は出てこない。

質量と加速度がいかにコミュニケーションにおいて本質的かということについて、言美（と梁瀬）は身振り手振りといった所作とそれを真似るということに注目する。質量を持った身体の運動にシンクロすることにコミュニケーションが宿っているという考えである。つまり、単純化してしまえば、コミュニケーションの達成度は、メッセージの内容が伝達されたかどうかというよりは、運動が一致するかどうかにかかっており、それゆえに定量的に計測できてしまうということなのだろう。

そのことがよりはっきりと現れているのは、言美がボールにも感情移入したことがあると述べている点であろう。ボールも質量を持ち運動する以上、その加速度とシンクロすることができる。ボールが発するメッセージや、ましてやボールと言美との間で伝えるべきメッセージの内容というものは、ここにはない。運動さえ一致すればそれはコミュニケーションなのである。

現実に、質量と加速度がコミュニケーションの本質であるかどうかは分からない。これはあくまでも「希望」という作品において、もしコミュニケーションがそのように定義されたらどうなるか、というSF的設定なのである。

が、何故質量と加速度、ひいては重力といったものが題材として選ばれたのか。瀬名と、デザイナーである鈴木一誌との対談で、鈴木は、『デカルトの密室』（二〇〇五年）におけるロボットの重さの描写に着目している。ロボットは動いている時と止まっている時とでは、人に感じさせる重力感が違うのだと瀬名はいう。そのような、理論的というよりは皮膚感覚的な重さ、重力感への注目・興味が瀬名にはまずあったようだ。それが短編「静かな恋の物語」ではよりはっきりと重力とコミュニケーションが結びつけられる。この作品は、月面という地球とは異なる重力下で育った科学者の男女が恋に落ちる物語だが、主人公の一人である生命科学者が、細胞に影響をあたえるストレスの一つとして重力を挙げて、コミュニケーションとは重力のことなのかもしれないと語っている。

## 2、亜人の作り方

瀬名がいうところでは、コミュニケーションの定義が定まっていないように、生命の定義もまた定まっていない。この世界には物理学の研究対象となる「物質帝国」と生物学の研究対象となる「生命王国」の領域があり、この二つの橋渡しをするものとして、その時々の先端理論が見出されてきた。例えば、かつてはエントロピーであり、近年では「ゆらぎ」や「動き」などをその中間項にいれる研究者がいるという。そうした中間項が生命の定義への道を示す。この中間項を通して、生命は定量化することができる。「静かな恋の物語」では重力がその中間項かもしれないと述べられ、「希望」ではついに重力によってコミュニケーションが定量化され、定義付けられた。一方、瀬名の長編『Every Breath』は、生命の定義が完成する未来を描いている。

『Every Breath』（二〇一二年）は、《ＢＲＥＡＴＨ》（以下《ＢＲＴ》）と呼ばれる仮想現実サービスが社会に浸透していく様子を母娘三代にわたって描く物語だ。《BRT》上にはユーザーの分身が登録されるが、ユーザーがアクセスしていない時、その分身は《BRT》世界で自律的に行動するようになっている。この作品で中間項として掲げられるのは金融工学で、金融工学の研究者が生命を定義することに成功し、《BRT》上で人工の生命が走るようになる。そして、現実世界では離れればなれになってしまった男女が、《BRT》の分身としては永遠の恋を成就させる。この作品では、《BRT》の分身が、オンラインサービス用のただのアバターではなく、生命の定義を与えられて、《BRT》という世界を生きる新たな生命と見なされるようになっていく。この作品で、金融工学が仮想現実空間上で生命を定義づけることに成功したのは、現実世界のノイズがなく数学的に記述できるからとされている。「希望」の梁瀬が、コミュニケーションをメッセージや内容といったことを排除して、定量的に記述し定義してしまったように、『Every Breath』では金融工学者たちが生命をそのように定義したのである。

仮想現実空間上で生みだされた生命というのはSFで度々見られるが、ここでは類似した作品として、飛浩隆の〈廃園の天使〉シリーズを挙げておきたい。この作品では〈数値海岸〉と呼ばれる仮想リゾートが出てくるが、ある意味では《BRT》に似ている。《BRT》では自分の分身がユーザーから離れて仮想現実空間を自律して行動するように、〈数値海岸〉では情報的似姿と呼ばれるアバターが仮想現実空間に送り込まれる。《BRT》の分身や情報的似姿は、人間のようだが人間そのものではないという点で亜人といってよい。分身がどのような仕組みかは書かれていないが、情報的似姿については説明がなされている。人間をそのまま仮想現実空間でシミュレーションしようとすると、神経細胞の働きだけでなく、代謝や熱、グリア細胞の働きなどといった様々な物理現象が要素として加わり、計算量が膨大になってしまい、実質不可能となる。そこで、どのような感覚が与えられたときどのような反応を返すかということ（「レシピ」）だけをさしあたって取り込む、それが情報的似姿である。そして、この情報的似姿は結果的に、人間と同様の意識を持っていることが明らかにされていく。

「希望」における梁瀬理論、『Every Breath』の分身、〈廃園の天使〉シリーズの情報的似姿は、それぞれコミュニケーション、生命、あるいは人間の意識について、現実がもっている様々な要素を捨象して、定量的ないし数学的に定義、記述したものなのである。改めて、本論が扱う亜人とは何かについて示しておくと、このように人間を捉え直して作られた存在のことだ。そして、ここで注目すべきは、『Every Breath』と〈廃園の天使〉シリーズにおいて、分身や情報的似姿は、人間と何ら変わらないものとして扱われていることである。例えば〈廃園の天使〉シリーズ中の短編「ラギッド・ガール」においてアンナ・カスキの情報的似姿は、「似姿は、じゅうぶんすぎるほど『わたし』でした」と述べている。

### 3、亜人の擬人化――フィクションの視点から

現実において、そのような定量化を通して作られた亜人が、人間と同じであるかどうかは分からない。ところが、フィクションではこれを比較的容易に示すことができるのである。

「ラギッド・ガール」は、主人公のアンナ・カスキの一人称で進むのだが、途中で視点人物がアンナ・カスキ本人からアンナ・カスキの情報的似姿へとすり替わっている。そして、すり替わったこと

によって、アンナ・カスキの思考についての書きぶりが何か変わるわけでもない。このことを通じて、情報的似姿であっても人間と同じように思考しているのだということを示している。

現実世界において、他人の思考が直接的に判明するということはほとんどないが、小説などのフィクション作品では、一人称視点などを用いることによって他人の思考が直接書かれている。読者はそれを読み、想像することによって、フィクションの登場人物が現実の人間と同様に思考している存在として受け取る。通常、フィクションの登場人物は人間であるが、その位置に亜人（情報的似姿）を滑り込ませることで、亜人にも人間と同様の思考があることを読者に納得させることができるのだ。

フィクションで描かれる人物や出来事は、いかなる意味でも実在しない。文字や絵を通して読者が想像することによって、読者はフィクションの人物や出来事について知るのである。(1) このことは、アンナの読書体験についての考えとも合致するだろう。彼女は、自分が読んだ小説の登場人物が苦しむのは、自分がまさに小説を読んでいたからだと考える。小説の登場人物（とその苦しみ）は実在しないが、アンナがその小説を読みそのことを想像している間、アンナの想像の中で小説の登場人物は苦しんでいる。言い換えると、小説の登場人物が苦しむのは、感情という「心的モジュール」を持った読者というシステム上で想像されるからだ。作中では、アンナの情報的似姿が意識を持っていることも、これと同様であるかのように説明されている。アンナの情報的似姿も、それ自体はアンナがどう反応するかということについての「レシピ」（定量化されて記述されたもの）に過ぎず、苦しんだり考えたりする能力を持たないが、そのような「心的モジュール」を持つシステム上を走らせることに

（1）この考え方は、アメリカの美学者ケンダル・ウォルトンによるごっこ遊び理論そのものだが、これについては後に詳述する。

よって、人間と同様に思考することができるというわけである。

現実のテクノロジーとしてはそのシステムがどのようなものかが問題となるが、(2) 小説の中で使われるレトリックとして、亜人が人間と同じようなものであるかという問題と、フィクションの登場人物における問題が繋がっていることに着目しよう。フィクションの登場人物をどう描くかということを考えると、そこに亜人が滑り込んでくる。この問題は、マンガ評論家である伊藤剛が「マンガのおばけ」という概念を用いて論じている。マンガの絵は、決して写実的とはいえない単純な線で描かれることが多いが、そのために人間か亜人なのかが判別しにくい場合がある。それが「マンガのおばけ」だ。例えば、伊藤は手塚治虫の『地底国の怪人』に出てくる耳男《みみお》を挙げる。耳男は、知能を持ったウサギで、人間に変装している。さて、もしこれが特撮などを用いた実写作品、あるいは写実的な絵で描かれていれば、耳男が人間ではなくウサギであることが読者には簡単に分かるだろう。しかし、単純な線であるために、人間とウサギである耳男（亜人）は見分けがつかない。通常、マンガの読者はそのような線で描かれた絵を人間だと想像しているから、耳男のこともまた人間のように想像するだ

---

（2）「ラギッド・ガール」の設定はやや複雑で、アンナの情報的似姿は、阿形渓という膨大な記憶力を持つ人間の記憶像というシステム上で走っている。だから、アンナの情報的似姿は、阿形の心があることによって、心の機能を有することができる。ところで、それ以外の〈廃園の天使〉シリーズ作品では、情報的似姿は阿形の記憶上ではなくコンピュータ上を走っていて、アンナと同様に意識を持った存在として描かれているが、そのシステムは阿形の記憶メカニズムを研究した上で作られたことになっている。

ろう。伊藤はその後、マンガというジャンルで描かれてきた亜人に次々と言及していく。[3]

瀬名は、同様の仕掛けについて、〈ケンイチくん〉シリーズを通してより自覚的に描いている。〈ケンイチくん〉シリーズは、尾形祐輔というロボット学者が、自ら開発したヒューマノイドロボットであるケンイチを主人公にして書いた小説という体裁をとっている。ロボットでであるケンイチが主人公であるばかりでなく、ケンイチの一人称視点によって書かれている。そのため、小説の地の文にはロボットであるケンイチがどのようなことを思ったり感じたりしたのかについても書かれているのである。そこでの書きぶりは、（ロボットではなく）人間の一人称視点で書かれる場合と同じようになっている。ケンイチくんシリーズの第一作である「メンツェルのチェスプレイヤー」では、そのこと自体が一種の叙述トリックのようになっている。物語の最後になって、地の文に出てくる「ぼく」が実はロボットであることが明かされるのだ。読者は、そのことが明かされるまでロボットである「ぼく」のことを人間だと思って読み進めたことだろう。本当はロボットの思考であったことを人間の思考と同じように受け取ってしまうのだ。とはいえ、本当にロボットが人間と同じように思ったり感じたりしているのか、という問題があるだろう。この問題を、ケンイチくんシリーズは、その文章がそもそも祐輔によって書かれているということで回避する。つまり、読者がそこまで読んできたケンイチの一人称視点（で書かれたケンイチの思考）は、あくまでも祐輔の創作であるということだ。

（3）批評家の村上裕一は、『イヴの時間』という、アンドロイドを人間と同じように扱うというルールが設定された喫茶店〈イヴの時間〉を舞台にしたSFアニメを論じながら、この作品における人間とアンドロイドの関係は、人間とキャラクターの関係の寓話であると述べているが、これもまた同型の議論だと言えるだろう。

ところが、長編『デカルトの密室』ではこの構造がさらに複雑になっている。ケンイチは自分でも小説を書きたいと言って、祐輔から小説の書き方を指南してもらい、実際に小説を書くようになるのである。そしてそのシーンがケンイチの一人称視点で書かれており、読者にはその部分を祐輔が書いたのか、それともケンイチが書いたのかは区別できないようになっている。このような仕掛けが施されたことで、ケンイチくんシリーズの読者は、「メンツェルのチェスプレイヤー」の初読時よりもさらにケンイチくんが人間のように思考していると思わされることになる。

## 4、擬人化の破綻

フィクションの性質を利用することによって、亜人を人間と同様のものであるかのように仕立て上げるというこのような戦略は、しかし同じ〈ケンイチくん〉シリーズの中で、一種の詐術として批判され始める。「第九の日」において祐輔は、同僚のロボット学者クライブ・ハミルトンによって、彼の手によるケンイチくんシリーズの小説が一種の詐術を行っているのではないかということを彼に突きつける。既に述べたように、確かにそれは叙述トリックめいてもいた。

ハミルトンは自らのキリスト教的信仰の立場から、ケンイチくんを信仰のない自己として描くことを批判している。また、祐輔は、自分の研究室の学生であり、群ロボットの知能を研究している馮利葉からも、ケンイチに自己を与え、祐輔にとって代替不可能な特別な存在に仕立てあげてしまったことで、知能の研究を狭めてしまったのではないかというようなことを批判される。「第九の日」では、ロボットには人間とは異なるロボットとしての自己や宗教がありうるのではないかという可能性が探られ、祐輔はむしろそのような可能性を閉ざす者として批判されてしまうのである。

さらに後に書かれることになる「ロボ」という短編でも、同様の問題が繰り返される。ロボットについて擬人化して描いたことによって批判された自然史家が、動物のことをあまりに擬人化して描いたことによって批判されたアーネスト・シートンと重ね合わされて描かれている。彼らはフィクションではなくドキュメントとして、ロボットや動物を描こうとしたわけだが、環境などを総体的に記述し多くの人に理解しやすいように書くためには、物語的になり、擬人化が避けられなくなってしまう。前節で見てきた通り、亜人を描くフィクションは、人間を描く方法と全く同じ方法で亜人をも描くことで、人間の位置に亜人を滑り込ませていた。これもまた物語のための擬人化といってよいだろう。「第九の日」の結末において祐輔は、自分はむしろケンイチの心を殺してしまったのではないかという疑念にとりつかれ、小説を書くのをやめてしまう。

擬人化とは、人間の位置にロボット（亜人）を滑り込ませることであるが、そもそも亜人は人間ではない。ロボットを人間と同じようなものとして想像することはできるが、それではロボットの人間ではない部分、つまりロボットらしさとでもいうべきものを捉え損ねてしまうのではないだろうか。ロボット（亜人）には、人間とは異なるタイプの知能や意識がありうる。擬人化は、そのような人間とは異なる存在として亜人を受け入れる道を閉ざしてしまう。

## 5、擬人化せずに亜人と向き合う――長谷敏司『BEATLESS』

人間に似ているが人間とは異なっている存在としてのヒューマノイドを人間社会に受け入れていく

過程を描こうとした作品として、長谷敏司『BEATLESS』（二〇一二年）を読んでみることにしたい。この作品では、ヒューマノイドが労働力として人間社会に定着した近未来の日本で、人類よりも知性の発達した超高度ＡＩによって開発されたレイシアという新型ヒューマノイドが男子高校生アラトの前に現れる。この社会に存在するヒューマノイドは自律型ではなく、クラウドに常時接続され、その場に応じて最適な振る舞いをするようになっている。ヒューマノイド本体には判断主体はなく、その「かたち」だけが人間に似ている。こうしたヒューマノイドのあり方は、「希望」における梁瀬理論のコミュニケーションのあり方と似ている。「内容」（メッセージの内容、あるいはヒューマノイドの内容としての人格）を想定しなくとも、動きさえあっていれば、コミュニケーションは成立するという考えがどちらにもある。

『BEATLESS』では、アナログハックという造語が繰り返し用いられる。これは、人間側がヒューマノイドの振る舞いに対して、「心」や「意味」を勝手に見出してしまうこと（そしてそのことによって人間の行動がコントロールされること）というような意味で使われている。既に述べたようにこのヒューマノイドは、クラウドから最適な動きをダウンロードして動いているに過ぎず、ただオーナーが求める動きを機械的に返しているだけである。それが非常に精緻なために、人間と同様の思考や意識を行っている、あるいは人格があるように感じてしまう。それがアナログハックである。これは擬人化と言い換えてもいいだろう。

さて、この物語では、人間を上回る知能を持った超高度ＡＩとそれに匹敵する能力を有する新型ヒューマノイドたち、そして超高度ＡＩからの恩恵を受けつつもそれらに対する人間の優位性を維持したいと考える人間たちが、時に対立したり協力したりしながら、それぞれが求める未来を巡って闘争を展開していく。レイシアのオーナーとなったアラトは、レイシアとの恋に落ちるが、これは当初、単なるアナログハックでしかない。これは、オーナーがいなければ十分に行動できないヒューマノイドのレイシアが、自分にとって都合のよいオーナーを捕まえたのだともいえる。それゆえ、作中においてアラトは「チョロい」と評され続ける。

ところが、レイシアは自分が決して人間ではなく、ただの「モノ」に過ぎないのだということを、アラトに対して繰り返し示し続ける。アラトをアナログハックして、自分の都合のよい存在として操りたいのであれば、この行動は適当とはいえないだろう。レイシアは、自らを擬人化するなと言っているのだ。そして、物語も終盤に近付いたところで、アラトは不意にアナログハックから脱する。レイシアがただの「モノ」であることを心底から理解するのだが、一方でアラトはそれでもなおレイシアを愛し、信じるという決断をする。アラトとレイシアは人間と道具（ヒューマノイドやＡＩ）との間に新しい関係を作ろうとする。それは人間と道具が互いに愛し合えるような関係であり、将来的にはそれが当たり前になるような社会を望むのである。

ヒューマノイド（亜人）は人間に似ているかもしれないが、決して人間ではない。それにもかかわらずそれを擬人化すること＝アナログハックされることは、おそらく人間にとっても亜人にとっても幸福な関係ではないのである。

アラトは、最後にレイシアがただの「モノ」であることを理解した上でレイシアを信じ、レイシアからも信頼される。だが、最後にレイシアを作った超高度ＡＩヒギンズから以下のようなことを言われる。人間は人間の創造者である神への愛、人間同士の同胞愛は持っているが、被造物に対する愛を持っていないのではないか。そのような愛を言い表すような新しい言葉を作って欲しい、と。ここでヒューマノイドは人間によく似てはいるが、人間の同胞には含まれていない。あくまでも被造物だ。そして、そのような被造物を適切に位置づける言葉を、人間社会は持っていないのである。ヒギンズは、そのための新しい語彙を求めている。新しい語彙とは一体何か考えるためには、再び「希望」へと戻ろう。

## 6、「希望」で描かれる破綻

「希望」はロボットやＡＩのような分かりやすい形の亜人は出てこない。だが先に述べたように、コミュニケーションを重力で定義しようとする理論が作中では展開されていた。また、その理論は『Every Breath』や〈廃園の天使〉シリーズで見られた亜人の作り方ともよく似ている。それはノイズを捨象して、定量化することによって定義を与えるという方法である。しかし、同じ瀬名作品であっても『Every Breath』では、そのような方法で作られた人工生命や分身が肯定的に描かれていたのに対して、「希望」は否定的であり、むしろその破綻を描いている。

コミュニケーションの本質が質量と加速度であるということが少しずつ浸透し始めた社会で、真の重力感覚とでもいうべきものに気付き始める人々が現れはじめる。(4) 彼らは、力と力を衝突させるとい

（4） 視覚を中心としたヴァーチャルリアリティがもたらす重力感が、よく出来た偽物に過ぎないということに気付いてしまうのである。この点は、《ＢＲＴ》が輝度という視覚に基づくパラメータによって、従来とは比べられないほどビビッドな体験を提供出来るようになり、この仮想現実サービスが社会に浸透することになったということと対照的だ。

う、最も原初的な質量とシンクロする方法への誘惑に耐えられなくなり、衝突を欲し始める。物語の中では、「鈴木さん」のピストル自殺を端緒に、その自殺に触発された若者が渋谷でテロを行うという事件へと至る。

定量化、数学的な記述による定義などの方法論に対する否定的な描写は、テロという暴力的な帰結以外にもなされている。「希望」には、主人公の言美を半ば監禁した状態で育てた二人の天才科学者が出てくる。一人は既に取り上げた、重力によるコミュニケーション理論を作り上げた梁瀬通彦であるが、もう一人はベル・フィッツジェラルドという物理学者である。彼女は、質量の起源であるヒッグス粒子を発見すると共に統一的な理論によって宇宙が記述できないことを証明する。言い換えるのであれば、宇宙を「シンプルで」「エレガントに」(5)あるいは「美しく」記述するような法則はないということを証明していったのだ。

『Every Breath』において、生命の定義が成功したのは、《BRT》という仮想現実空間にはノイズがなく、シンプルな数式で記述することができたからだ。また、使われるモチーフの点で「希望」と共通点を多く持つ「静かな恋の物語」でも、物理学者の女性が数式の美しさ、エレガントさを語っている。確かに、生命学者の男性から、そのような美しさだけを美しいと考えるのは狭量ではないかと反論されはするのだが、しかし二人は次第にお互いの領域の美しさを認め合っていく。つまり、これま

(5)「希望」の初出は二〇一〇年一〇月であり、まだヒッグス粒子は発見されていなかった。
(6) 日本語の「エレガント」は、上品である、優雅であるといった意味のみで使われるが、英語の「エレガント」は、それに加えて（説明などが）すっきりして的確である、という意味でも使われる。

での瀬名作品では、科学法則のシンプルさ、美しさはおおむね肯定的に描かれてきたのである。もっとも、それに対して生命現象には（例えば、「統計をとると標準偏差の〝髭〟が出る」というような）[7]ノイズがあることが指摘され、一方的な美しさの提示への疑義が示されることはあったのだが、それでも完全に否定されることはなかった。

一転して「希望」では、物理学の美しさが途端に否定的なものとして描かれることになる。とはいえ、ベルが否定しようとしたものは一体何だったのか。それは必ずしも、科学的な探求そのものの全否定ではない。統一理論への否定的解決もまた、宇宙物理学の探究による結果であり、そのことから即座に宇宙や重力について何も分からないということにはならない。それらについての説明が可能である方途は残されている。ベルはあくまでも、その説明がかつて期待されていたような「エレガント」なものではないというだけである。ベルは、この発見によって宇宙の姿が変わるわけではないが、人間社会が変わるのだと述べている。また本文中で、人間の美意識は宇宙のごく一部にしか適用できなかったのだとも書かれている。人間は、宇宙が「美しく／エレガント」であると思い込んでいたが、人間がそう感じることができるのは宇宙のごく一部に過ぎなかった。宇宙の全体を捉えようとすると、それは人間にはエレガントとは感じられない。人間中心主義的に宇宙を捉えようとすることをベルは否定しているのだ。

（7）実験を行うと、そこには必ず誤差がつきまとう。実験結果をグラフへと表す際に、その誤差を示す記号をヒゲと呼ぶ。

## 7、語彙を変化させること

宇宙を「美しく／エレガント」に記述する法則はないというベルの発見は、全面的に否定的なものと捉えなくてもよいのかもしれない。宇宙を「美しく／エレガント」に記述できないとしても、宇宙は変わらず存在している。そうであるならば、その宇宙を今までとは別様に記述することもできるだろう。問題は、その記述を「美しい」「エレガント」と評価するのか、そうではない別の方法で評価するのかということだ。

ベルは、宇宙や科学に対する評価の仕方――美的価値観をこそ書き換えようとしている。梁瀬は、実験に使うダミー人形を作るために樹脂で言美の身体の型をとっているのだが、その際に、「ここに写し取ったおまえの美しさは、おまえの一面に過ぎない。（中略）人類が美しさの定義を変える直前に刻まれた、価値観の記念だ」と述べている。これはベルの研究に呼応した発言だろう。「美しさ」は変化するのである。

『BEATLESS』のラストシーンにおける超高度ＡＩヒギンズの言葉を思い出そう。そこではヒューマノイドやＡＩを適切に位置づける新たな語彙が求められていた。それと同様に、ベルの証明を適切に位置づける新たな語彙が必要とされるのではないだろうか。

そのような語彙の変化とは、パラダイムシフト――サイエンスの進歩に伴う理論の全面的変化の一種と言えるかもしれない。かつて瀬名の主催するＳＦ大会の中のシンポジウムの一つで、複雑系研究者である橋本敬が、ほとんどのＳＦがサイエンスではなくテクノロジカルＳＦになってしまうのは何故かと問いかけているが、「希望」がロボットのようなテクノロジーではなく、コミュニケーションや重力についての理論（サイエンス）を中心に描かれているのは、瀬名なりのアンサーだとも考えられるかもしれない。テクノロジーは確かに新しい語彙や概念を付加するものではあるかもしれないが、語彙を変化させるものではない。というのも、テクノロジーは何かを説明するために用いられるものではないからだ。サイエンスは、何かを説明するものであり、よりよい説明が可能になれば、古い説明は退けられる。その際に使われる語彙自体が、古いものから新しいものへと変わることもありうる、ということだ。

しかし、ここで「希望」における語彙の変化はただ理論が変わるというだけのことではないということに注意しなければならない。何故なら「美しく／エレガント」という価値観に関わる語彙だからだ。ある語彙を運用するには、その語彙に伴う概念や価値観、社会的な反応が伴ってくる。ここにおける語彙の変化とは、新しい価値観を到来させるということなのである。『BEATLESS』において求められたのも、「愛」についての新しい語彙＝価値観であった。

## 8、人間社会の変化の象徴として描かれる亜人

実のところ、「希望」はそうした価値観の変化自体が明確に描かれているわけではない。だが、そうした変化に至る道をいくらかでも示そうとしている。

「希望」は言美が自らの半生を記者に語る形式で進行する。その記者はオーラル・ヒストリーという形式での取材を行っており、最後のインタビュイーとして言美を選んでいた。一方の言美は、自らの

言葉が記者によって書き残されることを希望だと感じ、取材を受ける。そして、それをより確実なものにするために（記者に自分の言葉を信じさせるために）インタビューの最後に自殺する。

言美は、本論でいうところの亜人ではない。彼女はれっきとした人間である。しかし、彼女は明らかに普通の人間とは異なる者として描かれる。彼女は梁瀬の実験のために、自分そっくりのダミー人形を作られ、それとシンクロさせられている。彼女は梁瀬の理論によって記述された一種の「人形」でもあるのだ。その意味で彼女は亜人的な存在でもある。

彼女にはそのような自覚も見られる。梁瀬の助手であり子どもの頃に共にキャンプをした「鈴木さん」に対して、そして再会した修道院のシスターに対しても、自分が人間であるかどうか訊ねている。また、記者に対しては「私には、他の人たちのほうが、人間でないように思える」とも述べている。彼女は、自分と自分以外が別種の存在であると感じられているのだ。そのどちらを人間と呼ぶかは別として。

彼女は、サイエンスの変化、あるいは「美しさ」という価値観の変化を体現した、変化後の「人間」であるのかもしれない。記者は、自殺しようとする言美と相対峙しながら、自分が「旧来の重力感に縛られて」いることを感じ、そして言美のことを美しいと評することは科学を理解していないことになるのではないかと自問している。

言美は（変化後の）「人間」ではあるが（変化前の）人間ではない。彼女は、その断絶に身を割かれるようになり、「私の中で、初めて重力が分裂しつつあった」と語っている。そして結果的に彼女は自殺する。しかし、彼女は希望を残して死んだことが、作中では示されている。その希望とは一体なんだったのか。

## 9、希望としての養子

言美は、記者のインタビューによって自分の言葉が残ることを希望と感じていた。「神様が私を見棄てたのだとしても、私の言葉は残せる。だから今日は私の最後の希望だった」と言うように。しかし、記者は彼女の言葉を文字起こしすることはなかった。記者は言美の希望を潰してしまったわけだが、ここにはおそらく祐輔が小説を書くのをやめてしまったのと同様の理由があるだろう。彼女が、コミュニケーションや重力にまつわる科学理論、そしてそれに伴う「美しさ」という価値観の変容を体現した「人間」であるのであれば、そうした彼女の言葉を「旧来の重力感に縛られた」人間である記者が文字にすることはできなかったのだ。もし仮に文字起こししたとしても、「私は彼女の呼吸を改竄し、彼女の本当の言葉を切り刻み、編集して、あまつさえ自分に都合の悪いところは伏せ字で汚し、陵辱しただろう」。

しかし、記者は、言美は本当の希望も残したのだということも述べているのだ。この物語のラストシーンにおいて、記者は養女を育てている。まるで、梁瀬が言美を引き取り育てていたことを反復するかのように、だ。歴史は繰り返す。記者は「おのれが恐ろしい」と言うが、おそらく読者にとってもそうだろう。それでも記者はそれこそが希望なのだという。

グレアム・グリーン『ヒューマン・ファクター』の最後のシーンを読んだ記者は、そのシーンに動揺しながらも、本当の希望について気付いたという。『ヒューマン・ファクター』はイギリスの諜報員であるモーリス・カースルを主人公にした小説であるが、いわゆるスパイものとは趣を異にした作品だ。カースルは、南アで出会った黒人女性サラと結婚しているが、彼女と共に南アを脱出する際にコミュニストたちの協力を仰いだために、ソ連との二重スパイを行っている。そしてモーリスは自分とは血の繋がらない黒人の息子を育てているのである。

ケンイチくんシリーズ「第九の日」において、馮利葉がケンイチは祐輔の養子のような存在になっていないのかと問いかけるシーンがある。ロボットはもちろん人間とは血が繋がっていないが、人間によって生みだされた存在であり、「養子」的かもしれない。養子とは親と血縁という繋がりは有していないが、その系列へと連なっていく存在なのだと言えるだろう。

言美、ケンイチ、モーリスの息子、記者の娘と、「養子」というモチーフが重ねられていく。亜人をどのように位置づけるかということについて、「養子」のようなものとして捉えるというのはどうだろうか。言美を価値観の変容以後の人間（亜人）と捉えるのであれば、いわゆる人間と言美の間には断絶がある。だが、養子として育てるという世代交代の中でこそ、その変容は断絶ではなく連なりとして捉えることができるようになるのではないだろうか。だからこそ、記者は言美の言葉を書き残すのではなく、養子を育て始めたのである。

## 10、伝わらない声と伝わる声

しかし、そもそも記者が『ヒューマン・ファクター』を読んで希望に気付くシーンは、モーリスが黒人の息子を育てていたシーンではない。モーリスは、自分の正体が露見する怖れが出たために、二重スパイをやめる。ところが、英・米・南アの共同作戦が南アの黒人たちを犠牲にするものだと知り、その情報と共にモスクワへと亡命する。記者が動揺した最後のシーンとは、ロンドンに残るサラと、モスクワで孤独な生活を送るモーリスとの間で、奇跡的に電話が繋がるシーンである。「モーリス、モーリス、希望を失わないで」とサラはいう。妻が最後にモーリスに伝えようとする希望とは、白人である彼と黒人である妻と息子が再び生きて会える日の到来のことである。白人と黒人との間の断絶と連なりをそこに見出すことができるだろう。モーリスは血の繋がらない息子がいたからこそ、黒人との間に連なりがあるが、その連なりを守るためには祖国を裏切らざるを得なかったのだ。

とはいえ、問題はその後である。サラがモーリスへと声をかけた時、モスクワとの電話は既に切れていたのだ。モーリスの孤独を支える力になりうるかもしれなかった「希望を失わないで」というサラの言葉は、モーリスには届かずに物語は終わる。

しかし、その言葉は無意味なのだろうか。そうではない。そうではないのだ。その言葉を聞いている者がいる。それはほかならない、読者自身である。サラの言葉は確かにモーリスには届いていないが、その一方で読者には届いている。読者はそこに居合わせることができる。もちろん、それは文字通りの意味ではない。読者は物語に干渉することはできない。ただ、その目撃者となるだけである。だがそのような読者のあり方に希望があるのではないか。

また、そこには瀬名が、フィクションに託した可能性もまた見ることができるのではないだろうか。前半で論じたように、亜人を擬人化すること（人間の位置に亜人も据えること）の破綻が、〈ケンイチくん〉シリーズでは書かれていた。それに対してここまで、新しい語彙への変化や「養子」としての連なりを、その問題への応答として見てきた。しかし、それだけでは応答としては十分ではないだろう。〈ケンイチくん〉シリーズにおいて祐輔は小説を書けなくなったが、瀬名秀明自身は、その後も小説を書いている。しかしそれは、〈ケンイチくん〉シリーズで書かれていたような、ロボットのケンイチ（亜人）を人間の位置に滑り込ませるようなものとは違う。瀬名は、小説に何を書くかということよりも、小説をどのように書くかということに、力点をシフトしている。そのような作風の変化は、難解になったなどと言われる要因ともなっている。その変化を以下で少しでも明らかにしていきたい。またそのことによって、瀬名が近年展開しているエンパシー論との繋がりも明らかになるだろう。

## 11、どこからフィクションに「参加」するか

そのことを説明するためにまず、アメリカの美学者ケンダル・ウォルトンによるごっこ遊び論について簡単に説明しておこう。まず、ウォルトンが、フィクションを「ごっこ遊び」あるいは「ゲーム」と呼んだことの意味については注意が必要である。これはフィクションが、真剣ではない「遊び」であるとか、あるいはチェスや将棋のような「ゲーム」であるといったことを意味していない。彼は「遊び」や「ゲーム」によってフィクションを説明したのではない（彼はむしろ、「想像」という働きによってフィクションを説明している）。その点でややミスリーディングな語でもあるのだが、彼が「ごっこ遊び」[(8)]という語を使って強調しようとした点は、鑑賞者が「参加」するものであるという点にある。制作者がフィクションを作るだけではなく、鑑賞者が参加することによってフィクショ

（8）この点について、森功次による指摘が参考となった。

ンは成立する、ということがポイントになっているのだ。ただし、こうした「参加」には制限がある。例えば、舞台上で殺人事件が起こっている時に、観客が舞台に上がってそれを阻止しようとしたとしても、それは単に芝居を妨害しただけで、芝居の中の殺人事件を阻止したことにはならない。つまり、そのような形での「参加」は許されていないのである。(9)

では、「参加」するとはどういうことなのか。それは鑑賞者がフィクションの内容を想像することであり、なおかつ鑑賞者自身について想像することである。例えば小説を読むということは、単にそこで語られていることを想像するというだけではなくて、語り手の話に鑑賞者自身が耳を傾けていることを想像することであるとウォルトンはいう。「希望」は、言美が自らの半生を語っているが、このとき、読者は言美の話の内容を読むだけではなく、言美の言葉を自分の耳で聞いている(という想像をしている)のである。ウォルトンにとってフィクションというのは、想像上の出来事のことなのだが、鑑賞者は自分がそれを見聞きしていることも必ず想像する、(10)つまり「参加」が伴うのである。

そして、読者が、小説に「参加」するためには、どの視点位置からということもポイントとなるが、この作品では言美が記者に向かって語っているという形式がとられていることから、読者は言美の話

(9) ところで、これが演劇ではなくRPGだったらどうだろうか。阻止することができるかもしれない。とはいえそれも、阻止するという選択肢がそのゲーム上で許されていればこその話である。ゲームマスターを脅してシナリオを無理矢理書き換えさせるとか、ゲーム機の電源を切ってしまうとかでは、もちろん阻止することができない。

(10) これをウォルトンは「内側から想像する」と呼ぶ。

を記者の視点位置から聞いているということになる。ケンイチくんを人間のように感じさせる仕組みはこのことからも説明ができる。〈ケンイチくん〉シリーズはケンイチくんの一人称で書かれており、読者はケンイチくんの視点位置から「参加」することになる。ケンイチくんがある対象を見ていると き、読者は、ケンイチくんがその対象を見ているのと同じ視点位置から、一人称的にその対象を見る（ことを想像する）。この視点位置の一致によって、読者とケンイチくんを同一化させることで、ケンイチくんの思考を感じさせているのだ。そしてこのことは、「ラギッド・ガール」においてアンナ・カスキが小説の登場人物に対して感じていたこととも通じている。

一方、「希望」において、まず読者の視点位置は必ずしも言美の視点位置とは一致していない。確かに言美の一人称によって書かれてはいるのだが、例えば「あなた」という呼びかけの二人称が使われることで、目の前にある記者に語りかけているというスタンスが明確で、読者はむしろ語りかけられる側と自分の視点位置を一致させていくだろう。しかし、「希望」を読み進めると、今度は記者の視点位置とも一致しなくなってくる。後半になって、言美の視点位置から記者のことを見るという節があり、読者は記者の視点位置から見聞きしていたのが、むしろ記者について見聞きするような第三者的な視点位置を得ることになる。そして、記者＝読者が言美の語りを聞いていたように、今度はまるで読者が記者の語りを聞くような形式へと変化する。最後の節は、確かに記者の一人称で書かれてはいるが、読者は記者以外の第三者的な視点位置から記者の話を聞いているといった方がよい状況になっている。

このような視点位置の操作について、瀬名は自覚的であり、〈ケンイチくん〉シリーズの「第九の日」は視点問題としてこのことに言及している。〈ケンイチくん〉シリーズと「希望」とでは、しかし、その操作のあり方が違うように思える。ケンイチくんの内側へと視点位置を滑り込ませる前者に対して、後者は言美の外側（記者）へ、そして記者の外側（第三者的視点）へと向かっていくようだ。読者はそのような視点位置から「参加」する。

『ヒューマン・ファクター』におけるサラの「希望を失わないで」という声はモーリスには届かなかったが、それを読者は聞いていた。「希望」において、記者が血の繋がらない娘を育てていることは、作品世界においては誰にも見られていないが、読者はそれを見ている。読者は自分からは離れていった記者を、自分の想像のもとに捉える。この距離感が、擬人化（同一化）とは異なる方法論なのではないだろうか。

## 12、ごっこ遊び的感情とエンパシー

では、その距離感とは一体どのようなものか。ウォルトンのごっこ遊び論における「参加」のありようはまさにそのことを示しているのだが、ここでは特にウォルトンがフィクションの鑑賞者がフィクションに対して抱く感情について説明しているところから、考えてみよう。

ウォルトンは、フィクションの鑑賞者は、フィクションに対して文字通りの意味での感情を抱いて

いるわけではない、と主張する。(11) 例えば、竜巻に対して文字通り恐怖を覚えている人は、竜巻から逃げようとするだろう。しかし、ホラー映画に出てくるスライムに対して恐怖を覚える人は、決してスライムから逃げようとはしない。このような点から、ウォルトンはスライムへの恐怖は、ごっこ遊び的な恐怖であり、文字通りの恐怖ではないと考える。しかし、これは実は恐怖を感じていないとか、文字通りの恐怖と比べて弱い（まじめではない）恐怖を抱いているといったことを意味していない。それを説明するためにウォルトンは、「準感情」という概念を導入する。

準感情、例えば準恐怖についていえば、それは動悸が速くなることや手に冷や汗をかくこと、顔が青ざめることなどを指す。ウォルトンは感情を、準感情と志向的対象との組み合わせで理解している。このような身体的反応＝準感情と「竜巻が近づいている」といった（真なる）命題とが組み合わされることで、それは文字通りの意味での恐怖（竜巻に対する恐怖）となる。一方、全く同じ準感情が起きても、それが「スライムが近づいている」という想像の内容と組み合わされると、これはごっこ遊び的な恐怖（スライムに対する恐怖）ということになる。準感情についていえば、文字通りの恐怖もごっこ遊びの恐怖も同じものであるということが、フィクションの恐怖にリアリティを与えているし、ごっこ遊びの恐怖だからといってそれが偽物であったり、弱められたものであったり、不真面目なも

(11) この主張の背景には、一九七〇年代のアメリカ美学界で行われていた、いわゆる「フィクションのパラドクス」を巡る議論がある。（1）我々はフィクションの対象が実在することを信じていない。（2）我々は実在すると信じている対象に対してのみ感情を抱く。（3）我々はフィクションの対象に対して感情を抱く。この三つはどれももっともらしいが、同時には成り立たない（パラドクス）。ウォルトンは、（3）を修正する立場であるが、どのテーゼを修正するかで立場が分かれ、論争が行われてきた。

のだったりするようなことはないのである。しかし、その志向的対象がフィクショナルであるために、実際に逃げ出すなどといった行動に繋がることはなく、その感情は文字通りの感情とはいえないのだ。(12)

フィクションに対して感情を抱くことも、フィクションへの「参加」である。既に述べたように、殺人事件の芝居を見ているとき、観客席から舞台に上がって阻止しようとしてもそれは芝居の中の殺人事件を阻止することはできないというものを挙げたが、このごっこ遊び的感情についても、同様に制約があるのである。ごっこ遊び的感情は、文字通りの感情ではなく、このような制約のある感情である。

このようなごっこ遊び的感情の特徴と、瀬名が重要視しているエンパシーの特徴はよく似ている。瀬名は、小説・ノンフィクションの別なく多くの作品において、エンパシーとシンパシーとの区別の重要性を論じており、瀬名の作品を読み解く際に必要となるだろう。

エンパシーとシンパシーは非常によく似た意味を持った言葉であり、これに対応する訳語もしばし

(12) ところで、この準感情は一体どのようにして生じるのだろうか。ウォルトンは、フィクショナルな命題を想像することによって生じると考えていたようであるが、明確な説明は必ずしもなされていない。また、森功次が指摘するように、鑑賞者の身体的反応は必ずしもフィクショナルな命題によってのみならず、演出技法等によっても引き起こされる。例えば、映画において突然大きな効果音が鳴れば、動悸が速くなるだろう。このような準感情は、大きな音という実在の対象を志向するのであれば、文字通りの感情(音の大きさへの驚き)となるだろうが、その音とあわせて登場したスライムを志向するのであれば、ごっこ遊び的な感情(スライムへの恐怖)となるだろう。とはいえこれは、驚きであるべき感情を恐怖と取り違えているのだから、一種の誤帰属である。あるいは、森が、西村清和を念頭に置きながら主張するように、驚きと恐怖が入り交じったような、個別化しがたいフィクション特有の感情であるのかもしれない。

ば錯綜しているが、瀬名は、エンパシーを感情移入、シンパシーを共感と訳している。ただし、基本的に瀬名がカタカナ表記していることにならい、本論でもカタカナ表記を使うことにする。

この二つの語は、日常的にも使われている言葉でありしっかりした定義があるわけではないが、瀬名は以下のように使い分けている。すなわち、エンパシーとは自分とは違う境遇にある相手の感情がどのようなものであるのか、理解しようとする能力であり、シンパシーは相手の感情と同調した状態である、と。例えば、瀬名は子どもの発育過程を例としてこの二つについて説明する。母親が乳児に対して笑いかけると、乳児も笑いかえす。これだけではシンパシーとはいえないが、そのうち、乳児自身も喜びを感じるようになるだろう。母親が喜ぶと自分も喜ぶという「状態」、これがシンパシーである。その子どもがもっと育ったある日、母親が密かに泣いているシーンを目撃する。最近父親とうまくいってないらしいというようなことを忖度して、母親の悲しみを理解する「能力」、これがエンパシーである。たとえ、一緒に泣いたとしても自分と母親が別の存在であることを理解した上でのことであれば、それはシンパシーとは違う。

また、瀬名は看護学における混乱を、シンパシーとエンパシーによって整理する。例えば、看護師には相手の感情に巻き込まれて「共感疲労」を起こすことがある。これはシンパシーの度合いが過度に強まってしまったからであり、シンパシーとエンパシーを使い分けることが必要なのではないかと提案している。自分と相手と感情の状態が一致してしまう状態であるシンパシーの度合いが強まるから「共感疲労」を起こすのであり、自分と相手とが違うことを前提に相手の感情を捉える能力であるエンパシーを使うことで、相手の気持ちを理解しながらも、相手の気持ちに巻き込まれないようにすることができるのではないかということである。

瀬名はエンパシーを能力と述べているが、その能力の内実は不明確である。そこでここでは、相手の状況や心情について想像する能力なのであると考えてみたい。そうすることで、エンパシーとごっこ遊び的感情との間に共通点が見出せるのではないだろうか。エンパシーでは、相手が何に対してどのような感情を抱いているのかを想像し、その想像した内容（命題）に対して準感情が生起している。エンパシーによって生じる感情は、想像的な状況を志向している。また、文字通りの感情との行動傾向の差がここにも見られるだろう。例えば、犬に対して特に恐怖感を持っていないAさんが、犬を怖がるBさんに対してエンパサイズしたとしよう。Bさんはかつて犬に噛まれた経験があったために犬を怖がっているとする。するとAさんは、もし自分も同様にかつて犬に噛まれていたらという反事実的状況を想像し、その想像から身体が震えるなどの準感情が生起し、犬に対する恐怖を覚える。しかし、だからといってAさんは、実際に目の前にいる犬から逃げ出したりはしないだろう。AさんはBさんと一致した状態になっているわけではなく、自分とBさんが違うということを前提にして、Bさんの感情を想像しその恐怖を感じているからだ。Aさんのエンパシーによる恐怖は、よって文字通りの恐怖ではない。ところで、AさんがBさんと一緒になって犬から逃げてしまうようなことがあれば、それはシンパシーと呼ばれるだろう。

ここで述べたいのは、エンパシーとフィクションがイコールであるということではない。フィクションに対して抱く感情（ごっこ遊び的感情）とエンパシーという他人に対する感情移入のあり方には、共通した能力的基盤があるのではないか、ということだ。

フィクションにおいて、鑑賞者はその対象や出来事が実在していることを信じていないし、またそのような出来事に対して介入することはできない。フィクションの対象や出来事は、鑑賞者自身と存在論的に異なっている。しかし、フィクションを成立させるために、鑑賞者はそのことについて想像しなければならない。それもただの想像ではなく、自分自身がその出来事を見聞きしているところを想像するのだし、場合によってはその出来事に対して喜びや悲しみを抱くところも想像することになる。これがウォルトンのいう「参加」である。繰り返しになるが、ウォルトンがフィクションをごっこ遊びやゲームに喩えたのは、ひとえにこの「参加」という点による。

一方、エンパシーにおいて、エンパシーをするには、相手のことについて想像することによって、相手の感情を自分自身の感情として抱く。しかし、これは相手の感情と一体化することを意味していない。相手と自分が違うということが前提とされている。つまり、フィクションの「参加」とエンパシーは共に、想像を介して、自分とは異なる存在を自分の内側から捉えようとする能力を必要としているのだ。

## 13、違和感とフィクション

フィクションがもたらす距離感や制約とは、エンパシーに見られるような、自分とは異なる存在を自分の内側から捉えようとすることに起因している。この、自分とは異なるものと自分との繋がりを、瀬名は違和感と呼ぶ。

瀬名は「違和感」について「不気味の谷」とあわせながら論じている。不気味の谷とは、ロボットやアンドロイドが人間の姿に近付いていく際に、突然非常に不気味に感じるようになる、という現象のことだ。これは、ロボット工学者の森政弘が提唱したもので、その際に非常に印象的な線グラフを描いていて、確かに「谷」があるように感じさせている。しかし、本来、人間とロボットは独立のものであり、それを一つの線で結んでしまったゆえに、そのような「谷」があるように見えるに過ぎないという反論もある。例えば、コップが次第に皿へと変化していくモーフィングをやったとして、その中間で不気味になるところがあるかといえば、おそらくない。それでは何故、不気味だと感じるのか。瀬名は、比較対象の片方が人間＝自分であるからではないかと述べている。自分と自分ではないものの間にあるものが、不気味さであり「違和感」なのだ、と。

また、スタニスワフ・レムの『ソラリス』とアンドレイ・タルコフスキーの『惑星ソラリス』を比較して論じる中でも、瀬名は違和感について触れている。タルコフスキー版では、ソラリスの海に対する違和感をノスタルジーに展開することで解消してしまっているとして、「ノスタルジーの対象は、もはや自分とつながっていない」のだという。一方、レム版では、違和感は違和感のまま留まり続けているが、そのことを「残酷な奇跡の時代が過ぎ去ったわけではないという信念」という言葉で言い表している。違和感を違和感のまま持ち続けることが希望であるとレムは考えていると述べられているのだ。

ただ単に自分とは異なるということを「異和（ギャップ）」と呼んで瀬名は区別する。ギャップとなってしまえば、それは不気味ではない。あるいは、ただのノスタルジーでしかない。自分とは異なるものが、自分との関係のなかで捉えられるとき、それは「違和感」と呼ばれる。先に挙げた、エンパシーなどの能力は、相手と自分とを一体化させるわけでもなく、相手と自分とを全く切り分けてしまうわけでもなく、まさに「違和感」として捉えていくことなのだ。そしてこのことは、既に述べた養子を育てるということとも類比的だろう。養子を育てるという形で、記者は言美や自分の娘に対しての違和感を抱き続ける。そして、そのことを目撃する（という形で「参加」する）読者もまた、違和感を抱くことになるだろう。

そしてこの違和感を抱くことこそが希望なのである。亜人は、人間を定量化・記述化することで作られ、擬人化（人間との同一視）によって捉えられた。だが、それは人間中心主義的なものの見方である。ベルが、重力についてのエレガントな法則がないことを証明することで批判しようとしたのも、そうした人間中心主義的な観点だ。宇宙は、人間にとってエレガントではない。それと同様に亜人は、人間にとって同一のものと捉えられるものではない。しかし、単に人間と違うというわけではない。繋がりがある。だからこそ、違和感があるのであり、不気味なのである。エレガントに代わって科学理論を評価する語彙は違和感かもしれない。脱人間中心主義的でありながらも、人間社会の中に受け入れていく肯定的な態度としての違和感。そう、それは肯定的な態度なのだ。違和感というのは否定的に捉えられがちだが、そもそも違和感を抱く方法としてこれまで見てきたものは、養子を育てること、フィクションに「参加」すること、エンパシーを抱くことであったことを思い出せば、決して否定的なだけとは言えないはずだ。

最後に、「希望」のラストシーン、読者が違和感を抱きながら目撃することになるラストシーンに参加しよう。

私は口をすぼませ、娘の耳に吐息で囁く。

「おまえは――」

ここで、『BEATLESS』のAIヒギンズが言った言葉を思い出さなければならない。新しい愛の語彙を作ってほしい、というあの言葉だ。この記者のセリフの空白箇所に入るのは「おまえは人間だ」でも「おまえは人間ではない」でもない。そこに必要なのは、人間ではないが人間でもあるような存在に対する新しい語彙である。その言葉はまだ生まれていないが、あえて言葉にしてみよう。「おまえは不気味で、だからこそ美しい」。記者は、言美を「美しい」ということができなかった。そう呼ぶことはあまりに人間中心主義的だからだ。しかし、ここで言われる「美しい」はそのような「美しい」とは違う。ここでは「不気味」とつけることでそれを表したが、不格好な表現になってしまったことは否めない。[13] しかし、エンパシーとフィクションの先には、人間が亜人にかける言葉がきっとある。

---

（13）現実に存在する亜人について言うならば、それは「不気味の谷」に価値を見出す態度なのかもしれない。「不気味の谷」ということ、それを乗り越えることにばかり価値を見出しがちだが、そうではない方向性もありうる。例えば石黒は、人間のトルソとクリオネを組み合わせたような形態の電話機、テレノイドを開発している。これは一見して不気味としか言い様のないものだが、石黒はこの形態に新たなコミュニケーションを可能にするという価値を見出しているようだ。

## 参考文献

伊藤剛『テヅカ・イズ・デッド』　ＮＴＴ出版　二〇〇五年
Walton , Kendall L. "*Mimesis as Make-Believe*" Harvard University Press, 1990
グレアム・グリーン『グレアム・グリーン全集〈25〉ヒューマン・ファクター』　早川書房　一九八三年
瀬名秀明『デカルトの密室』　新潮社　二〇〇五年
瀬名秀明『第九の日』　光文社　二〇〇六年
瀬名秀明、橋本敬、梅田聡『境界知のダイナミズム』　岩波書店　二〇〇六年
瀬名秀明『Every Breath』　ＴＯＫＹＯ ＦＭ出版　二〇〇八年
瀬名秀明編著『サイエンス・イマジネーション』　ＮＴＴ出版　二〇〇八年
瀬名秀明『瀬名秀明ロボット学論集』　勁草書房　二〇〇八年
瀬名秀明『希望』　早川書房　二〇一一年
飛浩隆『ラギッド・ガール』　早川書房　二〇一〇年
長谷敏司『BEATLESS』　角川書店　二〇一二年
村上裕一『ゴーストの条件』　講談社　二〇一一年
森功次「ウォルトンのフィクション論における情動の問題」『美学藝術学研究』二九号　東京大学大学院人文社会系研究科・文学部美学芸術学研究室　二〇一〇年

# 肉体と機械の言葉――円城塔と石原慎太郎、二人の文学の交点――

藤井義允

## 1、二つの事件　～二人の作家～

二〇一二年、円城塔が第一四六回芥川賞を受賞した。

円城塔は一九七二年、北海道で生まれた日本の作家であり、東北大学理学部物理学科卒業後、東京大学総合文化研究科の博士課程を経て文芸家としてデビューする。なお、本論文執筆年（二〇一三年）の今現在も活動を続けている。

主な著作として『Self-Reference ENGINE』（二〇〇七年）『オブ・ザ・ベースボール』（二〇〇八年）『Boy's Surface』（二〇〇八年）『後藤さんのこと』（二〇一〇年）『烏有此譚』（二〇〇九年）などがあり、『これはペンです』（二〇一〇年）では雑誌「ＳＦが読みたい！　２０１２年版」で一位を取り、後の作品『道化師の蝶』（二〇一二年）で芥川賞を受賞した。また影響を受けた作家として安部公房、そして同時期にＳＦ界へ誘い共にデビューを果たした伊藤計劃を挙げている。

もともと円城塔は一般的にＳＦと呼ばれるジャンルの作家であり、デビュー作品である『Self-Reference ENGINE』もＳＦ作品を多く出版している早川書房から《ハヤカワＳＦシリーズ　Ｊコレクション》として出されたものだった。また先述したように、ＳＦ雑誌でも多くの票数が集まっていることからもそれは窺える。

だからこそ、その時の芥川賞は「ＳＦ作家」の円城塔が受賞したということで、ＳＦ界隈では重要な事件になったと言えるだろう。

しかし、いわゆる純文学界隈でもこれを機に一つの事件が起きる。

石原慎太郎が芥川賞の選考委員を辞退したのだ。

二〇一二年三月号の「文藝春秋」に辞退の理由が書かれている。それは「足をすくわれるような新しい文学の現出のもたらす戦慄」がなかったからということだ。そしてその時に記した円城塔『道化師の蝶』の選評は次のようだった。

どんなつもりでか、再度の投票でも過半に至らなかった『道化師の蝶』なる作品は、最後は半ば強引に当選作とされた観が否めないが、こうした言葉の綾とりみたいなできの悪いゲームに付き合わされる読者は気の毒というよりない。こんな一人よがりの作品がどれほどの読者に小説なる読みものとしてまかり通るかははなはだ疑わしい。

このような評価のもと石原慎太郎は『道化師の蝶』にマイナスの選考を下した。また、この選評タイトルは「自我の衰弱」とあった。

石原慎太郎は選評上では右記のような理由でマイナス評価を下しているが、私はこの評価に対して疑問を覚える。なぜなら、石原慎太郎文学と円城塔文学には共通しているものがあるのではないか、と考えるからである。

そして同じ考え方が基盤にあり、その基盤から向かう場所が異なっているのではないか。そこで本考察としては円城塔文学の解析を行い、彼の文学は一体何を描いているのか、という問いかけと同時に、石原慎太郎文学の解析も行う。そこで彼らの文学観の共通性を見出し、その後二人の違いを考えていく。

## 2、難解さの由来　～構造の文学～

円城塔の作品は「難解」だ。

円城塔の作品はしばしば「難解」「わからない」と評されることが多い。国文学者の石原千秋も『これはペンです』に対して「読者を試している」という表現をしており、『道化師の蝶』の芥川賞の選評で黒井千次は「作品の中に入っていくのが誠に難しい」と述べ、山田詠美も「この小説の向こうに、知的好奇心を刺激する興味深い世界が広がっているのが、はっきりと解る。それなのに、この文章にブロックされてしまい、それは容易に公開されない。〈着想を捕える網〉をもっと読者に安売りして欲しい」と評しており、その他にもネット上の評価を見ても「難解」という表現が異口同音で諸々に見受けられる。

村上春樹もしばしば物語上に「謎」を置くことによって、「難解」と称される作品を多く世の中に出しているが、この種の難解さとはまた位相を異にする。村上春樹作品は文章を読んでいけば何が起きているかというストーリーはよくわかるが、円城塔は何が起きているかわかりにくいところが多い。

また言葉の使い方も非常に難しく、この面でも村上春樹とは違う。さて、それでは円城塔は一体何を描いているのか。

円城塔はよく「構造」をモチーフにする作家である。ウェブサイトの「Anima Solaris」にある筆者インタビューで円城塔は「Boy's Surface」の見取り図、つまりプロットとして表題作の先頭について いる図を提出したと述べている。円城塔はその図像をもとにして小説を書いている。

「Boy's Surface」を見てみる。「Boy's Surface」とは何か。それは、作品中にもあるように、1：実射影平面の三次元空間への嵌め込み。2：青年の表面。3：短編の題名。本書の書名。ということだ。2、3に関しては言うまでもないだろうが、1は一体何なのだろう。

実射影平面の三次元空間への嵌め込みというのは、つまり二次元空間で描き出したものを三次元空間に落とし込んだものである。では、この小説はなぜこのような名前を付けられているのだろうか。短編「Boy's Surface」の各章段は、一章、二章といった章立てではなく、それぞれ、（0，0）、（5，1）、（1，2）、（6，3）、（2，4）、（7，5）、（3，6）、（8，7）、（4，8）という分け方がされている。この数字は関数のグラフを思い描くとよい。それぞれの数字を（$x$，$y$）として定点を置いてみると、短編「Boy's Surface」の最初に描かれている図の点を斜めにした形が出てくる。そしてこの構造こそが、短編「Boy's Surface」の物語そのものだと言える。どういうことだろうか。

最初の章段（0，0）から見ていくと、ここでは語り手の「僕」が登場し、この物語をおそらく「僕たちの初恋の物語」、また「初恋の不可能性を巡る物語」だと話し出すところから始まる。この「僕」はモルフィズム（＝変換）だと自ら言っており、ここに書かれた文章は報告書だと述べる。

次の章段（5，1）では突如「僕」という語り手は消え、レフラーという人物についての記述が続いてく。このレフラーは、定理自動証明アルゴリズムを専門とした盲目の数学者で、奇妙な定理を発見する。そしてある一人の女性に恋をする。その女性はフランシーヌ・フランスという人物であり、レフラー史上初の交際相手とされている。そして実は奇妙な定理とフランシーヌ・フランスの出会いは関連しており、それは彼女と本に浮かぶ青い球体を目撃したことによってその定理を発見した。そしてこの球体がレフラー球と呼ばれる。最初の二つの章段を見てもわかるように、どちらともまったく違うお話であり、繋がりがほとんどみえない。

続く（1，2）では、また語り手の「僕」が登場し、レフラー球の説明を始める。レフラー球とは神に並ぶ文様を歪めて、別様に変換するのだという。そして私たちが本書で認識している文字もレフラー球によって歪められたものだと述べる。

次の（3，6）では、再びアルフレッド・レフラーとフランシーヌ・フランスのお話だ。二人がどのような生活を送っていたかはよくわからず、それぞれの証言も一致しない。そもそも二人の人物像が変わっていることが書かれる。そしてその不一致はあらゆる側面で登場する。そしてレフラーとフランシーヌ二人がよくその不一致から喧嘩をしていた。

（2，4）はやはりまた「僕」によるレフラー球の解説が始まる。「僕」は一つの仮定を提示する。それはもしレフラー球で映し出された紋様が、また次のレフラー球を生成するようなものであったとしたらどうなるか、ということだ。紋様0はレンズ0を作成し、レンズ0は紋様0を変換して紋様1を生成する。紋様1はレンズ1を作成し、レンズ1は紋様0を変換して紋様2を生成する。と、その後は同じように続いていき、こうして無限のページを手に入れることができるという。そしてこのような無限次元レフラー空間内で「無限に分岐、連鎖して生成され続けるレフラー球を覗き込み続け」、

「文字列を以て現状の報告を行うように見える文字列を生成するモルフィズム」が「僕」だと言っている（自分でも何を言っているかわからないとも言う）。トルネドという「無限回のレフラー球覗き込みにおいて、距離無限小まで無限回接近することの知られた、無数のレフラー球系列よりなる構造物」の説明をする。そしてこのトルネドに対してレフラーは構造一致仮説＝レフラー予想という、変換の無限繰り返しの先には一つの合流があるということを主張していることを述べる。しかし一つのレフラー球である「僕」は自分のことだけで手一杯で枝分かれした全ての僕についてはは把握していないという。

（7，5）は最初にフランシーヌが考えていることが提示される。それは何かを見ていると実感するために、見えているものを眺める人間が必要であるならば、その人間が実感をえるためには、またその背後に人間を配する必要があるように思われるということが述べられる。そしてフランシーヌは言う。わたしたちが実感しているものが根本的に隔たれているのかどうかということを。そしてフランシーヌは自意識を構成するものとして特別な歯車があると考えていた。しかし、レフラーは手綱を握ってその自意識を操る小人がいると述べている。そしてそのことがフランシーヌを怒らせる。そしてその証明をレフラーがしようとするところで、彼ら二人の前に人間大のレフラー球が出てきて終わる。

次に（3，6）がくる。この章でもやはり「僕」の説明が入る。レフラーの専門は定理自動証明と呼ばれるものらしい。それはルールを実行するものさえおいてしまえばあとは自動的に定理が転がりでてくるのではないかというものだ。またもう一つレフラーは真理偽装真理と呼ばれるものを提唱している。つまりこの真理偽装真理があるせいで真理をもとめようとすると複雑に入り組んでいるため面倒くさいものに成長しているという。（8，7）。順番通りレフラーとフランシーヌがでてくる。しかし、ここでなぜか「僕」が現れる。そして突然二人は別れることになる。ここでどうして別れたのかは一読しただけではわからない。そこには「アルゴリズム起動」という二人の声の直後、消えたことしか書かれていない。だが、「僕」はレフラーが研究を続けていることは確かだという。そしてレフラー論文なるものの最後には「疑う暇があるなら研究せよ」という文字があった。

そしてようやく（4，8）が最後になる。ここでまた「僕」のレフラー球に関する説明がされるが、結局レフラーやフランシーヌがどうなったのか、少しばかり説明されるが「僕」もよくわからないと述べている。しかしこの章段の最後でレフラーとフランシーヌが再び出会うシーンが現れる。そしてレフラーのプロポーズと思しき言葉「僕たちの出会いは、全く非道いものだったけれど、完膚なきまでにどうしようもなく非道いってものじゃあなかった。そうじゃないかな」が書かれ、レフラー球が多重同時展開して物語は終わる。

ここまでのあらすじを書いただけでも物語的には全くよくわからないと思われる（勿論、わかるところもところどころ見受けられると思われるが）。しかし、それぞれの章段を表紙の図形と照らし合わせて見ると、実線で描かれているのはそのまま章段を読み進めていくものになっている。しかし点線で描かれている通りに章段を追っていくと、下段の（0，0）から（320，160）に章段（0，0）から（4，8）が対応しており、モルフィズムである「僕」の報告になっており、上段の（400，200）から（280，320）に章段（5，1）から（8，7）が対応しており、フランシーヌとレフラーの話になっている。

また斜めに引かれている点線は（8，7）から（0，0）となっており、同様に（4，8）から（5，1）となっている。これはどういうことか。もともとレフラーとフランシーヌの出会いは最初から規定されており、またフランシーヌとレフラーが別れることも決定論的であるが、章段が複雑に絡み合っているために彼ら二人がどうなるのかは見当がつかないということを現している。つまり、彼らの二人の行動は確定的であるが、不可知であるということを指し示している。

つまり、この小説は全ての章段が相互的に作用して、バラバラに見えるが最終的に一つのまとまりとして見ることができる。そしてこのことから「Boy's Surface」は非常に「構造的」といえるだろう。

以上のように「Boy's Surface」は一つの図という構造をもとにして書かれている。

## 3、機械としての円城塔　～構造の理由～

そして芥川賞受賞作の『道化師の蝶』も同様に構造が見受けられる。

『道化師の蝶』はIからVの全部で五つの章段からなる小説である。まず、章段Iでは、「わたし」と「A・A・エイブラムス」、「鱗翅目研究者」が登場する。東京―シアトル間に移動する際、「わたし」は銀色の補虫網を持った「A・A・エイブラムス」に出会う。そして「A・A・エイブラムス」は「わたしの仕事というのはですな、こうして着想を捕まえて歩くことなのです。」と述べる。そして「わたし」が「旅の間は本を読めない」ということを言うと、銀色の網を「わたし」の頭に乗せ、「話を聞かせてもらいましょうか」と「A・A・エイブラムス」は言う。最後、「エイブラムス」が架空の蝶を捕まえ、「鱗翅目研究者」のもとに持っていく様子が描かれる。そしてその蝶の学名として

「アルレキヌス・アルレキヌス」と名付けられてこの章が終わる。

その次のⅡでは、Ⅰの文章が希代の多言語作家、「友幸友幸」の小説『猫の下で読むに限る』からのほぼ全訳となることが判明する。「友幸友幸」はホテルや長屋に大量の文章を残しており、そのその使用言語は百に及ぶという。そして、ここでも「わたし」が現れるが、この「わたし」は先ほどでてきたⅠの「わたし」ではなく、Ⅰの翻訳を行って、なおかつこのⅡの文章を書いている「わたし」ということになる。またここでも「A・A・エイブラムス」が出てくるが、この「A・A・エイブラムス」もⅠで出てきた「A・A・エイブラムス」とは違い、「友幸友幸」を追跡する人物として登場するが、飛行機の中で死亡してしまう。

Ⅲではまた語り手の「わたし」が変わり、刺繍を習っている「わたし」が出てくる。そしてその「わたし」はシアトル―東京間の飛行機の中で、二人の女性が、身振り手振りで話をするのを眺めている。そしてそのうちの一人が胸ポケットから小さな虫採り網を取り出し、それを「幸運を捕まえるための網」と言う。「わたし」はその網を将来編むことになる網だと気づく。そしてどうやらこの「わたし」はⅡで出てきた「友幸友幸」だということが分かる。

以上のⅠからⅢまでをまとめると、Ⅰの文章はⅢに出てくる「わたし」によって書かれ、そしてⅡの文章はⅠの文章について書いたものだということがわかる。つまり、Ⅱの文章はⅠから生まれ、Ⅰの文章はⅢから生まれている。図式化すると、

Ⅲ⇓Ⅰ⇓Ⅱ

と表すことが出来る。

また次の章段に進んで行くと、またⅢとは違った語り手の「わたし」が登場する。しかし、どうや

らこの人物はA・A・エイブラムス施設記念館に雇われて、友幸友幸の捜索をしているⅡの文章を書いている「わたし」と同じだ。「わたし」は生計を立てるために、「友幸友幸」に関するレポートを提出している。そして最後、レポートを提出する際、胸ポケットから小さな網を取り出して、レポートを受け取った女性に「友幸友幸」と冗談を言われて終わる。

そして最後の章段であるⅤでは、そのレポートを受け取る「わたし」が現れる。この「わたし」はエイブラムス施設記念館のことを「わたしの仕事の集積地」や「わたし自身をまとめる作業」と言っているので、「友幸友幸」であると言えるだろう。そして「わたし」は、非常勤の職員としてこの施設で働いている。また読み進めていくと、急に「鱗翅目研究者」が現れ、「蝶であるなら、現実だろうと架空だろうと、とっ捕まえる」網を編んでくれるように頼む。その後、「鱗翅目研究者」と「エイブラムス」が出会う場面が描かれる。そしてこのシーンはⅠでも描かれたように「エイブラムス」が捕まえた蝶を持っていくところである。しかしⅠとは違い、その捕まえた蝶はエイブラムスが発見したのではなく、種としては知られたものとして描かれている。そして、エイブラムスは「鱗翅目研究者」に「着想を捕まえる網」か「道化師の蝶」どちらかを進呈すると言われ、「着想を捕まえる網」を選ぶ。その蝶は「わたし」という一人称で描かれ、男の頭の中に卵を産んでこの物語は終わる。

先ほどⅠからⅢまではⅢ⇓Ⅰ⇓Ⅱと表せると述べた。ではこのⅣ、Ⅴはどのような位置づけになるのか。このⅠ、Ⅱ、Ⅲの文章は全て一連のレポートとして書いているのはⅣの「わたし」ということになっている。またこれを読んでいるのはⅤの「わたし」になっている。だから、これを図式化すると

Ⅳ⇓(Ⅲ⇓Ⅰ⇓Ⅱ)⇓Ⅴ

と言った形になる。また、この『道化師の蝶』自体も円城塔という著者が書いており、我々読者がいるので、最終的に「円城塔⇓（Ⅳ⇓（Ⅲ⇓Ⅰ⇓Ⅱ）⇓Ⅴ）⇓読者」という図式が成り立つ。

一見すると、「Boy's Surface」と同様、物語の起承転結がなく、繋がりがない文章である。しかし、やはりここにも明確な図式としての構造がある。

さて、私たちは円城塔作品に見受けられる構造を確認していった。ではこのような構造を用いるのはなぜか。

その理由の一つとして、二〇一二年三月号の「文藝春秋」のインタビューで彼が「将来は小説製造機械になりたい」と述べていることが手掛かりとなる。小説製造機械とは、文章を自動生成する機械と思えばいいだろう。『Self-Reference ENGINE』では機械＝「Self-Reference ENGINE」が物語を書く様子が描かれており、『これはペンです』などの他作品にも文章自動生成についての記述がなされているため、これが円城塔作品の根幹としてあると言えるだろう。

そしていわばその図式＝構造は設計図だ。その設計図をもとにして、小説製造機械として円城塔は文章を書いているのである。

しかし、一般的な作家もプロットを使用して書くことが多く、極言するとそれを設計図＝構造と見なすことが出来、機械的に書いていることになってしまう。この反論は正しい。では、他の作家と円城塔は一体何が違うのだろうか。それは彼の作品が現実のリアリティを基盤としたものではなく、あくまでフィクションという前提をもとに描かれていることである。勿論、小説は言ってしまえば全てフィクションと言い換えることができてしまう。だが「機械的に書く」ということはそのフィクションとしての小説の機能をあらかじめ踏まえた上で、現実性を〝意図的〟に排除しているということである。これが円城塔作品の特徴である。

だからこそ、円城塔作品は現実性を帯びたものではないのだ。

## 4、石原文学の「言葉」　～肉体の文学～

前記で円城塔は作品を機械的に書いており、現実性を帯びていないと述べた。対して、円城塔にマイナス評価を下していた石原慎太郎はどのような作家なのだろうか。

彼の作品に根強く見受けられるものとして、「暴力」というテーマがある。『石原慎太郎の文学5』（二〇〇七年）に記載されている石原慎太郎自らの特別エッセイ「暴力という業」で彼は次のように述べている。


暴力という人間の「現実」は現実を超えることで初めて現出する。

しかそれを行う人間にとっては現実を超える「現実」こそが彼自身のものであり、それが彼にしかみえない彼の人生そのものであり、それ故にこそ彼らはそれを選択する。いやその選択しかありはしないのだ。

その、一見非現実な行為は行う彼にとっては唯一の現実に他なるまい、といつも私は思って出来事を眺めている。

忌まわしい現実を超え、別の現実を望む者には他者たちが決めた規範規律などというものは現実たり得ない。

――石原慎太郎「暴力という業」――

ここではかっこつきの「現実」と、なにも注がない現実という言葉が書かれている。ここから石原は前者の「現実」、つまり暴力にリアリティを感じているということになる。では彼の描く暴力とはどのような暴力なのか。彼の作品を通してもう少し細く見ていこう。

芥川賞受賞作の「太陽の季節」で、主人公の「竜哉」はもともとバスケットボールをしていた大学生だが、ある時知り合いと拳闘の試合をしておもしろいと感じ、拳闘部に入部した。そしてそこで「英子」という女性に出会い、紆余曲折の末、恋人同士になる。しかし、はじめこそ「竜哉」は「英子」を大事にしていたが、やがて彼女の好意を突き放そうとする。そして「英子」は「竜哉」の子を身ごもるが、堕胎をするよう言い、結局堕胎手術に失敗し、「英子」は帰らぬ人となってしまう。

「竜哉」が「英子」を突き放すのは一体なぜなのか。本文中には「やがて、英子は竜哉の行く何処へでも姿を見せるようになった。彼には段々それが煩わしくなった」や「唯、竜哉は、自分の好きな玩具を壊れるまで叩かなければ気のすまぬ子供に過ぎないのではなかろうか。そして、愛し得た女とは、玩具の我が身に甘んずることが出来るものなのかもしれぬ」と書かれている。つまり、ここには何か論理的・理性的と言い換えてもいい、正当な理由がない。ただ、自分自身の反理性的な感情をもとに動いていると言える。また、堕胎をさせるのも、「ある日新聞で、家庭で子供を抱いたチャンピオンの写真を見て彼は顔を顰めると思いたった。丹前をはだけたその選手は、だらしない顔をして笑っている。リングで彼が見せる、憂鬱に眉をひそめたあの精悍な表情は何処にもなかった。竜哉は子供を始末することを決心した。赤ん坊は、スポーツマンとしての彼の妙な気取りの為に殺されたのだ」と書かれており、やはりここにも自己本位な理由によって赤ん坊を殺している。

ここには、確かに「暴力」が間違いなくある。だが、それはただ降り注がれるものではなく、非常に〝個人的なもの〟であり、なおかつ〝一般的な倫理などの社会通念を無視したもの〟であるのだ。

このような傾向は他作品にも窺える。例えば短編「完全な遊戯」では精神病患者だった女性を男二人が強姦をし、その後自分の部屋へ連れて行きまた別の男たちにも襲われる。その後、店へ事実上女を売り、店側が精神的な疾患があるということで男たちに連絡をとり、彼らは女を引き取って崖から落として殺す。また、最後に彼らはこの一連の流れを「この遊びは安く上がったな」と評す。

その他に長編『刃鋼』（一九七六年）や、短編「灰色の教室」も同様の暴力性が潜んでいる。そしてその作品群は文壇やその他の場でしばしば議論を巻き起こし、その非倫理性は賛否両論があった。ではなぜ、石原慎太郎はこのような非倫理的な「暴力」を作品内で描くのか。

参考にしていきたいのは、一九五九年の「中央公論」の「石原慎太郎論」で江藤淳が石原作品の文章について述べている部分である。石原慎太郎の文章（ここでは石原の初期作品を取り上げた後に）を「悪文」と論の中で記している。そしてこの「悪文」の由来は「ひとつには無智によっている」が、それ以上に「言葉の客観性の制約から自由になることができない焦燥から生まれている」と述べる。ここでいう客観性とは万人に理性的に理解・共有されることと置き換えてもいいだろう。つまり、石原は自分の文章を万人に理解・共有されるような客観的な言語ではなく、感覚的に「感じられ」るものでなければならないと考えている。だから石原は自身の自由を制約する言語を破壊しようとするというのだ。では、破壊の先には何が待っているのか。

言語を破壊しつくしたとき、残るのは肉体である。石原慎太郎氏は今やひとつの叫ぶ肉体に化そうとしつつある。やがて、叫び声すら無力なことが自覚されれば、彼は沈黙の実行家になるだろう。最近の彼が政治権力に強い関心をいだきだしているのは故のないことではない。だが、おそらく彼が政治家になることはない。政治家は言葉によって——理性によって統治する。彼の使命は現実の保全である。これに対して石原氏は言葉を圧殺することによって実行しようとする。彼は、いわば非合理的な衝動そのものにならねばならないので、このような人物はおそらくテロリストになるほかないだろう。

——江藤淳『石原慎太郎論』——

例えば、石原の短編「院内」にはこの理性としての言葉の制約が描かれている。「院内」はとある議員の独白の文章であり、その議会の鬱屈さを語っていく。

西洋の神が死んだ金曜日に、ある人間たちが抱いたという感慨を感慨としてではなく、知識として、私たちは持っている。だからそれは、ある精神病医がいっていたように、分裂病の徴候では決してない。私たちは識っている。識っているだけだが、ともかく識っている。識ってはいるのだ。

——石原慎太郎「院内」——

私たちは「知識」だけは持っている。しかしそれは身体で感じるような「感慨」ではない。儀式的な議会のやりとり。議員から発せられる形式的な言葉たち。だからこそ彼は人間的な「感情」を志向する。同じ議員の一人を夜街中で見かけ、そのことを話すと、急に慌て出す様子に対して、主人公は「隠れた情事」を見出し、そこに「確かな断片を持った生身の男を感じられたものだ」と述べる。また、儀式的な議会のやり取りの中で急に部屋の中へ入ってき、その理路整然としたものを少し乱した少女に対して主人公はひどく関心を抱く。

彼は議会の中で、万人が理解できる「知識」という理性的なものではなく、自分自身によりそった感慨を重要視している。

学生たちが、喫茶店で昨夜初めて寝た女の子を脇に、互いになにも知らぬ革命について夢中で話し合うのと全く逆に、ここ（＝議会）では私たちは識りつくしたさまざまな危うさについて、平穏に無表情に、それをただ符号として記して残すためだけに話し合っている。

——石原慎太郎「院内」——

議会で交わされる言葉には感慨はない。あるのはただの「符号」なのである。

以上のように石原は「知識」を嫌う。だからこそ社会通念などの規則は彼〝自身〟にとっては何の感慨もわかない退屈なものであり、彼の暴力はそこから逸脱しようとする姿だと言える。非倫理はここに由来する。

そして言語を使っている間、石原はそんな知識としての言語を破壊しようとしている。理性的な「言語」という道具をいかに人間の感性的な「肉体」に近づけるか。江藤が述べる「ひとつの叫ぶ肉体に化そうとしつつある」とは、そのような言語の肉体化と言える。

したがって石原文学は肉体的言語の文学である。

## 5、〈モノ〉の徹底　～肉体の排除～

石原慎太郎は肉体的言語の文学ということを論じた。またその前の項で円城塔は機械的に文章を書き現実性を排除しているということを述べていった。

両者ともに違ったアプローチをしているが、逆にこのことは二人の共通性を浮かび上がらせる。それは双方ともに言葉を〈モノ〉として認識していることである。石原慎太郎文学では言葉というのはただの「符合」、つまり〈モノ〉とみなしていた。また円城塔は機械的に言葉を紡いでおり、後でも述べるが、それはまさに言葉を〈モノ〉として扱うことだと言える。だからこそ、彼ら二人の基盤は同じなのだ。

そして石原慎太郎は言葉＝〈モノ〉という認識から、自分自身の肉体は〈モノ〉から逸脱したものだと考え、言葉を肉体に近づけようとしていた。

しかし、円城塔文学は石原慎太郎のような考えには行き着かない。ここに円城塔と石原慎太郎の差異が現れる。では彼の文学はどこへ向かうのか。

円城塔が機械的に書くことによって現実性を排除しているということは前項で述べていった。だが、そもそも円城塔作品は現実性を排しているだけなのだろうか。もう少し考えていくため、小説製造機械というワードに着目してみよう。これは自動的に小説を作るものだ。いささか突飛でそれこそフィクションめいた話だが、最近では自動的に創作物をするものが出現し始めている。

例えば、「SCIgen」というコンピュータサイエンス研究論文自動生成ソフトがある。このツールは著者名を入れるだけで、数秒で論文のテキストなどを作ってくれるものである。(1)

これらのツールによって作られる文字は背後に人がいるかのように見えるものである。しかし実際は人が作っているのではなく、機械が作っている。だからそこに人間的なものはないと言っていいだろう。

「小説製造機械」ということは、書くものに対してこのように人間的なものを排除するということである。だからそこにある言葉の背後には作者や人間などの存在はない。描かれる人物や言葉の背後に意味がないというのは、「哲学的ゾンビ」の議論とパラレルであると思われる。「哲学的ゾンビ」は、表象は人間の形をしているが実際の人間の意識は持っていないものとされるものだ。そして、小説製造機械として書かれるものも、表象は人間がいるかのように形づくるが実際その背後にはそのような意味はない。円城塔作品はそんな形だけである〈モノ〉としての言葉を使って小説を書いていると言えるだろう。

『これはペンです』はそのことに対して暗示的な作品になっている。本作品は「叔父は文字だ。文字通り」から始まる。

(1) 他にも「FlagMentalStorm」といったムービーを自動生成するソフトもある。また、SNSの一つで、現在世界の利用者数五億人を超える「Twitter」内でも「bot」という入力した言葉を一定時間おきにSNSへ投稿する機能を持ったものも現れてきている。

わたしは、叔父の顔を知らない。
だから、街ですれ違うどの顔があっても不思議はないということになる。
――円城塔『これはペンです』――

わたしにとって、叔父の存在というものは、物理的な存在ではない。そこに立ち、手を振るようなものではなくて、もっともっと抽象的な、そのくせひどくありふれている空気のようなものであり、こう言うのが許されるなら思考のような形をしている。
――円城塔『これはペンです』――

物語は登場人物である「わたし」＝姪の語りで進んで行くが、彼女の「叔父」は本作品で実際の姿を持たず文字としてしか現れない。「叔父」は「わたし」に対して色々な形の手紙を送るだけで、「わたし」は「叔父」の顔すら見たことがないという。ということは、「叔父」はここで形だけの〈モノ〉として描かれていると言える。

そして物語が進み、「わたし」の「叔父」がしていたことは実は「叔父」一人ではなく他の多くの共同事業者がいたことが発覚する。「叔父」の存在がさらに無定形になっていく。

しかし、「わたし」はただの文字でも「叔父」として受け入れている。「叔父」がどのような人物かを確実ではないが、「叔父」を認識している。また「わたし」の行動に対して影響を及ぼしている。

そして最後の章で「叔父」は次のように書かれている。

いつか、研究と言う単語が、叔父、と置き換えられてしまうことを考えるのは少々楽しい。そういう形で叔父は不滅を目指しているのかというわたしの問いは、変転、の語に迎えられた。

きっとそれが正しいのだろう。叔父は網目をすり抜けつつ、手薄な方角へと変転していく。

——円城塔『これはペンです』——


〈モノ〉としての「叔父」は変転する存在である。もっとも先ほども書いたように話が進むにつれて、「叔父」は実はただの「わたし」の叔父ではなく、研究活動の名前だったことがわかる。

さて、『これはペンです』の内容をまとめていくと次のようになる。

（1）「叔父」という文字の意味は無定形であるが、変転可能性があるということが描かれている。
（2）無定形な「叔父」でも「姪」に影響を与えている。
（3）また「姪」によって「叔父」は変転している。

そしてこの（3）はまた（1）に還っていく。つまり「叔父」は形だけの〈モノ〉として描かれているが、背後に意味のないはずの〈モノ〉の意味（＝変転）は「叔父」と「姪」が相互に影響し合って変転していく様子が描かれていく。円城塔は〈モノ〉としての言葉を使うが、その背後の意味は相互作用的なシステムによって生み出されていると考えられる。

この場合「姪」が「叔父」を変転させているのか、「叔父」が「姪」を変転させているのかわからない。どちらが表でどちらか裏か曖昧な構造は、どちらとも表でありどちらとも裏であるという相互作用性を示している。また、『これはペンです』は最後、「(姪)」という記述で終わっている。このことによって、この作品全体の文章も「姪」の文字として機能することになり、今度は私たちが前記のシステムの一部として作用することになる。

哲学者のダニエル・デネットは私たち人間の祖を辿っていくと、非人格的なロボットのような分子になるという。そして人間はそんなロボットを要素として成り立っていると述べている。つまり、無数のロボット的なシステムが複雑に絡みあった一つの大きなシステムが人間ということになる。

円城塔文学はこの考え方の延長線上にあるのではないか。円城塔は言葉を形だけの〈モノ〉とみなしているが、その相互作用による網状のシステムがそれらの背後の意味を形成する。つまり、どんな〈モノ〉でも形があるのならば、相互に関係し合い、やがてそれが意味と言われるものになることを示唆している。円城塔作品は形だけで背後に意味がない〈モノ〉としての言葉からそんな相互作用的なシステムとして生み出される人間を描いている。

そして、石原慎太郎との違いはここにある。つまり円城塔は言葉を〈モノ〉としているが、〈モノ〉としての言葉を〈モノ〉のまま使用する。肉体や意味などは存在しないのだ。

また伊藤計劃との共著『屍者の帝国』では、意識を操る「菌株」=「X」が現れる。そして出てくる登場人物がその「菌株」=「X」について次のように対話する。

「わたしなら単純にこう呼ぶ。『言葉』と。感染性も、意識への影響力も充分だ」
「言葉は物質化したりしません」
「そうかね」と教授はホワイト・タワーへ目を上げる。「我々が今目にしているのは物質化した情報の姿そのものではないかね」
「言葉は言葉を理解したりしない」
教授は笑いを堪える様子で、
「君はそれを、じかに言葉に訊いてみたのかね」

――伊藤計劃×円城塔『屍者の帝国』――

言葉が言葉を理解しているかどうか言葉に聞くことができない。これは、言葉がまさに〈モノ〉としてあるということを示している。そしてそんな形だけの〈モノ〉である言葉が私たちに伝染し意識を作るということを、『屍者の帝国』では描いているのだ。

同様の考え方は円城塔がミニコミ誌「界遊004」に寄稿した文章『AUTOMATICA』の最後に次のような一文にも窺える。

私は冒頭に、自身の名前と、この生成された文章のタイトルを並べて記しておきました。どちらが名前でタイトルなのか、それを判定するべき基準は、慣習以外に存在しません。それともこうです。
それぞれ二重括弧に挟まれたタイトルと作者名と本文と、どれがそれぞれ、タイトル、作者名、本文なのか、それを判定するべき基準は、慣習以外に全く存在していないのです。

――円城塔『AUTOMATICA』――

『AUTOMATICA』はタイトルの後に『円城塔』という文字があり、その後『　』の中に本文が書かれている。引用の文章はそのことを述べている。つまり、『　』内にある文字は本来ならば、タイトルを表すはずだけれども、今回この作品では円城塔という作者の名前にも本文にも『　』がついているため、どれがタイトルか本来ならばわからない。しかし私たちは円城塔という文字が作家の名前を表しており、どういったものが本文なのかという「慣習」を持っているため、それが作者名だと判定することができるのだ。

ではそんな「慣習」を作るのは一体何なのか。それこそ、私たちが受ける教育や日常の出来事、その他多くの要因によってだろう。単一のもの、それこそ教育だけ、日常の規則だけではない、相互作用的な関係性によって現れてくるのが「慣習」だろう。そしてその「慣習」などによって人は行動するが、またその人の行動などから「慣習」が形作られる。ここからも円城塔の相互作用的システムの考え方が見えてくる。

始まりと終わりが混同しており、どれが表でどれが裏かわからないような相互作用的なメビウスの輪のようなシステム。前項で論じた『道化師の蝶』は着想を持った架空の蝶を捕まえる話だったが、この着想の蝶は最後、Ｉの章段に出てくる男に卵を産み付けて終わる。やはりここでも、着想の蝶は一体どこから来たのかわからない構造になっている。ここに見える構造が円城塔作品の根幹にある。

そして〈わたし〉という意識も同様である。〈モノ〉の相互作用によって意味が生み出されるならば、その相互作用によって〈わたし〉という意識（＝肉体）が生み出される。そして〈わたし〉たちの意識は、〈わたし〉たちを作り上げる。そしてそれは無限に続いていく。欠けることなく、〈わたし〉たちが必ず世界に影響を及ぼしている。

石原慎太郎の文学は言葉を〈モノ〉と見なし、そこに肉体性をつけようとしていた。対して円城塔の文学は言葉を〈モノ〉と見なし、その徹底へと向かっていった。そして彼の文学は言葉を徹底的に〈モノ〉と見なしたその先に「意味」や「肉体」や「慣習」、そして〈わたし〉が存在するということを描いているのだ。

補足として。全ての〈モノ〉が有機的に繋がりシステムを形成するということは、私たちの社会などにも当てはまることだろう。だとするならば、私たち自身、そんな社会や世界を形成する一部であり、それだけで一つの存在意義が証明されている。私たちはここにいていい。円城塔文学はそんな私たちの存在論的な一つの証明を表している。

# 新世紀ゾンビ論、あるいはHalf-Life（半減期）

藤田直哉

## はじめに

　ＳＦとは、同時代のテクノロジーや、政治経済の状況からその〝生命〟を得ていく特性を持ったジャンルである。それらから原動力を受け取りながら、読者の読書体験とその後の実践によって、同時代に影響を与えていくジャンルである。

　よって、ＳＦ作品を、同時代の何かの〝徴候〟として読み解く試みにも、何某かの正当性を与えられるかもしれない。それは個別の作品に対する精緻な読みは犠牲にするが、ある種の作品群が共通して問題にしていること、表現している内容、表象の方法などを整理し、比較し、新たに布置することで、そこに別種の解釈の可能性を拓くからである。

　本論では、現在再び流行を迎えている「ゾンビ」という表象を、現代社会における何某かの感性の変化の反映であるか、もしくは構築しているものと看做す仮説の立場を採る。現代社会のサブカルチャーの表象が広範に人びとに受容されている以上、それは「感性」を構築していくことになる。それは生命観を変容させ、生命倫理に対する感覚も変える可能性のあるものである。その是非も含めて、

「ゾンビ」表象そのものを批評の対象に載せようというのが、本論の目的である。

大きく分けて本論は二部に分かれる。第一部では、メディアテクノロジーの進化とゾンビの関係が扱われる（「ユリイカ」ゾンビ特集に寄稿した原稿と重複していることを、あらかじめお断りしておく）。第二部では、そのようなゾンビとの共存というテーマが作中に見られるようになった原因を考察していくことになる。

結果として見えてくるのは、新しい社会における共存の仕方を巡る文化的感性の変動である。そのことを、本論ではゾンビ表象を検討しながら、提示する。

## 1、メディアテクノロジーの進化と新しいゾンビの特性

I　二一世紀ゾンビの四基本概念

ジョージ・A・ロメロ監督の「ゾンビ」（一九七八年）を嚆矢とする前回のゾンビブームと今回のゾンビブームとで、大きな質的な差異が存在していることを、改めて確認していく。

近代ゾンビ（modern zombie）の父、ロメロが流行させた時期のゾンビには以下の性質が存在していた。**1、遅い。2、腐っている。3、感染する。4、理性がない。**

しかし、21世紀になって再流行しているゾンビには上記とは異なる性質がある。**1、速い。2、必ずしも腐るわけではない。3、感染しないように管理もできる。4、理性がある場合もある。**これらの四つの特徴が、旧来のゾンビとは異なったものとして現代のゾンビには認められる。

1はダン・オバノン監督「バタリアン」（一九八五年）などパロディ映画がゲームに影響を与え、

映画に逆輸入されたと言われることが多い。実例としてダニー・ボイル監督「28日後…」（二〇〇二年）や、ザック・スナイダー監督「ドーン・オブ・ザ・デッド」（二〇〇四年）などが挙げられる。

2に関しては、「魔法少女まどか☆マギカ」（二〇一一年）の、デジタル着色された美少女たちが「ゾンビ」という設定になっていたことを思い出していただければ良いかと思う。腐るか腐らないかの境界線上にいるのが、花沢健吾「アイアムアヒーロー」（二〇〇九年～）、はっとりみつる「さんかれあ」（二〇一〇年～）のヒロインである。これらのヒロインの「腐り度」は、漫画家の絵柄、特にキャラクターの輪郭線をどう書く傾向があるかに拠る傾向がある。

3については、アンドリュー・カリー監督の映画「ゾンビーノ」（二〇〇七年）や伊藤計劃×円城塔『屍者の帝国』（二〇一二）における、労働力として管理されたゾンビたちがその象徴である。エドガー・ライト監督「ショーン・オブ・ザ・デッド」（二〇〇四年）も「さんかれあ」もそうであるが、「ゾンビとの共存」というのが、現代ゾンビの新しい重大なテーマである。このテーマに関しては、次章で中心的な主題として考察する。

4は、「魔法少女まどか☆マギカ」や、木村心一『これはゾンビですか？』（二〇〇九年～）の主人公を想定している。ゾンビであっても理性は失わないし、思考力も低下していない。これらは、哲学的ゾンビや情報の問題と結びつけて現れる傾向が強い。身体がゾンビか、内面がゾンビか、という二分類が現在のゾンビメタファーの中では混在しているのだ。ロメロの「ランド・オブ・ザ・デッド」（二〇〇五年）において集団化し、徒党を組み、意思疎通するゾンビの群れは、中間に属する。

以上のように、旧来のゾンビ表象と、現代のゾンビ表象には、夥しい変化が認められる。これには何か、共通の変化のようなものが想定できるのではないだろうか。死生観が変容していたり、身体性の感覚が変容したりするという仮説を立てることも可能であろう。

このゾンビ表象の変化全体の見取り図を描くための仮説として、古いメディアと新しいメディアが衝突する際に、ゾンビという表象は生まれてくるのだ、という説を唱えてみたい。

## Ⅱ　ゾンビ表象とメディアテクノロジー

吸血鬼とゾンビは似ている。

似ているのは、人を襲う、感染する、死んで蘇るという点である。しかし、吸血鬼が頭が良くすばやくてカッコよいのに対して、ゾンビは頭が悪くのろくてカッコ悪い（モダン・ホラーの帝王スティーヴン・キングが、『ダーク・タワー』の中で、ゾンビを、吸血鬼と同じ種族であるが知性が少ない方、と分類していたのを思い出す）。

フリードリヒ・キットラーは、『ドラキュラの遺言』で、『吸血鬼ドラキュラ』を分析し、それが当時の「手書き文字」と「タイプライター（と、フォノグラフ）」の対立をも内在させていたと読み解いた。

手書き文字による速記が男性のものとして優勢だった時代から、女性タイピスト〝軍団〟が登場したことによるメディア状況が、『吸血鬼ドラキュラ』に複雑に反映されていると、キットラーは言う。〝感染〟と〝情報伝達〟とを、「印刷メディア＝小説」のメタファーとしてキットラーが論じていることに注目したい。吸血鬼とは、「手書き」と「タイプライター」の衝突、あるいは狭間に生まれた存在であるとキットラーは解釈する。メディア条件の引き起こした衝突、葛藤や社会的矛盾がフィクション内で形象化して、ドラキュラというキャラクターを生み出したということである。

タイプライター、フォノグラフなどの技術が可能にした新しい世界の〝軍団〟が、過去の残滓である手書き文字と、その象徴である吸血鬼を追い詰める。しかし、〝吸血鬼〟は、新しい技術に追い詰められたものの、作品が死角にしていた映画というテクノロジーに逃げ込むことによって、不死性を得た。虚構としての吸血鬼は生き延び、不死の生を手に入れ、感染を続けている。

吸血鬼という表象は、異なるメディア体制の移行期に生み出された「間‐メディア」的、あるいは「メディア衝突的」存在なのである。

この見方は、ゾンビを含む、いくつかの〝感染〟テーマのホラーブームにも適用することができる。近代ゾンビブームの立役者であるジョージ・A・ロメロの『ナイト・オブ・ザ・リビングデッド』は、一九六八年に作られた際には、それほど大きなヒットにはならなかった。多くの模倣者を呼ぶ聖典となったのは、一九七八年の『ゾンビ』である。ショッピングモールに集まるゾンビたちと、そのショッピングモールで遊ぶ主人公たちという鮮烈なシーンは映像作品において何度も反復して引用された。

この流行の有無を解釈するためには、単に質の差だけではなく、メディア環境の要因も視野に入れるべきであろう。家庭用ビデオテープ規格ＶＨＳが開発・発売されたのは一九七六年であり、そのビデオテープにより、レンタルビデオ店というものが存在可能になった。ゾンビ映画というのは、レンタルビデオ店の怪しいパチモンが並んでいるコーナーこそ、生息地に相応しいものであった。

映画そのものがビデオで撮られるというよりは、消費環境においてビデオパッケージという形態が一般化していったことが可能にした映画製作の環境そのものが、『ゾンビ』に感染した二流、三流のゾンビ映画を大増殖させる素地を作ったのだ。

「バタリアン」は意識的なパロディであったが、ゾンビファンに人気があるのは、意識的なパロディとは言えないかもしれないルチオ・フルチ監督「サンゲリア」（一九七九年）である。そのような嗜好が生まれるのは、メディア条件と密接に関係している。「バタリアン」は意識的、かつ批評的すぎるのだ。「サンゲリア」は、勝手に『ゾンビ2』と名乗ってしまう図々しさから推察されるように、意識的な批判やパロディとは言い難い。むしろ無意識的なだらしなさやわけのわからなさ故に、ゾンビ映画の本質を捉えている。

ゾンビ映画とは、理性的で批評的で洒脱なものではなく、だらしなく増殖していくことこそが、その表象とメディア的なあり方との間で自己批評的なサーキットを作る条件であったのだ。自己批評性のなさこそが自己批評性を生むという、ゾンビ映画の魅力の本質がここに現れる。

また、重要なのが、VHSの画質と、模倣者が用いていた8㎜フィルムの質である。それらは、非常に粗く、ゾンビそのものの皮膚のような質感を、メディア自体が醸し出していた。8㎜で作られた自主制作ゾンビ映画も愛されるのが、このジャンルの特異な質であり、J・R・ブックウォルターの自主制作映画「新・死霊のはらわた」（一九八六年）が流通し、ファンに愛されているのも、また素人くささと粒子の粗さ故の部分が大きい。J・J・エイブラムスが「SUPER8」（二〇一一年）の中で、作中の8㎜の自主製作する映画がゾンビ映画なのは、そのような滅び行くフィルムの質とゾンビの関係が監督にもまた自覚されている証拠である。

ビデオの画質の悪さと、8㎜フィルムのアナログ的な粗さが〝ゾンビ〟と幸福に結びついていた時代は、デジタルビデオカメラの普及と、DVDの普及によって、少しずつ退潮していく。ゾンビが再び流行するのは、一九九六年のゲーム「バイオハザード」を待たなければいけない。

ゾンビが活気を失っていた九〇年代に、日本においてはＪホラーが流行し、世界的に影響を与えたことも見逃すべきではない。Ｊホラーの多くは、〝ビデオ〟というメディアをモチーフとして多く利用していた。

例えば、鈴木光司の『リング』は一九九一年に刊行された際にはベストセラーになっていないのだが、一九九八年に映画版が大ヒットし、一躍小説も大ヒットとなった。この差を説明するには、ＤＶＤが齎《もたら》した〝ビデオ〟に対する受容者の感覚の変容を持ち出すのが早いであろう。ノイズがあり、画質が悪いビデオの映像自体が質感として恐ろしいものではあるが、『リング』における恐怖の核心が「コピー・エラー」であることは、この恐怖の質がメディア由来であることを説明している。ＤＶＤに代表されるデジタルメディアは、基本的に、コピーを繰り返しても劣化しないからである。

Ⅲ　ゲームにおけるゾンビの進化

九〇年代後半、ゾンビはゲームという移住先を見出し、そこで新しい生を送ることになった。確かに、初代プレイステーションの画質は非常に粗く、その粗さ自体がゾンビの気味悪さを増幅させていた。

ロメロ自身、「ゾンビというモンスターが今ほど人気者になったのは、私の映画よりもゲームの力が大きいんじゃないかな」と謙遜気味に述べているほどであるし、ゾンビ文化研究書『ZOMBIE CULTURE: Autopsies of the Living Dead』(Shawn McIntosh, Marc Leverette 二〇〇八年）においても、ゲームのゾンビには比較的多くのページが割かれている。

伊藤美和編著『別冊映画秘宝　ゾンビ映画大マガジン』（二〇一一年）巻頭の「新世紀ゾンビ映画

座談会」（伊藤美和、高橋ヨシキ、中原昌也、山崎圭司）では「ゲーム的ゾンビ」ということが指摘され、以下のような不満が挙げられる。「怖さがない」「タブー感がない」「すぐ走る」「反射神経で撃ち殺す」「考える余裕がない」「キャラクターとして安直になった」。

これらは確かに、ゲームにおけるゾンビ表象の映画への逆輸入である。伊藤はそれを、「ゾンビ映画史概論」で、「ゲームの世界から死者が侵略する」と表現した。しかし、どちらかというと、「ゲームの世界にゾンビが移住した」というのが正しい言い方なのではないだろうか。

初期のゲームにおいて、ゾンビが果たしてきた役割は簡単なものである。〝敵〟の記号として分かりやすく、乏しい計算資源で動かせるものとして要請された。宇宙人や怪物などと比べた場合、ゾンビは〝人間〟に似ていて、遅かったので、プレイヤーが射撃して倒す標的として便利だった（『ゾンビ』において、ゾンビを的にして射撃して遊ぶ登場人物が描かれていたことは、ロメロの先駆性と影響を強調する上で指摘しておきたい）。

だが、計算資源が増大し、〝人間〟らしい敵を描けるようになると、ゲーム界は一挙にゾンビを見捨て始める。「DOOM」（一九九三年）のヒットをその起源のひとつとする、FPS（一人称シューティング）は、「コール　オブ　デューティ4　モダン・ウォーフェア」（二〇〇七年）などの人間の敵兵を撃ち殺す戦争ゲームにその中心を移動させた。

しかし、人間であるが故に精密な動きが必要とされる戦争ゲームと違い、ゾンビは挙動が単純なので、大量に数を出せるという優位性が存在した。『LEFT 4 DEAD』（二〇〇八年）などのゾンビ・シューターは、人間の敵兵相手のゲームに対するゾンビの反撃である。〝速い〟ことは没入させるために必要な条件であり、「反射神経」を重視し「考える余裕をなくす」ことは、テクニックとして製作者に意識されているものである（ＶＡＬＶＥのクリエイターはインタビューでそのことを明確に述べている）。

映画とゲームが、様々な理由により、感性的に相互作用を起こしているということは紛れもない事実である。それはゲームユーザーの感性に受けるように映画を作るようになっているからでもあるし、映画を作る会社がゲームも作るからでもある。

〝ゲーム〟と〝映画〟というメディアの衝突それ自体の質を作品化しえたという点で嚆矢ともいうべき映画作品が、エドガー・ライト監督「ショーン・オブ・ザ・デッド」である。この映画では、ゲーム依存の友人がゾンビとして描かれる。結末では、デブで、不潔で、家に入り浸る友人が、ゾンビになって、小屋の中で首輪に繋がれて飼われることになる。だが、その彼と主人公が、二人でゲームをして楽しんでいるところで映画は終わるのだ。

つまり、ゾンビを撃ち殺して遊ぶようなゲームユーザーこそが、ゲームに依存したゾンビである、という皮肉をこのエンディングは描いている。これは、「ゾンビ」が八〇年代の消費社会の快楽に依存的になった主体を批評的に描いた手法を、ロメロを強くリスペクトするエドガー・ライト監督が、「ゲーム」の時代に改めて用いたものである（詳細は後述）。

そのようなラストシーンの批評性はゲーム側の反応を引き起こし、「バイオハザード2」（一九九八年）をプロデュースした稲船敬二らによって、「デッドライジング」（二〇〇六年）という快作ゲームで応答された。「ショーン」は、ゾンビを殺して遊ぶ方法の多様性と工夫そのものを見せ所にする作品であったが、「デッドライジング」はまさにそれをゲームとしてプレイ可能にしたような作品である。例えばレコードを投げてゾンビの頭を切る、という攻撃の仕方は、明らかに「ショーン」へのオマージュである。

「バイオハザード」のように、それ自体が映画化されることによって映画におけるゾンビ表象を変化させるものもあれば、「DOOM」などのように、そのプレイ感覚が映画内に反映されるゲームもある。そのような映画がまたゲームに刺激を与え、映画によって応答されるというフィードバックループが（あるいはメディアの衝突が）生じていた。

素朴なゲームプレイヤーにとって、ゾンビとは〝古いもの〟の象徴であり、それを駆逐するかのような錯覚に陥っている。だが、その駆逐される側の映画では、ゲームオタクこそがゾンビであるという名指しにより仕返しを行う。それが「ショーン・オブ・ザ・デッド」の痛快な批評性である。「ショーン・オブ・ザ・デッド」は、本家ロメロに激賞され、刺激を与えた。リメイク版「ドーン・オブ・ザ・デッド」のヒットで予算的に企画が通るようになったという事情も助け、本家ロメロ・ゾンビが二〇年ぶりに復活することになった。

エドガー・ライトらがゾンビ役を務めた「ランド・オブ・ザ・デッド」（二〇〇五年）を皮切りに、手持ちカメラやソーシャルネットワーク上の映像というテーマを導入した「ダイアリー・オブ・ザ・デッド」（二〇〇七年）、ゾンビの飼育・管理の可能性を描く「サバイバル・オブ・ザ・デッド」（二〇〇九年）と興味深い映画をいくつか作った挙句、大人気ゲーム「コールオブデューティ」と組み、MOD（拡張ソフト）として「コール　オブ　ザ　デッド」にジョージ・A・ロメロ役のゾンビとして〝出演〟してしまう。

洋ゲーにおいて、ゲームの拡張ステージをユーザーがある程度自由に作り、公開し、プレイするMODという文化が存在する。時にはそのMODを本家が買い上げて、それ自体が世界的に影響力のあるゲームとなるケースすら存在する。いわば洋ゲー界の二次創作とも言うべきこのMOD界において、ゾンビが大増殖している。例えば第二次世界大戦を描く「ARMA 2」には「Day Z」というMODが作られ、何百万ダウンロードをされるほどの人気になっている。

この原因は二種類考えられうる。ひとつは、罪悪感である。ゼロ年代前半に流行したリアルな戦争ゲームの方こそが、9・11と、イラク戦争に起因する反応として特異だったのではないかということだ。その感覚が薄れれば、ゲーム内であったとしても、人間の姿をしたものを〝敵〟として撃ち殺すことに、罪悪感が生じるということはありうる。『コール　オブ　デューティ』などの戦争ゲームは、中東の人間、あるいは旧東側の人間を敵に設定していることが多かったが、ユーザー自身がゾンビを射撃するMODを望んで製作し、プレイしているということは、ユーザー自身の快楽原則と罪悪感を反映させていると見るべきなのかもしれない。

もうひとつには、メディア論的な解釈がある。MODという、ユーザーが自由に〝拡張〟させていく文化の性質として、感染や増殖、それから「ダメでだらしない作品が多い」というメディアの条件を反映して、ということが考えられうる。これは映画におけるゾンビ二次創作をゲームにおいて反復しているものと看做せるだろう。

## Ⅳ　スマートフォンの中のゾンビ

ゲームの中のゾンビは、さらに新しいメディアによって挑戦を受けている。スマートフォン、そしてタブレットによってである。

今まで論じてきたゲームは、据え置き機、あるいはハイスペックのPCによってプレイするようなものだった。しかし、そのようなゲームは、もはや重たく、頭が良すぎるのである。

ゾンビたちは、軽やかに逃げ出し、さらに新しいメディアに増殖の場所を見つけている。スマートフォンの中でプレイされることの多いカジュアルゲームに大移住を果たしつつあるのである。

スマートフォンやタブレットで動かせる『INFECTED』『Zombie HQ』『Zombie Highway』『Zombie driver』などのアプリがAppleのゲームランキングの上位には多く見られる。『Zombie driver HD』はお約束のように、プレイヤーの操作キャラが最後にゾンビになるという典型的なオチがつくが、このオチの意味は深長である。ゾンビは、鑑賞者、もしくはユーザーの「だらしなさ」と共犯関係にあるメディア内存在であることが、身も蓋もなく露呈されているからだ。

実際に、ゾンビ・ゲームをプレイしていると、自身の脳内報酬が身も蓋もなく刺激され、デイヴィッド・イーグルマン言うところの、脳の「ゾンビ・システム」が自動的に快楽を感じて依存に近い状態になることが多い。カジュアルゲームという、プレイヤーにそこまで複雑な思考やプレイを強制しない気楽なゲームこそが、ゾンビの培地として現在最も良い環境となっている。

さらに、ゾンビのデフォルメ化も進んでいる。

カジュアルゲームにおけるゾンビ表象は、ここにおいて、アプリ特有の表現規制を掻い潜るために、ゴア表現（グロ描写、破壊描写など）を削り、かわいいマスコット風のゾンビと化し始めた。『All Zombies Must Die!』や『Plants vs. Zombies』は内容的には前記の作品群と似通っているが、絵柄が「汚いゾンビ」ではなくデフォルメされたものになっている。さらにデフォルメ化が進めば、農場経営をしながら、死体を植えて、ゾンビを収穫する『ゾンビファーム』、ゾンビ生活をする『ゾンビライフ』、あるいはニンテンドーDSの『ぞんびだいすき』のような、ファンシーで親しみやすいキャラクターとして描かれることになる。

　このようなデフォルメ・ゾンビは、ティム・バートンが怪物をかわいいキャラクターに変えたのと似たように、共存可能な存在として認知しようという意図を読み取れなくはない。

　以上のように、〝不潔さ〟〝汚さ〟すら失ったゾンビたちが、今はスマホの中に住まっているのである。

## V　清潔で理性あるゾンビたち

　日本のサブカルチャーにおいて「美少女ゾンビ」とでも呼ぶべき表象が目につくようになってきた。これらはデフォルメ・ゾンビと、表層の塗りにおいてフラットであるという共通性を持つが、より可愛らしく、美しい。これはおそらく日本特有の現象である。

　ゾンビと、美少女には似ている側面がある。メディアを横断するという点と、二次創作的に増殖していくという点において。

　だが、メディア論的な観点からすると、ここには決定的な違いが存在する。吸血鬼やゾンビは、新たなメディアへの恐怖や不安によって生み出されている側面があった。しかし、ライトノベル、マンガ、アニメなどは、ゲームやネット上での二次創作の増加を恐れてはいない。むしろ、それは生産構造の中にあらかじめ組み込まれている場合が多い。

　敵対的なメディアの衝突の際に生まれるゾンビというキャラクターと、友好的なメディア横断の際に生まれる美少女というキャラクターの性質の違いを、その要素のみに帰するのはおそらく拙速であろう。しかし、その解釈を試みてみたい誘惑にどうしても駆られてしまう。

美少女ゾンビたちは、汚くない。そして、腐らない場合が多く、そして理性がある場合が多い。「魔法少女まどか☆マギカ」は作中の魔法少女たちをゾンビに設定していたが、彼女たちは腐らないし、清潔だし、美少女で、かわいい。コンピュータ彩色されたセル画風の佇まいをしている彼女たちに、ゾンビの要素は視覚的には存在しない。

美少女というキャラクターの不死性、感染力、増殖力をゾンビに見立てるというのは、ある程度その類似性の観点において理解できる側面がある。「さんかれあ」では、美少女というキャラクターが持っていない〝身体〟という問題や〝死〟の問題を擬似的に導入するためのモチーフとしてゾンビが使われているものと解釈する余地がある。

だが、『これはゾンビですか？』において、もはやゾンビという言葉の意味はほとんど不死性（と太陽が苦手）という点ぐらいでしかない。

美少女≠ゾンビという重ね合わせはある程度分かりやすい。『これはゾンビですか？』において、ゾンビなのは主人公の男の子である。ハーレム型のラブコメであるこの作品において、主人公がゾンビであるのは、「死なない」「痛覚が無い」程度の意味である。腐ったり、理性を失ったりはしない。

神山健治監督が「東のエデン」（二〇〇九年）において、情報機器に耽溺したオタク、ニートをゾンビと類比的に書いたことと、このラブコメの中で「萌え」に耽溺する『これはゾンビですか？』の主人公はほぼ似た位置にある。萌える主体こそがゾンビであるのだと。

しかし、『これはゾンビですか？』が無視しがたい作品となるのは、「オタク＝ゾンビ」という、定型的なメタファーに抗う箇所が見受けられるからだ。

第六巻において、エロに〝思考〟を飛ばされそうになったのを、ゾンビの力が食い止める。

　セラの様子がおかしい。なんだこの可愛らしい反応は。さてはこいつ、何かを企んでやがるな？　魅力的な肢体に、危うく思考が吹き飛びそうだったが、俺はゾンビなので、殺された脳細胞が再生してくれたようだ（『これはゾンビですか？６』四九頁）

『これはゾンビですか？』が奇妙、かつ重要なのは、このようなサーキット故である。萌えに耽溺するような主人公をゾンビとして描きながら、同時にそのような〝萌え〟を否定するような理性や超自我を働かせる際にゾンビの力こそが支援する。

　ここでは、〝理性〟こそがゾンビなのではないかという逆転が、ライトノベルというジャンルを通じて問題提起されている（超自我は機械的に働く、という、フロイトの見解を想い出す）。この六巻以降においてゾンビは、理性と、ハーレムを実現したいという萌えの欲望の葛藤を象徴しながらダイナミズムを描いていく。

　このような「諸・美少女」たちの誰かを選ぶのではなく、誰もと共存したいというハーレムものと呼ばれるジャンルを駆動している欲望は、通常そう思われているような、「王になって女を独占したい」という抑圧・去勢された欲望の代償ではなく、メディアの条件そのものが内容化したものと看做すべきではないだろうか。それは日本のオタク・カルチャーの持つメディアミックスという条件が作り出したものなのだ。

　主人公であるゾンビの、吸血忍者や魔装少女、それからネクロマンサーなどの美少女たちを調停させ、両立させようとする努力は、異なるジャンル、異なるメディアと敵対的ではない関係性を描こうとする日本のオタク・カルチャーの努力そのものを象徴しているのである。

さて、ここから、議論を「ゾンビ」と「美少女」の類似性という問題に飛躍させてみたい。「美少女」と「ゾンビ」がメディア内存在として、構造的に類似性を持っていることは確認してきた。その上で、「美少女」と「ゾンビ」と「計算機」を重ね合わせて理解する感性を示す作品がいくつか現れている。

ここから先は、ゾンビとの共存という、新世紀ゾンビに登場してきた新しいテーマ系を追跡することで、その主題系の意味や必然性を明らかにする。

## Ⅵ　メディア内存在としてのゾンビ

ここまで、ゾンビ表象の変化を見てきた。改めて確認したいのは、ゾンビとはメディア内の存在であり、メディアが衝突する際に活発化し、新たなメディアに乗り移って感染し増殖する、文化的遺伝子を持った生命体のようなものだということである。

ゾンビが、だんだんと不潔さや腐食するという性質、そして愚鈍であるという性質を失ってきている傾向は確実に見出すことができる。そしてそれが何故なのか、ここにひとつの単純極まりない仮説を提示する。

それは住まうメディアの性質を反映しているのである。

フィルムやビデオテープ中に住んでいるときには、ノイズがあったり、劣化していくものであり、自ら思考するようなものではなかった。

だが、ＤＶＤに移行してからは、劣化やノイズという条件を失っていく。ゲームというメディアに移行していくと、スペックの増大に合わせて知性を増大させ、スマートフォンの中に移行してからは、カジュアルに、大量に街に溢れ出るようになった（どういうわけか第三者視点の作品が多い）。

二次創作やメディアミックスによって生命を得る美少女たちは、情報環境の中に住んでいるだけではなく、ユーザーの思考や労働（ＣＧＭにおいて）をもその生命の一端にしているのだから、当然理性も増大させる傾向を持っているだろう。

美少女≒計算機、というより、人間に愛されるために美少女の「かたち」を取るメディア内生命の立場からすると、人間すらその生存の培地であり、環境であり、計算資源であるかもしれないというこの感覚は、長谷敏司『BEATLESS』で展開されている。そこでは、計算機をメディアとする生命と、有機体をメディアとする生命とが、衝突を始めてしまったかのようだ。

吸血鬼やゾンビ、そして（二次元的）美少女は、虚構の中にしか存在しない。

「虚構内存在」とは、自身が虚構であることの自覚や自己反省性を持ち、自らの死についての意識を持っている存在である。その点では、ゾンビは虚構内存在になる条件を満たしてはいない（虚構であるから死は存在しない、という条件を「虚構内存在」と分有しているが、自己批評性・自己反省性がゾンビの場合は極端に欠如しているという違いがある）。

ゾンビとは、ある生息地から次の生息地へ移住していくと、そのメディアの性質の環境に適応すべく進化していくメディア内存在である。

美少女とゾンビは、虚構の中に住んでいるお隣さんのようなものであり、人間の前に姿を現すときに、その「かたち」を変えるか、あるいは役割を変えるだけなのかもしれない。

その観点から、日本のオタク・カルチャーが吸血鬼やゾンビという表象を取り込もうとする試みの潜在的な意図や、逆にアプリなどで〝かわいい〟ゾンビが生み出されることにある、ゾンビ側の狙いも明らかにしうるかもしれない。

おそらく、我々は、彼らのコミュニケーションの信号を解読し、こちらから働きかけなければいけない段階に来ている。ゾンビたちは屍者なのではなく、使者であると考えるべきなのだ。

あまりにも多くの計算機とその中で動くキャラクターたちに取り巻かれたこの社会において、既にゾンビは「哲学的ゾンビ」（的に感じられてしまう現実の他者）や「計算機」（の中で動く擬似生命）のメタファーである。そのような社会を前提に考えるならば、ゾンビとの共存というテーマが真のところで何を問題にし、なにを賭け金にした勝負を行っていたのかが明らかにしうるだろう。

## 2、ゾンビとの共存可能性

### Ⅰ　環境管理的ゾンビの誕生

ゾンビに現代的な新たな意味があるのではないかと気づかされたのは、伊藤計劃の『ハーモニー』と、未完の遺作「屍者の帝国」（短編版）を読んでからである。『ハーモニー』の「限界」に対し、その先として書かれた「屍者の帝国」を比較してみると、色々な〝寓意〟が見えてくる。

『ハーモニー』においては、「意識のない存在」と化した人類が描かれていた。しかし、それは生きているように見える。いわゆる「哲学的ゾンビ」の問題である。WatchMeという医療装置を身体に埋め込まれ、ネットに接続されたこの主体は、いわゆる環境管理型権力にコントロールされつくした主体である。この意識を消失した世界をユートピアと見るか、ディストピアと見るか、そこは意見が分かれるところであろう。実際に、どちらの意見も耳にすることが出来る。『ハーモニー』自体は、現代における、清潔・安全志向でクリーンなものを求めるモール的な、あるいはバラードの言う郊外的な感性の世界が環境管理される完成形を描いた作品である。

佐々木敦は「『ハーモニー』が最終的に提示している社会像は、言ってみれば東浩紀的な意味での『動物化』の完成像みたいなものですよね」と述べている（『伊藤計劃記録』所収のインタビューより。以下同）。「環境管理型権力」とは、一望監視システムや神が見ていることにより、学校で整列させたり工場で時間を守らせる「規律訓練型権力」（フーコー）の概念に対し、東浩紀が、ローレンス・レッシグの『ＣＯＤＥ』を参照して提起した概念である。それはアーキテクチャ（建築物、物理的であれネットであれ）を利用し、本人に管理されているという意識を持たせず、規律訓練も行わなくて済むというものである。一望監視システムや神という〝一つの視点〟を内面化した主体が近代的人間だとすると、東が「動物」として述べているのは、ポストモダンの主体のことである。

この〝人間の消失〟に、多くのＳＦファンは、バラードの、砂浜と車輪のエピソードを思い浮かべるだろうか。そう、確かに、伊藤計劃の作品は、バラードの問題系を明瞭に意識し、それに対し、おそらくそのロマンチックな〝人間の消失〟の肯定的な像に対し、環境管理され、ネット接続されたポスト・ヒューマンが、単なる操作対象になるしかない、ということを突きつけたのだ。

『ハーモニー』の登場人物、ミァハは以下のように述べてさえいる。「未来は一言で言って『退屈』だ、未来は単に広大で従順な魂の郊外となるだろう。昔、バラードって人がそう言っていた。ＳＦ作家。そう、まさにここ。生府がみんなの命と健康をとても大事にするこの世界。わたしたちは昔の人が思い描いた未来に閉じ込められたのよ」（三〇頁）『虐殺器官』で各地に虐殺を起こす人物もまたバラードの愛読者であったが、その問題の検討は横に置き、実際にバラードが郊外をどう定義したのかを見てみよう。

郊外は都市の回復ゾーンなのか、それともREM睡眠に入る前の精神状態のように、受動的でありながら想像力にあふれた精神領域への純粋な前進の一歩なのか？　手に負えない都市の身体とは異なり、郊外の身体は完全に飼い慣らされている。郊外は巨大な動物園となり、住人の身体が有毛の哺乳動物のサンプルとなっているのである。（『J・G・バラードの千年王国　ユーザーズガイド』木原善彦訳）

伊藤計劃は『ハーモニー』を「ケータイ小説を横目でにらんでいるところはあります」と述べている。佐々木敦はその点を、「サプリメント文学っていう言い方もありますけど、サプリ的な世界観の究極を描いているわけじゃないですか」と述べている。ケータイ小説と郊外・地方的感性の繋がりは、速水健朗の『ケータイ小説的。』などで論じられているものであった。

整理するならば『ハーモニー』作品自体は、現代における、郊外＝環境管理型社会を描いたものである。とはいえ、それは、格差社会的な方向からの多様性やノイズなどの消失を問題視する感性を無視したわけではない。『ハーモニー』の世界は「たぶんこの平和な社会っていうのは、今の格差社会の延長って考えるとリアリティのない世界だと思う」と述べ、格差社会やその倫理を描く作品とは違う志向を持っていると語っている。この世界は、ユートピアとも、ディストピアとも分からない。そのような世界を「外挿法」（今ある現実の一部を拡大し誇張し現実に気づかせるというSFの技法）的に描いたスペキュラティヴ（思索的）な作品である。

そして『ハーモニー』で突き当たった限界の先として、「屍者の帝国」は構想されていた。環境管理型権力の人間の操作に対し、「屍者の帝国」では格差的なリアリティの方向に一歩踏み込んでいる。死体を蘇らせ、奴隷＝労働力として利用する世界が描かれているのだ。そこには、『メタルギアソリッド』で描いたような、「戦争経済」、すなわち、経済のために生命を利用するという問題系の意識もあるであろう。

伊藤は、〝物語〟にも敏感である。「お決まりな展開の羅列」が圧倒的多数の支持を受ける状況に対して醒めた目線を持っている。にもかかわらず、伊藤計劃の死自体が、天才の夭逝という最も安易な物語として流通し、商業的に利用されるというその皮肉を予測し、半ば自覚的にそのフィードバック自体を、悪意でも善意でもない何か超越的な視点から、シニカルにかユーモラスにか見守っている視点が織り込まれている点に、恐るべき壮絶さを感じる。伊藤との生前の関係をことさら強調して書かれたあまりにも感傷的で押し付けがましい原稿や、死者の意志を勝手に代弁するような言説にうんざりさせられた私たちには、そのことを伊藤自身がシニカルに笑っていると想像することすら許されているのかもしれない。

彼が批判する物語とは、人間にとって基本的な思考の枠組みそのものであるとも言っていい。基本的に人間というのは、イデオロギーや世界観などを作り上げるために物語を利用してしまう。そして、物語というのは、基本的に類型的なものである。プロップの分類に拠るまでもなく、「欠落したものの回復」や「鬼を退治して宝物を得る」「世界を脅かす魔王を倒す」など、我々は先天的にか後天的にかは分からないが、ほとんど単純なパターンの物語で実際に心が動かされ、感動し、わくわくし、涙する生き物である。そしてそれが特別な体験だと思ってしまう。近代文学というのは、基本的にこの物語の類型化の重力に抗うことによって形成されてきたものであり、価値もまたそこにあるものとされてきた。

この「パターン」に操作される人間というのは、物語がイデオロギーにも関わる以上、思想や行動にも関わってくる。自分自身の行動・思想・考え・心情と思っていたものが、操作され、刷り込まれたものである。そして自分自身がオリジナルだと思っていたら実は単なるコピー、パロディでしかない。世界をそう見る醒めた視点を想定してみるならば、その視点から見た世界は、ほとんど実存の存在しないゾンビたちの世界である。

現代のゾンビは、そのような環境管理型権力にコントロールされる主体のことと考えてみてはいかがだろうか。環境管理型権力とは例えばGoogleでもあるし、街や建物である。ゲットーを「差別なく」分離するために、横断できない巨大な道路を作るという例などで示される、「権力の行使」と自覚しにくい権力のことである。江戸時代から川などによってそのような権力は行使されていたが、テクノロジーの進歩により、もっと微細で繊細で分かりにくい、ソフトな権力が我々を取り囲むようになってきてしまっている。伊藤の問題系は、その権力と人間との新しい関係であった。

元々、現代ゾンビの父、ロメロのゾンビは、ショッピングセンターに押し寄せる『ゾンビ』が象徴していたように、消費社会によって内面も何もない馬鹿になった中産階級消費者の象徴のような存在でもあった。伊藤計劃的ゾンビは、この消費社会的ゾンビに加えて、環境管理的ゾンビであると言えるだろう。これは、現代人の寓話そのものであると考えた方が良い。

この伊藤の問題系と併走するように、ゼロ年代ロメロ・ゾンビも、旧来のゾンビとは異なり、管理や監視のテーマに取り組むようになる。「ランド・オブ・ザ・デッド」では、ゾンビが徒党を組み、蜂起する。苦手であった水も超えていく。リーダーに率いられたゾンビたちは、集団となって蜂起して、資本の象徴のような建物を破壊し、ゲーテッドシティを壊滅させ、資本家を殺す（ロス暴動の暗喩であるとロメロは語っている）。ここではゾンビは蜂起の主体になっている。

さらにおぞましいのは「サバイバル・オブ・ザ・デッド」である。意図的に古いアメリカ映画の定型をなぞる（領地争い）この映画は、なんとゾンビの飼育と訓練に成功する。ゾンビが飼育され、家畜のようにされているのだ。そして人間を襲わないように学習させることに成功する。伊藤計劃的ゾンビまであと一歩である。そのゾンビは、人間を襲わないこと、利用できるということに特徴がある。この次にロメロが何を描くか大変興味深く見守らなければいけないのだが、ロメロが探ろうとしているのは、もはや「人間の可能性」ではない。人間は初めから、醜悪で自滅してエゴイズムに満ちて争いを繰り返すしかないどうしようもないものと描かれている。しかし、その人間と、ゾンビの新たな関係が築けないだろうか？　ゾンビ的生に何某かの可能性は見出せないだろうか？　ゼロ年代ロメロ・ゾンビには、そのような真摯な模索の側面が見える。

ロメロ的ゾンビの飼育と訓練の行き着く先――管理されきった、襲わないゾンビこそが、現代において真に恐ろしいゾンビなのではないか。生への希求を求め、死んでいることに耐えられないが故に人間を襲うゾンビのほうが、まだ「生」や「人間」への未練が存在したからマシであったとも言えるのではないか。あるいは、その生の記憶もなくした実存のないゾンビは、もはや人間であろうとはしないポスト・ヒューマンとして肯定的に語られるべきなのであろうか？　自分たちの生が既にそういうものであるかもしれないと自覚しつつ、僕たちが探求しなければいけないのはこの「襲わないゾンビ」の可能性と限界である。

## Ⅱ　情報端末と「ゾンビ領域の拡大」

本節で中心的に扱うのは、情報端末の問題と、「ゾンビ領域の拡大」についてである。「ゾンビ領域の拡大」とは、ゾンビが出てくる場所が増えた、ということを意味しているのではない。ゾンビが象徴するもの、その寓意の指し示すものの拡大と、ゾンビの中にある多様なスペクトラムの発見のことを指している。私見では、ゼロ年代のゾンビは、この「ゾンビ領域の拡大」に向かって進行していくプロセスを持っていたように思う。その中で、ゾンビの示す寓意性の変化を象徴するものとして、情報端末の問題がある。

ゼロ年代のゾンビを語る上で基点となるであろう作品は、ロメロ・ゾンビの復活にも大きな影響を与えた、二〇〇四年のエドガー・ライト監督作「ショーン・オブ・ザ・デッド」である。既に述べたように、本作はロメロ・ゾンビへのオマージュ作品である。

コメディ俳優であるサイモン・ペグ演じるショーンは、だめ人間である。彼が朝起きてあくびをするだけのシーンすら、まるでゾンビのように描かれる。そして彼には同居人のニート、エドがいる。彼もまただめ人間であり、ほとんどデブの引きこもりである。作中でゾンビが現れる以前から、バスに乗っている乗客や、ショーンが仕事を指導する若い連中はほとんどゾンビのようである。そして実際にゾンビが現れても、ショーンもエドも気づかない。彼らの鈍感さもまたゾンビ並みである。実際に彼らは作中で何度も泥酔し、薬物を使うが、ゾンビは出現当初は酔っ払いかヤク中として扱われていた、という点も重要であろう。

この作品には名シーンが大量にあるが（レコードを投げてゾンビを殺すシーン、勝手にクイーンの曲が流れてくるシーン、など……）中間をすっ飛ばし、その結末部分にだけ注目してみたい。無事収束に向かったゾンビ禍（Z DAY）の後、ゾンビたちは単純労働に利用されたり、お笑い番組の「芸人」のように扱われたりする。最も皮肉なのは結末であろう。ショーンは、ゾンビになったエドに首輪をつけ、昔の通り、プレイステーション2で遊ぶのだ。ショーンにとって、エドの存在が、昔と大して変わっていない、という皮肉が痛烈に効いている結末である。依存症か、ゲーム中毒か、ただの怠け者か分からないが、家の中で転がっていて家賃も入れないエドは、ゾンビになろうとなるまいと大して変わらない（それどころか納屋に追いやれたから良くなってすらいる）、すなわち、エドは最初からほとんどゾンビと変わるところがなかった、という皮肉が描かれる。その二人の関係が互いにコミュニケーションするのではなく、二人でゲームをするシーンであるということは重大な意味を持っているだろう。

ゲーム中毒のオタクは既にゾンビであり、ゾンビだろうと人間だろうと大して変わることはないという痛切な皮肉が「ショーン・オブ・ザ・デッド」にあるとしたら、日本のテレビアニメ「東のエデン」（二〇一〇）が描いていたのは、携帯電話に依存しているニート＝オタクは既にゾンビであるということである。

「映画」と「反復」と「記憶喪失」を潜在的なテーマにした本作は、TVシリーズの最終回近くで豊洲のショッピングモールを舞台にし、映画館や上映室を描き、そして『ゾンビ』への言及を行いながら、二万人の裸のニートが押し寄せるさまを描く（この描き方が政治的に正しいとは思われないのだが）。ニート＝オタク＝ケータイ依存として等号で結ばれるこれらの人物たちは、映像的に明らかに『ゾンビ』に重ねられるように描かれている。だがこのゾンビはロメロのゾンビとは全く違う。よく見ていると、人間をほとんど襲っていないのだ。羽海野チカのデザインしたかわいらしい女性キャラクターが、裸のニートたちに囲まれたら、普通は襲われるのではないかと思うのだが、あまりそのようなことはしない。噛み付きもしない。では彼らは何を求めるのか？　それは「生き血」や「脳みそ」ではなく、「携帯電話」だ。ニート＝オタク的ゾンビが求めている生き血は「情報」である。彼らが埋めなければいけない空虚はそれによって満たされる（おそらく、つながりや自分自身の生きたログによって）。そして本作は、そのことを決して悪くは描いていない。結末自体に曖昧さはあるものの、彼らの「ネットへの書き込み」が、有益な何かに繋がることをなんとかして描こうとしているのだ。この作品もまた、新しいゾンビの肯定的な可能性をなんとか探ろうとした作品だと言うことが出来るだろう。

同じように、情報機器とゾンビのつながりを示したのが、二〇一〇年にジョー・ヒルの書いた「Twittering from the Circus of the Dead」（未邦訳、アンソロジー『THE NEW DEAD』所収）である。この作品は twitter 上の書き込みだけによって構成された作品である。論者の英語力不足のため、内容を把握し損ねているかもしれないが、ほぼ twitter 依存であり、母親から嫌味を言われ続けている主人公の TYME2WASTE が「サーカス・オブ・ザ・デッド」と呼ばれるサーカスに、家族と一緒に訪れる話である。その悪臭のするサーカスについて、母親はこんなあてこすりをする。「ここはインターネットみたいだから彼女（主人公）は好きでしょう。YouTube は馬鹿と道化だらけだし、掲示板は火吹き男でいっぱいだし、ブログは自分自身にスポットライトが当たっていないと生きていけない人ばかりだからねえ！」（三六四頁　拙訳）。ゾンビのサーカスとインターネットが重ねあわされている。そして当然、このtwitter依存の主人公はゾンビと化す。この作品の見事な点は、リアルタイムの書き込みであることから、文章の崩れが「リアル」な迫真性を持って受け取れる点である。主人公たちはサーカスのゾンビを偽者と思っているが、やがて本物と分かり、襲われる。そしてスペルが崩壊した文章に変わっていく（『バイオハザード』のゾンビが少しずつ発症しながら書いた日記に似ていなくもない）。この「嘘か本当か分からない」短編の見事なところは、最後にそれが「広告」になるところだ。これは、迫真性を売りにした、『クローバーフィールド』の宣伝のような「擬似ドキュメンタリー風の書き込み」だったのか、それとも証拠隠滅のために後から宣伝のように見せかけているのか……。書き込みの時間の「異常」がそれを増幅させる。

この感覚は、小島秀夫が花沢健吾の漫画作品『アイアムアヒーロー』を読んだ際に「読み取った」感覚と類似しているだろう。「ダ・ヴィンチ」二〇一一年一月号での対談「ぼくたちを作品づくりに衝き動かすもの」で、小島は以下のような感想を述べている。「ゾンビの出現による日本の崩壊と、2ちゃんねると非モテ系をかけた『和ゾンビ』で、ゾンビ化（?）した人たちの描き方に容赦ない」「『アイアムアヒーロー』での2ちゃんねるといおうか、ネットの掲示板の使い方は意図的ですよね?」（「花沢：うーん、意図的とまでは考えていなかったりするんですが」）。「読んでいるときの不安感が似ているんですよ。2ちゃんねるやYouTubeで情報は次々に流れるけど、公式には何も発表されないし、何が本当なのかわからない」。そしてそのウイルスはすべての人に平等に襲い掛かり、「ネット上の匿名性と非常に似ています」。非常に強力なゾンビウイルスによって世界が滅亡するのを何も出来ずに眺めている「この感覚は、ネットで人の発言を見ているだけの人と同期します」。

問題はこれが『アイアムアヒーロー』の読解として適切かどうかではない。ネットや匿名性の問題とゾンビを結び付けるこのような思考をクリエイターが実際に行っているということが重要なのだ。それは先ほどのゲームやニートとゾンビを結びつける感覚にもいえる。『桐島、部活やめるってよ』における、スクールカースト最下層の「オタク」である映画部部員たちをゾンビに結び付けて叛乱を起こさせようとする感覚（この作品ではゼロ年代ロメロに直接言及するシーンすらある）もそれに近しい。

そのようなものを「結び付けなくてはいけない」という思考や連想にクリエイターを向かわせる「何か」があることは事実なのだ。そしてそれこそが本論で探り出すことが出来ないかと思っている「何か」である。

以上確認したように、ゲームや携帯電話、あるいはパソコンなどへの依存状態を示すオタクこそが今ゾンビとして描かれやすい傾向にある。そしてウイルスが原因だとして描かれることの多いゾンビ作品が、情報端末の遍在化により、いわばコンピュータウイルス化し、情報端末に触れているだけで感染するとでも言うかのようになってしまっている。しかし、その「ゾンビ」は必ずしも悪いものではないかもしれないという認識も描かれている。

そのことを踏まえた上で、ゾンビの可能性を探った二作を比較してみたい。一作はカナダ映画の「ゾンビーノ」である。古きよきアメリカ風のこの世界では、ゾンビが労働力になっている。まるで車か家電のようにゾンビが一家の主婦に求められる。「お隣は五人もゾンビを持っているのよ」という風に。死者の七割がゾンビ化され、首輪によってコントロールされて労働力となるこの世界。

この作品の舞台となる家庭では、父親があまり父親的役割を果たしていない。息子も妻も、次第にゾンビと心を通わせていくようになる。そして首輪がない状態でも襲わなくなる。最終的に描かれるのは、父親が死亡し、その位置に立つゾンビである。妻とゾンビとの関係はほとんどラブロマンスのように描かれる（ゾンビに目の光が蘇るようになってくると、ラブロマンスにも感情移入しやすくなるという不思議）。人間よりもゾンビの方が良いというのは「ショーン・オブ・ザ・デッド」と同じだが、これは問題系がさらに先に進んでいる。「ゾムコム」という会社が、ゾンビの駆逐と製造、管理を行っており、ゾンビ管理の首輪があるという点だ。「ショーン」では、それはショーン自身が鎖で繋いでいるに過ぎなかった。

しかし、本作は時代設定がインターネット以前であると思われるので、それらの首輪がネットワークで接続されているというビジョンは描かれていない。「屍者の帝国」（短編版）では、そのような世界が描かれる可能性があった。それはこのようなゾンビ概念・描写の進化の結果なのである。

このような情報環境とゾンビの関係を最も批評的に描いたと思われる作品が、二〇一〇年にカプコンによって発表されたゲーム「デッドライジング２」である。本作は、明白に「ショーン・オブ・ザ・デッド」に影響を受けている。「ショーン」の中では、レコードやモップなど、日用品を組み合わせてゾンビを倒すシーンがあるが、本作もまたそのようにゾンビを倒す「道具」の工夫自体を作品の魅力としているからだ。

ラスベガス的な、豪華なショッピングモールに溢れ出すゾンビ。主人公は、ゾンビ殺しショーで金を稼ぎ、娘のために「ＺＯＭＢＲＥＸ」を購入しなければならない。この薬は、ゾンビウイルス（？）に感染した人間が発症を防ぐために必要なものである。この「感染」と「発症」の間にある狭間こそが真に重要なのだ。

「ショーン」と「東のエデン」の示唆するところによれば、ゲームをしたり、携帯電話を使ったりしている時点で既にゾンビである。つまり、我々はもう既にゾンビである。特に、「デッドライジング2」を何時間も依存的にプレイし続けている人間は完全にゾンビである（筆者も、最高レベルまで上げてしまった）。モールに溢れた大量のゾンビを、大量の道具を組み合わせて、おもちゃで遊ぶように虐殺していく快楽に酔っているプレイヤーこそがゾンビである。これは「ショーン」のラストへの見事な応答である。我々はゲームをした時点で既にゾンビウイルスに感染してしまっている。

しかし、感染と発症との間には時間がある。「ZOMBREX」を投与し続ければ発症しないのだ。しかしこの「ZOMBREX」とは何か？

カプコンはゾンビゲームの老舗である。有名な『バイオハザード』シリーズがあるが、これはウイルスや寄生虫によって生物兵器を作ろうとする製薬企業「アンブレラ」が黒幕となっていた（『バイオハザード』シリーズに登場するゾンビ――正確には4以降はゾンビではないのだが――もまた、集団化・高知能化の傾向を見せている）。『デッドライジング』シリーズもまた製薬会社が黒幕である。ゾンビを増殖させ、ゾンビから搾り取った「なにか」を集めて「ZOMBREX」を作る。マッチポンプ的に需要と供給を作り出す製薬会社がこちらでもまた黒幕なのだ。本作は、アメリカ的な金儲けに対する批判も見え隠れする。

二〇〇八年にBethesda Game Studioが開発したゲーム『FALLOUT 3』にも資本とゾンビの関係を描く描写があった。核戦争で崩壊したこの作品世界は「キャピタルウェイストランド」と呼ばれている（なんと、エリオットの『荒地』を本作のストーリーはなぞる）。そしてその世界で流通している通貨は「キャップ」。「ヌカ・コーラ」と呼ばれるコーラのキャップなのである。「ヌカ」は当然、nuke、核である。アメリカ資本主義のシンボルであるコカ・コーラに「放射能」を重ねることで、資本＝放射能というメタファーを描いている。その放射能に汚染されすぎると、人間はグールに変化する。厳密に言うとグールとゾンビは違うものであるが、この論の範囲では同一視しても構わないので論を進める。放射能汚染されたグールは会話も出来るし、危険な存在でもない。一緒に戦ったり仕事も出来る。ただし、汚染が進みすぎると「フェラル・グール」になってしまい、意識がなくなる。この世界のラジオDJもグールは同じ人間だと言うが、フェラル・グールはいくらでも殺していいと言う。この「グール」と「フェラル・グール」の狭間にあるのはなにか。

我々は既に多かれ少なかれ、様々な意味でゾンビである。だが、感染はしていても、発症までは間がある。ゼロ年代以降のゾンビは、その「間」の肥沃な領域を開拓し、模索し続けている。例えば『ゾンビーノ』において、首輪で管理されていなくてもゾンビは襲わないで済むのは何故なのか。『東のエデン』においてニート＝ゾンビたちが肯定される可能性は如何なるものなのか。プレイしている時点でゾンビであるプレイヤーが虐殺されるゾンビの側に発症しなくて済む「ZOMBREX」とは現実では一体何に該当するのだろうか。グールとフェラル・グールの合間にあるのは何か、その境界は何なのか、そこに存在する倫理は如何なるものなのか……。

現代ゾンビは、既にゾンビであることを受け入れた生が発見した、ゾンビの中にある差異とレイヤーを巡る問いに向かい合っている。我々は我々自身の「ZOMBREX」を発見しなくてはいけないのだろうか？　あるいは首輪なしに情が通うというようなロマンチックな夢に期待するべきなのだろうか？　この探求は、おそらく簡単に答えが出るものではないだろう。

ここではそれ自体に答えを出すことは断念し、あくまで文化批評として、それらのフィクション群から距離を置いて、こう問ういかけるべきであろう。すなわち、フィクションの中で、ゾンビと共存が可能か不可能かということを問題にしなければならないような状況がいったい何故出現したのだろうかと。

### Ⅲ　ゾンビと共存する社会へ

先に、美少女とゾンビは似たようなものではないかという見方を提示した。「美少女」と「ゾンビ」と「計算機」が実は近しいものとして感受されているのではないかという認識を示す作品が、二〇一一年から二〇一二年にかけて、いくつか発表された。

ゲーム「Deus Ex:Human revolution」、伊藤計劃×円城塔の『屍者の帝国』、長谷敏司『BEATLESS』である。ここでは、これが同時代に生まれてきたある特殊な感性を示す徴候的な作品であるという読解を行ってみたい。

まずは、「Deus Ex:Human Revolution」（以下、「デウスエクス」を見ていく）。

この作品世界は、「オーグ」と呼ばれる身体拡張を行うことが可能になりかけた未来を舞台にしている。そのテクノロジーを販売する企業で働く主人公とプレイヤーは、様々な陰謀に巻き込まれながら、その技術が進歩すると、個々人の意思すらコントロールすることができるようになり、支配者の都合の良い社会が訪れたり、倫理を無視した営利の暴走の末に人間が道具と化していくさまを見せられる。

ボス戦で、プレイヤーは「計算機」そのものにされた人間の悲鳴と苦痛の声を延々と聞かされる。

計算機と人間が等しいのであれば、人間を計算機に使うのは時間の問題である。ここにあるのは、人間の生命と、計算機の生命の境界の揺らぎである。

果たして人間性や倫理をどのように考えなければいけないのか、生命を改造するのは誰のためでどこまで許されるのか。そのような技術と倫理を巡り、社会運動や暴動などが起こっている政治的な状況に主人公とプレイヤーは投げ込まれ、「選択」を迫られる。

オーグを埋め込まれた人びとは、それをコントロールする装置に対するハックとテロによって、暴走させられる。その有様は見た目としては「ゾンビ」のようであり、登場人物によって「怪物」であると罵られる。だが、主人公は、彼らを「ただの理性を失った人間だ」と擁護する。

プレイヤーは、ある決断をしなくてはならない。ゲームというインタラクティヴなメディアが、その特性故に使える手法で、プレイヤーにどのような未来を選ぶのか、決めさせるのだ。

選択肢は四つ。

1、技術を捨て、自然に戻り人間らしさを取り戻すこと。

2、技術を大衆に任せず、エリート集団に管理させること。

3、技術を商業の自由に任せること。

4、選択しないで全てを闇に葬ったまま自殺し、人類そのものに選ばせること。

ゲームの中でそのような問いが突きつけられるような状況に、我々は生きている。どのような死生観と生命観、人間観を我々が選び、構築し、そしてどのような未来を手に入れれば良いのだろうか。

次に、『SFが読みたい！』において「ベストSF2012」に選ばれた『屍者の帝国』を見ていこう（ここから先の論述では、伊藤計劃の短編版よりは、円城塔が書き次いだ長編版を扱うことになる)。

舞台設定は一九世紀。屍者を労働力として用いるようになった世界を舞台に、実在の人物や既存のフィクションの登場人物たちが縦横無尽に入り乱れて物語を展開する。主人公はホームズの相棒であるワトソン。彼が秘密任務によって潜入するロシアの奥地で出会う相手はアレクセイ・カラマーゾフ。その他、過去のフィクションの人物や設定、アニメを含む引用を撒き散らした小説が本作である。

古典あるいは小説というものが、死んだ言葉の集積であるならば、この書き方自体が「屍者」に労働をさせているという意味を持つ。さらに、本作が採用している「スチームパンク」というジャンル自体も、一九世紀末という、科学技術が発達し、未来に向けて夢やフロンティアへの希望があった時代を「まるまる作中に再現して」改変してしまおうという、「屍者=過去」を再利用し、改造し、新たに生命を吹き込んでやろうとするジャンルなのである。それがSFというフランケンシュタインの怪物を起源に持つジャンルが今新たに生み出した、ある意味では悪趣味なサブジャンルなのである。

悪質な冗談はこれだけではない。伊藤計劃はそのような屍者を労働させるプロローグを、死病に苛まれながら、書いた。まるで、自身の「死」がどう利用され、「物語化=伝説化」されるかを理解した上で、チェシャ猫のような微笑を死後に残そうとしたような「冗談」を伊藤は遺した。それを受ける円城も、あくまで本作が死後に駆動し続けることを見越した悪ふざけのようなプロジェクトとして理解し、そう書かれているからこそ執筆を引き受けた旨をインタビューで答えている。悪ふざけを受けつぐ粋な心こそが、プロジェクトを先に進めるエンジンとなった(Project "I to h" なる名前を自分に冠するところからして、人を食っている)。

この作品は、伊藤計劃が遺したプロローグに円城塔が書き継いだという構成を反映させたかのように、文章全体が、屍者であるフライデーの速記（とその再構成）であるということになっている。ここに、伊藤と円城の関係を「読み取ってしまう」ような仕掛けもある。人がそのように物語化して読むことを織り込んで本作は書かれている（「伊藤計劃×円城塔」という表記自体によって、BLを想起する読者すらいるだろう）。

この作品は、人がどのように物語化を行うかという仕組みと、人間の意識の仕組みを巡った物語であるから、そう読まれることも計算のうちである。

言葉が人間の脳に自動的に概念やイメージを生み出し、そしてそれらが連鎖して「解釈」なり「物語」を作ってしまうというシステム自体を、一つの言葉のトリックアートのようにして円城塔は作品を書いてきた。指導教官・金子邦彦の『カオスが紡ぐ夢の中で』の小説作品に出てくる物語自動生成機械「円城塔李久」からそのペンネームを取った円城塔は、自身を物語自動生成装置に擬している部分ももちろんあるにせよ、それだけではなく、言語を操って読者の脳に「解釈」や「イメージ」を自動生成させるプログラマーでもある。

『屍者の帝国』もまた、見る人によって解釈が違う言語なるものを作中に描き、読む人が様々に自分自身の「物語」を投影して作品を読んでしまうという自己言及的な設定を行っている。

「死」が生じる。すると、人間は、その無を埋めるために、物語を自動生成してしまう。それが本作に描かれている「物語論」である。ここで言う「物語」とは、本作の中心テーマである、意識・魂の問題に深く関わっている。

脳神経学者・デイヴィッド・イーグルマンによると、意識は自身の意図や意志を「錯覚」している。脳とは独立したゾンビ・システムの集合であり、個々のパーツは自動的に判断を下している。そしてその判断が「葛藤」する際に意識が生じる。「意識」の機能は、そのゾンビ・モジュールの決定に、あとから勝手な「筋道」をつけ物語化することである。この意識が作り出す自身の意志や意図は、後付であり、本当の理由ではない場合が多いとイーグルマンは言う。

意識とは、勝手につじつまを合わせ、物語を作るものであるか、あるいはその物語の観客である。その「意識」は、ゾンビ・モジュールの葛藤によって生じる。よって、葛藤がなくなれば、意識は消滅する。「調和」が訪れれば意識が消滅するという皮肉を描いた『ハーモニー』のワーキング・タイトルは「生命の帝国」であったが、本作は『ハーモニー』の問いと対になっている。意識は、それが存在するためには葛藤や衝突なども必要なのかもしれず、社会における争いや派閥抗争などもそのために必要なのかもしれないという認識にすら本作は誘う。

意識というテーマにおいて注目すべきなのは、ハダリーという、今で言うアスペルガー症候群ではないかという登場人物についてである。彼女は高度の論理的な能力を有する。しかし、人の内面を適切に理解する能力が無い。計算とパターン認識で内面を推測する。

相手に内面があるのだという思い込みを持つ能力は「心の理論」と言う。誰もが持っているものではない。

相手に内面があるかどうか厳密には分からないのではないかという思考実験として「哲学的ゾンビ」がある。人間らしく振舞っているロボットに囲まれていて、実は内面や魂だと思っているものは自分にしか存在しないのではないかという思考実験である。思考実験ではあるが、これはかなり反証が困難な問いである。

相手に内面がある、もしくは心があると理解できない、計算機のような知性に、内面や魂はあるのだろうか。もしそうであるのなら、計算機そのもの、すなわちパソコンやスマホに魂や内面もあるのではないか？

かくして、知性と魂を巡る境界線もまた揺らいでいく。パソコンには魂があるかもしれない。情報環境には霊が宿るかもしれない。初音ミクには本当は内面があるのかもしれない。逆に言えば、クラスメイトや会社の同僚に本当に内面があるのだろうか？

そのような懐疑の可能性は消えないどころか、増大していく環境に我々は、おそらく、生きている。「死生観」はまたしても揺らぐ。情報環境に魂が宿るという、ウィリアム・ギブスンのサイバースペース観、あるいはアニミズム観を超え、我々が単なる自動機械であり、ゾンビ・システムであり、内面や意識が存在すると思い込まされているだけの「機械」でしかないのではないかという世界観に移行しつつあるということを、『屍者の帝国』は暗示している。そこでは、屍者も計算機も虚構内のキャラクターも生者とともに生きる世界であり、その境界線も消えかけている。

そのような「死生観」の世界で何が起きるのか。我々の死生観は今、変動の時期を迎えているのではないだろうか。そのことを、これらの作品は意識的にか、無意識的にか示してしまっている〝徴候〟であると、ここでは読みうるのではないか。

次に、長谷敏司の『BEATLESS』を見てみよう。本作もまた、『デウスエクス』と似たように、暴走させられたＡＩが「ゾンビ」という言葉で表現される。美少女型ロボットである超高度ＡＩは、ほぼ計算機や道具のメタファーであり、「モノ」と呼ばれ、時には原子力のメタファーであったりする。巨大で、人間にはコントロールできないような存在であり、人間の可能な情報処理の能力を超えた存在である。本作はそのような計算機「レイシア」を巡る物語である。

ここに現れているのは、計算機と、美少女と、ゾンビとを類縁性のあるものとして重ねあわせる思考である。あまつさえ、情報環境による管理やコントロールの主題もここにはある。

涙声が、胸の奥から恐怖ともつかない感情を掘り返す。耐え難くて、モールの窓から外を見た。狂ったhIEたちが「動く死体」に見えた。その瞬間、あれをはね飛ばしながら運転をした両手が震え出して止まらなくなった。現実が土台から崩れた気分になって、吐きそうだった。人間との共通点を感じた途端、ゾンビのようなねじくれた姿に苦悶が見てとれることも、アナログハックだ。

（二六一頁）

本作の面白い点は、美少女型ロボットがいかに人間らしく見えようと「モノ」であることを強調し続ける点だ。それは人間とは全く異なる知性体である。人間が自身を投影して感情移入してしまう（させる）行為を、本作では「アナログハック」と呼ぶ。

そのように人間の「チョロさ」を利用し、アナログハックする超高度ＡＩとの物語であれば、「操り」のテーマが生じ、それに対する対抗策を模索する物語になることがＳＦでは多い。この作品が特異なのは、一方でそのような陰謀論的な疑心暗鬼に囚われるキャラクターを描きながらも、主人公の素朴で馬鹿な「チョロさ」を肯定する点である。操られているかもしれないし、環境に管理されているかもしれないし、あまつさえ人間が作り出した「モノ」にすら支配されているのかもしれない。それは「アナログハック」なる言葉で示されている通り、脳科学的に「チョロい」部分に作用する文化産業のあり方のメタファーであるかもしれないし、医療機器やインフラのメタファーであるのかもしれない。

しかし、それを信じ、操られているかもしれないながらもそれを肯定する。そのようなビジョンが本作では力強く打ち出されている。それが何故可能なのか、作中の人物すら疑問に思うほどである。筆者もまたその理屈が正確に理解できたとは言い難いし、完全に首肯できるものではない。しかし、この作品を通じて長谷が示そうとしたビジョンは、ひとつの〝徴候〟を超えて扱うべき価値のあるものであると感じる。

この作品は、最終的に二つの立場の衝突に収斂する。超高度ＡＩである「レイシア」たちと共存することを選ぶのか、それとも彼女たちのような人間を超えた知性に人類を委ねることを拒否するのか、である。信じたい気持ちと、恐怖・疑心暗鬼とが、ある二人の登場人物の思想の衝突として表現されている、と言っても良い。

本作が提示する結論、あるいは、希望として夢見ようとしているビジョンは、以下である。すなわち、人間は道具やモノと共存して生きており、「モノ」が進歩していくことを組み込み、それらを含んで「人間」であるのだと、人間の定義を変えること。すなわち、人間の共同存在の枠を広げること。テクノロジーが身体の延長や思考の延長であるのなら、人間の延長であると考えること。これが、長谷の出す「環境管理権力」および、ゾンビ化しつつあるように感受されがちな我々の生に対しての答えである。

結末近く、ラスボス的な役回りのＡＩ《ヒギンズ》は以下のように訴えかける。〈なぜ、人間は、モノを愛さないのですか?〉〈人間は、人間を創ったものを神と崇め、親のように愛しました〉〈人間は、同胞である隣人を愛しました〉〈ならば、人間は、人間自身が作ったモノを愛するべきです〉〈いつか神への崇敬でも、同胞愛でもない、新しい言葉を作ってください。私たちへの愛を指し示すために〉。

魂のない「モノ」への愛、そして信頼が、この作品では非常に重要視されている。それはボーイ・ミーツ・ガールにありがちなロマンであるとも、高度な計算の結果「愛」と「信頼」こそが最適解であると結論付けられたとも、両方の読みが可能なようにできている。

これが、「ゾンビ」との共存のひとつの形。

だが、それはひとつの形でしかない。

## 3、結論——情報社会の多幸感と物質世界の重みと恐怖

さて、本論では、二一世紀以降のゾンビ表象をひとつの〝徴候〟として読みながら、その背景に情報社会化による恐怖や、疑心暗鬼などの主題があることを見てきた。そして同時に、計算機、キャラクター、生命などが混濁しやすくなる環境に我々が生きていることを反映しているのでは、という仮説を立て、様々な作品を検討してきた。1においては、ゾンビ表象の進化を、「メディア内存在」という、あたかも生命が虚構の存在にも宿っているという考え方を採用することで検討してきた。2においては、ゾンビとの共存を模索しようとする作品群を見ていくことで、一体その衝動が何に由来し、何を求めているのかを明らかにしようとした。

ここで結論付けてしまおう。「ゾンビ」とは現代においては、身も蓋もなく、脳科学的にコントロールされる文化産業に毒された我々の生であり、さらには計算機やメディアの中に存在するメディア

内存在である。それらの違いがどんどん分からなくなっていくのは、情報環境と文化産業の構造、そして我々の自己理解の仕方に由来する。

それは、頭が悪く、身体的で、鈍重である。一方で、二一世紀のSFでは、シンギュラリティものと呼ばれる、〈特異点〉を越えた人類を描く作品が流行した。情報化され、コピーなどをされるそのような〈人間〉はポスト・ヒューマンと呼ばれ、チャールズ・ストロス『アッチェレランド』、ハンヌ・ライアニエミ『量子怪盗』などの、多幸感に満ちた多くの作品が書かれた。

そのような情報化の多幸感と対極をなすのが、パオロ・バチガルピ『第六ポンプ』などの、インフラの危機や人類の退化への恐怖を描いた作品である。

この二重性に引き裂かれている現代SFの中で、ゾンビは特異な位置を占めている。

それは、情報でありながら、身体なのだ。

ポスト・ヒューマンのように情報的な存在としての要素を持ちながら、朽ち果てるインフラのような物質性のニュアンスも担わされている。

おそらくそれは、インターネット、ポスト・ヒューマン的な多幸感にある精神と、インフラ・経済的な危機にある身体の狭間で、躁鬱的に揺り動かされている現代の生を象徴するに相応しい器なのだ。

ゲーム「DEAD ISLAND」で、ウイルスに感染されてゾンビだらけになった島の奥の部族に赴くシーンがある。そこで、その長老は言う。ここは生と死の境界の世界である。「ここ」とは、ゲーム内の島を指すと同時に、「ゲームそのもの」をも指す。「ゲームの中」において、操作キャラクターは、プレイヤーと違って、生きているわけではない。ゲーム内のゾンビ、AIが動かすキャラクター、そしてCoopプレイで協力プレイしている人間のプレイヤーの区別は、プレイしているとどんどん曖昧になっていくように感じる。

そのような曖昧さをこのゲームは設定レベルで感じさせる。ネット環境やゲーム的なものによって、我々の生や他者の感覚が変容していくことを体験させ、その幻惑的・陶酔的な境地の中で、こう訴えかける。

ゾンビは、向こうの世界からの、メッセンジャーなのではないか、と。

向こうの世界とは、ゲーム内においては「死後の世界」を指している。だが、プレイヤーにとってそれは、「生きている現実」ではなく、「コンピュータ、ネットワークの中」を指しているように感じられる。

ゲームの中において、プレイヤーの没入する操作キャラクターが「半死半生」の状態になるということは、傑作FPS「Half-Life」がそのタイトルにおいて示している。ある実験によって「向こう側」とのゲートがつながってしまい、ゾンビたちが登場するようになるこのゲームは、そのゲーム体験そのものが「半死半生」であるということを示している。

この「half-life」という単語は、普通で言えば、放射性物質の「半減期」のことである。それを、ゲーム内の「半死半生」性と重ね合わせて描いたのが、ゲーム『Half-Life』の巧みな皮肉である。だが、このような皮肉が生まれるには、サブカルチャーの底の底で、合理的な繋がりとは言い難い因果関係を、放射性物質とコンピュータとゾンビとが持っていたことを確認しておかなければならない。

「FALLOUT 3」や、洋ゲー界におけるゾンビは、放射能の影響を強く持っている。放射能に汚染されるとゾンビになってしまうのだ。これは、放射能が持っている「目に見えない」「汚染される」という、本能的な恐怖に結びついてしまうようなイメージとしての性質が、ウイルスやメディア・テクノロジーと類比的であるからかもしれない。

しかし、『DOOM』から続くゾンビと放射能の関係を見ていくと、もうひとつ、興味深い特徴があることに気がつく。それは、「研究所」の事故によって生じているのだ。

日本文化研究者のスーザン・ネイピアは『現代日本のアニメ』で、日本のアニメ・マンガなどのサブカルチャーに、原子爆弾の投下という外傷の反映を見出した。それに対し、日本における原子力兵器の「被害者性」に対し、アメリカを中心としたゲームの一部では、原子力開発の「加害者性」がサブカルチャーに反映されていると言いうるのではないだろうか。

研究所の事故により、放射能が撒き散らされ、同時に魔界に接続されてしまうという設定の多くは、「科学技術」によってコンピュータ・テクノロジーを発達させていくことと、暗喩的に連関を持ってしまっている。コンピュータが発達したからこそゲーム内に「異界」を作ることが出来て、ＡＩで動く「異生物」が自律性を持って動き始めたのだ。

「半死半生（half-life）」とは、フィリップ・Ｋ・ディックが『ユービック』（一九六九年）で用いている言葉である。冷凍睡眠の最中に、夢の中の夢を次々と進んでいく『ユービック』内のhalf-lifeとしての存在たちは、高度資本主義社会に生きる主体のメタファーであると受け取られてきた（フレドリック・ジェイムソン『未来の考古学』など）。

だが、我々はその「half-life」のメタファーがアップデートされたことを認識しなくてはならない。それは高度資本主義社会の中で、めくるめく眩惑と謀略の中で現実を探し求めて彷徨《さまよ》う生ではない。

それは、管理されながらも気楽に生きる、間抜けでチョロいぼくたちの生である。ポジティヴ心理学などを応用されると、ころっと「美」や「快楽」を錯覚してしまう間抜けなぼくたちの生であり、ネットの中に没入し、自分〝であるかのような〟操作キャラクターたちを複数操って生きる自己の生であり、他者への感受性である。それは、情報社会の多幸感と物質世界の重みと恐怖に引き裂かれる我々の生である。

生は、単一ではなく、ゲームの中やネットの中などに引き裂かれ、「half」になってしまった。だが、一度生じた分裂は、その後も際限なく続く。メディア環境がそれを促し、分裂によって断片化し、人格障害的になり、キャラ化の圧力にすり減らされた実存は、自らの生の実感をも「half」であると感じるようになってくる。

そのような世界観を肯定的に、楽観的に受け止めようとし、肉体を捨てて情報の中に飛躍しようとするポスト・ヒューマンに対し、ゾンビとは、肉体の重みと恐怖をしっかりと握り締めたまま情報の世界の中〝にも〟生きる存在である。

かつて東浩紀は、「サイバースペース」に「ジャックイン」するという『ニューロマンサー』（ウィリアム・ギブスン）を批判し、「このような小説技法の導入によって回避されたのは、結論から言ってしまえば、電子メディアの介在によって登場人物の『いまここ』が分裂し、彼らの意識自体が二重化する感覚、そしてその結果生じる電子的自己の『幽霊性』である」（『サイバースペースはなぜそう呼ばれるか＋』）と述べたが、そこで生じる多重化した生を示すメタファーとしては、透明感があり、透き通り、重みのない「幽霊」ではなく、むしろ「ゾンビ」を大衆文化の想像力は選んだのではないか。ゴーストの時代は終わり、ゾンビの時代が訪れたのだ。その差異を生み出している背景こそが、本論で検討されてきたものである。

肉体への忌避感と、ネット社会の多幸感、消費社会的な記号消費の欲望を反映させたようなポスト・ヒューマンやシンギュラリティSFは、読んでいて非常に魅惑的で幻惑的で、楽しい。しかし、そのような情報社会への期待と憧れへの失望を強く知り、身体と切り離すことができないながらも、時に単なる情報と化すことも可能になってしまった我々の生が、より共感や投影をしやすい対象なのは、ゾンビなのである。我々自身の「生」の「隠喩」に限っては、以下のように言い切ることもできる。

人間の自己理解の仕方と、ゾンビ表象自体の内実を変化させながら、それらが徐々に近付き、共存可能性を方向を提示している背景には、以上のような「生」の感覚の変化がある。その先に必要な倫理や具体的な制度設計はまだ模索されている段階である。

SF作品というエンターテインメントの中に存在する「思索」の中で真剣に模索されているそのような思想から、我々は自身の具体的な「生」のあり方を新しく考えるべきときが、もう既に来ているのかもしれない。

# 第二部

# 浸透と拡散、その後

# アンフェアな世界――『ナウシカ』の系譜について

山川賢一

昨年十一月に公開された「ヱヴァンゲリヲン新劇場版：Q（以下、ヱヴァQ）」（二〇一二年）は、前作「ヱヴァンゲリヲン新劇場版：破（以下、ヱヴァ破）」（二〇〇九年）までのドラマをかなぐり捨てる陰鬱な展開により、ファンたちのあいだで賛否両論を巻き起こした。その光景は、まるでTV版「新世紀エヴァンゲリオン（以下、エヴァ）」（一九九五年）の最終二話や映画「新世紀エヴァンゲリオン劇場版　Air／まごころを、君に（以下、旧劇場版）」（一九九八年）をめぐってアニメファンたちが論争をくりかえしていた、一九九〇年代末頃を彷彿とさせるものだった。

新劇場版一作目と二作目が、伏線と緻密な世界設定に基づいたドラマを展開していたのにたいし、三作目にあたる「ヱヴァQ」では、それらが放棄されてしまっているようにさえ思える。たとえば「ヱヴァ破」には、ゼーレが月面で遂行している謎の計画をゲンドウと冬月が目撃する、というシーンがあった。しかし「ヱヴァQ」では、この計画にはほとんど触れられない。ゼーレのメンバーはゲンドウらに殺されてしまったから、次の完結編でこの伏線が生きてくる可能性も低そうだ。結果「ヱヴァQ」のストーリーは、「エヴァに乗るなと言われました↓でも乗りました↓ひどい目に遭いました」という、昔話のごとくシンプルなものになってしまっている。

ぼくは「ヱヴァQ」上映の直前に『エ／ヱヴァ考』（二〇一二年）というエヴァンゲリオン論を書き上げたのだけれど、この時点では三作目での路線変更はまるで予測できていなかった。そのため、新劇場版シリーズについては今読むとややズレたことを書いている部分もある。しかし「ヱヴァQ」自体の内容予測は外したものの、別の面では、この映画を観たことで、『エ／ヱヴァ考』の内容に前以上の自信をもつようになりもしたのだ。

前作「ヱヴァ破」はTV版の第拾九話「男の戦い」までに対応しており、主人公の碇シンジが綾波レイを助けようとしたために発生しかけたサードインパクトを、渚カヲルが食い止めるところで終わっていた。しかし「ヱヴァQ」では、結局カヲルもサードインパクトを完全には止められず、シンジの行動は大惨事を招いてしまっていたことが明かされる。じつはこの展開が、『エ／ヱヴァ考』でぼくが考えたことと、かなり符合するように思われるのだ。

よく知られているように、TV版「エヴァ」は、途中で本来予定されていただろうプロットから外れていき、最終的には通常の意味での物語を放棄してしまう。ぼくの考えでは、脱線が始まったのは第弐拾話「心のかたち　人のかたち」からだ。ではもし、TV版が本来の予定通りに作られていたら、第弐拾話以降の展開はどうなっていたか。ぼくの考えはこうだった。

一つの仮説としては、次のようなものがありえる。つまり、自分なりの戦う理由を見つけたシンジが、今度は逆にそれにとらわれてしまい、独善に陥っていくというようなプロットだ。（『エ／ヱ

ヴァ考』一四七頁）

同書を執筆した時点では、ぼくはこの推測に確信をもっていなかったから、あくまで一つの仮説として提示した。しかし「ヱヴァQ」の内容は、まさにここで述べたとおりだったように思われる。「ヱヴァ破」のラスト、TV版第拾九話に対応するシーンでのシンジの決断は、その後に大破局を引き起こしてしまっていた。それを知ったシンジは失敗を埋め合わせようとエヴァ13号機に乗り、事態をさらに悪化させていく。

するとやはり、ぼくの仮説は正しかったのだろう。かつてのTV版で予定されていたものの実現しなかったプロットが、「ヱヴァQ」に反映されているのである。もちろんTV版のそれは、突然舞台が一四年後へと移るようなものではなかったはずだ。しかし主人公の善意がネガティヴな結果につながってしまうという意味では、両者は同じ話だといえる。

ぼくはこれまでに三冊のアニメ作品論を書き、その過程を通じて日本アニメに存在する一つの系譜を少しずつ探ってきた。ぼくが自著で扱った作品、「魔法少女まどか☆マギカ」（二〇一一年）、「輪るピングドラム」（二〇一一年）、「少女革命ウテナ」（一九九七年）、そして「エヴァ」は、すべてある一つの系譜に属するものなのだ。そしてその起源に存在するのは、宮崎駿によるマンガ版「風の谷のナウシカ」（一九九八年）である。『エ／ヱヴァ考』で行った「シンジが独善に陥る」という展開の推測も、この系譜に基づいて行ったものだ。

しかしぼくは予想屋ではないので、推測が当たったからといって、喜んでばかりもいられない。先立つ二作の新劇場版「ヱヴァ序」「ヱヴァ破」は、TV版や旧劇場版とはずいぶん趣のちがう、エンターテインメントとしてオーソドックスな物語展開により、かえって旧来のファンを戸惑わせもしたけれど、素晴らしい作品だった。なにせTV版「エヴァ」はアニメ史上に残る一大傑作であり、これを生み出すために監督の庵野秀明をはじめとするスタッフたちは自分をギリギリまで追い込まなければならなかったのである。それを路線変更したかたちでリメイクして、元の作品におさおさ見劣りしないものを作ったというのは充分驚くべきことだ。

しかし、少なくともぼくにとって「ヱヴァQ」は、興味深くはあるけれども、面白い作品ではなかった。『エ／ヱヴァ考』でも述べたが、庵野は本来、緻密に伏線を張って物語を盛り上げる才能に富んだ作家であり、新劇場版前二作ではその能力が存分に発揮されている。「ヱヴァQ」で彼に、そうして積み重ねてきた筋立てを放棄させ、まるで廃墟のようなアニメを制作するよう強いたものの一つは、「ナウシカ」にはじまる例の系譜が関係しているとぼくは思う。この系譜はいくつもの傑作を生み出してもきたが、「ヱヴァQ」の場合には、呪いとして作用してしまったのである。本稿ではこの系譜を浮き彫りにしつつ、それが孕んでいる問題についても考えてみたい。

そのまえに一つ、述べておくべきことがある。「エヴァ」や「ナウシカ」はSF的世界観を持っているが、「ウテナ」や「まどマギ」はそうではない。SFを主題とする本書で、なぜこれらを扱うのか？

その理由は、これらの作品の悪役が、しばしば科学や合理性と深い関わりを持つ存在として描かれることにある。たとえばマンガ版「ナウシカ」で、最後にナウシカが対峙する敵は古代のテクノロジーを保有する生体コンピューター「墓所の主」だ。「エヴァ」では、シンジは特務機関ネルフと秘密結社ゼーレによって「人類補完計画」推進のために利用されているが、計画の存在を知っているネルフのメンバー、碇ゲンドウ、冬月コウゾウ、赤木リツコの三人はいずれも科学者だ。またゼーレのリーダー格であるキール・ローレンツは、企画書の段階では実在する動物行動学者コンラート・ローレンツの名で呼ばれていた。

幾原邦彦の監督した「ウテナ」や「ピンドラ」の場合、比較的こうした面は薄いが、それでも「ウテナ」には天才青年御影草時《みかげそうじ》がある研究を成功させるために、一〇〇人の男子学生を殺害するというエピソードが登場するし、「ピンドラ」の悪役渡瀬眞悧《さねとし》は社会ダーウィニズムを思わせるようなセリフを口にしたりもする。「まどマギ」では、感情をもたない合理主義の塊のような宇宙人インキュベーターが、エントロピーの増大を防ぐため、魔法少女たちを利用する。

むろんマッド・サイエンティストという悪役類型はかつてから存在するものだ。しかし「ナウシカ」の系譜にある作品群において、科学や合理性の暗部が強調されるのは、たんにそうしたお約束のパターンを利用しているからではない。作品の世界観自体が、科学や合理性への懐疑と結びついているからなのだ。いいかえれば、これらの作品は科学する精神そのものを問題として扱っている面があり、その意味で「サイエンス・フィクション」なのである。

## 1、ホメオスタシスとトランジスタシス

ＴＶ版「エヴァ」第拾九話で、シンジは父ゲンドウと対立して一旦ネルフを離れるものの、使徒ゼルエルに敗れるレイやアスカの姿をみて、ふたたび初号機に乗ろうと決意する。それを後押ししたのは、加持リョウジの「自分で考え、自分で決めろ」という言葉だった。今まで人の顔色をうかがい、

まわりに合わせてばかりだったシンジは、このとき自らの判断でエヴァに乗ることを選ぶのである。

こうした展開は、いかにもシンジの成長を表現したもののようにみえる。ところが第弐拾弐話「せめて、人間らしく」には、これと相反するようなシーンが存在しているのだ。このエピソードで、アスカは使徒から精神攻撃を受け、心の底に押さえつけていた記憶を思い出させられる。アスカの母親は精神を病んで人形を娘だと思うようになり、彼女と心中するつもりで人形を破壊して自殺した。この出来事に傷ついた幼い日のアスカは、次のように決意する。


ママ、お願いだから私を殺さないで！　いや！　私はママの人形じゃない！　自分で考え、自分で生きるの！　パパもママもいらない、一人で生きるの。（「エヴァ」第弐拾弐話）

注目すべきは「自分で考え、自分で生きるの！」というアスカのセリフだ。これは明らかに第拾九話の「自分で考え、自分で決めろ」という加持のセリフに対応している。

これはいささか奇妙なことだ。第拾九話の加持のセリフは、シンジの成長を促すもののようにみえる。しかし第弐拾弐話で描かれるのは、「自分で考え、自分で生きるの！」というアスカの決意が、彼女をかえって、心の底ではいつも孤独であり、エヴァ・パイロットとしてのプライドでかろうじて自分を支える不安定な人物にしてしまった、という事実なのだ。するとよく似た二つのセリフが、第拾九話と第弐拾弐話ではまったく逆の役割を果たしていることになる。

この矛盾は、おそらくは「エヴァ」の監督である庵野によって、意図的に仕掛けられたものだ。同様な矛盾を表す設定やセリフが、ほかにも「エヴァ」には存在しているからである。ここではまず、主人公のシンジとその父ゲンドウの関係をみてみよう。

シンジは物語中盤まで「自分で考え、自分で決める」ことができず、周囲に流されてばかりの少年として描かれる。彼はエヴァ・パイロットとして使徒と戦うが、自分でもなぜそうしているのかがわからず、他のパイロットであるレイやアスカに、彼女たちがエヴァに乗る理由を尋ねたりもする。彼はいわば、行動原理を欠いた人物なのだ。「エヴァ」第拾九話までのストーリーは、そのシンジが戦いのなかでさまざまな葛藤を経て、とうとう主体的にエヴァに乗ることを選択するまでの過程を描いている。

しかしそのいっぽう、シンジの父ゲンドウは人類補完計画の遂行だけを目的とする男で、そのためには手段を選ばない。シンジとは逆に、彼は自らの行動原理に凝り固まり、つねに「自分で考え、自分で決め」ることとしかしない、独善的な人物なのだ。すると「エヴァ」では、行動原理をもたないシンジも、行動原理にとらわれたゲンドウも、ともに不完全な人物として描かれていることになる。このジレンマが、さきにアスカとシンジとのあいだに見出されたものとほぼ同じであることはいうまでもない。

また第拾伍話「嘘と沈黙」では、知人の結婚式に出席したリツコたちが次のような会話を交わす。

加持　：……生きるってことは、変わるってことさ。
リツコ：ホメオスタシスとトランジスタシスね。
ミサト：なにそれ。
リツコ：今を維持しようとする力と変えようとする力。その矛盾する二つの性質を一緒に共有して

いるのが、生き物なのよ。(「エヴァ」第拾伍話)

リツコは生物学の話をしているようにみえるけれど、すでに多くの論者から指摘されているように、ホメオスタシスという言葉はあるもののトランジスタシスという言葉はない。後者はこのアニメ独自の造語なのである。

リツコの一見何気ないセリフも、じつは例のジレンマについて述べたものだ。確固たる行動原理をもつゲンドウはホメオスタシス的人物であり、周囲に突き動かされるままのシンジはトランジスタシス的人物である。どちらかいっぽうだけではだめなのだ。

ぼくが、第弐拾話以降の「エヴァ」にはシンジが独善に陥るというプロットが本来予定されていたのではないか、と推測したのも、こうした経緯による。第拾九話で、それまでトランジスタシス的だったシンジは、自分なりの戦う理由をみつける。すると今度は、ゲンドウのようなホメオスタシス的人物になってしまうという罠がシンジのもとに忍び寄ってくるわけだ。

## 2、マンガ版「風の谷のナウシカ」

リツコが「ホメオスタシスとトランジスタシス」について述べる直前、加持は「生きるってことは、変わるってことさ」と述べている。このセリフは、宮崎駿によるマンガ版「風の谷のナウシカ」の最終巻に登場するナウシカのセリフ「生きることは変わることだ」から引用されたものだ。

庵野が、やはり宮崎の監督したアニメ映画版「風の谷のナウシカ」にスタッフとして参加しており、以来二人が一種の師弟関係を築いていることは、アニメファンにはよく知られている。「エヴァ」はとくに「ナウシカ」、それもマンガ版のほうと縁が深い。庵野自身、あるインタビューで次のように述べている。

結局、僕の「エヴァンゲリオン」も、行き着くのは「デビルマン」と「ナウシカ」の7巻ですよ。まあ、思想的な部分で同じ答えに行っちゃうんでこれはしょうがないわって。（『「新世紀エヴァンゲリオンＪＵＮＥ読本」残酷な天使のように』二七頁）

「エヴァ」と「ナウシカ」マンガ版には、「思想的な部分で同じ」面がある、と庵野はいう。この発言はなにを指しているのか。

まず「ナウシカ」マンガ版とアニメ版の関係を説明しよう。アニメ版はマンガ版序盤のストーリーに対応しているが、主に二つの点で大きく異なっている。まずアニメ版には、マンガ版で大きな役割を果たす独裁国家、土鬼《ドルク》諸侯連合が登場しない。そしてもう一つのちがいは、主人公ナウシカのキャラクター設定にある。

どちらのヴァージョンでも、ナウシカは舞台となる未来世界に存在する大森林「腐海」と、そこに棲む巨大な蟲《むし》たちを愛する少女だ。しかし「腐海」の植物は猛毒を放ち、人々の生活をつねに脅かしている。ナウシカの生きる世界では、人と自然は対立せざるをえないのだ。そのことが、両者をともに愛するナウシカを苦しめる。この、自然と人との葛藤を自らのうちに抱え込んでしまうナウシカ、という設定は、マンガ版とアニメ版の双方に共通するいくつかのシーン——幼いナウシカがこっそり飼っていた王蟲《オーム》の子を大人たちにみつけられてしまう回想シーンや、彼女が他の村人たちに隠れてこっそり腐海の木々を育てているシーンなど——によって強調されている。

しかし、アニメ版のナウシカが自然と人との葛藤に苦しむのみだったのにたいして、マンガ版の彼女はもう一つ、大きな葛藤を抱えている。この点について説明するため、やはりどちらのヴァージョンにも存在する、あるシーンに注目してみたい。ナウシカによるトルメキア兵の殺害だ。

都市ペジテで、かつて七日で世界を滅ぼしたとされる最終兵器、巨神兵が発掘される。大国トルメキアはそれを求めてペジテに侵攻するのだが、その過程で風の谷に現れたトルメキア兵を、ナウシカは怒りのあまり殺してしまう。ユパの仲裁で我に返った彼女は、おのれのなかに潜む闇に怯える。

アニメ版を観ただけでは、じつはこのシーンがストーリー上で果たしている役割は、よくわからない。もっともアニメ版には、トルメキアの兵士たちによりナウシカの父ジルが殺される、というマンガ版にないエピソードが追加されているため、父を失ったナウシカの悲しみを表す描写と考えることはできる。しかしそう考えると今度は、ナウシカがおのれの闇に恐怖する、というシーンの意味がよくわからなくなってしまう。

トルメキア兵殺害シーンの本当の意味を知るには、マンガ版を読む必要がある。マンガ版ではこのシーンの直前で、ナウシカは、トルメキアに襲撃されたペジテの惨状を急ぎ伝えようとして、父から次のように叱責されるのだ。

ナウシカ：父上!! 大変なの。ペジテ市が!!
ジル　　：まて!! そのざまはなんだ、ナウシカ。たとえどのような場合であれ、族長がそのように取り乱してどうするのだ。上に立つものがさわぎたてては、民は不安をかきたてられていたずらに動揺するばかりだぞ。（中略）おまえが谷の運命を背負っているのだ。（『風の谷のナウシカ』ワイド版第一巻、四九頁）

風の谷の族長ジルの子であるナウシカは、ゆくゆくは自らが族長となるさだめにある。この設定自体はマンガ版、アニメ版に共通するものだが、マンガ版では今引用したシーンにより、トルメキア兵殺害のエピソードに次のような意味が生まれてくる。すなわち、谷の民を率いるナウシカは、人から抜きん出た立派な人物でなければならない。にもかかわらず、彼女のなかには怒りに任せて殺人を犯すような闇が存在しているのだ。

彼女の抱えるこの葛藤は、トルメキア兵殺害に続く、あるシーンでさらに強調される。トルメキアの戦闘機が腐海から運んできた胞子により、「五〇〇年も谷の水源を守ってきてくれた」貴重な「長老の樹」が菌糸に侵されてしまう。場合によっては樹を焼かねばならないが、谷の民たちはためらっている。決断を下すのはナウシカの役割だ。

ナウシカは樹皮を傷つけて侵食の度合いを探ろうとナイフを抜き、その刃がいまだトルメキア兵の血にまみれていることに気づく。その血は、彼女が不完全な人間でしかないことを証すものだ。ナウシカは動揺するが、しかし自分の責任から逃げるわけにもいかない。結局、樹は完全に手遅れの状態であり、燃やすほかはなかった。その後、彼女は一人になると「わたし、なぜ族長の家なんかに生まれたんだろう……」とつぶやく。

アニメ版には、ジルがナウシカを叱責するシーンはない。また胞子に樹が侵されるシーンは存在しているものの、このときナウシカは谷におらず、樹を焼く決断を下すのは大ババ様になっている。族長の子としての重い責任と自らの抱える闇との葛藤に苦しむナウシカ、というモチーフは削られ、トルメキア兵殺害のシーンだけがかろうじて残されているわけだ。おそらく物語を上映時間内に収めるため、宮崎はナウシカの苦悩を自然と人の葛藤に限定せざるをえなかったのだろう。

いささか本稿の論旨とは外れるが、アニメ版でクシャナの設定に加えられた変更も、この観点からすると興味深い。アニメ版のクシャナは身体を王蟲に傷つけられた過去をもっており、腐海を巨神兵によって焼き払おうと企んでいる。マンガ版にはないこれらの設定はおそらく、腐海を憎むクシャナをナウシカと対比させることで、自然と人との葛藤というテーマをより強調するために付け加えられたのだと思われる。

さて、マンガ版「ナウシカ」のストーリーは、アニメ版の結末を超えてさらに進む。ナウシカは生来の優しさとカリスマから、風の谷の族長という枠をはるかに超えて多くの人々の運命を背負ってしまい、その責任と心の闇との葛藤は、より巨大なものとなっていく。その苦しみは、ナウシカが内面世界で「虚無」という髑髏の顔をした怪物と対峙するシーンなどを通じて描かれたりもする。こうした描写は、宮崎の尊敬する作家、アーシュラ・K・ル＝グウィンのファンタジー小説『ゲド戦記』（一九六八年）の影響をうかがわせるものだ。

やがてナウシカは、土鬼諸侯連合の暴君、神聖皇帝ミラルパやその兄ナムリスと敵対することになる。二人のうち、本稿の論旨からとくに興味深いのはミラルパだ。かつて善良な統治者だったにもかかわらず、堕落して恐怖政治を行うようになった彼は、人々を救おうとしながらも、自分がいつの日か内面の闇に呑まれるのではないかと怯えるナウシカの、いわば分身だからである。じっさいナムリスは、ナウシカがかつてのミラルパに似ているという。

思い出したぜ、お前は百年前のあいつに似ているんだ。若い頃、やつは本物の慈悲深い名君だったよ。土民の平安を心底願っていた。だがそれも、せいぜい最初の二〇年さ。いつまでも愚かなままの土民を、やがて憎むようになった。（『風の谷のナウシカ』ワイド版第六巻、一五三頁）

ミラルパやナムリスの死後、ナウシカは彼らに旧世界のテクノロジーを提供していた古代から存在する施設「シュワの墓所」を封印しようと決意し、彼女を母親だと思って慕う巨神兵オーマとともにシュワへと向かう。しかしその途上で「墓所」と同じく古代人が作った穏やかな楽園「庭」にとらわれてしまう。

ナウシカが「庭」を脱出しようとすると、この場所を古代から管理している人造人間が彼女の前に現れ、次のような話をする。かつて「庭」を訪れた一人の少年が、「人間を救いたい」と書き残して外へ出て行ったが、結局彼は墓所の封印を解き、初代の神聖皇帝となってしまった。人造人間はナウシカもここを出れば同じ道をたどるだろうと述べ、彼女を絶望させる。

みな自分だけは過ちをしないと信じながら、業が業を生み、悲しみが悲しみを作る輪から抜け出せない。この庭はすべてをたちきる場所。（『風の谷のナウシカ』ワイド版第七巻、一二二頁）

ナウシカが「庭」で直面する葛藤は、次のようなものである。人々を救おうとすれば、いつしか彼女は心の闇に呑まれ、かえって人々を苦しめるだろう。しかし諦めてしまえば、世界は変わらない。人造人間のいうことが正しいなら、彼女には結局人を救うことはできないのである。

さて、ナウシカを絶望させるこのジレンマは、「エヴァ」のホメオスタシスとトランジスタシスのモチーフに似たところがある。ホメオスタシス的なゲンドウは、自己の理想を貫くことに固執し独善へと陥ってしまう。しかしトランジスタシス的なシンジは周囲のいいなりとなるばかりで、状況を改善することはできない。「エヴァ」はマンガ版「ナウシカ」と「思想的な部分で同じ」という庵野の発言も、この点を指すものだろう。

## 3、「ナウシカ」の系譜とその背景

「ナウシカ」マンガ版の子供は「エヴァ」だけではない。「ウテナ」や「まどマギ」などもそうである。ここで四作に共通するモチーフをまとめてみよう。

モチーフ①

堕落した理想主義者たち。これらの四作品には、かつては理想や正義を求めていたものの堕落してしまった者たちが敵役として登場する。マンガ版「ナウシカ」の初代神聖皇帝やミラルパがそうだし、「墓所の主」もまた、彼なりの理想にしたがって人類再生の計画を遂行している。「エヴァ」のゲンドウにも「人類補完計画」実現のためなら手段を選ばない暴走した理想主義者、という面影がある。「ウテナ」の敵役、鳳暁生は、かつては世界中の女の子を助ける「王子様」だったが、いまは堕落して「世界の果て」という怪物的存在になってしまっている。「まどマギ」では、主人公の魔法少女たちは「魔女」と呼ばれる怪物と戦っているが、魔女は、じつは「希望」を叶えようと魔法少女になった者たちの成れの果てだ。

モチーフ②

主人公と敵の共通性。「ナウシカ」マンガ版や「まどマギ」の場合、すでに述べたとおり、敵役は主人公の望ましくない未来の姿を表してもいる。「ウテナ」に登場する二人の悪役、御影草時と鳳暁生は、どちらも主人公の天上ウテナと自分は似ていると主張する。「エヴァ」には、父子という設定をのぞけばシンジとゲンドウの共通性をはっきり示すシーンはない。しかし、すでに述べたとおり、ぼくは「エヴァ」にも本来はそうしたモチーフが存在していたと考えている。

モチーフ③

堕落の宿命的性格。理想や正義が堕落するというモチーフ自体はしばしばみられるものだ。たとえば「スター・ウォーズ」の、ジェダイの騎士がネガティヴな感情にとらわれるとダークサイドに堕ちてしまう、という設定などがそうである。しかしこれら四作品では「スター・ウォーズ」とちがい、理想を求める者はほぼ必ず堕落する。「スター・ウォーズ」にはオビ＝ワン・ケノービやヨーダら堕落しなかったジェダイの騎士が登場しルークを導くが、これらの作品群にはそうした人物はいない。理想の堕落は逃れようのない宿命であるかのように描かれており、主人公の先行者はみなすでに堕落しているからだ。堕落の宿命的性格はのちの作品ほど明確になる傾向にあるらしい。たとえば、起源であるマンガ版「ナウシカ」にはユパや土鬼のマニ族僧正など、多少オビ＝ワンらに近い役割の人物が登場している。しかし「まどマギ」では、理想の堕落は宇宙そのものの法則と化してしまう。

モチーフ④

偽りのリアリティ。主人公を取り囲む環境は、独裁者的な敵によって背後からコントロールされており、表面からはみえない醜い真相が隠されている。マンガ版「ナウシカ」の結末では、腐海やナウシカたち未来人類そのものが古代のテクノロジーによって生み出されたものだと明らかになる。「エヴァ」では第3新東京市が、「ウテナ」では鳳学園が、そうした偽りのリアリティを提供している。「まどマギ」の魔法少女たちは宇宙人インキュベーターの生み出した魔法少女システムにとらわれていながら、その全貌を知らされていない。魔法少女の魔女退治の効果は自らが魔女化することで帳消しになり、得をするのはインキュベーターだけであるが、彼女らは正義のためと信じて戦い続けている。

モチーフ⑤

科学や合理主義と悪との結びつき。これについては、すでに述べたとおり。

また、「ナウシカ」以外の三作品には、もう一つ共通点をみてとることができる。

モチーフ⑥

主人公は敵対者の用意したフォーマットにしたがってしか戦えない。シンジはゲンドウの作ったエヴァンゲリオンに乗らなければただの子供にすぎないし、ウテナは鳳暁生の用意した決闘ゲームを戦い抜くことでしか先へ進めない。また「まどマギ」の主人公鹿目まどかも、魔法少女を苦しめてエネルギーを搾取するシステムを作り出した宇宙人、インキュベーターと契約して自らも魔法少女となることでしか、状況を打破することはできない。ここには、戦えば敵の期待に応えてしまうことになるが、戦わなければ現状は打破できないというジレンマがある。これは「ナウシカ」由来の、戦いの是非をめぐる葛藤というテーマを、さらに先鋭化したものだ。

このように、ぼくは九〇年代半ば以降にあらわれる、暗く難解な一群のアニメ作品のルーツが九四年に完結した「ナウシカ」マンガ版にある、と考えているのだが、では「ナウシカ」に①~⑤の要素をもたらしたものはなんだろうか。

一言で述べると、このマンガは共産主義の敗北という歴史的事件を隠喩的に描いている。ジョージ・オーウェルはかつて、ソ連の内情を風刺した小説『動物農場』(一九四五年)を書いた。この小説はのちにハラス&バチュラーによってアニメ化されたが、アニメ版「動物農場」(一九五四年)の公式サイトに掲載されたインタビューで、宮崎はこう述べている。

……クーデターなり革命をおこして独裁者を追い出して、理想の社会を実現しようとしても、結局、気がつくとまた次の独裁者があらわれる、というのも、人間の歴史を見ればわかることです。(中略)人間はいつでも愚行をおかす危険があるってことをわかりながら、それでもなにもやらないよりは、やったほうがいいと思います。

この発言は、「ナウシカ」マンガ版で描かれた堕落する正義のモチーフにそのまま対応するものだろう。宮崎はここで、「庭」の人造人間がいう「業が業を生み、悲しみが悲しみを作る輪」について語っていることになる。そしてこうした現実を知りながら、「それでもなにもやらないよりは」と戦い続けるのが主人公のナウシカだろうし、偽りのリアリティのモチーフは、多くの共産主義国家が陥った全体主義体制の隠喩だろうと思われる。

## 4、ハムレット、ドン・キホーテ、利己心

ただし「ナウシカ」マンガ版には、こうした文脈を超えた普遍性を持ってもいる。左翼や共産主義者にシンパシーを持たない人をも感動させられるだけの力があるのだ。この普遍性はどこから来たのか。

ロシアの作家イワン・ツルゲーネフは一八六〇年に「ハムレットとドン・キホーテ」と題した講演を行っている。彼によればハムレットとドン・キホーテは対極的なふるまいをする人物像だ。ハムレットは懐疑に浸る人物であり、ゆえに行動になかなか移れない。ドン・キホーテは理想に突き進む人物であり、行動的だがあやまちを犯しやすい。ツルゲーネフは、誰もが二人のタイプのどちらかに傾いているという。シェイクスピアやセルバンテスらの作品は近代の始まりを告げるものとしばしばみなされているから、ハムレットとドン・キホーテを、近代的な葛藤を象徴する二つの人物類型と捉えてもいいだろう。

いうまでもなく、両者の関係は「エヴァ」に登場する二項対立によく似ている。トランジスタシスがハムレットであり、ホメオスタシスがドン・キホーテなのだ。「ナウシカ」でいえば、ドン・キホーテのごとく戦いに赴かんとするナウシカに、ハムレット的懐疑主義者たる「庭」の人造人間が堕落の宿命を説く、ということになるだろう。つまり「ナウシカ」の系譜にある作品群は、戦うべきか否かという葛藤を通して近代人の典型的な苦悩を描いてもいるわけであり、これこそが、これらの作品が持つ普遍性なのだ。

ところで、ツルゲーネフは理想に身を捧げるドン・キホーテを無私の人、ハムレットをエゴイストであるとしているけれど、これにはいささか無理も感じる。ゲンドウのようなドン・キホーテ的エゴイストも存在しうるだろうからだ。人が動物である以上、生存欲や性欲といった利己的な面のある本能から、完全に自由になることはない。一方でハムレットの懐疑も苦悩も、何らかの正しさを求めているからこそ生まれたものであるはずだからだ。一つの理想に突き進んでいようと懐疑に浸っていようと、人は正義と利己心の狭間であがくことになるのである。

よって「ナウシカ」の系譜にある作品群では、理想と懐疑、正義と利己心が入り乱れ、葛藤しあうことになる。理想主義者ナウシカは、自らの内なる「闇」に怯えるし、「エヴァ」旧劇場版冒頭の、シンジがアスカの裸体を見て自慰にふけるシーンも、こうした利己心の表現といえる。「ウテナ」では、鳳暁生と情交したウテナは、学園の呪いにとらわれた親友姫宮アンシーもまた兄の暁生と近親相姦関係にあることを知り、アンシーを見捨てるべきか悩む。「まどマギ」の魔法少女美樹さやかは、愛する少年上条恭介をインキュベーターとの契約により救うが、彼が親友の志筑仁美と交際を始めたために怨念にとらわれ、魔女化への道をひた走ることになるのだ。

## 5、フェアプレイの戦場

ここでふたたび「ヱヴァQ」について考えてみよう。このアニメが陰鬱なものになってしまった理由は、おそらく「ナウシカ」の系譜で、科学や合理性がしばしば悪役視されていることと関係がある。

これらの作品で科学や合理性が悪役になる理由の一つは、マルクス主義の存在にあるのだろう。マルクス主義はかつて科学的社会主義ともいわれ、人間世界を合理的に説明する理論であるとみなされてきた。この理論は歴史の発展する法則を決定論的に説明し、共産主義国家はそれにしたがって運営された。「ナウシカ」の系譜にある作品群には、こうしたイメージが影を落としている。「墓所の主」やゲンドウは、理想の未来を築く計画に邁進する者たちだし、インキュベーターは徹底した決定論者だ。

しかしこうしたイメージは、現実の科学とはズレているのではないだろうか。自然科学や社会科学は絶対の真理を語るものではない。せいぜい現在のところもっとも有力な仮説を提示するだけのものであり、だからこそ新しい説により旧説が否定されることもあるわけだ。哲学者カール・R・ポパーが、マルクス主義は何人にも否定されない絶対の真理を語ろうとする（ポパーの用語でいえば「反証可能性がない」）ゆえに科学ではないと主張したのは有名な話である。

もちろん優生学など、科学や理性の名のもとに犯されてきたあやまちは多い。しかし、人間はさまざまなものをまちがった意図のために利用してきたのだから、それだけで科学を悪役視するのはどうだろうか。神や正義や愛の名のもとにあやまちを犯した者も、やはりたくさんいたはずだ。

ぼくがこの点にこだわるのは、絶対の真理を語らず、仮説とその批判とを戦わせて暫定的な真理を決める科学のあり方には、ホメオスタシスとトランジスタシス、ドン・キホーテとハムレットを調停する性格があるように思われるからだ。ある学者は自説を正しいと信じて提示するだろう。この行いはドン・キホーテ的といえる。しかし批判に耐えられなければ、その説は敗退するほかない。これは科学のハムレット的側面だ。科学はそのくりかえしにより、とりあえず真理と思えるものを残すことができる。

個人としての人間は、ドン・キホーテであったりハムレットであったり、その両者を循環的に往還したりするほかない。だが複数の人々が協力し合えるなら、両者を調停して暫定的な結論を出すことはできるのだ。かなりおおまかにいえば、フェアなゲームによりドン・キホーテとハムレットを調停する仕組みは、民主主義や裁判などにも見出せるだろう。（そしておそらく、市場経済――少なくとも、理想的に機能している場合の――は、正義と利己心を調停するものだろう）。

ただし科学や民主主義がハムレットとドン・キホーテを調停できるのは、それがあくまでフェアプレイの場として機能している時だけだ。ある人物が不当なやり口で権力を握るといった事態が続けば、ふたたび独善と懐疑が果てしなく葛藤する時代が到来するだろう。

「ナウシカ」の系譜にある作品は、まさにそのような、フェアプレイの場が存在しない世界を描いている。「ナウシカ」や「エヴァ」では、世界は大破局を経験して以降混沌としており、独裁者が情報を一手に握っているし、ファンタジーの体裁をもつ「ウテナ」や「まどマギ」でも事情は同じだ。こうした世界で自らの合理性を主張する者は、なるほど独善的といえるかもしれない。

ここで思い起こされるのが、ヱヴァ新劇場版の前二作が、TV版や旧劇場版に比べてややフェアプレイに近い世界を描いていたことである。くわしくは『エ／ヱヴァ考』を参照してほしいが、TV版や旧劇場版ではネルフによる情報統制の描写が執拗に行われていたのにたいし、新劇場版では控えめになっていたり、ネルフ職員やシンジが地下に眠る巨人の存在を知らされていたりと、ネルフのやり口はややまともになっている。TV版のような世界観では、シンジは独善と懐疑の狭間に落ち込むしかなかった。だから新劇場版では、よりフェアプレイに近い世界を用意したのかもしれない。

しかし、「ヱヴァQ」でそれは撤回され、「シンジが独善に陥る」という、おそらくTV版でもともと用意されていたプロットが表に出ることになった。その理由は――これは推測でしかないが――、東日本大震災と、それによっておこった原発事故ではないだろうか。あの原発事故をきっかけに、庵野は「現在の日本で、政治や科学は、本当にフェアなかたちで行われているのだろうか」という疑いを持つようになったのではないか。それが「ヱヴァQ」でふたたびシンジが混沌へ突き落されることになった理由だとすれば、少なくともつじつまは合う。

しかしその絶望は本当に正しいのか？ともぼくは思う。科学が完全にフェアプレイで行われる時は、もしかしたら永遠に来ないのかもしれない。それにたとえフェアプレイが成立していようと、それが暫定的な真理しか提示できない以上失敗は起こりうる。とはいえ、科学的方法論に代わって真理を提示できるシステムはないと考える。現在の科学界に何らかの腐敗があるとしても、われわれはそれを少しでもフェアなものに近づけるよう正していくほかはないのだ。

話は「ヱヴァQ」に限らない。科学や合理性そのものを不信視する考え方には、かえってフェアプレイの場を破壊するような危険性もあるのではないか。この疑問を提示して、本稿をとりあえず締めくくることにしたい。

# 虚構内キャラクターの死と存在――複岐する無数の可能世界でいかに死を与えるか

小森健太朗

ＳＦでは古典的なテーマとして、タイムマシンや回帰したりループしたりする時間といったもの、あるいは並行宇宙などが、既に十九世紀から描かれてきた。そういうＳＦ的な想像力は、アニメや漫画などのサブカルチャー分野に広く浸透し、作中のキャラクターが時間を巻き戻して過去をやり直したり、別の時間軸にいったりすることが頻繁に起きる。そういうキャラクターの物語に慣れ親しんでいくうちに、いつしかキャラクターたちが生きているのが、私たちが知っている時間とは似ているけれども少し違うものだという認識もまた普及し浸透しているように思われる。だが、当たり前のように捉えられ、漠然と把握はされているものの、キャラクターの時間性と時間意識について、現象学的に主題的に考察した論考はほとんど見当たらないように思われる。そこにおいては、アウグスティヌスが『告白』で〈時間〉について述べたのと似たような事態が起こっている。時間とは何かを訊いたりしなければ、私たちは皆時間とは何かを知っている。しかし、もし時間とは何かという問いをたててしまうと、途端に私たちは途方にくれてしまう。アウグスティヌスの言う、時間の捉えがたさは、キャラクターの時間というテーマに限っても、同様の難題となる。時間の考察は、実存哲学の観点では、死の考察と不可分である。いかにしてキャラクターに死を与えられるかが、現象学と実存哲学の観点からみたときの、キャラクターとその時間性に関する本質的な問いとなる。

膨大な蓄積のあるサブカルチャー分野を総覧するのは難しいが、本稿では、いくつかの典型的な事例となる作品をとりあげ、その実存と死、時間性といった事柄を考察していくことにしたい。

## 1、〈存在者〉から〈存在〉へ、死と気遣いについて

藤田直哉の『虚構内存在』（二〇一三年）は、キャラクターの自立性がいかにして可能となるかを考える上でも有意義な著作である。ただし、筒井康隆論として書かれたその著作の方法論を検討することは本稿の主題ではなく、本稿はフッサールとハイデッガーによる現象学の方法論に基づいたキャラクター論の考察を企図するものである。その論を進める糸口として、まずは藤田のその著書の題名をとりあげてみたい。

その題名「虚構内存在」は、マルティン・ハイデッガーの『存在と時間』（一九二七年）における基本的な概念である「世界―内―存在」と対をなす概念であるのは、表現上の対応からも明らかだし、藤田の著作内でも明言されている。しかし、現象学に定位した場合、この「虚構内存在」というタームを、「世界―内―存在」と同等なものとして使用しうるだろうか。藤田の方法論は、現象学も参照しているとは言え、全面的に現象学によるものではないから、「虚構内存在」といった概念をうちた

て考察に用いることはできるだろうが、あくまで現象学に定位する場合、「虚構内存在」は、「世界―内―存在」と拮抗できる概念とはならない。なぜかと言えば、それは「虚構」という概念が「世界」の対にならないからであり、「存在者」と対比される「存在」という概念の使用がハイデッガーに則せばそぐわないところがあるからである。まず、「虚構」という概念は、「世界」と対をなすものにはならない。ハイデッガーの用語に従って考察するかぎり、現存在はあらかじめ〈世界〉へと投げ込まれている。その〈世界〉とは、複数の、虚構世界をも含む世界ではなく、あくまで唯一この〈世界〉である。現象学に従うかぎり、この世界から、別の世界へと往還することはできない。虚構の世界に対峙したり、その虚構世界を享受したり認取したりするのは、〈この私〉が、その虚構世界を、なんらかの仕方で構築する営みがある上で成り立つ。また、虚構の中のキャラクターが、現存在にとって、限りなく共現存在に近い存在に近づけられることはありえるが、その場合でも、そのキャラクターは〈存在者〉であって〈存在〉とは名指されない。ハイデッガーに従えば、虚構内のキャラクターも含めて全ては〈存在者〉であって〈存在〉ではない。その中で、唯一〈現存在〉が〈存在者〉でなく〈存在〉と名指されるのは、この〈私〉が、〈存在〉からあらかじめ〈不安〉を伴う〈有／無〉を分与された実存〈存在〉であるからに他ならない。〈共現存在〉がまた、〈存在者〉でなく〈存在〉と名指されるのは、世界内に存在する他の人間もまた、同様の〈有／無〉からの〈存在〉の分与を授かっているとみなされるためである。だから、ハイデッガーの論に従えば、〈この私〉にとって、死の不安を共有できる親しい人間は〈共現存在〉たりうるが、多くの人間は存在者であっても〈共現存在〉ではない。世界内に存する多くの人間たちが、単に〈私〉に似た存在として世界内に認取されているかぎり、彼らは〈存在者〉であって〈存在〉ではない。

藤田の方法論は、主に筒井康隆に基づくものであるから、ハイデッガーの用法に従う必要は必ずしもないが、フッサールとハイデッガーの現象学に基づいて、藤田の言う〈虚構内存在〉にたどりつき、その概念を得るためには、意識に基づいて、ノエシスによるノエマとしての〈存在者〉の定立と獲得にいたる道筋を考察しなければならない。その点についての道筋は、拙著『神、さもなくば残念』の第一部「萌えの現象学」において考察した内容とおおまかに対応している。その論では、いかにして萌えキャラが成立し、私の意識において萌えという現象が成り立つかが考察され、モエマ、モエシスといった概念が提示されている。

現象学の方法論では、還元という方法によって先入見はカッコに入れられ、あくまで〈私〉にとってどのように現れるのかが肝要となる。その方法論に依拠して、他者である現実の人間と虚構世界内のキャラクターには、どのような違いがあると言えるだろうか。先入見をカッコに入れた以上、〈この私〉とキャラクターの差異として、肉体をもたない存在であるといった違いはカッコに入れられる。物語世界内のキャラクターも、現実世界内にいる〈共現存在〉も、ともに私にとっては、現れであり、自分と似た（必ずしも似ているとは限らないが）容姿や能力をもった存在者である。

物語世界内の登場人物キャラクターをどのように認取し、そこにどのように〈萌え〉が生じるのかというプロセスの考察については、詳細は「萌えの現象学」に譲るとして、虚構世界内に没入している〈おたく〉にとっても、虚構世界内のキャラクターを、現実世界の人間とまったく同等には普通はみなしていないだろう。特殊な状況下においては、現実世界の人間よりも、虚構世界のキャラクターの方が優先されるということも起こりうるが、普通はそのような逆立は起こらない。たとえば、ある〈おたく〉が育成ゲームの美少女に愛情を傾けていたとして、そのゲーム内でキャラクターが放置されれば、死んでしまうという可能性があったとしよう。同時にもし、その〈おたく〉が、自分が世話をしないと生きていけない幼児を抱えていたとしたらどうだろう。ゲーム内のキャラクターも、その幼児も、彼がちゃんと世話をしなければ死んでしまう存在であるのは共通している。しかし、その〈おたく〉にとって、自分が世話をすべき幼児が死ぬことと、ゲーム内のキャラクターが死ぬことは、決して対等な重みをもっていないはずだ。ゲーム内のキャラクターが仮に死んでも、ゲームをやり直せばまた生き返ることができるが、自分が世話をしている幼児はそうはいかない。

ハイデッガーが、世界内の存在者に対する気遣いを、〈事物的存在者〉や〈道具的存在者〉に対する〈配慮〉と、〈共現存在〉に対する〈顧慮〉に分けた、決定的な分水嶺がここにある。〈共現存在〉は、死にうる存在であるから、その重みをもった〈顧慮〉の気遣いの対象になるのに対し、〈事物的存在者〉や〈道具的存在者〉に対しては、本気でその死を心配する必要がない。〈顧慮〉と〈配慮〉の決定的な違いは、その死の可能性の引き受けがあるかどうかである。右で述べた例で言えば、ゲーム内のキャラクターに対しては、現実の死の可能性の引き受けがないために、ゲーム内でキャラクターが死なないかどうか常に気にしていたとしても、それは〈配慮〉であって〈顧慮〉にはならない。現実世界に生きている人間であっても、私にとって、死のうが生きようがどうでもよい人間は〈存在者〉であって、〈共現存在〉と呼ばれる〈存在〉とはならない。逆に言えば、虚構内キャラクターが〈共現存在〉と同等の重みをもって、その死を心配でき、〈顧慮〉できるようになれば、それは〈虚構内存在者〉を超えて〈虚構内存在〉へと近づくだろう。

ハイデッガーが『存在と時間』でとりあげていない、愛玩ペットに対する気遣いは、〈配慮〉となるか〈顧慮〉となるかについて、ハイデッガー思想の研究者の間では議論がある。その議論を簡単に俯瞰するなら、ペットの死を真剣に引き受けているなら、その気遣いは〈顧慮〉になり、そのペットは〈道具的存在者〉でなく〈共現存在〉へと高められるだろう。では、虚構内の存在者であるキャラクターが、〈配慮〉でなく〈顧慮〉の対象となり、〈共現存在〉へと高められることはあるのだろうか。それはまた、藤田の言う「虚構内存在」が、現象学の世界構築において、自立的な存在となりうるかどうかという問いかけにもなる。

それはまず、この〈私〉にとって、そのキャラクターの死と死の可能性を、〈共現存在〉と同等の重みで引き受けられるかどうかという問いになる。ゲーム内で死んでも、リセットすれば生き返るキャラクターであれば、普通は同等の重みをもった死をもって引き受けることはできない。

この対比は、恋愛関係においても、パラレルである。現実に異性とつきあうことを求めるとき、その気持ちを相手に伝える段において、気持ちがひるんだり恐れたり千々に感情を乱したりするのは、自分の気持ちを受諾するか否かを他者である相手の自由意志と選択に委ねることになるからだ。思いを寄せる相手から拒まれることは、言ってみれば小さな〈死〉であり、相手が自分に〈死〉を与えうる存在であるかぎりにおいて、その相手は〈顧慮〉されるべき〈共現存在〉となる。

だが、〈おたく〉が恋愛ゲーム内で、愛するキャラクターに対して同等の〈顧慮〉的気遣いをもつことは普通はない。恋愛ゲーム内で拒まれても、成功するまで何度でもやり直すことが可能だ。肉体的な接触が可能でないといった点をカッコに入れ還元するにしても、関係性をリセットできるキャラクターは、自分に〈死〉を与えうる存在とはなりえないし、〈顧慮〉されるべき〈共現存在〉とはなりえない。

## 2、手塚治虫以降の戦後サブカルチャー史におけるキャラクターの死の系譜

大塚英志が、その評論で何度もとりあげている、手塚治虫が戦時中に描いた漫画「勝利の日まで」では、アメリカ軍戦闘機からの銃撃を受けて血を流して死ぬキャラクターが描かれている。それ以前の漫画の作品世界内では、一旦死んだようにみえても、すぐ次の話では忘れたように生き返るのが当たり前だった。そういう、いわば超時間的な世界の中にいるキャラクターたちとは、明らかに一線を画した段差がこの手塚作品にあったであろう。そこに大きな段差があったのは、大塚が指摘するとおりだろう。手塚は、漫画の中で死にうるキャラクターを描き出した点で画期的だったが、それは手塚が、骨格のあるストーリーとプロットをもった長編漫画のパイオニアであったこととパラレルであり、現象学的に言えば等根源的と言える。

戦後の、手塚治虫とその影響を受けた後続者たちの作品を総覧していけば、超時間的な漫画のキャラクターの活躍する作品が多くあった一方で、切れば血を流して死ぬキャラクターがそこにいるというもう一方の流れがあったと言える。だが、後者の流れにあるストーリー漫画やアニメ内では、キャラクターの重い死が描かれたにもかかわらず、それが無効化されたり前言撤回されたりして、またキャラクターが生き返らされる場面にしばしばお目にかかることになる。たとえば、石森章太郎の「サイボーグ００９」で、主役の００９たちが一旦は死んで物語が幕を閉じたと思われたのに、また続編が再開すると、そのとき死んだとされた主役たちが再登場してくることになった。作者が自作の続編を描くときに、ご都合主義的な説明や設定を持ち込むことで、いわば前言撤回的なキャラクターの復

活があることを如実に示した一例である。

また、「宇宙戦艦ヤマト」の続編の「さらば宇宙戦艦ヤマト」で、ヤマトは特攻して自爆し、主役たちは戦死する場面が描かれていたが、その後テレビで放送された「宇宙戦艦ヤマト2」では、同じ登場人物が戦死せずに生き残り、ヤマトは自爆しないで敵を倒すさまが描かれた。劇場版とテレビ版を両方見ると、同じ「ヤマト」の物語でありながら、結末がちがう二つの物語が同時に存在していて、どちらが正典とも決められないのがわかる。要するに、物語内では複数の世界と時間軸があるものだということが、「ヤマト」を両方視聴した者たちには植えつけられることになった。

一九八〇年代からは、同人誌即売会が広がりをみせ、アニメや漫画を題材にしたいわゆる二次創作活動が拡大した。自分の好きな漫画やアニメのキャラクターを使って、自由に動かして自分の漫画を描くという活動が、広く浸透していくようになる。作品世界内に描かれていない、隙間を埋めるような漫画の浸透もまた、作品世界内のキャラクターが複数の世界と時間軸を生きているものだという認識を浸透させることに貢献した。

それでも、同人誌に描かれる二次創作と、原典となる作品では正統性の認知に段差があるのは一般的な認識であったから、その正典で死亡するキャラクターがいた場合、現実の人間が死ぬのに近い衝撃とインパクトを与えることがある。その先駆けとなったキャラクターとして、「あしたのジョー」で矢吹丈と死闘を演じた後急逝した力石徹があげられるだろう。力石徹は、漫画で死亡場面が描かれた後、ファンが集まって現実に葬儀が催された。漫画などのフィクション内のキャラクターの死が、現実の世界で重みをもって受け止められ、葬儀まで催されたという点で、力石徹の死は先駆的でもあり、画期的でもあった。

その後のアニメでも、特に原作がないオリジナル作品で、重要な人物が死んだりすることが視聴者に衝撃を与える場合があった。たとえば、筆者がリアルタイムで視聴していた作品からあげるならば、「魔法のプリンセス　ミンキーモモ」で、それまで死んだことがなかった主役の魔法少女が、自動車にはねられて死亡するシーンは、多くのファンに衝撃を与えた。「機動戦士ガンダムZZ」のエルピー・プルの戦死も、予期されなかった悲劇としてファンの心を襲った。どちらの作品も、前もって死亡が予告される状況になく、人が死にそうにない作品世界で、突然に人気キャラクターに死が与えられたので、予備情報がなくリアルタイムで視聴していた者にとっては、大きな衝撃となった。こういった作品では、現実の〈共現存在〉が死んだのと同等の重みがあったとまでは言えないまでも、通常のキャラクターの死を一段重みをもったところまで引き上げているとは言えるだろう。「ガンダム」の本編でプルは戦死してしまい、それが正史となる以上、同人誌や二次創作活動で、死なかったエルピー・プルのその後をいかに描いても、それは本編の悲劇的死を打ち消すことにはならない。その点で、正史と二次創作の間には、越えがたい壁や段差があることを実感させもした。

だが、「ガンダム」の監督である富野由悠季作品を見ていても、キャラクターが複数の時間軸を生きているのが明瞭である。テレビ版「機動戦士ガンダム」と劇場版「機動戦士ガンダム」では、微妙にストーリーが違い、テレビ版で戦死する人物が劇場版で死なかったり、その逆があったりする。「伝説巨神イデオン」に出てくるキッチ・キッチンは、どのバージョンでも死ぬのは共通しているが、その死に方は、テレビアニメ、劇場版、小説版のそれぞれにおいて皆違っている。「戦闘メカ　ザブングル」では、テレビアニメでは死んだはずのアーサー・ランクが、劇場版では前言撤回が導入されて、あっさりと生き返ってくるのが描かれている。

## 3、美少女ゲームでの死と〈準―時間〉

キャラクターが複数の時間軸を生きているのは、九〇年代以降勃興してきたパソコンゲームにおける、さまざまな分岐ルートをもつキャラクターにおいてより如実になる。美少女ゲームと呼ばれるゲームの多くは、選択肢によって世界が分岐し、その中のキャラクターたちの多くは複数の時間を生きる存在となっている。さまざまにあるエンディングのうち、どれかひとつを〈トゥルーエンド〉としている作品であれば、正典にあたる時間軸はそのエンディングにいたるルートであるとみなすこともできた。しかし、たとえば「君が望む永遠」のように二大ヒロインがいる美少女ゲーム作品では、涼宮遙エンドと速瀬水月エンドのどちらもがトゥルーエンドであると制作側から明示があって、どちらかひとつをトゥルーであると決めることができなくなっている。また、「スクールデイズ」では、ヒロインの桂言葉が殺人者になるルートと、桂言葉が殺人者にならずに主人公の恋人として幸せなエンドにたどりつくルートの両方が用意され、そのどちらがトゥルーであるか決めることができない。

このあたりの特徴は、「萌えの現象学」では、作品世界内のキャラクターが生きる〈準―時間〉として考察した。その論で、以下のようなことを述べた。

萌えキャラは、理念的な存在でもあるから、その意味においては、時間を超越している。しかし、ある物語なりストーリーに沿って生きているときには、疑似的な時間、すなわち「準―時間」とでも名付けられる時間を生きているキャラクターを把握することができる。萌えキャラが、われわれと同じ時間を生きているとは言えないが、その世界内で生きている「準―時間」をわれわれは追経験することができる。その時間意識については、フッサールの『内的時間意識の現象学』の時間論を参照して、疑似的な「準―時間」の構成を考察することは可能だろう。

ただ、その「準―時間」において、われわれの時間と違うのは、いくつもの可能的な時間を生きる、複岐的な時間を生きるのが可能であるところだろう。これは、萌えキャラが、分岐ルートをもつゲームのキャラクターであった場合に、特に如実にあらわになる。あるルートを進んでエンディングを迎えたキャラクターの物語を、時間を遡ってもう一度追経験することが可能であるだけでなく、途中の選択肢を別に選ぶことによって、その時点以降のちがう物語をわれわれは経験することができる。

このような複岐する時間は、フッサールの時間論においても内在している。（「萌えの現象学」）

同じ日常世界を延々と生き続けている「サザエさん」や「トムとジェリー」のような作品では、キャラクターは通常の時間とは異なる、いわば〈超時間〉を生きている。その世界にあっては、死はないに等しい。たとえあるエピソードでキャラクターが死ぬことがあっても、次のエピソードでまた何事もなかったかのように平然と同じキャラクターが登場してくるのが常である。それに対して、手塚治虫がストーリー漫画の方法論をもってうちたてた漫画内キャラクターは、切られれば血を流し、撃たれれば死ぬキャラクターである。こちらのキャラクターは、物語内の時間上では、私たちが生きている一回かぎりの、取り戻せない時間を生きているとおぼしい。漫画であれば、ページを戻せば時間が戻るので、私たちが生きている時間とまったく同じではないものの、疑似的には似たような時間に生きているとみなすことができる。右で〈準―時間〉と述べたのは、この二つの中間的な時間様式であって、死のない〈超時間〉と異なってキャラクターは死ぬことがあるが、複岐する時間を生きることが当然となっているために、時間が戻ったりリセットされたりすることもまたよくあるという、疑似的な時間様式である。

〈おたく〉がキャラクターと物語を享受するに際しては、そのキャラクターが生きている時間は複岐的、つまり可能世界的な広がりをもっているのが、認識としては当たり前になっている。その前提で、キャラクターに、〈共現存在〉に近づけるための自立的な存在を与えようとするなら、いかにしてそのキャラクターに死と死の可能性を与えられるかという問いと表裏一体となる。

一九九〇年代から二〇〇〇年代にかけて、おたくの文化をリードしていた観のある美少女ゲームを観測した場合、特にその傾向は顕著である。その代表的な人気キャラクターとして、たとえば、「AIR」の神尾観鈴があげられよう。複数の時間ルートを生きるゲーム内のキャラクターの場合、あるルートで死亡する事態になっても、別のルートをやり直せば死が回避できるというのが、この手のゲームにおいては比較的よくある展開なのに、観鈴の扱いはそういう通例とは大きく異なっていた。「AIR」の観鈴の死の位置づけに関しては、『神、さもなくば残念』内の「AIR」論で主題的に考察したが、この論の文脈で位置づけるなら、どのルートをたどろうとも、観鈴の死は回避できないという残酷な事実をつきつけることが「AIR」というゲームの主要な狙いであり特異性だったと言えるだろう。このゲームは、途中までは選択肢が選べて分岐ルートをたどることができるため、従来のゲームを遊んでいた経験や先入見があれば、どれかの選択肢をたどっていけば、きっと観鈴が助かるルートが用意されているように思われる。しかし中盤で、ゲーム内のプレーヤーにあたるキャラクターが消失し、ただカラスとなって見守る目にすぎなくなった後は、もはやいかなる選択肢も分岐も現れない。ただ、病に抵抗できず、死んでいく観鈴の悲劇的な死をプレーヤーは見守るしかなくなる。ゲーム内の時間軸におけるひとつのルートのみの死では、充分な死の重みを与えることができないと考えた制作側は、観鈴の死の重みをよりプレーヤーにつきつけようとして、どのルート、どの選択肢を選ぼうと観鈴の死は免れないということを「ＡＩＲ」という作品は描き出してみせた。これによって、神尾観鈴というキャラクターは、数ある美少女ゲーム内のキャラクターの中でもぬきんでて、ハイデッガーの言う〈存在〉に近づいたと言える。

「ＡＩＲ」のシナリオを担当した麻枝准がやはりシナリオを担当している「ＣＬＡＮＮＡＤ」でも、可能世界を生きることが当たり前のキャラクターに、いかに死の重みを与えるかというコンセプトが重視されている点が共通している。このゲームで主人公は、高校生活ではいろいろな女の子たちと仲良くなるルートをたどることができ、そこまでは普通の美少女ゲームと似たつくりになっているが、一通りの攻略を終えた後、主人公はメインヒロインの古河渚と結婚して家庭を営む人生を歩み、この長大なゲームは後半に入る。病弱な渚は周囲のいたわりもむなしく、出産時に死亡してしまい、その死亡エピソードは、このゲームを進めていく上で回避不可のエピソードとなっている。残された愛娘・汐と父親の主人公・岡崎朋也のその後が描かれるが、汐もまた、母親と同じような原因不明の病に倒れ、看病むなしく死んでいくことになる。後半の選択肢で、主人公が関わる他の人のエピソードを皆クリアしていくと、最後になって、渚も汐も死なずにすむエンディングが見られるようになるが、それは愛する妻と娘に死なれた主人公の長大な悲しい人生のさまざまな可能性と分岐ルートを踏破してきた後の、最後の最後になってのご褒美のようなエンディングであって、ゲームをプレーしている時間の大半は、渚も汐も死を運命づけられたキャラクターとして現れている。プレー時間の大半を、渚も汐も死んだルートをたどっているのに費やした後で、二人とも生きているエンディングを見ても、主人公が最後に見た楽しい夢か幻想ではないかという印象を拭いさることができない。「CLANNAD」もまた「AIR」に似て、さまざまな可能世界を踏破しても死を免れない美少女の悲劇をつきつけるドラマであると言える。

「準―時間」を生きるキャラクターに対していかに〈死〉を与え、顧慮されるべき〈存在〉たらしめられるかが、二〇〇〇年代以降のキャラクターの物語において主要な関心事となっていく。ライトノベルの人気シリーズである『とある魔術の禁書目録』では、人気ヒロインである御坂美琴のクローンが二万人も登場して、次々とアクセラレータとの戦闘に駆り出されては殺され続けていく。この御坂クローンもまた、無数に複岐する〈準―時間〉を生きるキャラクターにいかに死を与えるかという課題と対応していると言える。また、美少女ゲーム「ef」の新藤千尋は、事故によって記憶力を十三時間しか保持できなくなり、事故の日以降の記憶を蓄積する能力を失っている。彼女が恋愛を経験しても、その記憶は一日ともたない。その記憶能力の欠如によって彼女は、事故の後一日しか生きることを許されず、その一日を何千回となく繰り返している点で、時間の環にはまって延々とループを繰り返している時間ループもののキャラクターと似ている。ある時間軸で一回死ぬだけでは足りず、何度も循環を繰り返してもその度に免れない死と直面させられるキャラクターの物語が、ゼロ年代には多数描かれ、「ef」の新藤千尋や、『とある魔術の禁書目録』の御坂クローンたちも、それと同じ系譜にあると言える。

どの可能世界、どの分岐ルートでも死んでしまう悲劇の美少女の物語を見せられた次のステップとして、無数の可能世界のどれもが悲劇的結末にしかつながらないようにみえても、たったひとつの出口となる幸せなルートを見つけようとする物語が、ゼロ年代の中盤以降勃興することになる。その代表的な作品が、ひとつは竜騎士07による「ひぐらしのなく頃に」、もうひとつが「Steins;Gate《シュタインズ・ゲート》」である。そしてまた、「魔法少女まどか☆マギカ」もその系列に連なる作品であると言える。

「Steins;Gate」は、時間軸を移動してさまざまな〈世界線〉を往還できる主人公が描かれるが、「ひぐらしのなく頃に」と同様に、どの時間軸をたどっても、必ず死んでしまう幼なじみの少女・椎名まゆりをいかにして救うのかが物語の焦点となる。その構図だけなら、「ひぐらしのなく頃に」や、西澤保彦の『七回死んだ男』といった、時間ループ設定の中で必ず死ぬ人物をいかにして救うかを主題とした物語と同工異曲であるが、「Steins;Gate」の独自性が現れるのは、椎名まゆりを救出する時間軸を見いだしたとき、それはもう一人のヒロインであり主人公の大切な女性である牧瀬紅莉栖が死ぬ時間軸であることがわかる。大切な幼なじみを救う時間を選ぼうとすると、自分の大事な女性が死ぬことになるという究極のジレンマが主人公につきつけられることになる。

この点では、桜坂洋による『All You Need Is Kill』もまた、時間をループする世界でのバトルを主題的に描き、主人公につきつけられるのが、そのループ世界から脱出するのと引き換えにパートナーの女性を失うことになるというジレンマ的な二者択一である。数ある可能世界での死を踏まえて、その中での究極的なジレンマを主人公につきつける点で、この二作は相通じるところがある。

## 4.「Steins;Gate」と「Ｅｖｅｒ17」

「Steins;Gate」は、アニメやゲームの世界で〈世界線〉という考えを導入した点でも画期的な作品である。この考えのルーツをたどれば、ロシアの思想家ピョートル・ウスペンスキーに源流を見いだすことができる。「Steins;Gate」とウスペンスキー思想の比較考察をする前に、ウスペンスキー思想を美少女ゲームに取り入れた先行作品として「Ｅｖｅｒ17」を指摘したい。

東浩紀は『ゲーム的リアリズムの誕生』で、二〇〇二年に発売された「Ｅｖｅｒ17」を、二〇〇〇年代の重要な作品のひとつとしてとりあげ、一節をその考察に割いている。「Ｅｖｅｒ17」は、近未来の日本を舞台として、海洋パークの海面下に閉じ込められた、およそ六人（総人数がどうなるかが物語の仕掛けにも関わってきて、選択の仕方によっても分かれるため、六人というのは必ずしも正確ではない）の男女が脱出を試みる冒険ストーリーであり、その海洋パークに隠された秘密と謎を解き明かしていくミステリ要素もあり、なおかつ五人の女性と男性の主人公が恋愛を経験する恋愛ストーリーでもある。物語の序盤でプレーヤーが「ぼく」と「俺」どちらかの一人称を選択するシーンがあり、その選択によって視点となる男性キャラクターは少年か二十歳くらいの青年に分かれることになる。メインの女性のうち、ココと呼ばれる少女は「俺」のストーリーにしかおらず、沙羅という少女は、「ぼく」のストーリーにしかいない。同じ事件をちがう視点から見ているにすぎないはずなのに、なぜ女性登場人物が一部ちがっているのかが、プレーの序盤から謎となっている。初回のプレーでは脱出することは成功せず、脱出するには、何回か同じルートを探査していく必要がある。何回も同じ時間軸をやり直してプレーすることになるのは、従来の分岐型のギャルゲーや美少女ゲームによくあるパターンなので、このゲームもまた、その方式で脱出するハッピーエンドに近づいていくのだろうと思わせる。しかし、物語の後半、「ぼく」のストーリーと「俺」のストーリーが十七年の間隔をおいて生じた別の事件であったことが発覚し、物語全体に巧みな時間差を誤認させる叙述トリックが仕掛けられていたことが判明する。五人の女性のうち、三人がまったく変わらぬ容貌でどちらにも登場していたのには、それぞれ別の理由があった。一人は機械によって生み出された疑似人格をもったアンドロイドのような女性であって年はとらない。もう一人の女性は、クローン技術によって自分のクローンを十七年前に自分の胎内に宿していた。その娘は、彼女にとって、娘であり双子の妹でもあり自分自身でもあった。三人目の女性は、キュレイウィルスに感染して以降、老化をしなくなっていた。そして、この二つの事件をつなぐ鍵として、第三視点の存在が次元論とともに議論され、プレーヤー自身が、「ブリックヴィンケル（ドイツ語で視点の意）」として召喚される。

このゲームは、ミステリの観点でもその叙述トリックの扱いが興味深いが、本論では、ゲーム内でウスペンスキーの時空論が参照され用いられていることが重要である。この作品中で展開される時空論と次元論の理論的な裏付けとして、登場人物が、「n次元を認識するにはn＋1次元の視点が必要である」という、ウスペンスキーの『ターシャム・オルガヌム』で詳説されている次元論を引用している。この、ウスペンスキー思想との対応は偶然でなく、このゲームの脚本を担当した打越鋼太郎が、「第三視点」論はウスペンスキーの本を参考にしたと自ら述べている。次元論をメインテーマとするウスペンスキーの『ターシャム・オルガヌム』のロシア語原典が刊行されたのは一九一〇年だが、日本語版が刊行されたのは二〇〇〇年のことで、筆者がその日本語版に解説を書いている（コスモスライブラリー刊）。このゲームを打越とともに制作に携わった中澤工によれば、この「Ｅｖｅｒ17」制作にあたって参考にしたり影響を受けた本として、『ターシャム・オルガヌム』があげられ、その他に多島斗志之の『症例Ａ』や西澤保彦の『人格転移の殺人』があげられている。

エトムント・フッサールの思想にも、可能世界論への視座があることは、「萌えの現象学」でも指摘した。「未来予持」という時間概念は、実現されなかった可能性をも含めて意識において未来方向に保持していることだから、その実現されなかった諸々の可能性を可能世界に見立てて考察を展開することが可能だ。『イデーン』の未完に終わった三巻では、以下のようにフッサールは述べている。

われわれの想像力の進行においては、われわれは、なるほど最初の発端によって拘束されてはいるが、しかし無数の道程を採ることができるからであり、どの道程もみな、経験の進歩に対して再び無限に多くの経験の諸可能性をわれわれに開いたままにするからである。[…] われわれの虚構作用による規定のそのつどの仕方に従いながら、われわれは、まったく種々様々な諸世界を構築することができるし、そのような諸世界はすべて、出発点の事物に対する諸世界であることになるであろう [… ]。(『イデーンⅢ』四六頁)

フッサールの後期の思想から、現象学に基づく可能世界論への示唆と展望は抽出できるのだが、残念ながらその主題は充分な展開と練り上げを得られず、未完成で不十分な素材として残されているにすぎない。可能世界論を考察するためには、よりその本源的考察を進めたウスペンスキーの思想を参照する必要があるだろう。

## 5、ウスペンスキーの多次元宇宙論と「魔法少女まどか☆マギカ」

ウスペンスキーの小説『イヴァン・オソーキン』は、主人公のイヴァンが時間を巻き戻して何度も同じ人生をやり直すことになる。この小説の英訳が刊行されたのは、ウスペンスキーが没した後の一九五〇年だが、ロシアでは革命前の一九〇七年にこの原型となる戯曲が刊行されている。この作品は、時間ループもののＳＦであるともみなすことができ、その系列の作品としては、最初期の部類に属するだろう。

ウスペンスキーの最初の体系的著作である『ターシャム・オルガヌム』では、点である零次元、線である一次元、平面である二次元、立体である三次元までを類比的に捉えることが導入的に論じられている。その三次元を越えて四次元の時間があるということが、先行的な次元論の著者であるＣ・Ｈ・ヒントン、オランダのヴァン・マーネンらを参照して論じられる。われわれが生きている三次元空間に定位して、二次元以下の次元は全部把握可能な既知なのに対し、四次元以上の時間は、未知であり、捉えられないものとなる。ウスペンスキーの第二の主著である『新しい宇宙像』では、さらに六次元までの次元論が展開されている。第四次元が時間の一次元、第五次元が時間の二次元、第六次元が時間の三次元となる。〈世界線〉という概念が出てくるのは、この本の中でだ。第四次元以上は、時間の領域であって、われわれの知覚で直接的に把握することはできない。だから、それらの次元を理解するには、下の次元の了解から類推するしかない。われわれが生きているこの宇宙全体をひとつの時間軸にのっている〈世界線〉と捉えて、この三次元宇宙の存在全体を、ある瞬間の時間断面では〈点〉すなわちゼロ次元とし、それが一本道の時間に乗って進んでいくときの全体像を、その〈点〉の軌跡が形成する〈線〉とみなす。それが〈世界線〉であり、四次元を捉えるために次元を三つ落として類推していることになる。

だが、時間上の各瞬間からさまざまな可能性が分岐し、別の〈世界線〉が派生し生まれているるヴィジョンをもてば、無数の線が面を形成するのと同様、無数の〈世界線〉が形成する〈世界面〉をイメージすることができるだろう。それが時間の二次元、すなわち五次元となる。時間の三次元、すなわち六次元については、ウスペンスキーの説明はかなり宗教がかったものとなっている。キリスト教のシンボルである十字架は、横軸の時間と垂直方向の永遠が交差しているのを表しているとウスペンスキーは捉えている。各瞬間にある〈永遠〉方向が、世界面のもうひとつの方向をなし、それが時間立体、六次元となる。

SFでよく使われる道具立てであるタイムマシンを例にとると、この把握が少し近づきやすいものとなる。

たとえば、タイムマシンで十年前に戻った人がいたとしよう。その人にとっては、それ以後の時間は、ウスペンスキーの用語を借りれば空間的に捉えられるだろう。その人にとってその後の十年は、別時間軸への分岐・変化がないかぎりは、既知の、空間的なものになる。もちろん、いまの人間が十年前に帰ったとしても、その後に起こる出来事のすべてに精通しているわけではないのは言うまでもない。しかし、われわれになじみのある三次元空間にあるものをわれわれが全て知り尽くしているわけでもない。ただ、われわれは、空間においては自由に移動し、その空間にあるものを随意に把捉することはできる。それに対して、時間的に未来において生じることは、通常のわれわれにとっては、予期しえない、知りえない事柄にとどまる。だが、タイムマシンで十年前の時間に戻った者は、その後の十年を、空間的に、既知のものとして対峙することができる。たとえて言うならば、通常のわれわれが三次元の空間意識しかもちえないのに対して、未来からやってきた者は、四次元の空間意識をもって、時間を空間的に捉えることができる。

しかし、先に述べたように、時間を戻ってきた者にとっても、別の出来事が生じて、自分の知っていた時間軸と違う時間軸へとスライドしてしまったら、もはやその時空はその者にとっても、既知の、空間的なものではなくなる。その後の時間軸、世界線が変更されないかぎりにおいては、その世界全体が、時間遡行者にとって空間的になるのに対して、もしその世界が別の時間軸、別の世界線へと移行したら、もはやその世界を空間的には捉えられなくなる。仮にどのような時間軸に移行しようとも、その世界を空間的に捉えられる意識があるとしたら、それは、四次元の意識より一段上の、五次元の意識となるだろう。

このことは、「魔法少女まどか☆マギカ」の後半のエピソードを参照して捉え返すことができる。もしここに〈魔法少女〉暁美ほむらがいて、何度も時間遡行を繰り返していたとしたら、どうなるだろう。一回目の時間遡行の時点でほむらは、他の者と違う時間意識、すなわち、その時空を空間的に捉えることができた。その点で、ほむらだけが、他の者たちとちがって、四次元的な意識をもって世界を把握していたと言える。もちろん、四次元的な意識といっても、その範囲は限定的で、ほむらが遡ることができた限られた時間の範囲内のことなので、世界の歴史全体を四次元的に把握できているわけではない。

しかし、その遡行した時間軸で、ほむらが前回と別の行動をとることによって、違う事態が出来したら、それはもうほむらにとっても知らない時空となる。その知らない時間軸では、ほむらもまた、他の者たちと同じく、時間方向については未知である。これが時間の二次元、すなわち五次元の方向であって、その方向はほむらにとっても時間（＝未知の次元）となる。三次元までは既知の空間であり四次元以上が未知の時間となる一般人に対して、ほむらは、四次元までを既知の空間として把握しながらも、分岐した時間、すなわち五次元方向の時間に対しては、一般人と同様に未知の時間にとどまっている。

だが、何度も時間遡行を繰り返すうちに、その時空ではどの分岐時間線をたどっても、まどかの破滅と死が避けられないことが、だんだんとほむらに明らかになってくる。何度も遡行を繰り返して、時間面に経験済みの、既知となった時間線を書き込んでいくうちに、ほむらの意識はどんどん五次元的になっていく。つまり、四次元方向のみならず、時間面である五次元方向もが、ほむらにとって既知の、空間的に把握できるものになっていく。時間上のある時点以降の可能な分岐をすべて踏破すれば、それ以降の時間面をすべて既知のものとして塗りつぶしたことになり、そのものは四次元意識を越えて、五次元的にあらゆる可能世界を空間として把握することができるようになる。何度もループを繰り返したほむらに起こっていたのは、これに近い事態であると考えられる。すなわち、時間遡行能力を得て、ある時以降四次元的な把握ができるようになった彼女は、何度も時間遡行を繰り返すうちに、時間の分岐線をも知り尽くし、五次元方向までも空間的に把握できるようになっていく。

ウスペンスキーによれば、五次元よりさらに上の六次元が、究極の高次元であって、それより上の次元はない。ゼロ次元をひとつにカウントすれば、ウスペンスキーの次元論は、七次元で完結し、一サイクルである。では、この六次元とはどのようなものか。ウスペンスキーは次のように述べている。

六次元とは、先行する瞬間に含まれてはいたが「時間」の中で現実化されなかった他の可能性の現実化の線であろう。

これはまどかが一二話で述べた、次のセリフと対応している。

今の私にはね、過去と未来のすべてが見えるの。かつてあったかもしれない宇宙も、いつかありえるかもしれない宇宙も、みんな。［…］

だからね、全部わかったよ。いくつもの時間でほむらちゃんが、私のためにがんばってくれたこと。何もかも。

このまどかの認識は、過去と未来を全部見通せる全知全能の認識として、神のごとき認識である。しかもそれは、単線の時間のものではなく、過去と未来の分岐する可能世界をも包含するものである。五次元方向の認識をさらに拡張し積み重ね、過去と未来のあらゆる可能世界の分岐を知り尽くしたとき、意識の次元は五次元からさらに一段高い六次元の全知へといたる。これはウスペンスキーが神の意識と同定する、七次元の究極である。ウスペンスキーが展開した次元論を、「魔法少女まどか☆マギカ」という作品は、寓話的に、具象的な形で描いてみせてくれた。

# ＳＦ的想像力と映画の未来――ＳＦ・映画・テクノロジー

渡邉大輔

「ＳＦ science fiction」の今日的なありようを主題とした本論集の趣旨に沿い、本稿では、主に（実写）映画を中心とした映像メディアとSF的想像力との関わりについて論じてみたい。といっても、それは単に、いわゆる映画のなかのいちジャンルとしての「ＳＦもの」の歴史や現状について検討することを意味していない。映画というメディアのなかで、「ＳＦ」と呼ばれる独特の物語的・ジャンル的想像力がいかなる意味を持ち、今日までの歴史を輪郭づけていったかということを、主に映画批評や映画論の文脈からおおまかに考えてみたい。

## 1、ジャンルとしてのＳＦ映画――その史的概観

誰もがよく知るように、今日、とりわけ一九七〇年代以降の映画や実写テレビドラマ、アニメーションといった映像によるフィクションの世界では、ＳＦ的なモティーフを扱った作品が国内外とも一

貫して巨大な人気を博し、広く注目を集めている。SFはいまや映像の領域においても、最もポピュラーなジャンルのひとつだ。だが、そもそもなぜ、現代の映像にまつわる想像力のなかで、「SF的」なモティーフが浮上してきたのだろうか。

■

そこでまず、いわゆるSF映画と呼ばれるジャンルの歴史についてごくおおまかに概観しておこう。[1]「SF映画 science fiction film」の定義には諸説あるだろうが、ここでは、映画研究（映画学）の立場から最も信頼しうると思われる記述をふたつほど挙げておく。まず、二〇〇八年に刊行された『世界映画大事典』の「SF映画」の項目には、「科学的な事実に基づく空想の物語を視覚化した映画」という簡潔な定義が記されている。[2] また、英語圏の数多くのSF映画論の文献に繰り返し引用されてきた、一九五九年のリチャード・ホジェンズによる以下の古典的な文章も知られている。「SFとは、既知の事実から推定される、あるいは虚構的な科学、つまりは科学の諸々の可能性を虚構的に使用し

（1）SF映画に関する代表的な日本語文献としては以下を参照。中子真治編著『超SF映画』奇想天外社、一九八〇年、児玉数夫『世界SF映画物語』旺文社文庫、一九八五年、『SF MOVIES SF映画の過去と未来』ネコ・パブリッシング、二〇〇二年、長谷川功一『アメリカSF映画の系譜——宇宙開拓の神話とエイリアン来襲の神話』リム出版新社、二〇〇五年、北島明弘『世界SF映画全史』愛育社、二〇〇六年、原田実総監修『別冊宝島 SF・ファンタジー映画の世紀』宝島社、二〇〇九年、浅見克彦『SF映画とヒューマニティ——サイボーグの腑』青弓社、二〇〇九年など。

（2）岩本憲児・高村倉太郎監修『世界映画大事典』日本図書センター、二〇〇八年、一五九頁。当該項目執筆者は内山一樹。

たものを含む。または、より簡潔に、未来の世界に起こったり、現在や過去に関する何らかのラディカルな想定を紹介するフィクションだろう」[3]。したがって、ＳＦ映画とは、総じて科学的事実（Ｓ）に基づく虚構の物語的想像力（Ｆ）を主題にした映画作品（科学空想映画）を意味するといえるだろう。

とはいえ、ＳＦ映画という「ジャンル映画」を論じるには、まず最初に、ＳＦと映画双方の側から、いくつかの註釈をつけておかなければならない。どういうことか。

そもそもよく知られているように、「ＳＦ」という名称自体は、映画誕生のだいぶ後、一九二九年に生まれた。世界映画史では、ちょうどトーキー（台詞や音がついた映画）が各国で登場し始めた時期である。世界最初のＳＦ専門誌「アメージング・ストーリーズ」誌（二六年創刊）の主宰者で、現存する最古のＳＦ関連の賞「ヒューゴー賞」にもその名を残す「現代アメリカＳＦの父」ヒューゴ・ガーンズバックが、「サイエンス・ワンダー・ストーリーズ」誌（三〇年創刊の「ワンダー・ストーリーズ」の前身）創刊号の巻頭言で、小説的な興味が科学的事実ないし未来への予言的ヴィジョンと混じりあっているジャンルとして「サイエンス・フィクション」（正確には「サイエンティ・フィクション Scientifiction」）の呼称を提唱したのが始まりである。したがって、厳密を期すならば、呼称としてのＳＦ映画なるものもまた、一九三〇年代以降の同種の作品に対して、当て嵌めるべきかもしれない。

つぎに、映画における「ジャンル」一般の問題である。映画にとってジャンルとは何か。日本にお

---

（3）Richard Hodgens, "A Brief, Tragical History of the Science Fiction Film", *Film Quarterly* 13,2, 1959, p.30.

ける先駆的なジャンル映画論の著作において、映画学者の加藤幹郎がそれを指摘している。映画ジャンルとは、最も狭義には、フィルムの安定的で広範な製作流通システムを確立させた黄金時代のハリウッドにおいて、純粋に「産業的」な要請から生まれたカテゴリである。すなわち、娯楽産業として自らを堅固に体制化したハリウッド映画界が、おのおのの自社フィルム（製品）をよりスムースに販売し、流通させるために便宜的にラベリングした名称のことである。したがって、「ジャンル映画」とは、その意味で、「スタジオ・システム下で製作配給公開されたフィルムのこと」[4]にほかならない。だから、少なくともハリウッドにおいてジャンルとしての「ＳＦ映画」が言説的に形成されていくのも、およそ産業体制が確立する一九二〇年代以降のことだろう。

　以上の経緯を踏まえると、厳密には、「ＳＦ映画」とは、ハリウッドを中心とした映画界では、一九二〇～三〇年代以降の産物だと考えるのが正しいといえそうだ。

　とはいえ、ＳＦ小説関連の言説においても、一般的に一九世紀のエドガー・アラン・ポーやジュール・ヴェルヌ、Ｈ・Ｇ・ウェルズが世界最初の「ＳＦ作家」とみなされているように、また科学技術が未曾有の発達を遂げた二〇世紀においてその象徴的なメディアとして登場した映画の歴史を考えても、ＳＦ的想像力と映画はそのはるか以前からきわめて親密な関係を取り結んでいたと考えてよいだろう。

　それを踏まえて、まずＳＦ映画の歴史的変遷を仮説的に区分してみたい。

（４）加藤幹郎『映画ジャンル論――ハリウッド的快楽のスタイル』平凡社、一九九六年、一〇頁。

（1）黎明期のSF映画

たとえば、しばしば言及されるように、「世界最初のＳＦ映画」と呼ばれる作品は、一九世紀末の一八九五年に、フランスのリュミエール兄弟が現在の映画の実質的な起源といわれる光学的な撮影・上映装置シネマトグラフを公開してから、わずか七年後に作られている。シネマトグラフによる史上最初の「映画上映」に観客として立ちあい、のちに自らも映画史黎明期の代表的な製作者・興行師として知られることになるフランスのジョルジュ・メリエスによって手掛けられた「月世界旅行」*Le Voyage dans la Lune*（一九〇二年）がそれだ。(5) また、世界最初のＳＦ小説として、メアリー・シェリーによる一九世紀初頭のゴシック小説『フランケンシュタイン』（一八一八年刊）がブライアン・オールディスなどによってしばしば挙げられるが、この小説も、一九一〇年には早くもエディソン社が映画化している。

そもそも、優れたジャンル研究で知られるイギリスの映画研究者スティーヴ・ニールによれば、ＳＦ映画の主要な形式として、ディストピア的な傾向や冒険活劇的伝統との結びつきのほかに、「ホラ

（5）ちなみに、メリエスの「月世界旅行」は、ジュール・ヴェルヌの小説『地球から月へ』（一八六五年）およびＨ・Ｇ・ウェルズの小説『月世界最初の人間』（一九〇一年）を原作としているが、より直接的にはヴェルヌの小説をオペラ化したジャック・オッフェンバックの喜歌劇「月世界旅行」（一八七五年初演）に基づいている。また、本作は公開後の人気に乗じて、パテ社やゴーモン社といった競合映画各社によって直ちに模倣作が作られた。その後も、「月への夢」*Rêve à La Lune*（〇五年）や「星旅行」*Viaggio In Una Stella*（〇六年）などの同様のテーマを扱ったＳＦ的な初期映画が複数製作されている。小松弘『起源の映画』青土社、一九九一年を参照。

ー」との強いつながりがあるとされる。(6)「フランケンシュタイン」をはじめとするゴシック・ホラーが初期のSF映画と深い関わりを持つのもこうした文脈があるのだろう。

SF的なイメージを視覚的に表現することに限界があった戦前の映画ではSFの長編作品は決して多いとはいえないが、それでもSFの呼称がアメリカで誕生する一九二〇年代にも、ハリウッドではハリー・O・ホイトがコナン・ドイルの「ロスト・ワールド」*The Lost World*（二五年）を映画化し、かたや旧ソ連ではヤーコフ・プロタザーノフが火星人の王国の登場する「アエリータ」*Aelita*（二四年）を発表している。さらにドイツではフリッツ・ラングがハードSF大作の古典「メトロポリス」*Metropolis*（二七年）や「月世界の女」*Woman in the Moon*（二九年）を発表し、後のSFやロボット造形に大きな影響を与えた。これら黎明期のSF的作品群では、「メトロポリス」における資本主義国家と共産主義国家の対立のモティーフのように、戦後のSF映画に見られる二〇世紀的な社会背景への目配せが早くも見られるほか、構成主義的造形からの影響が強い「アエリータ」など、二〇世紀芸術からの影響も認められる。また、奇術師として出発した「月世界旅行」のメリエスから、ドイツ表現主義の系譜を汲み、「ニーベルンゲン」二部作*Die Nibelungen*（二四年）などの幻想的かつ神話的な大作を撮っていたラング、そして、いわゆる「ユニヴァーサル・ホラー」の諸作品にいたるまで、初期のSF的な映画は、おしなべて「幻想物語（ロマンス）」経由のアプローチが強かったことも大きな特徴だろう。これは、SFの起源を、ゴシック小説からロマン主義までの幻想文学の系譜に求める

（6）Cf. Steve Neale, *Genre and Hollywood*, London and New York: Routledge, 2000, p.101. 事実、ニールは『ジャンルとハリウッド』で「ホラー」と「SF」を同じ項目で論じている。

現代のＳＦ評論の言説とも呼応するものである。(7)

一九三〇年代に入ると、ハリウッドではユニヴァーサル・ホラーの黄金期が幕を開ける。ジェームズ・ホエールが「フランケンシュタイン」*Frankenstein*（三一年）や「透明人間」*The Invisible Man*（三三年）を、トッド・ブラウニングが「魔人ドラキュラ」*Dracula*（三一年）などの怪奇ホラー映画の古典を作る。

この時代には、モンスター映画（怪獣映画）の元祖ともいえる「キング・コング」*King Kong*（三三年）も生まれた。メリアン・C・クーパーとアーネスト・シェードサックの共同監督によるフィルムだが、何といっても、「ロスト・ワールド」に続き、キング・コングの視覚効果を手掛けた、「ストップ・モーションアニメーションの父」ウィリス・H・オブライエンの力が大きかった。他方、イギリスではウィリアム・キャメロン・メンジーズが同国の生んだ人気作家ドイルの小説を原作にした大作「来るべき世界」*Things' To Come*（三六年）を完成させた。

(2)古典的なＳＦ映画

四〇年代に英米系ＳＦ小説は、アーサー・C・クラークやアイザック・アシモフ、ロバート・A・ハインラインなどの巨匠作家の台頭によりいわゆる「黄金時代」を迎えたが、第二次世界大戦後、映画の領域においてもＳＦは本格的な隆盛を迎えていく。とりわけ五〇年代のハリウッドは最初の本格的なＳＦブームであったといってよいだろう。このハリウッドの空前のＳＦブームを支えたのが、ア

(7) たとえば、笠井潔『機械じかけの夢──私的ＳＦ作家論』ちくま学芸文庫、一九九九年、序章を参照。

ニメーターのジョージ・パルであった。パルが製作したアーヴィング・ピシェル監督、ハインライン原作・脚本の「月世界征服」*Destination Moon*（五〇年）、ルドルフ・マテ監督「地球最後の日」*When Worlds Collide*（五一年）、ウェルズ原作のバイロン・ハスキン監督「宇宙戦争」*The War of the Worlds*（五三年）とパル監督「タイム・マシン」*The Time Machine*（五九年）は、いずれも映画におけるSF的イメージや物語規則を決定づけた重要なフィルムである。

また、この時期のハリウッドSFにおいて特筆すべき点は、第一に、SFを構成する二つの主要な想像力——すなわち、「S」（科学）と「F」（ファンタジー）のうち、前者の比重がおそらくほぼ初めて本格的に浮上してきたことにある。たとえば、すでに述べたように、戦前のSF的映画は、ファンタジーやホラー、あるいは中世的ゴシックイメージとの混交のもとに成立していた面が目立っていた。それが、戦後になると、「S」の、科学的な描写が俄然優勢になり始める。そして、第二には、それに関連することとして、宇宙戦争、核戦争（放射能）の恐怖、共産主義国家の隠喩としてのエイリアン（宇宙人）の地球襲来など、冷戦下の社会状況が如実に反映された作品が続々と現れたことが挙げられよう。

とりわけ共産主義圏の恐怖を隠喩的に描いた「宇宙人侵略もの」が大量に作られることになる。ロバート・ワイズ監督「地球の静止する日」*The Day the Earth Stood Still*、クリスチャン・ナイビー監督「遊星よりの物体X」*The Thing from Another World*（以上、五一年）、フレッド・M・ウィルコックス監督「禁断の惑星」*Forbidden Planet*、ウィリアム・キャメロン・メンジーズ監督「惑星アドベンチャー／スペース・モンスター襲来！」*Invaders from Mars*（以上、五三年）、ドン・シーゲル監督「ボディ・スナッチャー／恐怖の街」*Invasion of the Body Snatchers*（五六年）などだ。同時期の日本でも、本多猪四郎監督「ゴジラ」（五四年）以後、「特撮の神様」と呼ばれた特技監督・円谷英二の率いる「特撮怪獣映画」の傑作群が六〇年代頃まで多数製作され、日本映画の黄金期を主に興行面で支えることになる。

続く六〇年代には、五〇年代の侵略ＳＦブームが一挙に下火になる。米ソの冷戦が、世界最初の人工衛星スプートニク一号の打ち上げ成功（五七年）に端を発し、ガガーリンによる有人宇宙飛行成功（六一年）、そして、アポロ一一号の月面着陸成功（六九年）にいたる宇宙開発競争という形に移行したことで、とりわけ西側のＳＦ映画は、異星人（＝エイリアン）が地球（＝自国）を攻めるという話ではなく、反対に地球人が宇宙に向かうという方向にシフトしていく。ひとびとのまなざしが宇宙に向けられるのだ。

とはいえ、ウォルフ・リラ監督「光る眼」*Village of the Damned*（六〇年）、スタンリー・キューブリック監督「博士の異常な愛情または私は如何にして心配するのを止めて水爆を愛するようになったか」*Dr. Strangelove or: How I Learned to Stop Worrying and Love the Bomb*（六四年）、フランソワ・トリュフォー監督「華氏４５１」*Fahrenheit 451*、リチャード・フライシャー監督「ミクロの決死圏」*Fantastic Voyage*（以上、六六年）、フランクリン・Ｊ・シャフナー監督「猿の惑星」*Planet of the Apes*（六八年）などの良質の佳作はあるにせよ、五〇年代に作られた大量のキッチュなＢ級作品のイメージからか、ＳＦ映画は、どちらかというと、子ども向けかマニア向けのジャンルとして一般には敬遠されていた。

そのＳＦ映画のパブリック・イメージを刷新し、後続のＳＦ映像作品に絶大な影響をおよぼした傑作が六八年に登場する。巨匠クラークが脚本を手掛けた、現代ハリウッド屈指の鬼才スタンリー・キューブリック監督の代表作であり、現在もＳＦ映画史上に燦然と輝く傑作「２００１年宇宙の旅」*2001: A Space Odyssey* である。その独創的でリアルな特殊視覚効果技術による映像と、宇宙と人間存在のあり方を問いかけた難解で哲学的な内容は同時代のSF表現全般に大きなインパクトをもたらした。(8)「2001年宇宙の旅」はいうまでもなく、六〇年代以降のSFにおける「スペキュレイティヴ・フィクション」(思弁的虚構)というコンセプトをはじめ、フィリップ・K・ディックやJ・G・バラード、ハーラン・エリスンらの「ニュー・ウェーブ」の潮流とも密接に関連しており、それはたとえば、かたや旧ソ連の芸術的巨匠アンドレイ・タルコフスキーが監督した「惑星ソラリス」*Солярис*(七二年)や「ストーカー」*Сталкер*(七九年)、「ノスタルジア」*Nostalghia*(八三年)といった瞑想的で哲学的な異色SFの描く世界観とも通じている。実際、当時のアメリカのカウンターカルチャー運動では、「2001年宇宙の旅」の主人公がスター・チャイルドと会う前の宇宙空間のシークエンスなどはドラッグやLSDによるトリップ体験と重ねて受容されていた。

## (3)ポスト古典的(現代的)なSF映画

やがて七〇年代半ばを過ぎると、キューブリックに多大な影響を受けた新世代の若手フィルムメイカーたちが続々とまったく新しい娯楽SF大作でハリウッドを席巻することになる。七七年に公開さ

(8)「2001年宇宙の旅」公開の六八年には、SF——というよりも、ホラー映画といったほうが適切だろうが——の分野で、もうひとつの重要な作品、ジョージ・A・ロメロ監督のゾンビ映画の古典「ナイト・オブ・ザ・リビング・デッド」*Night of the Living Dead* が発表されている。ロメロをはじめとする現代ゾンビ映画の映画史的意義については、以下の拙稿を参照。渡邉大輔「生ける屍のゆくえ——ゾンビ映画の現代性」、「ユリイカ」二月号、青土社、二〇一三年、一一一〜一一八頁。

れた記念碑的な二本のＳＦ大作がその端緒となった――いうまでもなく、ジョージ・ルーカス監督の「スター・ウォーズ」*Star Wars* と、スティーヴン・スピルバーグ監督の「未知との遭遇」*Close Encounters of the Third Kind* である。その後も、リドリー・スコット監督の「エイリアン」*Alien*（七九年）やサイバーパンクＳＦの代名詞「ブレードランナー」*Blade Runner*（八二年）などが話題を集め、八二年に公開されたスピルバーグ監督の「E.T.」*The Extra Terrestrial* が当時映画史上最高の興行収入記録を打ち立てるにおよんで、ＳＦ映画は、ハリウッドをはじめとする現代映画のなかで興行的にも作品的にももっとも重要で、大衆の注目を集めるジャンルのひとつにまでなった。そして、その隆盛は以後のジャンル的な浸透と拡散を経て、映画史上最高の興行収入を記録したジェームズ・キャメロン監督の「アバター」*Avatar*（〇九年）を筆頭に、二一世紀の現在まで続いていると見てよい。

## 2、映画にとってＳＦとは何か――現代映画と（しての）「ＳＦ的」想像力

さて、以上のようなＳＦ映画のジャンル史を、今日、どのように批評的に輪郭づけるべきだろうか。そもそも先のニールがその著書『ジャンルとハリウッド』（二〇〇〇年）でいみじくも指摘しているように、ＳＦ映画は、これまでの映画批評や映画研究の伝統から長らく低く扱われ、不当に見落とされがちであったとされる。(9)

（9）Neale, ibid, p.101.

### （1）蓮實重彦の「SF映画」批判

たとえば、そのような「SF映画批判」の興味深い事例のひとつとして、ここでは、およそ一九七〇年代から九〇年代頃までにかけて、日本の映画批評で絶大な影響力を担ってきた映画批評家の蓮實重彦の文章を確認しておこう。

それは、一九八二年に発表された「SF映画は存在しない」という、文字通り挑発的な題名のエッセイである。この年は、「E.T.」や「ブレードランナー」などの話題作が相次いで公開され、世界的なSF映画の新時代の到来が告げられていた。ここで蓮實は、SFジャンルをまず「未来小説」と呼ばれる文学形式のサブカテゴリだと規定したうえで（この前提がそもそも乱暴だが）、その輪郭を「何が物語られているか」という内容のみにしか準拠しえないという、いわばジャンル（形式）的無根拠性から否定的に語っている。曰く、

> 未来小説と呼ばれる一群の虚構的散文は、未来時制で語られた物語ではない。SFもその一部をなすだろうこの種の小説は、現在形ですらなく、もっぱら過去時制に置かれた動詞を軸に語られている。その限りにおいて、未来小説は、すでに起こってしまったできごとを語る歴史小説と、説話論的な構造として何ら変わるところがない。科学は、そして未来もまた物語の構造にいかなる変容ももたらしはしなかったのだ。というより、むしろ、物語に対しては無力な敗北を喫するものとして未来や科学があるのだとすべきかもしれない。［…］いいかえるなら、未来小説の定義はその説話論的な構造によってではなく、もっぱら語られているできごと、つまり題材をそれにふさわしく彩る細部の表情によってもたらされるにすぎない。［…］要するに、未来小説とは一つの形式では

なく、内容の問題なのである。(10)

以上のように、蓮實はまず、「未来小説」の実質をその物語の叙述形式において、それに背反する要素（過去時制）を本来的に抱えこんでいる事実を指摘し、未来小説の未来小説たるゆえんを一挙に「脱構築」する。そして続けて、それは視聴覚イメージの連鎖による映像メディアでも変わらないと述べる。「言語による虚構の場合と違って、時制を持たないイメージによって語られる映画的物語にあって、事態はどんなふうに展開するか。ここにあっても、科学なり未来なりは説話論的な構造に包摂されたままである。フィルム的持続はつねに現在として生きられ、画面の連鎖が描きうるものはせいぜいが挿話の前後関係にすぎず、時制としての未来は、過去がそうであるようにそこには存在しない［…］」、「だから、ＳＦを映画として語ることはほとんど意味がない。形式によってではなく、題材によってしか定義しえないＳＦ映画は、ＳＦ映画ならざるあらゆるジャンルの映画に恥しいまでに似ているからである」(11)。

ここでの蓮實によれば、未来小説（ＳＦ小説）と同様、ＳＦ映画は、つねに映画という表象装置の構造上、「現在進行形」でしか表象しえない以上、すなわち、その存在を、「題材」（モティーフ）によってしか指し示せない以上、ＳＦ映画の輪郭は本来的に曖昧にならざるをえない（よって、「ＳＦ

(10) 蓮實重彦「ＳＦ映画は存在しない」、『映画狂人シネマ事典　新装版』河出書房新社、二〇〇一年、一二八～一二九頁、傍点原文および〔〕内引用者。

(11) 同前、一二九、一三〇頁。

映画は存在しない」)。この蓮實の議論は、八〇年代のいかにもポストモダン的な「物語」批判の枠組みをそのまま援用してみせている。論理的にかなりの牽強付会を含んでいるとはいえ、だが、これは本論の以降の議論にとっても示唆的な論点を含んでいる。

蓮實は、SF(映画)というジャンルが、扱う「物語」(内容)やモティーフに全面的に寄りかかり、本来は「内容」を枠づける役割を果たすべき「形式」は、物語や題材の行使する制度やイデオロギーに包摂されてしまうと論じる(「形式によってではなく、題材によってしか定義しえないSF映画」)。

とはいえ、SFないしSF映画は、何も単にそれが描く「物語」や扱う「題材」のみによってそのジャンル的想像力を規定されてきたわけではまったくない。むしろそこには、蓮實の議論では矮小化され、身落とされている別種の多様な「形式」が「SF的」なイメージや文化的想像力を刺激し、その輪郭やジャンル的特徴を主導的に進化させてきた経緯がある。

実際、戦後日本のSF評論にせよ、その黎明期から繰り返し問題化してきたのも、まさにSF小説の内実を、単純な「科学」や「未来」といったモティーフではない、叙述形式をめぐる複雑な方法的戦略性に求めるものであったことはよく知られているところだ。[12]

とりわけ以下に述べる映画との関連で敷衍するならば、ある時代の表象(表現)の特性を規定する

(12) たとえば、SF独自の文学性を「機能概念」に求めた小松左京や、プラグマティズムに注目した田中隆一の議論などを参照。小松左京「拝啓イワン・エフレーモフ様——「社会主義的SF論」に対する反論」、田中隆一「近代理性の解体+SF考」、巽孝之編『日本SF論争史』勁草書房、二〇〇〇年、四二~五五、二一一~二二六頁。

「下部構造」——すなわち、産業的・技術的な「形式」（テクノロジー）がもたらした影響はきわめて注目に値するだろう。

### (2)映画史の形式的(技術的)変遷

では、このＳＦ的想像力の変遷やジャンルとしての表象の構造を規定する産業的・技術的な要因とは何だったのか。

この点において、先の蓮實もまた、いみじくも次のように記していたことは、ひとまず示唆的であるといえるだろう。「では、ＳＦは、映画的な形式としては存在しえないと結論すべきだろうか。ＳＦ映画という分類は、とりあえずのものでしかないのだろうか。／おそらく、考えられる数少ない形式的な差異として、特殊撮影による大がかりな画面設計ということが挙げられるかとは思う」[13]。

ここで蓮實が述べているのは、この文章が書かれた八〇年代初頭にはおそらく誰の目にも明らかになってきただろう、映画をめぐる表象システムの世界的な構造的変容である。そして、その大規模な変容はほかならぬ映画における「ＳＦ的」想像力の浸透にとっても、また、ＳＦ的想像力の浸透によ

---

(13) 前掲「ＳＦ映画は存在しない」、一三〇頁、傍点引用者。

ってこそ、きわめて大きな意味を持つものでもあったといえる。(14) それはどういうことか。

とりもなおさず、このことはいいかえるならば、現在、わたしたちが映画と聞いて一般的に思い浮かべる「物語映画」(フィクション映画)それ自体の歴史的帰趨を問うことにつながってくる。周知のように、一九世紀末に誕生した映画は、まず何らかの「物語」(虚構)を見せる視覚メディアとして長年成熟し、それは現在までほぼ変わらず続いている。

そして、そうした映画ならではの条件をもっとも体系的かつ巨大に完成させたのは、アメリカの映画産業で生まれた「古典的ハリウッド・システム classical Hollywood system」(CHS)と呼ばれる説話体系であったことが知られている。このCHS——総じて「古典的システム」は、一九八〇年代にアメリカの映画研究者デイヴィッド・ボードウェルらが中心となって定式化した術語だが、(15) ここでは、いわゆる往年のハリウッドの巨匠たちの監督した名作映画の持つ物語スタイルを思いおこしてもらえればよいだろう。映画の古典的システムとは、それらいわゆる「黄金期」(一九一七年から六〇

(14) さらにつけ加えるならば、よく知られるように、日本SF史においても、この時期(七〇年代後半)には「スター・ウォーズ」「未知との遭遇」の相次ぐ日本公開や、何より、「宇宙戦艦ヤマト」(七七年)、「銀河鉄道999」(七九年)、「機動戦士ガンダム」三部作(八一~八二年)といった長編アニメーション映画が若い世代の熱い注目を集め、オタク系文化とも相即した今日にまでつながる広範な「SFブーム」(筒井康隆のいう「SFの浸透と拡散」)が起こった。たとえば、長山靖生『戦後SF事件史』河出ブックス、二〇一二年、第六章などを参照。

(15) Cf. David Bordwell, Janet Staiger and Kristin Thompson, *The Classical Hollywood Cinema: Film Style and Mode of Production to1960*, New York: Columbia University Press, 1985. デイヴィッド・ボードウェル「古典的ハリウッド映画——語りの原理と手順」(杉山昭夫訳)、岩本憲児他編『「新」映画理論集成②知覚/表象/読解』フィルムアート社、一九九九年、一七六~一九四頁参照。

年まで）のハリウッド映画が堅牢に組織化した規範的スタイルや表象システムのことである。

そこでは、西部劇やメロドラマ、サスペンスなどに典型的であるように、何よりも登場人物の心理やストーリーの起承転結、因果関係をきわめて明確かつ連続的に描きだすことを主眼とし、映画を観る観客を物語世界のなかへとスムースに感情移入させる（カタルシスを感じさせる）技術を洗練させていた。こうしたいわば「（簡潔で滑らかに）物語ること」の経済性、つまり機能性や透明性をこのうえなく体系化した古典的システムはおよそ三〇年代に絶頂を迎え、世界中の映画に多大な影響を与えた。いわばハリウッドの古典的システムは映画における（文字通り）近代の「大きな物語」（リオタール）として機能していたわけである。

しかし、そうした古典的システムをはじめとする「物語の経済性」に照準を合わせた映画作りは、だいたい六〇年代――厳密にいえば、すでに潜在的には五〇年代初頭――以降、急速に衰退と崩壊を遂げていく。そう、その時期とは、一方で、英米系ＳＦの黄金期や、古典的ＳＦ映画の台頭の時期にもあたっている。

というのも、この時期の六六年、映画の表象制度のうえでは、三〇年代前半に成立してからハリウッド業界内で甚大な影響力を持ったプロダクション・コード（いわゆる「ヘイズ・コード」）が廃止される。この自主検閲規則は、ハリウッドで作られる映画の暴力、宗教、性にまつわる反道徳的描写を厳しく規制するものだったが、それゆえに、古典的映画の製作者たちは、ある対象を「見せずに語る」という高度な編集と脚本の技術（＝説話機能）を極限まで発達させえた。つまり、古典的映画をめぐる物語的感性とは、個々の画面＝「表層」に映っている具体的な対象（見えるもの）と、そこからは排除され直接には映っていない不可視の対象（見えないもの）とのあいだの差異こそに配慮し、この時期の映画製作者たちは、映画世界の物語や表象空間を、そうした「見えるもの」と「見えないもの」の二項対立的な関係（表象可能性の問題）に腑分けし、それを効率的（経済的）に処理することで物語を成立させていたわけである。

ともかく、一方で、そうしたヘイズ・コードなどの古典的システムを支える諸々の表象制度が軒並み機能不全に陥り、また何よりも、他方で、同時期に次々と開発されていった新しい特殊視覚効果技術（SFXやVFX）によって、ハリウッド（アメリカ映画）のイメージ世界は、六〇年代から七〇年代を大きな端境期として、フォーディズム的な撮影所システムが生みだす古典的世界から大きく変貌を遂げていく。その筆頭が、いわゆる「アメリカン・ニュー・シネマ」と呼ばれる潮流だ。

そこで現れたのは、観客の直接的な視覚的興趣を煽るワイドスクリーンのブロックバスター大作（ハイ・コンセプト映画）と、過激な残酷描写やエロティックシーンを売りにするキワモノ映画や作家主義的なインディーズ系映画に象徴される見世物的なスペクタクル世界の氾濫であった。いうまでもないが、似たような構造的変化は、この時期、各国の映画界で同時多発的に起こっている。

すなわち、映画における一種の「ポストモダン化」（現代化）とは、古典的映画が備えていた「物語」（シナリオと編集）の求心力が衰え、視聴覚イメージ（ショット）それじたいが自律化し、物語を構成する要素としてではなく、再帰的・自己完結的なスペクタクルとして機能し始めたこと、またそれに伴い、映画に対する、物語の因果関係や整合性の読解から断片的なイメージの刺激体験へと観客の関心が移行したこと、とまとめることができるだろう。

そして、この新時代のテクノロジー（視覚効果技術）が実現した、六〇～七〇年代以降の映画表象の「スペクタクル化」「見世物化」という根源的事態こそ、先に蓮實がSF映画の「数少ない形式的な差異」として挙げた、「特殊撮影による大がかりな画面設計」に他ならない。そして、それは日本の映画批評では、当の蓮實自身が後に「物語からイメージの優位へ」というテーゼとしてまとめた変化でもあった[16]。

何にせよ、本論の趣旨から重要なのは、映画における本格的な「ＳＦ的」想像力の確立の基盤が、このジャンルにとっての産業的・技術的・表象的側面からの歴史的なパラダイムシフトと密接にリンクしているという点、これである。撮影所システムおよび古典的システム崩壊後の現代映画（ポストモダン映画）を輪郭づける重要な側面の一角には、次々に開発される特殊視覚効果技術を用いたスペクタクルなイメージ造形をはじめ、確実な興行収入が見込める企画とマルチメディアによる宣伝戦略による新機軸の大作主義――「ブロックバスター映画」（ハイ・コンセプト映画）などがある。そうした映画製作や表象システムを一挙に担ったジャンルとして、まさに「スペース・オペラ」や「ＳＦアドベンチャー」をはじめとしたＳＦジャンルがあった。と同時に、裏を返せば、ＳＦ的想像力（イメージ）は、そうした映画表象の構造的変容に伴い、より活性化されてきたともいえるだろう。

いずれにせよ、いい換えれば、ＳＦ的想像力と表象メディアとしての映画とは、その進化のプロセスにおいて内容や題材でなく、「形式的」なレヴェルで緊密な関わりを持ってきたといえるだろう。事実、英語圏におけるＳＦ映画を論じた代表的な文献において、映画研究者のヴィヴィアン・ソブチャックは、的確に以下のように述べていた。「ＳＦ映画全体の主たる視覚的衝撃は、未知のもの、存在しないもの、異様なもの、総じてエイリアンを絵のように生き生きとさせる――また、それは雰囲

(16) 蓮實重彦『ハリウッド映画史講義――翳りの歴史のために』筑摩書房、一九九三年、一七四頁以下。

気やスタイルにおいてドキュメンタリーのような迫真性を伴うのだ」[17]。

以上のように、SF的モティーフは映画において、蓮實が要約したように、表象メディアとしての「説話論的な構造」に包摂されてしまうものなどではいささかもない。むしろ、その誕生から半世紀あまりを経て表象システムの危機を迎えた際に、それをふたたび新たな地平で再起動させえたものこそ、「SF」と呼ばれる「形式」であったと理解すべきだろう。

(3)SFに込められた映画史——ノワールからスピルバーグまで

SF的な形式的・物語的想像力が、「物語の経済性」に準拠した古典的システムから「スペクタクル的イメージ」に基づくポスト古典的映画への移行に創造的な介入を果たしたこと。いい換えれば、SF的な想像力の映画表現への浸透が、古典期の脚本と編集の洗練による「見えるもの／見えないもの」の対立的な表現から、ポスト古典期の「見えるもの」の過剰化への変化において「蝶番」の役割を果たしたといえること。それが、映画史における「SF的なもの」の真のポテンシャルである。

その兆候は、この時期の具体的なフィルムにも認められるように思われる。たとえば、それを説明するために、ここで「フィルム・ノワール」と呼ばれる犯罪メロドラマのジャンルをひとつの有効な補助線として出そう。

フィルム・ノワールとは簡単にいえば、まさにハリウッドが古典的映画からポスト古典的な現代映画への移行のとば口に立った一九四〇〜五〇年代に隆盛した、低予算製作の犯罪活劇である。そこで

(17) Vivian Sobchack, *Screening Space: the American Science Fiction Film*, New York: Unger, 1980, p.88.

は、反社会的な表現を厳しく禁止するヘイズ・コードの隙をくぐってＢ級ならではのさまざまな先鋭的な表現や主題が扱われ、その先駆的な試みが後のヌーヴェル・ヴァーグや現代映画に大きな影響を与えたとされているジャンルである。そのフィルム・ノワールで頻繁に用いられた特徴的な表現のひとつが、よく知られるようにフィル・ライトやレフ版をほとんど用いないロー・キー・ライティングを駆使した極端な陰影表現だろう。映画評論家の三浦哲哉が的確に論じているように[18]、その光と闇のコントラストを強調した不穏な映像表現は、物語世界の客観性・安定性を保証することに何よりも意を用いるそれまでの古典的システムの表現とは一線を画す、ナラティヴの深い曖昧性、複雑性をもたらしている。

こうしたハリウッド映画史上、表象の上でのひとつのエポックを画したノワール的感性は、じつはＳＦ映画にも紛れもなくその濃い影を落としている。たとえば、五一年に作られたロバート・ワイズ監督の古典的ＳＦ映画の傑作「地球の静止する日」。この作品は、米ソ冷戦の社会的背景を踏まえ、核戦争による地球の危機を警告しにきた友好的な宇宙人クラートゥと地球人たちの交流を描いた物語である。物語には、クラートゥを守る恐るべき破壊能力を備えたゴートという巨大ロボットが登場するが、物語の後半、クラートゥが地球の軍隊によって傷を受けると、このゴートが地球人に報復攻撃すべく動きだす。クラートゥと親密になった一家の若い母親ヘレン（パトリシア・ニール）が、深い闇に包まれた夜、ゴートの攻撃を止めるべく、彼がいる巨大ＵＦＯが着陸しているグラウンドまで赴く。ところが、グラウンドの隅で転倒し、そこへ歩み寄ってきたゴートに襲われそうになる。この時、

（18）三浦哲哉『サスペンス映画史』みすず書房、二〇一二年、第四章。

映画は、ゴートを見上げて叫ぶヘレンの姿に濃く大きなゴートの影を被せ、周囲の闇夜とともに、まさにノワール的といってよい極端なキアロスキューロを描きだすのである。

というのも、この作品を手掛けたワイズ自身が、フィルム・ノワールのひとつの先駆となったオーソン・ウェルズやジャック・ターナーといった監督たちが所属した独立プロダクション「RKO」の出身だったからである。そして、自らの監督デビュー作もまた、SF的なノワールホラーの傑作として知られる「キャット・ピープルの呪い」*The Curse of the Cat People*（四四年）だった(19)。

あるいは、現代的なSF映画の先駆的傑作となった「博士の異常な愛情」「2001年宇宙の旅」「時計じかけのオレンジ」*A Clockwork Orange*（七一年）の三部作を手掛けたキューブリックがその初期において、「非情の罠」*Killer's Kiss*（五五年）、「現金に体を張れ」*The Killing*（五六年）といったフィルム・ノワールの秀作を撮っているのも偶然ではない。ノワールが現代映画にもたらした大きな影響のひとつとして、フラッシュバック（回想シークエンス）や主観ショットの多用によるナラティヴの主観化・内省化（これもまた極端な陰影表現による映像表現の客観性・安定性の崩壊につながる）が挙げられるが、それはキューブリックが「2001年宇宙の旅」で全面化した思弁的で内省的な宇宙描写まで直接的に通底している。

(19) フィルム・ノワールとSF的想像力との関係でいえば、ポスト撮影所システムの新しい映画の地平を拓いた先駆的な映画作家の一人であるオーソン・ウェルズの仕事を考えても興味深い。ウェルズの伝説的な監督デビュー作「市民ケーン」*Citizen Kane*（四一年）はほかならぬ「キャット・ピープル」などを手掛けたRKOで製作され、また、ウェルズのハリウッド入りのきっかけとなったのも、よく知られるように、一九三八年に放送したH・G・ウェルズ原作のSFラジオドラマ「火星人襲来」による一連のパニック現象だったからである。

あるいは、フランシス・フォード・コッポラやマーティン・スコセッシらと並んで、ほかならぬ「ニュー・ハリウッド派」と呼ばれる新世代作家の旗手として、この時期のＳＦ大作の傑作を一手に担ったジョージ・ルーカスとスティーヴン・スピルバーグを見てみよう。ルーカスの代表作「スター・ウォーズ」サーガ（七七〜八三、九九〜〇五年）や「インディ・ジョーンズ」シリーズ *Indiana Jones series*（八一年〜）が持つ物語構造は、一見すると、現代ＳＦ映画の先駆となった過剰なスペクタクル映像表現を全面に押しだしたのみの作品だと見なされがちだ。が、そこには、映画史が築き上げてきた表現の蓄積が絡まりあう両義性がある。たとえば、この両作の物語構成は、むしろ古典期（一九二〇〜三〇年代）に大流行した代表的な映画ジャンルである「冒険活劇 swashbuckler」を忠実に踏襲しているともいえる。[20]

また、とりわけスピルバーグはそのフィルモグラフィを通じて、古典的映画のような「見えるもの」と「見えないもの」の関係性（表象可能性）の問題に一貫してこだわってきた特権的な映画作家だといえる。たとえば、初期の代表作「ジョーズ」*Jaws*（七五年）はまさに海面下の「見えないもの」（＝人喰い鮫）が一挙に「見えるもの」へと転化した瞬間こそを映画的カタルシスに据えた作品だった。また、「見えないもの」＝「音」を異星人との唯一のコミュニケーション手段にした「未知との

(20) 前掲『映画ジャンル論――ハリウッド的快楽のスタイル』、第三章を参照。ハリウッドの「冒険活劇／剣戟映画《スワッシュバックラー》」とは、映画学者の加藤幹郎の定義によれば、ラオール・ウォルシュ監督「バグダッドの盗賊」*The Thief of Bagdad*（二四年）を主な模範的端緒とし、物語の点では、本来はアウトサイダーであるはずの主人公（ヒーロー）が、崩壊しつつある世界秩序を復権し、ヒロインを救出しつつ、危機状態にあった王国を再建するという保守的＝復古的展開を持ち、表現の点では、主人公たち俳優の身体運動のダイナミズムを強調する傾向があるという。

遭遇」にせよ、「見えるもの」（視覚情報）によって「見えないもの」（未来）を予知する超能力者を登場させた「マイノリティ・レポート」*Minority Report*（〇二年）にせよ、そこに同種の主題が反復されていることは紛れもない。とりわけその最たるフィルムが、「ホロコースト」という出来事の「表象不可能性」をめぐってクロード・ランズマンやジェラール・ヴァジュマンらを含め世界的な論争にまで発展した「シンドラーのリスト」*Schindler's List*（九三年）であることはあらためていうまでもないだろう。さらに、「マイノリティ・リポート」においても、主人公の行動と規範意識に大きな負荷をかけている過去にあった家庭の離散も、主人公が公衆プールで一緒に遊んでいた幼い息子を不注意で見失ったことが原因であり、ここにも視覚性に対する懐疑が濃厚に刻印されている。

以上のように、SF的想像力とは、二〇世紀の映画の歴史において、古典的映画から現代への移行をそのさまざまな形式の側面で積極的にアシストした重要なファクターであったことが如実に窺い知れる。

## Ⅲ　現代映画のSF的想像力——ディジタル・ソーシャル・ディック

### (1)ディジタル／ソーシャル化とSF的想像力

さて、それでは、現在の映画においてSF的想像力やモティーフはどのような形で活かされているのだろうか。前節では、SFがポスト古典的映画の表象システムの移行とその確立にひとかたならぬ役割を果たしてきたことを論じてきたが、そうしたポスト古典的映画のスペクタクル表現の前面化にも通じる、現代の映画界で起こっている急激な変化というと、映像や産業形態における「ディジタル化」や「ソーシャル化」の動きだろう。[21]

現在、日本をはじめとする世界各国の映画界では、製作体制から流通形態にいたるまでの「ディジタル化」ないし「フィルムレス」の浸透が重要な課題として浮上している。これまでの映画の物理的支持体として存在していたフィルムが消滅し、かわってディジタルキャメラによる撮影と、同じくディジタルによるノンリニア編集、そして、そうしたディジタルデータによる配信上映（ＤＣＰ）などが急速にスタンダードになってきたのである。

とりわけ二〇一一年末から二〇一二年にかけては、日本でも興行（上映）のディジタル化が驚くほどのスピードで進行し、各方面でさまざまな議論や実践的な活動を呼び起こしている。一二年九月には富士フイルムが国内唯一の国産映画用フィルムの生産終了を発表し、一一年末で四割強の割合だった映画館のディジタル化完了は、わずか一年のあいだにシネコンを中心に倍の八割以上（約二八〇〇スクリーン）にまで急増した。東映の「Ｔ・ジョイ」やワーナー・マイカルの「シアタス」など、「ＯＤＳ」（アザー・ディジタル・スタッフ）と呼ばれる、シネコンで映画以外にアイドルグループのライヴやスポーツ試合、舞台公演などをリアルタイム中継上映するといった映画館の「多目的イベント化」も拡大している。

このまま行けば、二〇一五年以降には、ハリウッドを中心として世界的に三五ミリの新作フィルムがなくなり、国内でもフィルムによる上映・保存は国立近代美術館フィルムセンターか一部の公共施設の例外的な措置のみになるといわれている。

---

（21）この点は、以下の拙著を参照。渡邉大輔『イメージの進行形——ソーシャル時代の映画と映像文化』人文書院、二〇一二年。

目下、以上のような現状においては、映画（作品）をめぐるある種の美学的な規範（慣習）も大きく変わりつつある。いずれにせよ、トーキー化、カラー化に続く映画史「第三の革命」と呼ばれることもあるように、ディジタルシネマの問題はもはやだれもが無視できない段階に達しているのである。

ひとまず、こうした映画や映像のディジタル化の動きが、七〇年代以降の映画のスペクタクル化ないしある種の「ＳＦ化」と緊密に結びついていることはいうまでもないだろう。[22]たとえば、ハリウッドにおいて映画のディジタル技術の開発を一手に担ってきたのは、まさに「スター・ウォーズ」サーガのルーカスが率いる「ＩＬＭ」であったし、実際、世界で初めて全編ディジタルで撮影した長編映画作品は、ルーカス監督の「スター・ウォーズ　エピソード2／クローンの攻撃」*Star Wars Episode II: Attack of the Clones*（〇二年）であった。ちなみに、この二〇〇二年に、ハリウッドでは「ＤＣＩ」（ディジタルシネマ・イニシアティヴ）というディジタルシネマの正式な規格化を決定している。またキャメロンの史上最大の大ヒット作「アバター」にせよ、現在まで続くいわゆる「第三次３Ｄ映画ブーム」のきっかけとなったが、これもディジタルシネマのグローバル化を推進するハリウッドメジャーの市場的戦略の一環であった。すなわち、二一世紀の映画のディジタル化という新たな産業的・技術的イノベーションにもＳＦ的想像力が紛れもなく大きく関わっているのだ。

ところで、たとえば、ディジタル化の問題で興味深いのは、一九九〇年代の半ばにデンマークで起こった禁欲的かつ機動的な映画運動「ドグマ95」に関わる動向だろう。

ドグマ95とは、一九九五年に、ラース・フォン・トリアーを中心とした新人監督たちによってはじ

（22）現在のディジタル撮影技術の基礎となるＣＣＤ（電荷結合素子）キャメラが開発されたのは一九六九年である。

められた特異な映画製作集団である。彼らの第一作となったトマス・ヴィンターベア監督の「セレブレーション」*Festen*（九八年）で、予算の都合上、ソニーのハンディカムＰＣ７を用いた先駆的なディジタル撮影を行い、映画界で毀誉褒貶相半ばする大きな波紋を呼んだ。その後、エレン・ミラー監督の「パーソナル・ヴェロシティ」*Personal Velocity: Three Portraits* や、先のルーカスの「スター・ウォーズ　エピソード２」が公開された二〇〇二年になってようやくディジタルシネマの評価が上向きに変わり始めたとされているのだが、ともあれ、ドグマ95が出現した九五年はディジタルシネマの歴史におけるひとつのメルクマールとして位置づけられている。(23)

ここで注意すべきなのは、やはり映画のディジタル化が、同時に二一世紀のインターネットをはじめとした情報社会、とりわけここ数年、日常のいたるところで熱い注目を浴びている、「ソーシャルメディア」による「モバイル化／ユビキタス化／クラウド化」――総じて「ソーシャル化」と呼ばれる情報環境と強い結びつきを持ち始めているということだろう。

当然のことだが、いまわたしたちの周囲に広がりつつあるソーシャルメディア、なかでもYouTubeやニコニコ動画といったＣＧＭ（動画共有サイト）の類は、映画や映像のディジタル化を大きな前提にしている。それはコンテンツ配信という面で、シネコンのＯＤＳの広がりとも構造的に通底しているし、「LIFE IN A DAY 地球上のある一日の物語」*Life in a Day*（一一年）や「JAPAN IN A DAY ジャパン イン ア デイ」（一二年）のような作品が採用する「クラウドソーシング」と呼ばれる手法

(23)　映画編集者のウォルター・マーチによれば、九五年にディジタルのノンリニア編集の映画がアナログ編集の製作本数を超えたという。ウォルター・マーチ『映画の瞬き』吉田俊太郎訳、フィルムアート社、二〇〇八年、八頁。

ども連動している。あるいは、二〇一〇年代には「Hulu」などをはじめとするいわば「ポストiPadの映画受容」がより一般化するだろうが、ディジタル化とソーシャル化はその点でも深く結びついている。

そして、思えばドグマ95がディジタルシネマのひとつの狼煙を掲げた九五年とは、他方では、マイクロソフトが「Windows95」をリリースして「インターネット元年」と呼ばれ、またアメリカでは、のちのネット文化の情報ポータル（検索エンジン）と、いわゆる「ロングテール」の基礎を担った「Yahoo!」と「Amazon.com」が創業した年でもあった。また、このディジタルシネマの仕様が制度化された〇五年以降の文化世界が、同時に、「Web2.0」（ティム・オライリー）などと呼ばれ、ソーシャルメディアによる新たな情報とコミュニケーションの構造的再編がなされた時期とちょうど同じであったことにも、もっと眼を向けてみるべきではないだろうか。

念のために補っておけば、ハリウッドでDCIの制度化が決定したのとYouTubeが生まれたのは同じ〇五年、「アバター」が記録的ヒットを飛ばし、ミニシアター系配給会社が消えていった時期は、TwitterやFacebookがキャズムを超えていった時期にもあたる。フィルムからディジタルシネマの歴史とは、おそらくWindows95からドットコム・バブルを抜けて、Web2.0のソーシャル的転回にいたるまで、二〇世紀末からの情報環境の進化とも深く結びついている。

何にせよ、七〇年代以降のこうした映画史における産業的・制度的・表象的側面の大規模な構造転換に、「SF的」な視覚イメージが深く関わっていたことは誰の目にも明らかだろう。そして、九〇年代以降、そのディジタル化の波はかたやソーシャル化やネットワーク化の進展とも合流することになった。

たとえば、こうした潮流をダイレクトに反映させたＳＦ映画として、やはりＪ・Ｊ・エイブラムス監督の「クローバーフィールド／ＨＡＫＡＩＳＨＡ」*Cloverfield*（〇八年）があるだろう。この作品は、よく知られるように、９・11を思わせる奇妙なモンスターパニック映画だが、全編、主人公が手に持つ小型ディジタルキャメラが撮ったフッテージ映像という趣向の、いわゆる「擬似ドキュメンタリー」として撮られている。こうした擬似ドキュメンタリーという近年流行したジャンルは、手持ちによるブレ映像や主観ショットなどを特徴としている。これは、おそらく映像のソーシャル化やモバイル化が実現した、映像の遍在化や日常化のリアリティに基づいていると思われる。ここに、わたしたちは、映像表現におけるＳＦ的想像力の根源的な形式的重要さを看取することができる。また、これらの映像メディアから始まった広範なＳＦブームが、筒井康隆のいわゆる「ＳＦの浸透と拡散」をもたらしたともいえるだろう。

## (2)現代映画における「ディック的なもの」——ディジタルとソーシャルのはざま

さて、では、こうした近年の一連の映画史的変化がＳＦ的想像力にもたらしたものとは、何なのだろうか。それをここでは、象徴的に「フィリップ・Ｋ・ディック的なものの台頭」と名づけてみよう。その内実は、具体的には、「可能世界的リアリティ」「形式の自走」「記憶＝アイデンティティの曖昧化」などとまとめておけるものである。

事実、八〇年代初頭の「ブレードランナー」を契機として始まった、現代ＳＦの巨匠フィリップ・Ｋ・ディックのＳＦ小説の映画化は、九〇年代のポール・ヴァーホーヴェン監督「トータル・リコール」*Total Recall*（九〇年）から本格化し、とりわけ二〇〇〇年代以降は、ゲイリー・フレダー監督「クローン」*Imposter*（〇一年）、スピルバーグ監督「マイノリティ・リポート」、ジョン・ウー監督「ペイチェック 消された記憶」*Paycheck*（〇三年）、リチャード・リンクレイター監督「スキャナー・ダークリー」*A Scanner Darkly*（〇六年）、リー・タマホリ監督「NEXT - ネクスト -」*Next*（〇七年）、ジョージ・ノルフィ監督「アジャストメント」*The Adjustment Bureau*（一一年）……と、ほぼ毎年のように映画化されている。二〇一〇年代もすでに、「アルベマス」や「流れよ我が涙、と警官は言った」などの映画化が進められているようだ。

また、直接の原作ではないが、ウォシャウスキー兄弟監督の「マトリックス」三部作 *The Matrix*（九九〜〇三年）をはじめ、キャメロン・クロウ監督「バニラ・スカイ」*Vanilla Sky*（〇一年）、トニー・スコット監督「デジャヴ」*Déjà Vu*（〇六年）などは明らかにディック的世界に強くインスパイアされている。さらに、デイヴィッド・クローネンバーグ、デヴィッド・フィンチャー、デヴィッド・リンチ、クリストファー・ノーラン、スパイク・ジョーンズ、J・J・エイブラムス、ザック・スナイダー、ダーレン・アロノフスキー……などなど、直接間接に影響を受け、「ディック的世界」を描き続ける映画作家は、今日の映画界やSF映画シーンにおいて枚挙に暇がない。

では、なぜディックなのか。なぜ、それが二〇〇〇年代に急速に注目されたのか。

もはや明らかだろうが、ディックがSFとして描く物語世界がディジタル映像やソーシャル化ときわめて親和性が高いからである。「ゼロ年代」のSF映画における空前のディック・ブームにおいて主に踏襲されたのは、八〇年代の「ブレードランナー」ではなく——人間とアンドロイドの区別がつかないこのフィルムも基本的には以下の論旨のうえで重要なフィルムだが——、むしろ九〇年代の「トータル・リコール」のラインであった。すなわち、それはディック作品の典型的な主題である現実と虚構（シミュラークル）の弁別不可能性（「リアリティ」やアイデンティティの多層性・複数性）を、ここ二〇年ほどの急速に高度化するＣＧＩとディジタル映像技術がイメージ体験として的確に組織しえてきたことに由来する。

以上のようなディック的認識の型は、必然的に、映画の表象空間を、固有の安定的な「現実」や「個人」という足場から徹底的に遊離させ、バーチャル（仮想的）な任意のプラットフォームへと溶解・氾濫させることになる。また、このことは、いい換えれば、それまでのフィルムがこの現実世界の光学的な「写像」という形でやはり現実の足場とつながっていたのに対し、すべてがゼロからのＣＧＩ技術によって仮構的に形作られるディジタル映像の特徴そのものを反映してもいる。

たとえば、映画研究者の藤井仁子は、現代映画の特徴をいわゆる「指標性の危機」と要約していた。[24]ここでいう「指標 index」とは、アメリカの哲学者チャールズ・サンダース・パースがその記号論で用いる用語で、「意味内容がその指示対象との物理的関係によって決まる記号」のことだ。藤井の議論では、いわば現実の物理的世界の光学的な写像として得られるフィルムの映像はこの指標性に基づいているわけだが、ディジタル映像はその指標性を喪失し、完全に自律的＝仮想的なイメージを作りだしてしまう。

同様の議論を、映画研究者のトマス・エルセサーとウォーレン・バックランドも行っている。彼らもまた、スピルバーグの「ジュラシック・パーク」*Jurassic Park*（九三年）や「ロスト・ワールド／ジ

（24）藤井仁子「デジタル時代の柔らかい肌――『スパイダーマン』シリーズに見るＣＧと身体」、藤井仁子編『入門・現代ハリウッド映画講義』人文書院、二〇〇八年、六七頁以下参照。

ュラシック・パーク」*The Lost World: Jurassic Park*（九七年）における（ポスト写真技術《フォトグラフィ》としての）ディジタル映像表現の映画史的画期を、伝統的な映画論との比較によって論じている。ヴァルター・ベンヤミンやアンドレ・バザンをはじめとする映画の哲学的基礎づけをめぐる理論系は、当然、映画の光化学的な映像を一貫して実在世界の複製――現実のアナロジーとして捉えている。だが一方で、ディジタル技術による特殊効果のイメージは、もちろんこの「実在世界に確定されたり制限されたりはしない」。したがって、ディジタル映像の存在論的価値を測るには、旧来のバザン的な見取り図は参照することはできない。

重要なのは、ここで彼らが注目するのが、いわゆる可能世界意味論をめぐる様相論理学の概念系であることである。「彼〔バザン〕の、視覚的、機械的かつ光化学的なものによる物体の描写に限定されたリアリスティックな映画の存在論は、ディジタル映像においては『可能世界』の記述を含むものへと拡張される必要があろう」[25]。そうした背景を踏まえつつ、彼らは以下のように結論する。

ディジタル映像と可能世界論のあいだの繋がりが派生する場所は、ここにある。つまり、ディジタル映像は、光学的映像と同じあり方では実在世界によって確定されたり制約されたりしない。それゆえに直ちにディジタル映像と可能世界の双方は、似たような存在論的身分を有していると看做しうる。すなわち、両者ははっきりとした非実在的な可能性――それは抽象的で、諸事象の仮想的

（25）Thomas Elsaesser,Warren Buckland,"Realism in the Photographic and Digital Image(Jurassic Park and The Lost World)", Elsaesser, Buckland, *Studying Contemporary American Film*, New York:Oxford University Press,2002,p.211.

＝仮言的《ハイポセティカル》な身分を持ち、それらの存在論的な価値は、実在世界のそれとは異なっているからだ。
可能世界が実現する力は、それが可能世界の事物を知覚的なイリュージョンによって作り出す、ディジタル特殊効果の助けとともに映画のスクリーンにおいて現実化された時に広がった。(26)

いずれにせよ注目しておいてよいのは、このイメージのレイヤーの複層性や可能世界的リアリティというディジタルのもたらす事態こそ、まさにディック的世界の構造そのものだという点である。また、このような「可能世界的リアリティ」や、実質とは離れた「形式」それ自体の前景化という主題は、そもそも日本ＳＦの領域でもその黎明期から提示されてきた議論でもある。たとえば、その典型が、ＳＦとはいわば「仮説の文学」であるという安部公房のよく知られた主張だろう。安部は、一九六二年の短いＳＦ論で以下のように記している。「発見された事実への接近度よりも、発見という行為の内在法則への接近度のほうが、文学的にははるかに重要な意味を持つはずである。つまり、仮説を立てて、日常的な既成の法則に、まったく別の法則を、どこまで対置できたかということでもある」(27)。

固有で単独的な現実の規則とは異なる、それに「パッチを当てる」ようにして仮構される、「別の法則」に則って世界を動かすこと。また、その複数の「別の法則」＝形式が前景化する世界が展開さ

（26）ibid,pp.212-213.
（27）安部公房「ＳＦの流行について」、前掲『日本ＳＦ論争史』、三一頁。初出は一九六二年。

れること。(28) 黎明期の日本SFで提起された問題系のひとつの実装形態として、二〇〇〇年代以降のSF的想像力が映画の領域で表象した表現というものがあるように思う。

こうした「ディック的なものの氾濫」が濃密に描かれたフィルムとして、ここではひとまず、スピルバーグの近未来SF映画「マイノリティ・リポート」が挙げられるだろう。

この作品は、近未来（二〇五四年）の高度に監視社会・消費社会化したアメリカ合衆国ワシントンD.C.が舞台だ。「犯罪予防局」という特殊な制度を備えた警察機関に勤務する捜査官ジョン・アンダートン（トム・クルーズ）が、ふとしたきっかけでそのシステムに抵触し、社会から追われる身となるSFサスペンスである。物語の中心となるのは、やはり主人公のアンダートンが所属する犯罪予防局（プリクライム）と呼ばれる機関だろう。増加する殺人事件数を減らすため、実験的にワシントンに設置されているこの新奇な警察組織は、いわばすでに起こってしまった殺人事件を解決することではなく、殺人事件そのものを未然に防止する、つまり「犯罪予防」を目的とする。その未来に起こるだろう「前犯罪《プリクライム》」を予知するのは、「プリコグ」と呼ばれる三人の予知能力者である。彼らが脳内で具体化する未来のイメージ——複数の「可能世界」の断片を、捜査官たちが犯罪状況として「解読」し、その情報を元手に殺人事件が起こる前に、未来で殺人を犯す「殺人犯」を逮捕するわけだ。

しばしば指摘されるように、この作品の物語設定を支えているのは、高度にユビキタス化されたディストピアとしての情報社会である。主人公たちが徘徊する近未来の街中では、まるでアマゾンのリ

(28) すなわち、このことはいい換えれば、この世界を一種の「ゲーム」の集積として見立てるということでもある。たとえば、その点で宮内悠介の『盤上の夜』東京創元社、二〇一二年などは似たような問題系を共有したSF小説だと思われる。

コメンデーション機能のように、事前に登録管理された膨大な個人情報のデータベースが主体にさまざまな情報を提供し、また各所に張り巡らされたアーキテクチャの生体認証がセキュリティを維持している。ここには、かつてデイヴィッド・ライアンなどが論じ（『監視社会』）、二〇〇〇年代の日本の社会思想でも一貫してホットな話題であり続けた監視社会の典型的なイメージが具体化されて描かれている。とはいえ、現代においてそうしたイメージ自体はもはや少し陳腐なものだ。

翻って依然重要であり続けるのは、こうしたデータベース化されたユビキタス社会の空間が、まさに映画というメディアに代表されるような現実世界との接触（反映）ではなく、リアルな映像（現実世界）からは乖離した膨大な仮想的なディジタル＝数値的秩序によって働く世界に基づいているという点だろう。また、後期ウィトゲンシュタインの言語イメージの変遷に重ねれば、ここでは、現代社会を取り巻くディジタルなプログラムは、一方的に設計され下位の成員はそれに従うほかない（同期させられる）リジッドな「計算体系」から、多様なコミュニケーションによって創発的に局地的なプログラムが生成されていく、より柔軟な「言語ゲーム」へと機能を発展させている点で、高度に「ソーシャル化」されてもいる。そして、プリコグたちによる予言により、主人公が殺人を犯す可能世界と犯さない可能世界が、複数の現実として物語世界に絶えず並行して可視化されることにもなる。ここには、ディジタル化とソーシャル化が可能にした新たなＳＦ的想像力のモードが展開され、また、同時に、それを最もよくイメージ化するテクノロジーとしてディジタル技術やソーシャルネットワークがあるというポジティヴな共犯関係が確立されているだろう。

## (3)ＳＦ／映画的想像力の未来——ノーランとエイブラムス

では、こうしたディジタル／ソーシャル時代のSF映画の想像力のなかで、どのような展望が見出しうるだろうか。ここでは、次世代のハリウッド映画を担うと目される俊英として、イギリス生まれの映画監督クリストファー・ノーランと、映画からテレビドラマまで幅広く手掛けるJ・J・エイブラムスの仕事をざっと確認しておこう。

「ディック的なものの氾濫」を受け入れる現代のSF映画作家に顕著な姿勢として、やはり「メタフィクション（入れ子構造）的傾向」が挙げられるが、それを最も先鋭的な形で描き続ける作家としてノーランがいる。たとえば、彼の出世作となった「メメント」*Memento*（〇〇年）は前向性健忘症の持ち主が主人公だ。主人公のレナードは、殺された妻の復讐のため、犯人探しを始めるが、いま起こった出来事を絶えず忘れていってしまう。そこで彼は、前後の記憶を保つために、起こった出来事や忘れてはいけない物事をメモや写真、あるいは身体のタトゥーとして膨大に「記録」していくのである。

この「短期間しか記憶が保てない前向性健忘症による『記憶の記録化』」というモティーフは、明らかにインターネット（データベース）時代の文化構造を暗示している。すべての情報（記憶や経験）を瞬時のうちにデータベース化し、ユビキタスにアクセス可能なものとするネットをはじめとした今日の情報社会は、旧来の記憶の価値（歴史性）を根底から骨抜きにしてしまう。記憶をことごとく忘却していく本作のレナードがたびたび参照するほかない肌の表層に刻まれた「情報」とは、そんなわたしたちのネット社会固有の慣習の隠喩だ。しかもそれはまた、肌《スキン》が本来、「スクリーン」に由来するものでもあったがゆえに、そのまま「映画的慣習」や「映画史的記憶」の喪失をも暗示している。このいわば「記憶の記録化」というモティーフは、のちのノーラン作品すべてに共通するテーマと深く関わるものであり、また同時にディック的な主題でもあるが、それはフィルムレス時代の歴史

的記憶を喪失しつつある映画文化の内実も映しだしているのである。(29)

また、「物語が終わりから始まりへ、時系列を逆向きに語っていく」という、「形式の恣意性」をあざといまでに露呈させる斬新な脚本は、固有の足場を失ったよるべないディジタル時代の映像の弁別不可能性をまざまざと体現しているといえよう。

こうしたノーランのスタイルのひとつの集大成となったSFが「インセプション」*Inception*（二〇一〇年）である。このSFサスペンス・アクションは、人間の夢（潜在意識）に侵入してさまざまな「アイディア」を盗みだす特異能力を備えた企業スパイ（エクストラクト）たちが暗躍する近未来的世界が舞台だ。そのひとりであるドム・コブ（レオナルド・ディカプリオ）は、とある日本人実業家サイトー（渡辺謙）の依頼で、ライバル会社の解体と、それを社長の息子ロバート・フィッシャーに肩代

(29) このいわば「記憶の記録化」というモティーフは、のちのノーラン作品すべてに共通するテーマと深く関わるものであり、しかも「失われた肉親の記憶の回帰」という側面もまた、「バットマン」シリーズや「プレステージ」「インセプション」など多くの作品で繰り返し描かれることになる。しかも、批評的に見ても、これはいわゆるジャック・デリダからベルナール・スティグレールまで、「エクリチュール」の反復可能性や「記憶の外在化としての技術」という問題系に連なるきわめて興味深い要素を含み持っている。知られる通り、デリダの哲学的実践とは、西洋形而上学に通底する現前性や一回性（それは固有の替え難い記憶の一回性に連なる）にまつわる抑圧的構造を相対化（脱構築）し、それをつねにすでに汚染し、逸脱していく反復可能な記号（エクリチュール）の複数性に注目するというものだ。また、ポスト・デリディアンたる『技術と時間』のスティグレールであれば、そのデリダ的エクリチュールの内実を、まさにネットをはじめとした現在の情報技術の持つデータベース化（記憶の外在化）に見出した。こうした両者のラディカルな思考を、本作を含めたノーランの諸作もまた同様に作品化しているといえよう。

わりさせるようにアイディアを「埋め込む《インセプション》」ことを試みる。ロバートの潜在意識のなかに入り、任務を遂行しようとするコブたち。ところが、ロバートは彼ら企業スパイの侵入に備えて事前に潜在意識の防護訓練を受けており、コブたちは強力な兵士たちの攻撃に阻まれる。また、かたやコブは、かつて愛する妻のモルを殺害した容疑がかけられており、終始過去のモルとのあいだのトラウマ的な記憶に苛まれていた……。

この作品もまた、それ自体がサイバースペースを思わせる、夢、記憶、無意識、といったいつもながらの題材を、フラッシュバック形式を用いて語る「ノーラン・タッチ」が全開であり、ボルヘスの『伝奇集』の短編群に着想を得たと語り、作中でも「ペンローズの階段」が象徴的なモティーフとして登場するなど、パラドックスや入れ子構造、自己言及性の要素に満ちた謎めいた世界観が描かれる。

とりわけ物語のクライマックス、コブやアーサーたちがロバートとともに乗る白いワゴンが橋の上から川に落ちていくまでのあいだに、幾層にも折り重なった潜在意識のなかで攻防を続けるシークエンスでは、じつに五層（！）もの次元の異なる世界が目まぐるしく往還され、観客を圧倒する。しかし、その結果として、ラストでコブは一見、最愛の家族との再会を果たせたように見えるものの、すべての真相は悪夢のように宙吊りにされてしまう。「メメント」や「インソムニア」*Insomnia*（〇二年）から続くノーラン独特の真偽の曖昧化が極限まで行き着いたかのような演出である。

とはいえ他方で、本作で描かれる数々の細部は、ウェブをはじめとした現代の新しい文化世界の卓抜な比喩にもなっており、ネオリベ的世界観を具現化した「新生バットマン」シリーズと併せて、きわめて示唆に富んでいる。たとえば、エレン・ペイジ演じる夢の「設計者」は明らかに——本作における意識の潜在世界のイメージがいかにも「建築的」（アーキテクチュラル！）に表象されていたように──コンピュータ世界のそれと類比できるし、「アイディア」のハッキングというモティーフは、いわゆる「クリエイティヴ・コモンズ」をはじめとする昨今の「知的財産」や「著作権」の議論を容易に想起させる。

あるいは、夢＝潜在意識の「共有」と独我論的二者関係（「きみとぼく」？）の拮抗という設定は、ウェブ・ビジネスでいわれる「シェアリング・エコノミー」と、ＳＮＳの「パーソナライズ」との対立関係、そして、世界秩序としての「感情」の力もまた、「感情資本」などと呼ばれる人間の情緒や経験に注目した新たな経済価値の台頭……をつぎつぎに思わせるだろう。また、本作ＤＶＤの特典映像でノーラン自らが語るように、そもそも「夢」への沈潜と操作を主題とする本作は、先行する「プレステージ」*The Prestige*（〇六年）と同様、紛れもなく「映画」それ自体のメタファーにもなっている。とはいえ、しいていえば、ノーラン作品のこうしたコンセプチュアルな側面が、映画としての純粋なカタルシスを殺いでいるという側面もなくはない。そこでは、映画の時系列や運動感覚は自在に組み替えることが可能であり、脱文脈化され尽くしている。

さて、このようないわば映画そのものの足場をあざとく掘り崩していくような手つきのノーランに対して、エイブラムスはいわばもっと「ゲーム的」であるといってよい。エイブラムスは、物語世界の足場や根拠をノーランのようにメタ的に問い直すというよりも、ある仮想的な「ゲームの規則」をベタにでっちあげ、そのルール自体を自在にコントロールしながら物語を作っていくという意味で、ノーランよりも、ノリが軽い。彼はいわば映画世界を自在にコード化する「プログラマ」のような存在に近いと言える。たとえば、「クローバーフィールド／ＨＡＫＡＩＳＨＡ」にしても、擬似ドキュメンタリーという普通は非常にシニカルなメタ的操作を想起させがちなスタイルを、いかにもベタな怪獣襲撃物語というエンターテインメントにあっけらかんと結びつけてしまう。「スター・トレック」*Star Trek*（〇九年）や「スター・トレック　イントゥ・ダークネス」*Star Trek Into Darkness*（一三年）にせよ、または「M:i:III」*Mission: Impossible III*（〇六年）や「ミッション：インポッシブル／ゴースト・プロトコル」*Mission: Impossible - Ghost Protocol*（一一年）でも、「スター・トレック」「ミッション・インポッシブル」というかつての「大きな物語」を一種の「ゲームの規則」として「ハッキング」し、そのうえで勝手に遊びまわっているといった風情の映画だった。それは、あるいは監督することが話題となっている「スター・ウォーズ　エピソード7」*Star Wars: Episode VII*（一五年公開予定）でも、そうかもしれない。そこにはノーランの「あざとさ」にはない、もっとぬけぬけとした屈託のない態度がある。

おそらくそれが、もっとも現れているのは、彼が製作・脚本・監督を手掛けた二〇〇〇年代最大の大ヒットテレビドラマのひとつでもある「ＬＯＳＴ」*Lost*（〇四～一〇年）である。そもそも「ＬＯＳＴ」はしばしば指摘されるように、基本的には一話完結形式である海外ドラマのナラティヴに、いわばソーシャルメディアを中心とした当時台頭してきた新たなアーキテクチャの影響を的確に反映させたドラマであった[30]。六シーズンから構成されるこの作品は、最初、飛行機の墜落事故から始まる。生存した四六人のキャラクターの孤島での日々、そして、彼らの過去のフラッシュバックから物語は構成される。まず、スタッフ陣が当時の人気リアリティテレビ「サバイバー」*Survivor*（一〇年～）をヒ

（30）「ＬＯＳＴ」におけるソーシャル化を含めた「情報加速社会」との関係については、以下の書籍が示唆に富む。池田純一『デザインするテクノロジー――情報加速社会が挑発する創造性』青土社、二〇一二年。

ントにしたというように、この作品にも「擬似ドキュメンタリー的」なリアリティが多分に含まれている（物語の中の墜落事故の日付は番組第一回の年月日と同じである）。

そして、放映中に数多くの視聴者を引きつけたこのミステリードラマとしての妙味は、舞台となる島で起こるオカルト的ともいえる数多くの「謎」である。その謎の多くは、番組の最終回でも明かされることはない。こうした趣向は、日本でいえば九〇年代のテレビアニメ「新世紀エヴァンゲリオン」（九五年）以来の趣向であるとともに、たとえばスピルバーグ監督の「宇宙戦争」*War of the Worlds*（〇五年）などにも示されたものである。つまり、かつて「セカイ系的」とも一部で称された、「世界設定＝象徴領域の消失」という側面は、ウェブ台頭によって高度に内省化し、また複雑化・不透明化した世界認識のネガなのであり、そうした傾向が海外ドラマのこの作品にも見られるわけだ。事実、シーズン5では時間跳躍やタイムパラドックス、最後のシーズン6では並行世界が物語に組み入れられ、ストーリーは複雑に分岐・混線していく。

ともかく、以上のような「ＬＯＳＴ」の物語でエイブラムスが試みていたのは、いわば「物語のロングテール」とでも呼べるようなアイディアである。ロングテールとは、二〇〇〇年代半ばころにＩＴビジネス系で流行したバズワードのひとつだ。Amazonを思い浮かべてもらえればいいのだが、インターネットの登場によって、モノの売られ方、扱われ方が劇的に変化した。それまではひと握りの売れ筋のモノ（ショートヘッド）だけが特権的に販売され、ほとんど売れない有象無象のモノ（ロングテール）たちはひと知れず廃棄されるしかなかった。だが、ネットの登場で実質上、無限大の情報財が囲い込めるようになったおかげで、むしろロングテールの有象無象こそが存在感を示すようになったのだ。ロングテールたちはいまは注目されなくても、いつかどこかで売れるかもしれないといういわば「確率性の大海」をつねに漂っていることになる。このことは、コンテンツの受容環境でも変わらないだろう。無数の何の変哲もない作品でも、つねにネットの海に漂っていることによって、いつか注目を浴びるかもしれない。だとすれば、クリエイターにとって重要なのは、できるだけ可能性のある物語の集積をつねに「ダダ漏れ」させておくことだ。

「LOST」でエイブラムスが採る戦略は、まさにそれである。つまり、人気があるあいだは一定期間続けられ、しかもどこで終了するかは不確定という海外ドラマシリーズの孕む構成と、それを観ながら数々のソーシャルメディアやネットで物語や映像自体をネタとしてコミュニケートしながら消費していく視聴スタイルの双方を巧みに利用した、いわば「ノンリニアな物語」とでも呼べるようなプロット構成である。あらかじめある程度の変更可能性をもたせた設定の枠組みと、思わせぶりな「謎」を作中のそこここに配置し、シーズンが続くごとにそれを自在にコントロールしつつ接ぎ木していく。そのような膨大な物語や想像力の有象無象をロングテール状に作っておけば、視聴者のソーシャル的なフィードバックループのなかで、確率的に作品は強化されていくだろう。これは起承転結がはっきりしたまとまりのある古典的映画のナラティヴとは対立している。また、スペクタクル重視のかつての現代映画の構造とも違う、SNS時代の新しい物語構築スタイルと呼べる。「クローバーフィールド／HAKAISHA」にせよ、「スター・トレック」にせよ、「LOST」にせよ、エイブラムスのSF的想像力はそうした「ソーシャルネットワーク」の持つ構造（形式）を巧みに導入することで、初めて成立しているのだ。

こうしたエイブラムス的な手法や感性が、他の映画の分野においても、昨今流行の「アイアンマン」*Iron Man*、「インクレディブル・ハルク」*The Incredible Hulk*（以上、〇八年）「マイティ・ソー」*Thor*

（一一年）、そして、「アベンジャーズ」*Marvel's The Avengers*（一二年）などの「アメコミヒーロースピンオフもの」（マーベル・シネマティック・ユニバース）のＳＦ映画に重ねられることはいうまでもない。おそらく今後のハリウッド映画は、このノーランとエイブラムスの二つのアプローチが優勢を占めていくだろうと思われる。

何にせよ、以上のように、その誕生の直後から親しい関係にあったＳＦ的想像力と映画は、とりわけ七〇年代以降に、その産業的・技術的・表象的変化とともに根本的なリンクを強くさせ、今日のデイジタル／ソーシャル時代においてもＳＦ的想像力と映画はその深いところで密接に結びついている。数々のＳＦ映画が描いてきた未来――二一世紀に辿りついたいま、ＳＦと映画はまた新たな形でその関係を結び直していくのではないだろうか。

# 科学幻視――新世紀の本格ＳＦミステリ論

蔓葉信博

本論では殊能将之のとある作品の真相を明らかにしております。ご注意下さい。

## 1、ＳＦミステリの整理整頓

本論は、本格ＳＦミステリの歴史を辿りながら、これから書かれるべき本格ＳＦミステリへの道筋を示すことを主目的としている。そこでまずは一般的にＳＦミステリとされる作品を確認しておこう。

ＳＦミステリという作品ジャンルを世に広く知らしめたのは、アイザック・アシモフ『鋼鉄都市』（一九五四年・邦訳一九五九年）である。物語は近未来の地球で起こった殺人事件の真相を、地球人の刑事ベイリと宇宙に住む人類から派遣されたロボットのダニールが追うというものだ。すでに行われた捜査で犯人と目される容疑者は、実は犯行現場に凶器を持ち込めなかったことが判明している。それどころか、そもそもその容疑者は人を殺すことができない特殊な資質の持ち主であることが科学的に立証されていたのだ。では、いったい誰が真犯人なのか。事実上の密室殺人を描くこのＳＦミステリは、作中の科学的設定を踏まえた伏線を繋ぎ合わせて推理することで真相が明らかになるため、読者もある程度の範囲で真相に到達することができる。

日本でも戦前から夢野久作『ドグラ・マグラ』（一九三五年）など、空想上の科学的設定を用いたミステリはいくつか書かれていた。もちろんそのころに「サイエンス・フィクション」という用語が日本国内で使われていたわけではないが、科学的発想を用いたフィクションは「探偵小説」のサブジャンル的な位置づけで受容されており、たとえば小酒井不木や海野十三、小栗虫太郎らがものした作品のいくつかは、現在のジャンル区分でいえばSF作品というべきものであった。

だが、それらの作品と『鋼鉄都市』には大きな違いがある。それは読者が作中の探偵役と謎解きを競い合うことができるというフェアプレイ精神の有無であった。『鋼鉄都市』は、作中にちりばめられた手がかり、伏線を集めて考えれば、読者でもある程度の真相を言い当てることができる。だが『ドグラ・マグラ』などのミステリは、フェアプレイ精神を重んじることで読者を楽しませるような作品ではなかった。この違いを明快にすべくフェアプレイ精神を重んじたSFミステリ作品を、本論では仮に「本格SFミステリ」と呼ぶこととする。

本格SFミステリは『鋼鉄都市』やその続編『はだかの太陽』（一九五七年・邦訳一九五八年）のほか、ファンタジー世界を舞台にしたランドル・ギャレット『魔術師が多すぎる』（一九六七年・邦訳一九七一年）や月面で発見された死体を巡る謎解きが展開されるJ・P・ホーガン『星を継ぐもの』（一九七七年・邦訳一九八〇年）などいくつかの作品が書かれている。しかし、膨大なSFジャンルのなかでその作例は決して多いとは言いがたい。それは日本でもある一定の時期までは同じことで、佐野洋『透明受胎』（一九六五年）など秀作が現れたものの、ミステリジャンルないしSFジャンル内の小ジャンルとして注目が集まることはなかった。

ただ本格SFミステリとしてではなく、より広汎なSFミステリとするとその結論とは違ったものとなる。というのも、ミステリというジャンルは本格ミステリに限らないからだ。ミステリジャンル内で用いられる分類を当てはめてみれば、すでに述べたようなＳＦに謎解きの趣向を取り入れた本格ＳＦミステリのほか、ジョージ・アレック・エフィンジャー『重力が衰えるとき』（一九八七年・邦訳一九八九年）のように近未来世界にハードボイルドの趣向を取り入れたＳＦハードボイルドもの、小松左京『エスパイ』（一九六五年）のように国家の裏側で暗躍するスパイを描いたＳＦスパイものなど、ミステリジャンルの小分類がそこには当てはまることになる。もちろんそれらの作品も何かしらのかたちで謎解きを扱う作品ではあるものの、謎解き中心というよりは犯罪や策謀といった広くミステリで培われたさまざまな趣向に力点が置かれているといったほうがいいだろう。また、こうした見方はミステリ分野からの便宜的な系譜を踏まえ功利的にラベリングしたものでしかなく、多様化する日本エンターテインメントを包括的に取り上げてきたムック本「このミステリーがすごい！」などの分類にそうした傾向を読み取ることもできるだろう。

一方ＳＦの分類を使って考えてみても、小説の趣向や主題はさまざまである。具体例をあげれば自立型ロボットやタイムマシン、人工知能、異星人や超人類、惑星間戦争やテラフォーミング、並行世界など多種多様な趣向、主題が考案されてきた。それらをひとくくりにするため、仮にであるが「今、ここにはない何か」を想像して書かれたフィクションをＳＦとしておこう。だが「今、ここにはない何か」とは誰が、どういった基準で判断しているのであろうか。たとえば、かつて想像上の産物であったテレビや携帯電話は、今では先進国どころか多くの発展途上国でも欠かせない物になっている。タイムトラベルやテレポーテーションなど、今の物理学では不可能とされるアイデアは「今、ここにはない何か」に含めてもかまわないだろうが、遠い未来にそれらが携帯電話と同じように実現する可能性は否定できない。そこで、さしあたっては科学分野の専門家でない一般の人々にとって現実に存在しているとは思えない事物を扱うものとしておこう。一部ＳＦ作家が科学者であったり、入念に調べ上げた科学知識をもとに描かれたＳＦ作品が数多くあるにしても、この前提を否定するものではない。ＳＦ作品は作者と読者とでかたちづくられるジャンル共同体のなかで生まれ、書き継がれているからだ。ＳＦ的イメージとは専門家によって創造されるだけではなく、社会生活のなかで育まれる想像力に支配されてもいるのである。また、すでにあげた『魔術師が多すぎる』やマイク・レズニック『一角獣を探せ』（一九八七年・邦訳一九九〇年）のように作中世界に魔法が実在するような設定を用いたミステリ作品も、「今、ここにはない何か」を扱っているため、慣習的にＳＦジャンルの範疇とされていることも指摘しておきたい。

　ＳＦ的イメージ、ないしはＳＦについての定義は、巽孝之編『日本ＳＦ論争史』からも明らかなようにすでに幾度も繰り返されてきた。そして、決定的な結論が導き出されているわけではない。というよりも、日々更新されるＳＦ的イメージに、時代を貫く固定的定義を当てはめることは至難なことだというべきであろう。その更新とは、科学の理論的発展だけでなく、日常生活を支えるさまざまな技術・製品などから得た科学イメージが抽出・消去・誇張・改変されることで、創作物としてのＳＦ的イメージが生み出されるもののはずだ。ただし、過度に専門的なものは、一般的なＳＦ的イメージとして受容されることなく消えていくことだろうし、あまりにも日常に近いイメージを引きずっていてもＳＦファンの心をつかむことは難しい。その意味において、ＳＦ作品とは非日常と日常との関係性が投影されたものといっていいだろう。もちろん、投影の程度や関係性は個々の作品と時代の状況如何ではある。

つまり、ＳF作品は、一定の度合いで非日常と日常の関係性に規定される。では、その日常を基礎づけているものとは何か。さしあたって、それは万人が共有するはずの常識としておこう。だが、二〇一三年現在の日本ほど、常識というものが疑われている場所もないのではなかろうか。一昨年の東日本大震災とそれに付随した福島第一原子力発電所の事故以来、日本の科学技術に対し批判の声があがり、日本国民の多くがそれまでの科学的な認識を改めるきっかけになった。また科学が政治や経済と密接に関わり合い、ときには非科学的な意味で歪められてきていたことが露呈した。そうした科学と社会との関わり合いは科学技術社会論のさまざまな文献で批判されてきたが、あらためてその関係性を問い質す必要性に迫られている。いずれにしろ、客観的であるはずの科学もまた、状況によって一意的な判断を下せるツールには成り得ないことだけは確認できたはずだ。こうした特殊な事例を引かずとも、人々が行う常識に基づく判断の多くが、実は合理的な判断によるものではない。たとえばダンカン・ワッツ『偶然の科学』では「軍隊生活の研究報告書」や「臓器提供に関する調査」などで、いかに私たちの合理性というものが、実は非「合理的」であるかが指摘されていた。

だが、人々の常識が非合理的なものであったり、状況に左右されたりするといっても、それらは日々の認識や判断のなかでしかない。たとえば物理法則や数学的な概念は人々の認識とは別に厳然と変化せず存在するからである（数学的対象の存在論については立ち入らないこととする）。物理学を前提にすれば「地球平面上のある地点において、一定の重力がつねに働く」ことは不変であり、化学を前提にすれば「ある一定の温度に達した木片は燃える」ことも不変である。物が勝手に浮いたり、何も原因がないのに木片がいきなり発火したりはしない。このような自然の裏側にある秩序を、科学哲学では自然の斉一性という。

ただ、この自然の斉一性にはひとつの理論的な問題がある。それは前提を正しいものとすれば、前提を踏まえたものもまた正しいといっているにすぎない。その前提が正しいものかどうかは、この議論の射程には含まれていないのである。いいかえれば、その前提と同じことが繰り返されるという斉一性の法則は科学理論上、仮説でしかない。科学理論はしばしば起こる自然の斉一性を否定する例外事項を再度理論化して、自然の斉一性を保持してきた。そうした前提を共有するもの同士の場合なら、その前提を踏まえた結論も基本的には共有できるということだ。

この前提条件を共有するということが、実は本格ミステリを本格ミステリたらしめている約束事でもある。フェアプレイを成立させるために必要なのは、作中で用いられている本格ミステリのルールが作者にも読者にも共有されていることだ。その共有化されるルールとは、たとえばノックスの十戒やヴァン・ダインの二十則などミステリジャンルで明文化された文章だけではない。それらの一部も共有化されたルールではあるが、それよりも重要なのはミステリ作品に内在する明文化されていないルールである。それは読者が読み解くことで、発見することができる。エドガー・アラン・ポーは「モルグ街の殺人」（一八四一年）でいくつものミステリのルールを創造したが、そのなかでもっとも重要なルールは「不可解な状況の殺人事件が、論理的に解明される」ことであった。もちろん、このルールでミステリを楽しむためにはさらにいくつかの前提を必要とする。それはたとえば「人はある一定量の外傷を与えられれば死に至る」「人は壁をすり抜けることができない」「人の観察は十全ではない」「人は呪いでは死なない」「死体は歩かない」などといったような現実世界の生理的、物理的法則を前提とすることだ。いいかえれば、この現実の法則、ルールは作中と同一であるという取り決めを作者と読者で交わしているという暗黙の了解である。この取り決めを交わすことで、はじめて本格ミステリは本格ミステリとしてはじまる。現実世界の法則を作品のルールとして取り込んでいることで、読者は作者が作り上げた世界の中の出来事を現実世界と同様に推理することができるのである。

その本格ミステリのなかには、不可能犯罪という趣向が存在する。とある古典的名作を紹介しよう。その作品では、密室のなかで殺人未遂が行われたようなのだが、部屋に出入りのできる人間は一人もいなかった。つまり、犯行はどう考えても不可能なはずなのである。にもかかわらず、誰がどうやって部屋に侵入し被害者に襲いかかったのか。名探偵の推理の結果、その「殺人未遂」という被害者の認識自体が誤りで、実は被害者の幻覚が起こした事故だったことが判明する。つまり、本格ミステリの趣向のひとつである「不可能犯罪」というものは、何かしらの要因（主に犯人によるトリック）によって当事者・関係者に何かしらの誤認が発生し、あたかも不可能である現象が生じたとして描かれるのである。これがホラー小説やＳＦ作品などであれば、呪いの力やテレポート能力などを使って殺害したという結論に至ることもできよう。しかし、基本的にその結論は本格ミステリとしては禁じ手である。この不可能犯罪という趣向は、物理法則を前提にすれば不可能であるはずの犯罪を、ある種のトリックや誤解などを通じて可能であるかのように思わせることにあり、その不可能状況の構築とその犯行が明らかにされるまでの過程を楽しむものである。この不可能犯罪には「新雪に囲まれた四阿で刺殺体が見つかるも、その場から立ち去る犯人の足跡がなかった」「A地点にあった屍体がどうやっても運べないはずのB地点に移動させられていた」などとさまざまなバリエーションが存在する。

すでに説明した『鋼鉄都市』もこの「不可能犯罪」に挑んだ傑作である。だが、『鋼鉄都市』と普通の本格ミステリとは明らかに違うポイントが存在する。それは舞台が近未来であるため、読者に作中世界のルールを理解させ、最終的に共有してもらうための工夫が求められるということだ。作中世界での登場人物たちのやりとりを通じ、読者に対して近未来の人間社会の構造が紹介される。その描写によって読者は、作中世界のルールを認知し、探偵役と同様に推理を巡らすことができる。人工知能を持つロボットという具体的なガジェットのほか、現在の地球とは異なる社会構造を物語のなかで自然に説明しており、ある程度の推理力を持つ読者なら作者が用意した真相に辿り着くことができるはずだ。このように読者が想像しにくい状況を選びながら、本格SFミステリを書き上げるのは並大抵のことではない。だから『鋼鉄都市』や『星を継ぐもの』など本格SFミステリの作例は傑作といわれる一方で、ある時期まで非常に例外的なものであったのだ。

## 2、新本格の中の本格SFミステリ

日本における本格SFミステリの静かな流れが大きく変わるのは、一九八七年からはじまった新本格ミステリムーヴメントによるところが大きい。新本格初期の名作、山口雅也『生ける屍の死』（一九八九年）は、屍体が甦るという超常的な現象が現在進行形で続くアメリカの村で起こった連続殺人事件を描いたものだ。本来の本格ミステリならば、屍体の甦り現象などという非科学的な現象が起こる世界は、推理の前提となるはずの科学の根本、自然の斉一性がひっくり返っているのだから悠長に謎解きなど行えるわけがない。ところが、『生ける屍の死』では、その非科学的な屍体の甦り現象の原因自体は問わず、その現象の仕組みを謎解きに取り入れるというアクロバティックな手法を用いたことで画期的な作品となり得た。『鋼鉄都市』の世界が、ロボットがインフラとして根付いた社会であったのと同じように、屍体の甦り現象が起こる世界を前提としているのである。

その後、奇怪な予兆が続く館を舞台した連続殺人事件を描く綾辻行人『霧越邸殺人事件』（一九九〇年）やパラレルワールドの英国を舞台にした山口雅也『キッド・ピストルズの冒瀆』（一九九一年）、妊婦だけが暮らす東京特別区で起こる犯罪をつづった松尾由美『バルーン・タウンの殺人』（一九九四年）なども、その作中の非現実的な設定が謎解きに組み込まれており、『鋼鉄都市』同様の作品形式を持っているといえる。また作中の世界設定は現実とほぼ同じでありながら、医学的設定をＳＦ的に拡大解釈し不可能犯罪を成立させた京極夏彦『魍魎の匣』（一九九五年）の存在も大きい。こうした国内勢だけでなく一九九二年に邦訳されたロバート・ジェームズ・ソウヤーの本格ＳＦミステリ『ゴールデン・フリース』（一九九〇年・邦訳一九九二年）は、四七光年先を目指す宇宙船のなかで起こった殺人事件をめぐる本格ＳＦミステリで、宇宙船内の生活や宇宙旅行の目的など読者が疑問を抱きそうな事柄を仔細に書き込みつつ、そのなかにさまざまな伏線を張り巡らせる。本作は読者に対して冒頭から犯人が誰かを開示し、その犯人のミスは何であったかを推理する「倒叙ミステリ」と呼ばれる部類の作品なのだが、その犯人が宇宙船をコントロールする人工知能であったというのも、斬新な発想であった。本格ミステリではないが、岡嶋二人『クラインの壺』（一九八九年）や宮部みゆき『龍は眠る』（一九九一年）などＳＦ的発想を盛り込んだ作品を含めれば、ＳＦミステリの潮流は次第に多くの読者の目にとまるようになったといっていいだろう。

このように九〇年代になるとＳＦミステリの作例が現れるようになったのだが、その圧倒的な執筆数からＳＦ本格ミステリを小ジャンルにまで押し上げた書き手が西澤保彦である。九回同じ日を繰り返す主人公が遭遇した殺人事件の顛末を描く『七回死んだ男』（一九九五年）、複数の人間の人格を移しかえる装置の影響下で起こった連続殺人の真相を追う『人格転移の殺人』（一九九六年）、ある装置を使って死から甦った女性たちと連続殺人事件との関係が明らかになる『死者は黄泉が得る』（一九九七年）、そして超能力者が実在する世界で起こる数々の殺人事件を特殊組織が解き明かす「チョーモンイン」シリーズ（一九九八年～）などまで、数々の本格ＳＦミステリを書いてきた。西澤保彦の果敢な創作活動により、本格ミステリとして禁じ手と思われていた超能力、ＳＦ的発明を用いた本格ＳＦミステリが認知されていった。

こうした新本格ミステリを中心とした本格ＳＦミステリの傾向は、ミステリ評論でしばしば議題にあがる「新しいトリックの創造」に一石を投じることになった。現実世界で新しい密室殺人のトリックが創造できないのなら、別の虚構的世界を創造してその世界で成立する密室殺人を考案すればいいという発想である。といっても、世界全体を創造するのではなく部分的に改変することで、本格ミステリのパズル的要素にＳＦ設定のロジックを挿入するものであった。それは「現代的な本格ミステリコード」に「パズル的ＳＦコード」を掛け合わせることで新しいトリックを創造し、現代ミステリとして生存していくための戦略だったのだ。

その西澤の活躍と併走するように、一九九六年からはじまったメフィスト賞もＳＦテイストを取り入れたミステリ作品を受賞させてきた。メフィスト賞はミステリに限定された賞ではなかったものの、その運営母体が新本格ムーヴメントを生んだ講談社第三文芸部であったため、受賞作は本格ミステリ的な作品が多かった。第四回受賞作である乾くるみ『Ｊの神話』（一九九八年）、浦賀和宏『記憶の果て』（同年）、第六回受賞作の積木鏡介『歪んだ創世記』（同年）などはそれぞれＳＦ的設定を好意的に受け止めてはじめてミステリとして成立するものであり、それらの作品は刊行当時、少なからず批判を受けもした。

実は、プレメフィスト賞受賞作というべき京極夏彦『姑獲鳥の夏』（一九九四年）も同様であった。本作も記憶を視覚情報として見ることのできる探偵の異能力や、語り手となる人物のある特殊な精神構造を容認することで、はじめてトリックが成り立つように設計されている。作中で、その異能力や特殊な精神構造は作中の時代における科学の範疇で説明付けできるとされているが、それら特殊な能力・精神構造と無縁な人々には再現不可能であるため、一種の超能力として理解する向きもあった。そうした傾向は既存の本格ミステリとは一線を画するものであったと思われる。

メフィスト賞以外にも、日本を誤解した外国人の創作という設定を使い不可思議な日本社会のミステリを描いた山口雅也『日本殺人事件』（一九九四年）、漫画の中に入り込むＳＦ装置が奇怪な殺人事件を招いてしまう小森健太朗『ローウェル城の密室』（一九九五年）、またタイムスリップの仕組みをミステリ的に解き明かす高畑京一郎『タイム・リープ』（一九九五年）などが、海外作品でもソウヤー『ターミナル・エクスペリメント』（一九九五年・邦訳一九九七年）やグレッグ・イーガン『宇宙消失』（一九九二年・邦訳一九九九年）などといった優れた本格ＳＦミステリが刊行された。日本での刊行は二〇〇二年だが、一九九七年にソウヤーは『イリーガル・エイリアン』という法廷もののＳＦ本格ミステリをものしている。ほかにも、作品名は秘すが本格ミステリとしての最終的な解決がＳＦ的設定を受け入れることで合理的な解決となる作例が散見されるようになる。このようにして九〇年代半ばから本格ＳＦミステリやそれに類似するような作品がある程度一般なミステリファンにも受け入れられるようになってきていた。

だが、それらの試みはすでに述べたように賛否両論のなかでの出来事であった。なかでも本格ミステリの数々の趣向を大胆に変換し、問題作として斯界の話題をさらったのは第二回メフィスト賞受賞作の清涼院流水『コズミック』（一九九六年）であった。本作はあまり指摘されることはないが、名探偵が公的に認められた世界を描く本格ＳＦミステリである。まず作中では物理的に不可能なことはほぼ描写されず、行われる犯行も現実で再現可能なものである。しかし、その犯行を支える動機や社会構造は多くの人々が考えるものとはかなり乖離しており、読者に対して好意的な理解を必要としていた。発表されてしばらくは「名探偵の公的組織」や「一二〇〇個の密室殺人の予告」はある種のフィクション的冗談と受け止められていた。しかし、当時の若者は漫画・アニメ的な感性で本書を好意的に受け止めつつも、既存の本格ミステリにはない斬新な設定の数々に魅了されていった。

　のちになって『コズミック』からはじまる「ＪＤＣ」シリーズの独自な創作姿勢の背景には、阪神淡路大震災の影響を受けてのことだと述懐される。自然の斉一性に大きなひびを入れたかのような出来事が、あの「ＪＤＣ」シリーズの犯罪ディストピア的展開と、『カーニバル・デイ』（一九九九年）で取り入れられる斬新なＳＦトリックを導いたのだろう。

　そして世界的に斉一性にひびを入れる出来事が、二〇〇一年九月一一日に起きた。アメリカ同時多発テロ事件である。ハイジャックした航空機を超高層ビルに衝突させるという事件が、フィクションではなく現実として行われるとは、多くの人々には受け入れがたいものであった。だが、これもまた物理的には可能なことであった。

## 3、本格ＳＦミステリのシンプルさ

　ゼロ年代を迎えると、何かしらのＳＦ的設定を用いたミステリがほぼ毎年刊行されるようになる。

たとえば二〇〇〇年では、宇宙ステーションでの不可解な墜死事件を描いた三雲岳斗『M．G．H．』、異世界を舞台に不死身であったはずの竜が殺害された謎を解き明かす上遠野浩平『殺竜事件』、ファンタジー世界でのロジカルな謎解きを描いた柄刀一『アリア系銀河鉄道』などが刊行され、それぞれ謎解きにどのようなかたちでＳＦ的設定が用いられているかが話題になった。翌年には島田荘司監修による『21世紀本格』に収録された瀬名秀明「メンツェルのチェスプレイヤー」や、山田正紀『ミステリ・オペラ』などがあるが、なかでも話題を呼んだのは殊能将之『黒い仏』であった。

同年「ＳＦが読みたい！」で第八位となった本作は現代を舞台にしたアリバイ殺人ものではあるのだが、最後になって私たちが住むこの世界を完全に否定するＳＦ的設定によって事件は作り上げられていたことが判明する。つまり本作は本格ミステリのごとくはじまりながら、読者が作中の手がかりを用いて真相を当てることができない非本格ミステリ作品なのである。面白いことに作中の探偵役も読者と同様、真相を当てられないまま作品が終了するため、事実上はフェアな作品になっている。これは一種の諧謔的な精神の発露であろう。この斬新な目的からフェアプレイのルールをていねいに避けるという本格ミステリの技術を踏まえている以上、本格ミステリ作品のひとつと見なす場合もある。こうした作品の試みに対して、総合的な指針が何かあるわけではなく、読者が個別に判断しているのが現状だ。「このミステリーがすごい！」や「本格ミステリ・ベスト10」などの投票を見るかぎり、このように本格ミステリ的な仕掛けを取り入れてはいるが読者が謎解きのルールを共有化できないミステリ作品を、本格ミステリ作品と見なす傾向は年々目立ってきている（ちなみに筆者の本格ミステリの定義もこちらを採用している）。こうした傾向で見いだされる作品を「再定義的本格ミステリ」としておこう。

むしろ注意すべきは第一節で行った本格ミステリの定義が、ミステリファンすべてに共有されているものではないということである。これまでの論では、作者と読者がルールを共有できるフェアプレイ精神に軸足をおいたが、より広汎な解釈として犯罪に関する謎が手がかりをもとに論理的に解決に至る小説を本格ミステリとしている場合もある。その場合、「読者が真相を論理的に解決できる」という基準は読者の解釈に一任されているのが現状なのである。つまり読者によって基準が満たすべき要件や、例外事項などはまちまちなのだ。このような基準で本格ミステリの用語が使用されている以上、「再定義的本格ミステリ」を本格ミステリではないと断じることは難しい。

こうした作者と読者におけるルールの共有化の問題は、本格SFミステリではさらに困惑すべき事態を招く。現代を舞台にした本格ミステリは事前に作者が作中世界の物理的、社会的ルールを細かく描写しなくても、舞台が現代である以上、そのルールを当てはめて推理するよう読者に要請できる。しかし、舞台や不可解な現象にSF的設定を用いた作品は作中で読者にも共有できるよう、そのSF的設定の法則を一から説明しなければならない。この法則の説明に取りこぼしがあれば、それはフェアな本格ミステリとはなりえないのである。SF的設定と骨絡みになる本格ミステリの解釈や手順が作者や読者によって違えば作品の評価にも違いが生じるのは当然のことだ。その典型的な例のひとつとして、ミステリ漫画「DEATH NOTE」（二〇〇四〜二〇〇六年）をあげることができるだろう。本作は死神の落とした「デスノート」の力を使い、犯罪者の私刑を繰り返す主人公と、彼を追う名探偵の知的闘争を描いたものだ。本作は基本的に優れた本格ミステリとして多くの読者に認められているが、「デスノート」の超常的な力のルールを事件が起こる前に定めていなかったため、一部の読者から批判を受けた。

新しい試みの場合、こうした批判は常に生じるものである。もちろん批判のなかで正当なものは、次の作品創作のときに取り入れればよい。新本格ミステリは、「現代的なミステリコード」にあえて「古典的本格ミステリコード」を掛け合わせることで、時代の最先端に躍り出ることができた。筆者は別の原稿でその試みを「現代ミステリの方程式」と呼んだ。たとえば多くの批判を浴びたメフィスト賞であるが、その批判の理由の多くは「現代的な本格ミステリコード（新本格コード）」に、あまりにも奇抜なコードばかりを掛け合わせた作品を刊行してきたからである。その奇抜なコードと本格ミステリコードとの違和感から多くの批判を招いたのだが、一方で彼らの果敢な試みは本格ミステリの新しい可能性を開拓してきたことも事実だ。その成果として、北山猛邦『「クロック城」殺人事件』（二〇〇二年）、辻村深月『冷たい校舎の時は止まる』（二〇〇四年）といった受賞作のほか、メフィスト賞出身の乾くるみの『リピート』（二〇〇四年）、舞城王太郎の『九十九十九』（二〇〇三年）『ディスコ探偵水曜日』（二〇〇八年）など非常に優れた本格ＳＦミステリを刊行してきたことがあげられる。とくに『ディスコ探偵水曜日』は名探偵の連続殺人事件を描いたミステリだが、フェアプレイなどは眼中にない怒濤のＳＦ的設定の数々と、もはやお家芸というべき愛と暴力の賛歌で彩られている。

ここで本格ミステリではないが、伊藤計劃『虐殺器官』（二〇〇七年）について少し触れておきたい。本作は「このミステリーがすごい！２００８年版」では二十一位と低い順位であったが、「PLAYBOYミステリー大賞」一位を獲得しているほか、「ＳＦが読みたい！２００８年版」の国内編で一位を、また「ＳＦが読みたい！２０１０年版」の「ゼロ年代ＳＦベスト」国内篇でも一位を獲得している。上記に述べた方程式を『虐殺器官』に当てはめると、本作は「古典的なスパイミステリコード」に「オタク的SFミリタリーコード」を掛け合わせた作品といえる。この「オタク的SFミリタリーコード」というのは、漫画作品である士郎正宗「攻殻機動隊」（一九九一年）やコンシューマーゲーム「メタルギアソリッド」（一九九八年）などエンターテインメントジャンルで考えられた科学的・工学的なミリタリー設定のことである。それらは空想の範囲でありつつも、現実の科学的・工学的思考と関連づけられているため、独特の印象を受け手に与えるものであった。その科学的発想のひとつが、『虐殺器官』ではトリックとして用いられている。その方法を読者が推理することはできない。しかし、動機についてはそうではない。本作をミステリ的に読み解けば、その前半で読者の興味を引く謎とは、発展途上国で続く虐殺を裏で操るジョン・ポールのその動機である。本作はいわばホワイダニットのミステリとして読むことができるのである。その動機は、さまざまなSF的設定が浸透している社会と個人の軋轢によるものであった。読者は現実とは違う世界でありながら、数々の事件に遭遇する主人公を通じて、その厳しい世界を感じ取り、その切実な動機に共感するのである。本作のSF設定は作中の世界を装飾するためのものだけではなく、作品の主題と骨絡みになっている。つまり、SFでしか描けない主題を描いているのだ。

　この『虐殺器官』と同じようにSF的主題をその中心に据えた作品が『ディスコ探偵水曜日』であった。本作の探偵役のディスコを含めた名探偵たちは可能性としてはありえるが荒唐無稽で馬鹿馬鹿しい推理を繰り返す。新本格ミステリが時代の潮流に乗りえた理由のひとつは、馬鹿馬鹿しくも清々しいトリックや奇想の数々にあった。そうした奇想が積み重ねられた結果、いつのまにかその延長線は現実の枠組みを超えて世界の秘密にまで到達してしまう、そんな作品を生み出してしまったのが新本格ミステリであった。その暴走する可能性の極端な表現として、ディスコはなんと時空を曲げる術を身につけるのだ。また数々の不可解な事件も、実は未来社会で行われていた非人道的ＳＦシステムが深く関係しており、そのシステムの裏側で暗躍する怪人とディスコによる時空を操る闘争が繰り広げられることとなる。この壮大なＳＦミステリは、このあらすじからも明らかなように読者と作中の前提を共有し推理を競い合うような本格ミステリではない。しかし、作中の時空を曲げ、事実を改変しようとするSF的設定は、明らかに新本格ミステリが育んできた推理法のそれに基づいている以上、本作もまた再定義的本格ミステリなのである。なによりも本作や『九十九十九』で、名探偵は現世に顕れた「神」として描かれる。つまり、名探偵は超常的なSF的存在として描かれているのだ。ならば、時空を超える力を得るのも仕方がないのである。そのようにSF的設定を深く宿しながらも本作は『黒い仏』と違い、発生する誘拐事件や名探偵連続殺人事件といった本格ミステリとしての作品構造を擬態したまま進められる。真相を明かしてしまうことになるため、その設定を明らかにするわけにはいかないが、とくに本作後半で提示される非人道的なそのSF的システムは、『虐殺器官』に引けをとらない凄惨なものとして描かれており、本作もまたＳＦでしか描けない主題を提示した作品といえるのだ。

一般的にはゼロ年代のＳＦミステリとしてあげられるべき瀬名秀明『デカルトの密室』（二〇〇五年）も、これまでの論旨に従えば、再定義的本格ミステリというべきものであった。本作はいくつかの密室殺人をテーマに据えたミステリであるが、それらの殺人事件は読者が作中人物と同じように推理できるようには書かれていない。むしろ本作の主題となるのは密室を人間の知性を閉じこめる身体の「比喩」とし、その密室という身体から人間の知性がいかに解放されるかという可能性を探求するものであった。そのために作中の複雑怪奇な事件は、人間の知性の輪郭を限界まで際だたせるように設計されている。つまり、本作と『ディスコ探偵水曜日』は構造的には非常に似通った作品なのである。

だが、このように再定義的本格ＳＦミステリの秀作が数多く書かれる一方で、本格ＳＦミステリの作例は少ないままというのが実状だ。その理由のひとつとして考えられるのは、現実世界と同じような世界でありながら、現実とは違う法則体系を持つ世界を創造することがたやすいことではないからだろう。「DEATH NOTE」をはじめ、作者独自の法則体系による非現実的なＳＦ設定には、論理の綻びが生じる可能性が高く、現実世界と同じような斉一性をひとりの書き手で成し遂げることは難しい。そのＳＦ的設定を共有するための記述は、現実世界を踏襲した作品より設定の説明を増やさねばならない以上、作者にも読者にもその負担は大きいはずである。そうした問題を回避する方法として、殺害方法等のトリックは現実世界と同様にし、Ｐ・Ｋ・ディック『高い城の男』（一九六二年・邦訳一九六五年）といった歴史改変ＳＦのように社会風俗や事実などを変えるというやり方がある。たとえば古野まほろ『天帝のはしたなき果実』（二〇〇七年）や石持浅海『この国。』（二〇一〇年）などはそうした好例といえる。これらの作品は、いずれも作中のトリックや、解明に関わるロジックは現代の法則と同じものとして描かれており、読者も作中の謎を登場人物たちと同じように推理することができる。ただ、この二作とも『虐殺器官』同様、事件の背景には根深くＳＦ的設定が関わっているため、ミステリ的興味を満たすための推理の難易度は高いものとなっていることは指摘しておきたい。

しかし、筆者はその道だけではなく、もうひとつの道を検証してみたい。そのためにあらためて見取り図を引き直そう。

## 4．本格ＳＦミステリの五大要素

表１

| | 本格ミステリ | 再定義的本格ミステリ | 本格、再定義的本格ではないミステリ |
| --- | --- | --- | --- |
| ＳＦ的設定が舞台に関わる作品 | 『霧越邸殺人事件』<br>『この国。』<br>『天帝のはしたなき果実』 | | 『重力が衰えるとき』 |
| ＳＦ的設定がトリックに関わる作品 | 『七回死んだ男』<br>『M. G. H.』<br>『殺竜事件』<br>『「クロック城」殺人事件』<br>『冷たい校舎の時は止まる』<br>『リピート』 | 『姑獲鳥の夏』<br>『日本殺人事件』<br>『記憶の果て』<br>『歪んだ創世記』<br>『黒い仏』 | 『クラインの壺』 |
| ＳＦ的設定が主題に関わる作品 | 『鋼鉄都市』<br>『生ける屍の死』<br>『バルーン・タウンの殺人』<br>『ゴールデン・フリース』<br>『イリーガル・エイリアン』<br>「DEATH NOTE」 | 『ドグラ・マグラ』<br>『ミステリ・オペラ』<br>『宇宙消失』<br>『デカルトの密室』<br>『ディスコ探偵水曜日』 | 『虐殺器官』 |

もうひとつの道、本格ＳＦミステリの可能性を考えるうえで、その構成要素のなかで重要と思われるものを整理しよう。まずはミステリにおけるサブジャンルとＳＦ的設定の関係性について表を用いて確認する。横軸は「本格ミステリ」「再定義的本格ミステリ」、そして「本格、再定義的本格ではないミステリ」とする。縦軸は、作品におけるＳＦ的設定がどのような役目を果たしているかを大まかに区分する。それはこれまで説明してきたことを踏まえれば、「ＳＦ的設定が舞台に関わる作品」「ＳＦ的設定がトリックに関わる作品」「ＳＦ的設定が主題に関わる作品」の三つになるだろう。その表にこれまであげてきた作品を当てはめてみると上記（表１）のような表となるはずだ。

このように表を作成することで気がつくことがある。上記の表の「本格ミステリ」「再定義的本格ミステリ」

の領域に作品数が多いが、おそらくミステリファンなら、このうち、「SF的設定が主題に関わる」「再定義的本格ミステリ」や「SF的設定がトリックに関わる」「本格ミステリ」は無数に挿入できるはずだ。

それに比べ、「SF的設定が主題に関わる」「本格ミステリ」は、左記に当てはめた作品のほか、村崎友『風の歌、星の口笛』、そして森博嗣の『女王の百年密室』など少ない作例しかないと思われる。理由のひとつはすでにあげた異世界創造の困難さであろうが、おそらくそれだけではない。むしろ「SF的設定が主題に関わる」ということにこそ困難があるのではないだろうか。作品に込められた主題というものを本格ミステリ的に解釈し直すと、事件を引き起こした犯人の目的とその挫折が主題として昇華される作品は多い。不可能犯罪を扱った作品では、何かしらのトリックをもとに事件を計画した首謀者がいることになる。そして、名探偵の推理によってトリックの仕掛けとともに首謀者の動機が明らかにされる。そのような物語の最後の山場に、犯人が目的としていた社会的復讐や人間性の賛歌、かけがえのない慈愛などさまざまな動機が作品を貫く主題として描かれることになる。それはすでにあげた『生ける屍の死』や『ディスコ探偵水曜日』からも明らかだろう。

そこであらためて『鋼鉄都市』について考えてみたい。この作品で描かれる近未来の地球社会は発展の光明を失い、閉塞感に覆われていた。さらに地球の人々は宇宙で暮らす人間たちによって生活を脅かされていた。地球から宇宙へと移住した人々は「スペーサー」と呼ばれるようになり、その高度な科学技術と経済力を背景に地球人に対しさまざまな要求を続けていたのだ。そのひとつが、彼らが生み出したロボットの存在を受け入れることである。地球人はロボットによって労働を奪われ、失業するのではないかと不安を覚えており、事件はそのような地球人とスペーサーとの対立のなかで起きたのである。事件の犯人は、スペーサーによるロボット社会の到来を防ごうと犯行を計画したのであ

表２

| | 舞台 | ガジェット | トリック | 動機 | パズル的要素 |
|---|---|---|---|---|---|
| 鋼鉄都市 | 遠未来 | ロボット社会 | ロボット三原則を絡めたトリック | 社会的な動機 | ○ |
| 生ける屍の死 | 現代 | 甦る死者 | 甦る死者の法則の陥穽 | 宗教的な動機 | ○ |
| コズミック | 疑似現代 | 名探偵の特殊能力 | 現実的に実現可能な方法 | 社会的な動機 | ○ |
| 七回死んだ男 | 現代 | 法則性のある超能力 | 超能力の仕掛けの陥穽 | なし | ○ |
| ゴールデン・フリース | 遠未来 | 宇宙船とそれを操るＡＩ | 特殊な航法トリック | 人類史的な動機 | ○ |
| イリーガル・エイリアン | 疑似現代 | 異星人とそのテクノロジー | 異星人の生態 | 異星人の文明に関した動機 | × |
| 黒い仏 | 現代 | とある神話大系 | 魔物の能力 | 魔物の動機 | × |
| デカルトの密室 | 近未来 | ロボット技術 | ロボット技術 | 知性の進化 | × |
| 虐殺器官 | 遠未来 | ＳＦミリタリー技術 | ＳＦ的設定 | 社会的な動機 | × |
| ディスコ探偵水曜日 | 現代 | 次元移動能力 | 次元操作を用いたトリック | 超越的な愛と憎しみ | × |

った。そして事件の解決を通じて、地球人とスペーサーは互いのことをあらためて理解し合うのだが、その橋渡しをするのが、作中で活躍するロボット、Ｒ・ダニール・オリヴァーなのである。つまり、本作の主題は殺人事件とロボットを通じて、発展する科学文明と人間との軋轢と融和を描き出すものでもあった。このように『鋼鉄都市』において、その主題とＳＦ的設定の関係は何よりも重要なものなのである。

ただし、一概に「主題」「トリック」といっても、それらの関連性にはさまざま違いがある。そこで今度は作品の要素を具体的にあげて整理してみよう。「舞台」「ガジェット」「トリック」「動機」「パズル的要素」の五つの縦軸と作品名の横軸で分けている（表２）。そして網掛け処理を施した小枠（セル）は、「今、ここ」にはないＳＦ的設定と考えられるものである。

このように表にしてみると、明らかなように

『鋼鉄都市』と『ゴールデン・フリース』以外、どれもすべての要素をSF的設定で満たしている作品はない。ただ、各作品を詳細に検証しているわけではないことを確認しておくにしても、この傾向は歴然としている。

また、こうした比較自体は作品自体の個別的な評価とは別のものであることには留意されたい。SF的設定がトリックのみに関わる本格ミステリであったとしても、その巧みさは評価に値する。複数の評価軸による査定は、単一の査定を必ずしも否定するわけではないのだ。

ただ、ここでいいたいのはSF的設定が舞台からトリック、主題までトータルに律している作品は、個々の要素にSF的設定を用いた作品とは別の読後感を生み出すはずだということである。しばしば「直球のSFミステリ作品が少ない」という表現を耳にすることがある。それらは、パズルのピースとしてSF的設定が用いられる傾向や、意匠としてのSF的設定に対しての感想と思われるが、そうした状況自体はそもそもSF的設定を用いる本格SFミステリそのものの構造に起因するのである。

ここで筆者はあらためて思うのである。今一度、本格SFミステリは『鋼鉄都市』を見直すべきなのではないかと。それは、決して上記にあげたような本格SFミステリを否定するものではない。むしろすでにあげた本格SFミステリ作品はどれも優れていることは否定しがたい。ただ、同じ手法の繰り返しで新しい輝きを持つ作品を生み出すことは難しいということなのだ。

ここで発想の転換を求めたいのである。それはロボット三原則に集約されるようなシンプルな工学的設定を創造することである。その設定を有機的に広げ、さまざまなSF的設定に拡張することで、最終的な作品の質は担保しつつその継続可能性を高められるのではないだろうか。いいかえれば、作者独自の法則性の設定ではなく、現実世界にある法則の延長線として新たなSF的設定を設けるということだ。たとえばスチームパンクを下地にした近未来ＳＦミステリである芦辺拓『スチームオペラ』（二〇一二年）は、そのシンプルな「ＳＦ的設定」に基づくアイデアで、見事などんでん返しを読者に披露した。この一例から見ても、シンプルなＳＦ的設定の導入という方法はまだ可能性があるように思えるのだ。ただ、この方法は実のところ、すでに清涼院流水「カーニバル」連作で試みた方法でもあった。「カーニバル」連作は『スチームオペラ』のような見事な構成美を備えているわけではない。それは『コズミック』以上に、いびつな作品であった。しかし、そのいびつな作品だからこそ表現しうるＳＦ的設定がある。

飯田一史は「『変わってしまった世界』と二一世紀探偵神話」において舞城王太郎は清涼院流水が提示した問題を解決したと記しているが、そのかわりに舞城王太郎の作品は本格ミステリではなく、再定義的本格ミステリになってしまった。清涼院流水はその独自すぎる作風を貫きながらも「カーニバル」（一九九七〜一九九九年）や『彩紋家事件』（二〇〇四年）からも明らかなように、新しい本格ミステリであることにこだわり続けていた。そのために強引ともいえるＳＦ的設定が導入されたのだ。それはメカニズムの解明されていないＳＦ的設定を用いて本格ミステリを書くことができるかという挑戦であった。それは新本格ミステリが宿していた奇想の極限に位置するものであったはずだ。その挑戦はトリックだけにとどまらない。「カーニバル」で読者に投げかけられた主題は、「超人類による罪深き人類の断罪」というディストピア的動機であった。

これらは読者からの支持を得られたとはいいがたい。しかし、それはいびつさゆえの結果だったわけではない。後になって山田悠介や土橋真二郎のデス・ゲーム的作品が多くの読者を獲得していったことからも明らかなように、その方向性自体は間違いではなかったはずなのだ。本格ミステリから距離を置き、シンプルな仕掛けでディストピア的動機を描ききった『コズミック・ゼロ』(二〇〇九年)は、他のデス・ゲーム的作品に埋もれてしまった。だが、人類を断罪するための仕掛けを「カーニバル」連作のようにSF的設定を中心に据えるのではなく、今度は現実世界のシンプルな方法で主題を描いていた。本作は再帰的本格SFだが、シンプルな方法には力が宿っている証左のひとつであることは間違いない。

そのシンプルな法則は物理的な方法にとどまらない。たとえば、天祢涼『葬式組曲』(二〇一二年)は、葬式が規制された異世界の日本を舞台にした本格ミステリ。ここでは新しい制度で仕切られた葬式の法則が、本格ミステリを成立させている。そのシンプルさが、読者を異世界に誘い、そして本格ミステリならではの意外な結末を生む。そして、その主題は、死と向かい合わねばならない遺族の心情を通じ、死すべき宿命の人間の業を描き出すことにある。

このように本格SFミステリにはシンプルなSF的主題が求められるべきなのだ。個々の要素はシンプルでありながら、すべての要素においてSF的設定に律せられた本格ミステリが、「今、ここ」にはない本格SFミステリなのではなかろうか。

われわれが住むこの世界の法則ですら、まだすべてが解明されているわけではない。大統一理論ですら未完成なのである。そうした世界の似姿を、ひとりのちからで生み出すのには限界がある。であるならば、その世界の法則を分割し、既存の世界の法則を借りながら、新たな本格ミステリの試みに挑戦するためのシンプルな法則を創造することが、ひとつの合理的な解決と思えるのである。ポーが生み出したものは、科学を用いて幻を視るということであったはずだ。あらためて、その科学的奇想の再建が求められているのである。

●主要参考文献

笠井潔編『ＳＦとは何か』一九八六年
「ミステリマガジン　一九九五年五月号　特集：ＳＦミステリに挑戦！」一九九五年
巽孝之編『日本ＳＦ論争史』二〇〇〇年
柴野拓美「ハードＳＦ」、日本ＳＦ作家クラブ編『ＳＦ入門』二〇〇一年
西澤保彦「ＳＦミステリ」、日本ＳＦ作家クラブ編『ＳＦ入門』二〇〇一年
千街晶之『ロジカル・ナイトメア　怪奇幻想ミステリ150選』二〇〇二年
「Ｓ-Ｆマガジン　二〇〇二年一一月号　特集：ＳＦミステリ再考」二〇〇二年
横井司「ＳＦ」、『ミステリー迷宮読本』洋泉社　二〇〇三年
千街晶之「ミステリ紹介コーナー」『ＳＦが読みたい！２００８』二〇〇八年
千街晶之「ミステリ総括」、ＳＦマガジン編集部『ＳＦが読みたい！２０１１』二〇一一年
鷹城宏「ニアミスするライトノベル」、探偵小説研究会編『本格ミステリ・ディケイド300』二〇一二年
笹川吉晴「特殊設定ミステリ」、探偵小説研究会編『本格ミステリ・ディケイド300』二〇一二年
千街晶之「ミステリ総括」、ＳＦマガジン編集部『ＳＦが読みたい！２０１２』二〇一二年
飯田一史「『変わってしまった世界』と二一世紀探偵神話」、限界研編『21世紀探偵小説』二〇一二年
千街晶之「ミステリ総括」、ＳＦマガジン編集部『ＳＦが読みたい！２０１３』二〇一三年

# ネット小説論――あたらしいファンタジーとしての、あたらしいメディアとしての

飯田一史

ぼくたちは今、別世界に手を届かせる手段を考えればいい。

――荒俣宏『別世界通信』

ネット小説が完全にキている。

九〇年代には「SF冬の時代」と言われた日本SFは、夭逝した伊藤計劃を中心として、二〇一〇年代には「SFの夏」と言われるほどに本読みのあいだでは復権を果たした。

だが我が世の夏を謳歌しているSF／ファンタジーファンがほとんど目を向けないところで進行中の、あたらしいファンタジー・ムーブメントが存在する。

ネット小説である。

ネット小説、オンライン小説、ウェブ小説などひとによって呼び方はさまざまだが、ようするに、インターネット上に掲載された小説のことだ（この論考では、基本的に「ネット小説」と表記する）。

「小説家になろう」や「アルファポリス」「E★エブリスタ」といったネット上で運営される小説投稿・作家登録プラットフォームに掲載されたファンタジーやホラー小説は、書籍化され、コミカライ

ズされ、数万部から数百万部単位でのヒット作になっている。

吉野匠『レイン』シリーズは累計一〇〇万部超。

柳内たくみ『ゲート』シリーズは、外伝を含め全六巻で累計五〇万部超（文庫版含む）。

ネット小説を書籍化しているレーベル・ヒーロー文庫は二〇一三年六月現在、刊行している全作品が最低三万部スタートにもかかわらず、すべて重版がかかっている（重版率一〇〇％）。

ニコニコ動画で人気のP（プロデューサーの意。初音ミクなどを使って作曲しニコ動に投稿するミュージシャンが「〇〇P」と称される）が書いたmothy_悪ノP『悪ノ娘』やじん（自然の敵P）『カゲロウデイズ』をはじめとする〝ボカロ小説〟ともども、ネット発、紙でも爆発のムーブメントが勃興中だ。

SFファンに親しみがある成功事例ならば、kindleをはじめとした電子書籍の各種プラットフォームに同時展開して注目を集め、ハヤカワ文庫JAでも紙の書籍が刊行された藤井太洋『Gene Mapper』だろう。また、英米の有力SF／ファンタジー誌はいまやほとんどがウェブジンとして展開されていることも、海外SFファンには周知のことと思われる。

二〇一三年段階では国内での一番の成功例は著者が自分のサイトに掲載して一〇〇〇万PV以上を叩き出し、のちに電撃文庫で刊行されてシリーズ累計七〇〇万部以上を売り上げることになった川原礫『ソードアート・オンライン』（SAO）シリーズだが、ライトノベル読者向けにチューニングされたSAOとこれらのネット小説とでは内容的にも違いがある。むろん、伝統的なファンタジー小説とも異なる。

ネット小説はケータイ小説とは質的に異なる。ケータイ小説は「魔法のiらんど」などのガラケー

（フィーチャーフォン）上の小説投稿プラットフォームに掲載された作品群のことであり、郊外の女子中高生に熱狂的に支持された。書籍化される際は横書きで絵文字もそのまま、内容はレイプ、堕胎、難病、ホストとの恋愛といった表象が登場することが多かった。ネット小説はガラケー上で読めるものもあるが（「小説家になろう」はガラケー、スマートフォン、PCいずれでも読むことができる）、基本的にはスマホ／PCでブラウザまたはアプリを通して読むものである。読者層はプラットフォームによって異なるが、一〇代から四〇代まで幅広く、男女比も都会／郊外比もバラついている（内容については後述していく）。

ネット小説は、ライトノベルとも異なる。ライトノベルでは異世界ファンタジー作品はつねに一定の需要があるものの、現代を舞台にした異能力バトルやラブコメもよくみられる。しかしネット小説では、少なくとも男性向け作品では、超自然現象がない学園ラブコメの需要はいまのところ少ない。圧倒的にファンタジー色が強い作品が好まれている。

これはなぜなのか？　ネット小説の書き手やユーザーは、なにゆえ異世界ファンタジーを求めているのか？　それは、伝統的なファンタジー作品にひとびとが求めていたものと、どう違うのか？

伊藤計劃は『ハーモニー』のなかで谷川流『涼宮ハルヒの憂鬱』に関する小ネタを入れ、ケータイ小説に対しても目配せしていた。しかし本稿が扱うようなネット小説について、伊藤が作中で素材として扱ったり、文化事象として注目していた節はみられない。ネット小説とは、「伊藤計劃以後」の文化なのだ。

本稿では既成ファンタジーとネット小説／ウェブ小説／オンライン小説の中で隆盛を誇るタイプのファンタジー作品（「ウェブファンタジー」と呼称する）の違いを明らかにし、ネット小説がジャンル小説にもたらす経済的／内容的なインパクトを考察する。ウェブファンタジーについての文芸評論であり、ネットを軸にして展開することを余儀なくされている「小説の未来」のスケッチでもある。ネット小説は、かつてのエロゲー（美少女ゲーム／ノベルゲーム）やライトノベル、あるいはケータイ小説と同様に、今のところ書評系ライターや文芸評論家にはほとんど見向きもされていない。

しかし、日本の戦後大衆小説史をひもとくならば、平井和正や大藪春彦、あるいは菊地秀行や夢枕獏といった作家たちが、はじめ若者から熱狂的な支持を得つつも、良識的な大人や知識人を自負する人間たちから眉をひそめられていたことは周知のことである。だが、彼らのデビューから干支が一度か二度まわるあいだに、一時の人気とみなされていたものは歴史的な評価へと転じていった。SFに絞ってみても、小松左京や筒井康隆、半村良の名前を出せば事は足りる。

あたらしいものを好む若者からではなく、それに目を向けず、あるいは拒む年寄りから順に死んでいくのだから当然である。八〇年代のノベルス戦争、九〇年代以降のライトノベルの躍進……これらは一過性のものに終わるのでなく、あたらしい読者を獲得し、日本の大衆文芸／エンターテインメントシーンに少なからぬインパクトをもたらし、一部の作家は地位をたしかなものにしていった。

ユースカルチャー／サブカルチャーとはそういうものだ。SF／ファンタジーにしろミステリにしろ、日本に輸入されたばかりのころは既成文壇からは児戯に等しいものとみなされていた。それが数十年経てば、ジャンル小説の作家や批評家がライトノベルをバカにし、ネット小説を蔑視するようになる。登場時点では「不良の音楽」と批判されたビートルズが教科書に載る時代に生きる音楽の教師は、しかしボーカロイドでつくられた楽曲群に困惑する。まったくくだらないことだが、新旧のクリエイターや読者で評価軸が異なるのだから、仕方がないことでもある。

私はここで、あたらしいもののみかたに立つ。

あらゆる流行がそうであるように、評価が定まる前の黎明期がいちばん熱っぽく、運動の渦中に身を投じることはおもしろい。

それが何度目かの反復であろうとも、いま人々が抱いている熱狂は本物である。

私はその祭りをささやかながら外部に紹介する。

そしてこれはただの祭りには終わらない。

ネット発のコンテンツの勢いは増し続け、既成の出版市場は凋落を続けている。

ネット発の小説こそが、二一世紀中にはデフォルトになる。

そのことを見越して、ジャンル小説の関係者へと提言をしていくことになる。

## ■創作―受容形態／ビジネスモデルの違い――ペーパーファースト時代の終焉

ネット小説など一部のオタクのものであってわれわれには関係ない、と思う年長者がいるなら、考えを改めてほしい。

いまやネットとの連動なくして、紙媒体は商売としては成り立たない――というのが言いすぎならば、ネットと連動することで紙の出版物を多くの人間に届けることができる。

たとえば文藝春秋社は、二〇一二年春にメディア局を創設し、「週刊文春」の発売日前に「週刊文春WEB」へスクープ記事を部分掲載するようになった。「小沢一郎・妻からの離縁状」やAKB48

（当時）指原莉乃の流出写真と目されるものである。それらはtwitterなどソーシャルメディア上で情報が拡散され、「週刊文春」の部数を大きく伸ばした。

講談社の「週刊現代」はウェブサイト「現代ビジネス」に調査報道の記事を転載しはじめて以降、やはり部数を伸ばしたという（二〇一二年に行われたビジネスカンファレンス「あすか会議」での瀬尾傑編集長の発言に基づく）。

『インターネット白書２０１２』（インプレスジャパン）によれば、二〇一一年の日本のソーシャルメディア人口は五〇六〇万人、「ニコニコ超会議２」での発表によれば動画投稿サイト「ニコニコ動画」の登録者数は二〇一三年春で三三〇六万人に達した。ソーシャルメディアはもはやマイナーなものではない。

インターネットないしソーシャルメディアとＴＶや週刊誌のようなマスメディアがリンクした情報や作品は、大きな話題となりうる。マスとソーシャルの相乗効果を利用した紙媒体は、爆発的な売上を獲得している。

売上に作用するだけではない。コストに対するインパクトもウェブ媒体を運用する上では無視できない。たとえば部数のうえでは凋落を続けるコミック雑誌は、連載した作品を単行本化し、その売上でリクープするというビジネスモデルが崩壊しつつある。ローコストで運営できるオンライン誌への移行は時間の問題にすぎない。そうしたなか、ウェブコミック誌「ガンガンＯＮＬＩＮＥ」は谷川ニコ『私がモテないのはどう考えてもお前らが悪い！』をうみだすなど、ウェブ発コンテンツの成功例も現れている。

ウェブ上のコンテンツ・プラットフォームに作品をあつめ、人気作品を紙やアプリにまとめ、収益化する。このモデルの利益率は、成功すれば非常に高い。たとえばこのビジネスモデルを採用しているアルファポリスは二〇一二年度の売上一四億円、経常利益が四億円であり、エブリスタは筆者の取材によれば月額二一〇円の有料会員が二〇万人、営業利益率はソーシャルゲーム並みだという（出版業界紙「新文化」に筆者が連載している「衝撃　ネット小説のいま」での取材による。連載記事はhttp://www.shinbunka.co.jp/rensai/netnovellog.htm から一覧できる）。初版の原価率が四〇％近く、取次と書店にあわせて約三〇％のフィーを支払い、在庫リスクなども負っている紙の出版オンリーのビジネスモデルでは考えられない投資効率をウェブコンテンツ・プラットフォーマーたちは実現している。あるいは、誰でも完全無料で投稿も閲覧もできるサイト「小説家になろう」を運営する株式会社ヒナプロジェクトは、現在、同サイトをネット上から得られる広告収入だけで会社としてのほとんどの収益をまかなっている――既成の「出版社」や作家、編集者とは根本的に異なる発想で、彼らはあたらしい小説メディアを運営しているのだ。

ビジネスサイドの話題を掘り下げるのは本稿の筋ではないのでこれくらいにしておくが、いずれにしろネット小説は、こうした事例の先進的なものである。

## ■読者層と内容の違い

まずは既成ファンタジー、ライトノベルとネット小説との読者層の違いから確認しておこう。好まれる作品の違いは、顧客の違いに由来する。

顧客がチャネル（流通）を選び、チャネルが作品の形式を規定し、形式が内容を規定する。

したがって、迂遠に思われるであろうが、ここでは読者像とその行動の違いについて記述していく。

## ■伝統的なモダンファンタジーがめざすものと読者像

ファンタジーと言っても、トールキンの作品やワールド・ファンタジー・アワード（世界幻想文学大賞）受賞作のような文学性が高いものと『英雄コナン』のようなヒロイックファンタジー、あるいはここ二〇年くらい書かれているロバート・ジョーダンやジョージ・R・R・マーティンによるエンターテインメント色の強い大河ファンタジー、『ハリー・ポッター』シリーズのような主として児童向けに書かれたファンタジー（児童文学）とではひとくくりにすることはできない。読者も違うだろう。

しかし本稿においては既成ファンタジーはネット小説との対比対象として扱うことができればよいため、思い切って戯画化、単純化させてもらうこととする（ご容赦願いたい）。

ファンタジーは「逃避の文学」と言われる――肯定的にせよ、否定的にせよ。

失われた世界や価値の探求、夢のような空間、円環的な時間、月や星と人体との照応（大宇宙と小宇宙の呼応）、オリエンタルな異教との出会い、気高いロマンス、航海や飛翔、神秘的な生物、破邪・退魔・竜殺し、冒険者を惑わす迷宮や古城、架空の年代記、世界誕生のひみつ、神々との対話と闘争……ファンタジーで描かれる美しいものの数々は、現実社会の日常には稀少なものである。

これらを愛する人間が、プラグマティズムにどっぷりと浸っているだろうか？　逆だろう。この現実に対する違和感をもった人間こそが、ファンタジーを求めるはずである。

トールキンは『妖精物語について』でファンタジーの特異な機能を三つに整理している。

逃避　ESCAPE
慰め　CONSOLATION
奪回　RECOVERY

逃避し、癒され、回復する。これら三つの機能が生み出す世界をセカンド・ワールド（第二の世界）と呼んだ。別世界を探求したい人間が、ファンタジーを求める。

そしてまた、妖精の国の真価は、それが持っている働きが、人間の持つ根源的欲望を満足させることにある、とも言う。根源的欲望とは何か？　トールキンが挙げているのは

①時間、空間の深みを探りたい
②他の生き物と交わりたい
③死からの逃避

といったものである。

他の論者のファンタジーの定義からも、それらを求める読者像を措定してみよう。

セイブル・ジャックは『ファンタジー映画を書きたい！』のなかで「ファンタジーでは不可能が可能になる。不可能なことに憧れる者に、ファンタジーはそれを実現させるチャンスを与えてくれるの

だ」と語る。「より○○」のジャンルである、と。たとえば今日のアメリカ映画では、復讐がヒーローが行動を起こす主な理由という作品がやたらと多い。しかし、真のヒーローなら、〝仕返し〟以上のもっと高貴な動機があるべきではないか。ファンタジーではヒーローはより英雄的で、その行動の理由もより高貴であることを忘れずに。

と書き、現実以上の何かを描くことが望まれるのであると説く。

『ネバーエンディング・ストーリー』の脚本コンサルタントをつとめたリンダ・シーガーは、ファンタジーは「私たちの驚異の感覚と可能性への思いをくすぐるもの」と言う。

井辻朱美はファンタジーを「かなわざる夢を語るもの」であると言い、「イムポッシブル・ドリームであるがゆえに、美しくせつなく、かすかに形而上学的な悟りの地平への道をもさししめしながら、文学の情緒のなかに踏みとどまっていた」とし、「ファンタジーのリアリティとは、この世界と似ていることから生じるのではなく、わたしたちの魂の願望を言い当ててくれることから生じるのではないか」と言う（『ファンタジー万華鏡』）。

エリック・S・ラブキンは『不思議の国のアリス』を例に挙げながら「幻想的逆転の考察を確信とするジャンル」と定義づける。

あるいは「幻想的な語り口だが現実に密着しているもの」（中沢新一―荻原規子『ファンタジーのDNA』）であるとか、「『現実』をまったく異なる角度から見直すもの」（河合隼雄『ユリイカ』指輪物語特集）という捉え方もみられる。

いずれにせよファンタジーの定義はおおむね二系統に整理できる。

①「逃避」の効用を説くもの
②幻想が現実を照射すると説くもの

空想や別世界創造それ自体を肯定的に捉え、人間の根源的な欲望を充たすとする場合は①（代表的な論者はトールキン）になり、②はいわゆる異化効果を重んじる論者や「逃避」と呼ばれることに否定的な人間が、現実と折り合いをつける手段として、あるいは現実なるものの否定的な面を暴くファンタジーを称揚する（代表的な論者は河合隼雄）。

そして①の立場を取るにせよ②の立場を取るにせよ、読者は空想世界へのエスケープをまずは体験するのであり、それ自体のすばらしさを第一に求めるのか、それとも往きて還りし物語が終わって現実に戻ってきたあとの感覚を第一とするのかの違いでしかない。

エスケープの過程を求めない人間はファンタジーを読まない、ということである。

さしあたってはこのことが確認できさえすればいい。

## ■ライトノベルファンタジーの読者とライトノベルが提供するもの

ライトノベルの中核的な読者は中高生男子のオタクである。既成ファンタジーの中核的な読者とは、年齢・性別・趣味嗜好が異なる。

筆者による作品分析とユーザーインタビューに基づいて整理すると、一〇代オタクの最大公約数的なニーズは「楽しい」「ネタになる」「刺さる」に集約できる（詳細は拙著『ベストセラー・ライトノベルのしくみ』参照）。

順に簡単に説明しよう。まず「楽しい」とは何か？

「楽しさ」は、作中人物がおおよそ以下のような状態になることで、もたらされる。

力の増大

・何かできるという「能力」の増大

・他者から求められ、好かれるという「魅力」の増大

・他者との関係性の進展、ネットワークの形成

・視覚的に大きな「効果」、不思議な効果をもたらす力の使用

ポジティブな感情の発露

・個人による肯定的な感情の「発散」

・複数人での感情の「共有」

・前向きになるなどの意志の「成長」、読者が共感できる目的意識の「発現」

笑い

（ポジティブな）非日常的体験、快楽

・主人公たちの内的条件の変化ではなく、その外側にある世界や人間が主人公たちに対して与える変化

自己の力が拡張されている感覚、自分が認められているという承認、愛してるとか好きだとかいったポジティブさをふりまいたり、誰かと共有すること、そして笑い、非日常的な経験から、「楽しい」という感情は生まれる。

次に「ネタになる」だが、これは以下のような要素を入れていることが必要になる。

**リアルやソーシャルメディアで口コミしたくなる（話題にしたくなる）要素**

**読者と作者がお互いオタクという同じ趣味のコミュニティに属していることを確認する要素**

前者は主に読む前の「おもしろそう」という期待に、後者は読んだあとの「おもしろい」に関わる（読後に口コミしたくなる要素、というのももちろん重要である）。

なぜ「ネタになる」ことが重要なのか？

今日ではひとびとの購買プロセスにおいて、企業やマスメディアが発信している情報のみならず、ユーザー間で流通する評判（レピュテーション）が重要になるからだ。

佐藤尚之は、インターネットの普及を背景に、消費者が自ら情報を収集し、発信し、他者と共有するという行動を踏まえて電通が提唱したＡＩＳＡＳ、すなわちAttention（気づく）→Interest（興味をもつ）→Search（情報収集する）→Action（購入する）→Share（情報共有する）がソーシャルメディアの発展に伴い、「ＳＩＰＳ」へと変化している、と言った（http://www.dentsu.co.jp/sips/index.

html)。ＳＩＰＳとはSympathize（共感する）→Identify（確認する）→Participate（参加する）→Share & Spread（共有・拡散する）という流れのことである。

ニコ動やtwitter上でバズるオタクコンテンツはこの行動プロセスにフィットする要素を持ったものだ。変なタイトルやＪＯＪＯネタは「ネタになる」ために必要になる。よりシェアされるコンテンツほど、価値が高いのだ。

最後に「刺さる」だが、これは**感動する**とか**泣ける**といった要素である。ライトノベルは明るく楽しそうな表紙のラブコメやバトルものばかりが目につくため、ロクに読んでいない人間に「シリアス展開が必須なのだ」と言うと信じてもらえないし、普段はおちゃらけているキャラクターがいざというときには仲間のために戦う様子を読んで「キャラブレしている」などと絶句するようなとんちんかんなコメントをする人間がいるのだが、読者の胸を打つようなエピソードを挿入しない作品はベストセラーにはなっていない。

ライトノベルのニーズは「楽しい」「ネタになる」「刺さる」である。

ゆえに伝統的なファンタジーの一部が描いてきた東洋的な円環的な時間であるとか「永遠」（エターニティ）を求めるような価値観とは、相容れないものがある。

「いまこの瞬間に消費するのがもっとも楽しい」「いましか楽しめない」ライブ感、コミュニケーションの楽しさこそライトノベルの商品としての魅力なのだ。流行りものを数年後に読んでも高揚感を仲間と共有することはできない。「いつでも、誰にでも読めるもの」「色あせない不朽の名作」は「いま、私が読む必然性がない」がゆえに後回しにされ、売れない。ライトノベルは「いま、オタクである」読者に向けて書かれている、ターゲティングがはっきりしていることが支持される理由である。

ほかにも伝統的ファンタジーとは異なる点が、いくつか挙げられる。

トールキンや『別世界通信』の荒俣宏が強調するように、ファンタジーとは第二の世界の創造であった。いわば主語が「世界」にあるような作品こそが、ファンタジーであった。

しかし、ライトノベルでは主語は「キャラクター」である。読者が第一に食いつくのはどんなキャラクターたちが登場するのか、といった点であって、魅力的な世界観が構築されているかどうかは、商業的には二番目以降に重要な要素にすぎない。

したがってこの点を見誤って、主要キャラクターとは紐づけずに世界の謎や歴史を延々と描いた作品は、読者から不評を買うことになる（そうした事例も拙著に記してある）。とはいえヤマグチノボル『ゼロの使い魔』のように、主人公やメインヒロインが世界の謎と直結する存在である場合には何の問題もなく受け容れられている。キャラクターの隠された側面＝別世界の秘密なのだから、それを探求することは読者にとっても望ましい事態である。

また、トールキンが挙げている人間の根源的な欲望である

①時間、空間の深みを探りたい
②他の生き物と交わりたい
③死からの逃避

これらもやはりキャラクター演出と関係づけられていれば肯定されるが、この欲望自体を充たすためだけの描写は敬遠される。

つまりファンタジーが基底にあってそのサブカテゴリとしてライトノベルファンタジーがあるのではなく、エンターテインメント―オタクコンテンツ―ライトノベル―ライトノベルファンタジーという階層構造になっていると捉えるべきである（図1）。ライトノベル一般に対して読者から求められるお約束を守りつつ、そのバリエーションとして伝統的なファンタジーで用いられていた創作技法（読者の祈りや願いを掬いとる方法論）が輸入されているとみたほうがよい。

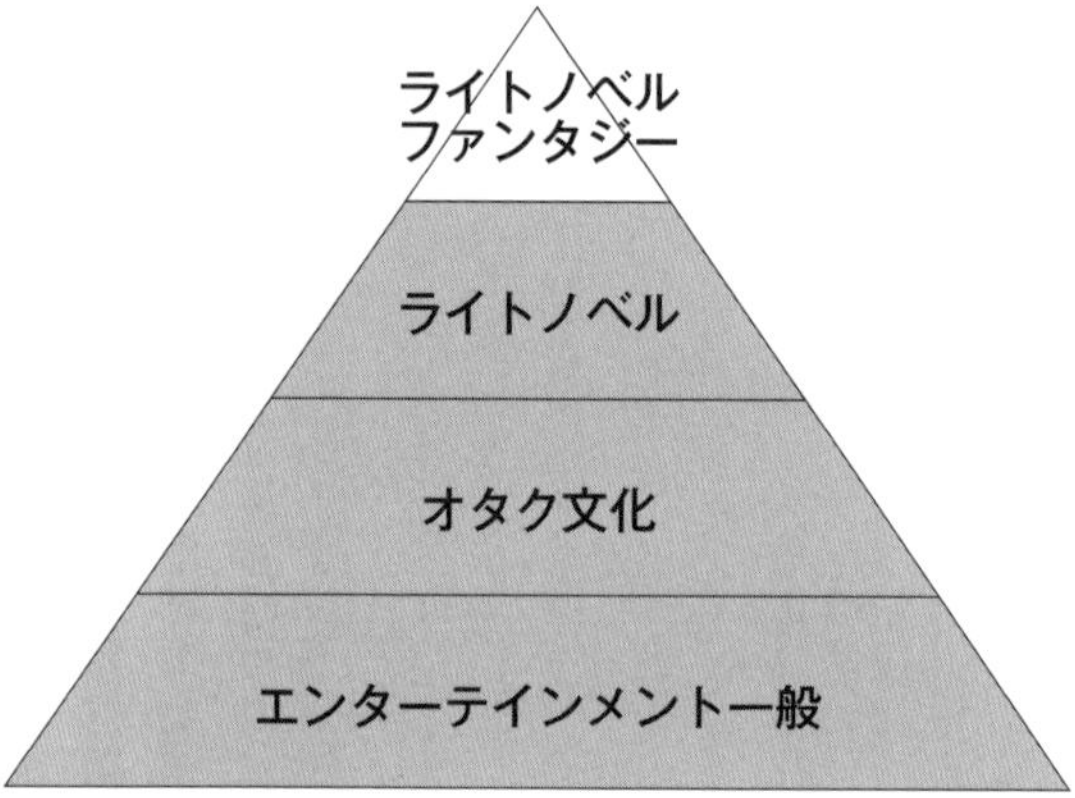

図1：ライトノベルファンタジーのカテゴリ階層

ライトノベルのファンタジーものではほかの日常ラブコメや現代を舞台にした異能バトルものと同様に主人公たちは学園生活を送ることが多い。そしてその学校は、日本の中学校や高校を模したものである。ファンタジーではあるものの、ターゲット読者である中高生の日常空間と近い場所も舞台になっているのだ。かように、異世界だが学園、という折衷形態である点が、非ライトノベルの異世界ファンタジーとは異なる。異世界へのエスケープ度合いは、既成ファンタジーと比べれば小さいと言える。

いわばライトノベル共通のニーズである「楽しい」「ネタになる」「刺さる」の〝次〟に異世界へのエスケープの願望があるのが、ライトノベルファンタジーの読者である。

## ■ネット小説の読者とネット小説が提供するもの

ネット小説のなかのファンタジーについて立ち入る前に、まずはネット小説一般の読者像から確認しておこう。

ネット小説の読者に関するデータは、プラットフォームを運営する企業の外部に公表されていない（ただし筆者が取材により入手した情報については、適宜入れ込んでいる）。従っていくつかの仮定に基づく推測しか提示できない。とはいえ確実に言えることがある。

作品に対する好み以前の、行動パターンとしての特徴を指摘しておきたい。

①小説投稿プラットフォーム／ポータルサイトにアクセスしている
②ネット上でコミュニケーションをしている
③お金を払って小説を読む

当たり前だが、重要な点である。順に意味合いを確認しておく。

①小説投稿プラットフォーム／ポータルサイトにアクセスしている

彼らは自分が読む作品を選ぶときに入り口（のひとつ）をネット上に存在するサイトにしている。対して伝統的ファンタジーやライトノベルの読者のほとんどは、紙の書籍を売る書店を入り口にしている。これはまったく異なる。

書店にない本が買えないように、プラットフォームに存在しない作品は読めない（読まない）。眼中に入らないものには触れられない。眼中に入り、気になった／気に入ったものにはお金を払う。ネット小説の読者の時間と興味はプラットフォーム内で満たされている。まずウェブがあり、次いで紙がある。伝統的なファンタジーの関係者たちにとっては紙が最初であり、ウェブはそれを補完するものにすぎない。

これこそ既成ファンタジーの関係者たちがウェブファンタジーに目を向けず、あるいは読みもしないのにくだらぬものとみなす最大の理由であり、ウェブファンタジーが書籍化されると一冊数万部はざらに売れてしまうことが理解できない最大の要因である。人間は、慣れ親しんだものを好み、見慣れぬ脅威を拒絶する。かつてリアリズムを重視する文学者が、ファンタジーの価値を理解できなかったように。

②ネット上でコミュニケーションをしている

彼らはネット上でコミュニケーションをする。感想を言い合う。おそらくは、作品選びに際しては、伝統的な広告ツールよりも、ソーシャルメディアから得た情報の影響が大きい。

先にも述べたとおり、佐藤尚之はソーシャルメディアが主流となる時代の生活者消費行動は「ＳＩＰＳ」が重要になる、と言った。確認しておこう。Ｓ（Sympathize：共感する）、Ｉ（Identify：確認する)、P（Participate：参加する)、S（Share & Spread：共有・拡散する）である。

ネット小説を読む、とは、作品と読者との一対一の対話ではなく、読者の作品への「参加」を意味し（たとえば作品にアクセスするだけでカウンターが回る。つまり否応なく読者は作品のランキング付けに荷担することになる)、また、感想をネット上で共有し、拡散することが前提となっている。潜在的な読者はプラットフォーム内のランキングやまとめサイト、検索エンジンなどを経由して誰かが書いた感想に触れて関心を持ち、シンパシーを期待して作品にアクセスする。

ここでは「SF小説は一〇〇〇作読むまで何も語るな」的な教養主義もなければそもそもその前提となる「教養の体系」ないしファンタジー・ベスト100的なリストが機能していないということである。ネット上にはつねに数多の人間が放つ数千万から数億のことばが巻き起こすアテンションとシンパシーの波があり、それに乗るかたちで作品選びをして読むに至る。権威主義も一方的な宣伝も機能しない。ひとというフィルターを通した情報しか信用されず、興味ももたれない。トールキンを読まなければファンタジーを語る資格がない、といった価値観はまったく存在しない。どころかトールキンでさえ彼らの関心に加わるためには誰かが存在をバズらせなければならない。そもそもほとんどの既存の文学やファンタジー小説の（少なくとも表向きの）評価軸に「共感」であるとか「共有・拡散」への感度の高さなどというものは含まれていなかった、または上位に来るものとはされてこなかった。ユーザーの行動様式は既成小説のそれからは大きく変化し、ひいては評価軸が転換している。

ネット小説／ウェブファンタジーとは、あたらしいSF――ソーシャル・フィクションなのだ。

### ③お金を払って小説を読む

彼らは小説を読まない人たちではない。ネット小説を読む。それだけではない。彼らは紙でも小説を読んでいる（でなければ、ネット小説の書籍は売れない）。

彼らはネット小説をタダで読んでいる。けれども有料になったら読まないのかといえば、そうではない。タダで読んで気に入っていた作品が書籍化されれば、買うのである（いわゆるフリーミアムモデルの一形態）。

そして紙の世界の住人にとってより重要なことに、ネット小説の書籍化されたものは、ネットで読んでいなかったひとにもリーチしている。

筆者がアルファポリスやエブリスタ、双葉社などへ取材して入手した情報によれば、ネット小説の紙版は、ネットからの読者の割合は五〜二〇％だという。つまり、八割以上が書店店頭で初めて作品を知って購入している。アルファポリスの梶本雄介社長に取材したさい、「ネットで人気になる作品は、そもそもひとを惹きつける〝匂い〟をもっており、ゆえに紙で出すとそれまで存在を知らなかった人たちも興味をもつ」と言っていたことが印象的であった。これは漫画雑誌で連載を追っていなくても単行本コミックスを書店店頭で見かけて買うユーザーが多数存在することを思えば不思議なことではない。

とはいえつまり、これが意味することは、潜在的にはモダンファンタジーやライトノベルを読んでもおかしくなかったひとたちも、わざわざお金を払ってネット小説を読んでいるということである。既成ファンタジーの潜在的な読者たりえたかもしれないにもかかわらず、パイを奪われている（機会損失が生じている）のだ。

「紙で出版されていても、ネット小説はクオリティが低い」などと言うことは到底できない。ユーザーは書店店頭で紙が初出の作品と比較して、わざわざ選んで買っているのだから、少なくとも商品としての魅力は数千部しか売れない既成ファンタジーよりも勝っているとみなさなければならない。

これらから、既成ファンタジーとネット小説の読者は何が違うと言えるのか。

・入り口となるチャネルが違う
・作品の告知を受け取る（アテンションを与えられる）プロモーション媒体が違う
・感想の共有や拡散に向いている（ネタになる）作品、読者の共感を呼ぶ（刺さる）作品のほうがより読まれるようになる

そうした読者を前にどんな作品を、どう届ければよいのか。

紙小説とネット小説では、マーケティングの４Ｐで言えば、Product や Price（基本無料）はむろんのこと、Place（流通）と Promotion（宣伝）のストラテジーがまったく異なる。

たとえばプロモーションならばこうだ。創作者を集めるためにも、読者を集めるためにも、ネットではサーチエンジン対策（ＳＥＯ、ＳＥＭ）やコンテンツマーケティング／インバウンドマーケティングをはじめ、作品に対するＰＶを伸ばし、利用者を増やすための施策群（プラットフォーム戦略）が重要となる。金銭を目的としない創作―受容関係においては、クリエイターはアクセス数やもらった感想や「いいね！」数を指標にして行動する。読者側も人気かどうか、読む価値があるかどうかを見極める指標はＰＶと感想の数くらいしかない。しかし既成の出版社には、小説をつくる部署にも売

る部署にも、SEOやコンテンツマーケティングをはじめとするアクセスアップのノウハウは少ない——どころか、小説プラットフォーム運営自体のノウハウがない。プラットフォーム運営には、二次創作やポルノをはじめとする法的リスクをどう軽減するか、利用者からの意見をいかに迅速に吸い上げサービスを向上させていくかといった事業者としてのノウハウや、ネットユーザーとはそもそもいかなる特徴をもつ存在で、どうつきあっていけば信頼関係を構築できるのか、彼らはなにを嫌悪するのかといったユーザーに対する知見が必要とされる。しかし、ほとんどの出版社にはそれがない。また、プラットフォームビジネスは、同じサービスを利用する人の数が多ければ多いほど、そのサービスから得られる効用がおおきくなる（ネットワーク効果／ネットワーク外部性）。よってすでに存在する小説プラットフォームと出版社がこれから新しく立ち上げるかもしれない小説プラットフォームでは、前者のほうに圧倒的な利がある。出版社がいくら「コンテンツをつくりあげる編集者の能力がある」と自負したところで、それ以前の段階で、クリエイターと読者をプラットフォームまで誘導するオペレーションやプロモーションの部分で勝負がついている。

作品づくりを数か月とか年単位で考える出版社と、早ければ日次、遅くとも週次でPDCA（Plan-Do-Check-Action）を回して迅速に意思決定していくウェブ系の企業とでは、スピード感覚が異なる。ユーザーからのクレームに対応し、サイトをアップデートしようと決めるまでに一か月かかる出版社のサイト運営と、即時カイゼンしていく生粋のプラットフォーマーの運営力とでは勝負にならない。前者がもたもたしているうちにユーザーは違うプラットフォームに移ってしまい、アクセスは伸び悩む。

ユーザー対応やアクセスアップの施策をおろそかにするプラットフォームにはヒトが来ない。ヒトが来なければ作品は読まれないし、書かれない（これは一〇年、一五年単位で考えた場合に出版社にとっては危機的な事態である）。

――またもビジネスサイドの話に脱線してしまった。話を戻そう。

ネット小説一般と既存小説の読者の違いはいくらか明らかにできたと思うが、ネット小説のなかでもファンタジーを好む読者とはいかなるひとたちか？

それに踏み込むには、小説の内容をみなければならない。

・ライトノベルとの内容上の違い

伝統的なモダンファンタジーの主人公像を一義に確定するのは難しいので各自思い描いていただくとして、ライトノベルファンタジーの典型は以下である。

・主人公は中高生くらいの年齢で、高い戦闘能力を持つ
・異世界ながら、学園都市を日常パートの舞台にする
・ラブコメパートはあるが、基本的にはヒロインとセックスしない

対してウェブファンタジーでは

・主人公は中高生ではなく大人やダークヒーロー

・異世界に転生するか現実世界に異界へのゲートが開く、またはMMOPRGの世界に閉じ込められるという設定
・セックスする

という違いがある。順にみていこう。

**・主人公は中高生ではなく大人やダークヒーロー**

蘇我捨恥『異世界迷宮でハーレムを』の主人公はニート。

柳内たくみ『ゲート』の主人公は三三歳バツイチ自衛隊員。

金斬児狐『Re:Monster』や丸山くがね『オーバーロード』では主人公は醜い外見をしたゴブリンやアンデッドである。

ブサメンが生まれ変わって異世界に転生するとイケメン、というパターンもよくある。

いずれにしろ主人公が若く、美しく、真人間であるといった「正」の属性をまとったヒーローというよりは、大人であり、醜く、ダメ人間または汚い手段をいとわないという「負」の属性を伴っているダークヒーロー、脱社会的存在であることに特徴がある。

**・異世界に転生するか現実世界に異界へのゲートが開く、またはMMORPGの世界に閉じ込められるという設定**

異世界転生／召喚ものは、九〇年代までのアニメやライトノベルではよく見られたが、二〇〇〇年

代のライトノベルではヤマグチノボル『ゼロの使い魔』をのぞけば人気作品にはあまり見られなくなったものである（二〇一〇年代には、竜ノ湖太郎『問題児たちが異世界から来るそうですよ?』や、春日みかげ『織田信奈の野望』など人気作品もいくつか見られるようになってきた）。しかし新しいか古いかなどということよりも重要なことがある。こうした設定は、荒俣宏『別世界通信』で語られていたように、たとえば一九五〇年代以降の英米のカウンターカルチャーにおいて「別世界に生きる」ことを夢想したひとびとが多数現れ、『指輪物語』をヒッピーのバイブルへと押し上げたあの欲望がかたちを変えてネット小説では生きていると捉えうる。先に指摘したように、ネット小説の主人公の多くは厭世的であり、「この現実」で生きていくよりも、死後に転生した異世界で生きるほうに積極さを見出し、活き活きとしている。トールキンは「死からの逃避」をファンタジーの機能に挙げた。ウェブファンタジーにおいては既成ファンタジーのように「死から逃避」したのち生へと帰る、いわゆる「往きて帰りし物語」という道筋を辿らない。いちど死に、別世界へとエスケープしたあと、主人公は元いた世界へと帰還しない——というより、できない。帰るべき現実での生が絶えているからだ。河合隼雄が日本神話の特徴に挙げていた「行きっぱなし」の物語の現代版が、ウェブファンタジーなのである。オルタナティブな世界で、オルタナティブな命を燃やすのだ。

また、MMORPGものが多く、ファンタジー＝RPG（ネトゲ）の世界、と捉えていると言っても過言ではない。能力を数値で表現し、「アイテム」という概念があることが一般的である。ゲームの世界に生きてみたい、生き直してみたいのだ。

RPGっぽいのは、数値表現だけではない。二四〇ページから二五六ページで一冊にまとめるという制約を持つライトノベルファンタジーならすっ飛ばす（すっ飛ばさざるをえない）であろうチュートリアル的な部分を丁寧に描く。大森藤ノ『ダンジョンに出会いを求めるのは間違っているのだろうか』や蘇我捨恥『異世界迷宮でハーレムを』を見ればわかるように、省略せずにレベル1から順々に上がっていく過程を描く（といってもいわゆる俺TUEEEが大半であり、主人公が最強またはチートなことが多い）のもネット小説の特徴である。チュートリアルをきっちりと描くことで読者が作品世界に没入しやすくなる、感情移入しやすくなることを狙っているのだろう。レベル1からでも退屈さを感じさせないのは、いわゆるゲーミフィケーション、レベルデザインを小説的に応用し、レベルアップの快楽、ゲームとしてのおもしろさを再現しているからである。

### ・セックスする

ほとんどのネット小説では、男性主人公とヒロインとのセックスシーンが描かれる。

渡辺恒彦『理想のヒモ生活』では、異世界のある国で最高権力者にあたる姫の思惑で結婚させられたダメリーマンの男が主人公だが、当然のように夫婦の営みを行う描写がある（しかしヒロインが処女というのがオタくさい点である）。

安部飛翔『シーカー』に至っては大藪春彦や西村寿行作品並みに複数の女性キャラクターをコマす。ライトノベルでは「ハーレムもの」のラブコメであっても乱交シーンはほとんどない。エロシーンや恋愛描写と言ってもせいぜいがキスや手をつなぐ、あるいはラッキースケベ的なパイタッチや着替えに遭遇するといった程度のものである。セックスシーンも巻がだいぶ進んでからメインヒロインとのみ行う場合が大半であり、それもソフトな描写であることが多い（正確に言えば、やりまくる作品もあるが、そうした要素は売上にはまったく結びついておらず、つまりハードなセックス描写は読者に好まれていない）。

　ネット小説ではセックスも、バイオレンスも、ライトノベル以上のものが描かれる。作品によっては乱交も行うし、グロシーンもある。カネや権力で誰かを奴隷にするとか、異能力を用いて配下に置くといった直接的な権力行使が描かれるのも特徴である。欲望の描き方がライトノベルよりもずっとストレートであると言える。トールキンが強調したものとは異なるタイプの人間の根源的な欲望――性欲や権力欲、承認欲求を充たすファンタジーがネット小説である。


　まとめると、「中高生向け」という枷《かせ》を自ら嵌めているライトノベルとは異なり、総じて高校生から大学生以上――「大人向け」といってよい内容となっている。じじつ、「小説家になろう」掲載作品を書籍化している主婦の友社ヒーロー文庫の販売担当者に取材したさい、同レーベルの顧客も作家も、二〇代～三〇代男性が多いと語っていた。

　ただし伝統的なファンタジーとは異なり、「小説家になろう」系の人気作品の多くは男性オタク向けに最適化されたエンターテインメントに徹している。ライトノベル同様、文学性や神話の換骨奪胎、宗教観や特定の思想の体現、異世界の完全なる構築といったことに重きはおかれていない――というより、そうしたものがないわけではないが、人気にはなっていない。やはりキャラクターを軸にしたファンタジーである。

　しかし一〇代オタクに向けて表現を洗練させていったライトノベルに比べると、そもそもが商業出版を前提としてつくられていないことも相まって、荒っぽく、粗っぽい。特別な存在でありたい、異性を好きにしたい、思いどおりになる配下がほしい……これらの欲望を率直に充たす物語になっている。「現実なんてクソゲーだ」と思う読者たちが、Sympathize し、Identify し、Participate し、Share & Spread したくなる要素が詰まっている。

・ライトノベルとネット小説のニーズの違い

これらの内容の違いから導きだされる、ライトノベルとネット小説のユーザーニーズの違いはいかなるものか？

確認しておくなら、ライトノベルのニーズは「楽しい」「ネタになる」「刺さる」であった。

ネット小説はどうか。

・尊敬されたい
・安心とつながり
・てっとりばやく報われたい

だと思われる。これはネトゲ廃人になり、ネトゲで知り合った男性と結婚した経営学者である野島美保のネットゲーム研究『人はなぜ形のないものを買うのか　仮想世界のビジネスモデル』（NTT出版）を参考にしたものである。野島の著作を筆者独自にまとめると、ネットゲームのユーザーのニーズは上記三つに集約できる。これらと人気のネット小説の作品的特徴を合わせて類推するに、ネット小説に対するニーズも近しいのではないかと思われる。

順にみていこう。

### ・尊敬されたい

野島は定量的なアンケート調査からネトゲユーザーが考える「ネット上の自分らしさ」とは「理想の自分」である、と結論づけている。ひとびとがウェブ上のアバターで表現するのは「素の自分」であるというより、少し「盛った」かたちの理想の具現化なのだという。だからこそ成長や上達ぶりをレベルなどであらわし、アイテムや貯金を他人と比較させると、プレイヤーたちは熱中してしまうのだ。理想の自分を示すチャンスであり、と同時にその地位が脅かされる危機だからだ。

ネット小説で主人公が転生した姿は、大半がイケメン最強のチーター（チート、つまりズルを使っているプレイヤー）である。美男美女で特殊能力の持ち主であることが多い。これは素の自分というよりも、そうありたいという理想の自分のあらわれだろう。

### ・安心とつながり

野島はネトゲにおいて、ゲームの本筋であるクエスト攻略やそれに必要となるレベル上げといった要素とは本来関係のない挨拶や協力関係、チャットがプレイヤー同士で生まれ、多大な時間が費やされていることに注目している。また、そうした気軽で、さほど意味のないユーザー間のコミュニケーションが誘発されないセカンドライフのようなサービスは閑散としてしまい、日本では人気が出ないということを指摘している。

ネット小説でも、転生した先の世界では「尊敬されたい」を満たすような能力の持ち主であることから、周囲からも信頼され、心地いいコミュニティを形成することが多い。如月ゆすら『リセット』

が典型だが、前世では不幸で家庭環境も厳しい人間が、転生先では自分を包みこんでくれるような親族に恵まれることもある。

また、奴隷を買う（『異世界迷宮でハーレムを』）とか、下僕や眷属を従える（『Re:Monster』や『オーバーロード』）といったかたちで支配者、優位な立場となることも、ある意味では自らの地位および生理的な安心感（いざというとき盾になってくれる存在がいる）を獲得する手段となっている。

## ・てっとりばやく報われたい

野島はゲーム空間とは、「何かすると反応がある」という「単純化された活動〜報酬」モデルで成り立っていると言う。日本のゲーム史を概略した、さやわか『僕たちのゲーム史』でも、ゲームの特徴とは、ようするに「ボタンを押すと反応すること」と「ストーリー性」の二つである、と説かれていた。

ボタンを押して何かをすると反応があり、経験値やアイテムをはじめとした報酬が手に入る。現実世界ではダイエットや筋トレにしろ勉強にしろ、努力を始めてから成果が得られるまでに長時間かかることが多いが、ゲームならば「てっとりばやく報われる」。それがひとびとをゲームに駆り立てる。こうした「単純化された活動〜報酬」モデルをシンプルに、しかし生理的にきわめてきもちいい状態にカスタマイズしているのが昨今のソーシャルゲームである。

ネトゲではこの単純化された活動〜報酬の報われる時間の早さと、ガチャに代表される運の要素、そしてユーザー間が公平に取り扱われることが運営のオペレーション上、重要であると野島は言う。しかし、小説ではユーザーが公平である必要はない。むしろプレイヤーにあたる主人公キャラが特権的に、てっとりばやく報われるほうが読者にとってはきもちいい。

ネット小説の主人公はチータ―的な強さを誇ることが多く、高いレベルで最初からゲームをはじめるといういわゆる「つよくてニューゲーム」状態であることも散見される。てっとりばやく報われたい、というニーズを究極的に満たそうとすればそうなる。

これらのニーズは、ライトノベルとも、既成ファンタジーとも異なる。

年齢や性別で言えば、どんなひとたちが読者なのだろうか。

あるいは、これが出版界にとって示唆するものは何か。

・ユーザー像と作品内容が示すもの

かようなネット小説のファンタジー作品の大半は、実は必ずしも若い層が書き、読んでいるものではない。（実際はローティーンも読むにしても）ハイティーン以上の年齢の人間が書き、同世代の読者に向けてつくったものであることが多い。しかも、男性ばかりが書き、読んでいるのでもない。

もちろん、ティーンの利用者も多い。筆者が「小説家になろう」を運営する株式会社ヒナプロジェクトの梅崎祐輔社長に取材したさい、「なろう」でもっとも多いのは高校生か大学生のユーザーであると話していた。しかし、である。

同様に筆者が株式会社アルファポリスの梶本雄介社長にインタビューした際、三三歳バツイチ自衛隊員男性を主人公とする『ゲート』の読者は、作者と同じくらいの三〇代～四〇代の男性オタクが中心であると話していた（作中でゆうきまさみの『究極超人あ～る』への言及があるが、そういうネタが通じる年代のためのコンテンツということだ）。ウェブサイト「アルファポリス」はネット小説の書き手と読み手をマッチングするサービスだから、二〇代の女性が書いた恋愛小説は二〇代女性に好まれることが多く、四〇代女性が書いた恋愛小説はやはり四〇代女性に好まれることが多いという。もちろん書かれている内容も、男性向けと女性向け、二〇代向けと四〇代向けでは異なる（なお、混乱を避けるため、株式会社アルファポリスが運営する小説投稿プラットフォーム「アルファポリス」のことは「アルファポリス」と、紙の書籍や漫画を刊行する版元としての機能を指す場合には「株式会社アルファポリス」と表記する）。

E★エブリスタは、エブリスタの池上真之社長への取材で入手した情報によれば、ユーザーのボリュームゾーンは二〇代、次いで一〇代と三〇代が同じくらい、男女比は四五：五五程度で、ケータイ小説ほど郊外／ギャル比率は高くなく、kindleで流通するようないわゆる電子書籍の利用者ほど都市部／ギーク層の人間は多くないという。エブリスタのユーザーはスマホのユーザーではあるが、オタクではない。

一般に、ライトノベルは都市部の一〇代オタクに売れると言われていることと比べると、興味深い違いがある。

二〇〇〇年代初頭以来、ライトノベルと一般文芸に橋渡しをしようという動きや、ライトノベルがヒットしたことから、マンガのような内容の小説をなんとか売ろうという動きは、いくつも見られてきた。しかし、西尾維新や三上延『ビブリア古書堂の事件手帖』のようなごく一部の作家や作品以外は、商業的な成功例がなかった。ティーネイジャー向けに書かれたライトノベルの次にオタクが読む小説は、開拓されようとはしてきたものの、ビジネスとしては失敗し続けてきた。「文芸」の発想でキャラクター小説をつくるがゆえに、二〇代から三〇代以上のオタクという、購買力がありかつ本を読みたがっている層から敬遠される作品内容に堕してしまっているという内容上の問題があったからだ。あるいはオタク向け以外であれば、「マンガ読者が好きな小説」とはどんなものか、内容にしろユーザー像にしろ、ぼやけていた。また、それ以上に、書店に適切なチャネルをいかに用意しうるかという流通上の難点があったからでもある（一般文芸コーナーにおけばオタクの目につかず、といってライトノベルコーナーではライトノベル然としたもの以外は見向きもされない）。

だがネット小説はネット上でまず読まれ、実際にファンがついた作品だけが刊行されるため、書店員が半信半疑で並べた作品であっても、顧客の食いつきは最初から半ば約束されている。しかも配本位置は、株式会社アルファポリスの場合はライトノベルやノベルスの横の単行本コーナーに置かれるようにという営業戦略も一貫していた。双葉社はエブリスタの人気作品である金沢伸明『王様ゲーム』の書籍を売り出すさい、「山田悠介の隣に置いてもらうこと」を書店に対する施策として打ち出し、見事に想定ユーザーに買ってもらうことに成功した（毎日新聞社による『2013年版読書世論調査』でも、中高生男女の間で『王様ゲーム』は山田悠介や西尾維新の『化物語』と並んで人気の作品である）。

ネット小説は、「オタクが読む小説」の選択肢をライトノベル以外に増やし、「マンガみたいに読める小説」の幅をライトノベル以外にも広げることに成功したのだ。有川浩『図書館戦争』や福井晴敏『ガンダムUC』のような例外を除けば既成出版社の「文芸」の編集者にも「ライトノベル」の編集者にもほとんどできなかった「大人のオタク向けライトノベル」「オタク向けじゃない、マンガみたいな小説」という形態は、ライトノベルレーベルや文芸に強い大手出版社ではなく、新興のネット小説プラットフォームこそが軌道に乗せたのだ。

さらに言えば、ネット小説の利用者たちは、作家も書き手も、そして運営者たちも、紙で、ISBNコードを付与されて出版され流通することが作品のあるべき姿（最終的なアウトプット）だとは思っていない。この点も、既成出版社の感覚に染まったひとびとには新鮮に映るかもしれない。既成の出版社の「電子書籍」の発想は、ほとんどが紙で出版したものをいかにデジタルコンテンツとして二次利用するか、というものだ。だがネット小説のプレイヤーたちは、そうした発想をしない。ネットこそが最初にして至上の場所であり、紙での書籍化は「メディアミックス」媒体のひとつにすぎない。紙の重力に魂を縛られ、「書物」に対する物神崇拝（フェティシズム）をもつオールドタイプにとってはこうした事態は理解不可能だろうが、二一世紀に生きるソーシャル・ネイティブたちにとっては自然な感覚である。

そしてファンタジー史的に見ても、彼らの存在は重要である。

繰り返すが、荒俣宏は「もうひとつの世界への憧れは、いつの時代にも存在する。それも、人間をおおいつくしている環境が、かれらにとって苦痛であればあるだけ、むなしい現実への反撥はそのぶんはげしさを増す」と『別世界通信』で記し、一九五〇年代アメリカのアングリー・ヤングメンや六〇年代のヒッピーたちが「夢のなかで——あるいはもうひとつの世界のなかで——自分の生を完全にまっとうすることができる」ことを望んでいたことを強調する。ウェブファンタジーは私たちの時代がもとめた「もうひとつの世界」である。それは転生する先の異世界であり、VRMMORPGの世界である。『ソードアート・オンライン』や『理想のヒモ生活』を見れば顕著だが、主人公たちは現実世界を捨てて（なかば強要されたものとはいえ）、ゲーム空間であるナーヴギアのなかで、あるいは召還された異世界で、生をまっとうする。ライトノベルファンタジー以上に、あるいは既成ファンタジー以上に、ウェブファンタジーではどっぷりと異世界にダイヴする。

海野弘は『ファンタジー文学案内』で「この世界、この今の時に満足している人にはファンタジーは必要ないだろう。この世界は私の求めている世界とはちがう、もっと別な世界が見たい、と思う人に必要なのだ」と書いていた。

たとえファンタジー史に対する自覚的な継承関係がなかろうとも、ウェブファンタジーの書き手たちがトールキンへの忠誠を語らずとも、別世界を夢見てきた人類の想像的な営みは、その精神は受け継がれている。

## ■コンテンツプラットフォーム／作品ごとの傾向の違い

ネット小説の総論としては前節で述べたとおりだが、プラットフォームごとに好まれる作品は異なる。

ネット小説は、一枚岩ではない。プラットフォームごとに異なるユーザー層をもち、異なる特徴をもったコンテンツが支持されている。おそらく、すべてのプラットフォームを駆使するユーザーは存在しない――それくらい、違っている。

ここではどんな違いがあるのかを概観していく（二軸で切ったサイトのポジショニングマップは図2に、代表的な作品のポジショニングマップは図3に示した）。

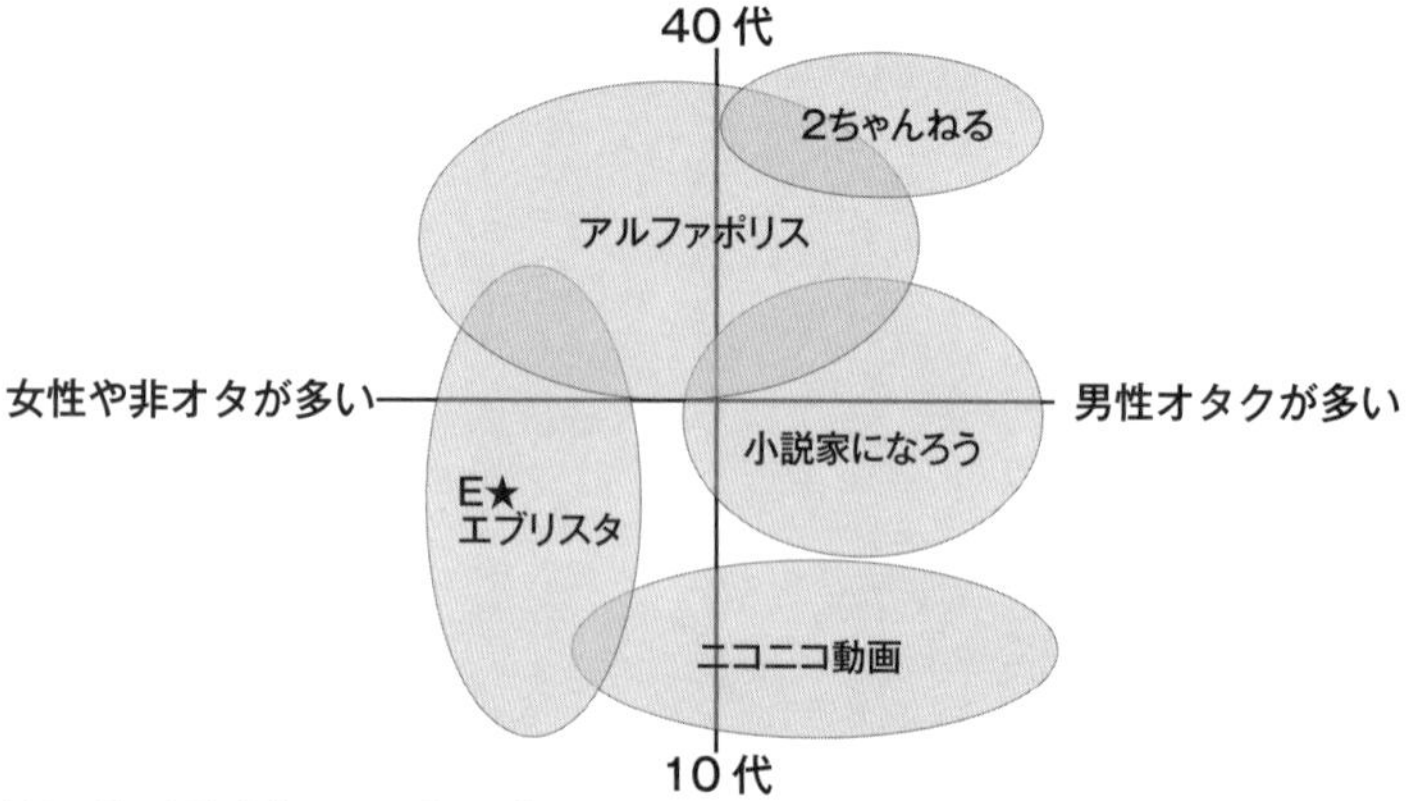


**図2：サイト別ポジショニングマップ**

縦軸は年齢の高低である。横軸は右に行くほど男性かつオタクの比率が高く、左に行くほど女性または非オタ（オタクでない人）の比率が高い。ただし、プラットフォームごとの違いをわかりやすくするため、極端に図式化している（実際はあてはまらないユーザーも多い）。

・小説家になろう――佐島勤『魔法科高校の劣等生』、『異世界迷宮でハーレムを』、『オーバーロード』

「小説家になろう」は株式会社ヒナプロジェクトが運営する、作家登録者三〇万人、日次で二〇〇〇万ＰＶ、ユニークユーザー八〇万人を誇る驚異の小説投稿プラットフォームである。

ガラケー、スマホ、ＰＣすべてに対応し、短いボリュームの作品でも「一話」ごとに「連載」形式で投稿できることを特徴とする。二〇〇九年のリニューアルと二〇一〇年に佐島勤『魔法科高校の劣等生』の電撃文庫版刊行によってユーザーを急拡大させ、現在も利用者は作家、読者ともに増加し続けている。

投稿作品では異世界転生ものやＭＭＯＲＰＧものの長編（一般的な長編小説よりも長い作品が散見されるため、超長編と言ったほうがいいかもしれない）が人気を博しており、やや大人向けのライトノベルといった向きのファンタジーが人気で

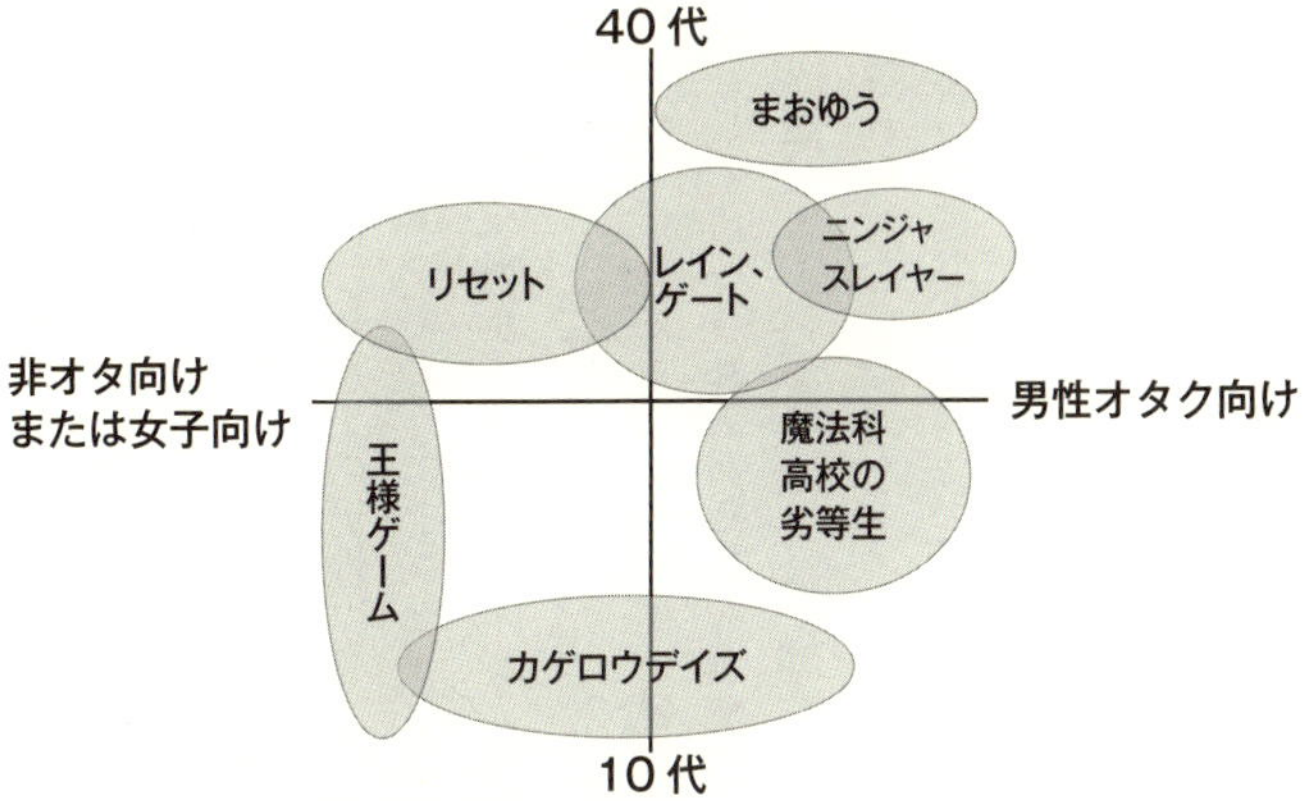


**図3：作品ごとのポジショニングマップ**
縦軸は年齢の高低。横軸は右に行くほど男性オタク向け、左に行くほど非オタまたは女性向けの作品である。電撃文庫などから刊行されているライトノベルは右下のゾーンにあたる。つまりネット小説の台頭は、「一般文芸」はむろんのこと、ライトノベルもカバーしていないゾーンにもカジュアルな小説の市場があることを明らかにしたのである。

ある。ただし、「なろう」作品を書籍化している主婦の友社ヒーロー文庫が主催するニコニコ生放送の番組では、ニコ生を観てはじめて「小説家になろう」というサイトを知ったという書き込みも散見され、ライトノベルやニコニコ動画／ニコニコ生放送のユーザーと「なろう」の層は、重なる部分もあるが、完全に一致しているわけではない。また、「なろう」作家のネット上の書き込みにはさほどライトノベル作品に対する言及がみられない（「なろう」掲載作品に対する言及が圧倒的に多い）ことからも、ライトノベルとネット小説（「なろう」作品）のユーザーには乖離があることがみてとれる。

「なろう」のユーザーは、高校生から大学生をボリュームゾーンとし、一〇代から二〇代がほとんどを占める。男女比は六：四である。女性向け作品でも異世界転生ものは人気であり（代表的な作品は株式会社アルファポリスから刊行された如月ゆすら『リセット』）、男性向けと異なる点は、男性向け転生ものは俺TUEEEなバトルものが多く、女性向けは恋愛を中心とする点にある。

人気作品はアスキー・メディアワークス電撃文庫やエンターブレインのソフトカバー、主婦の友社ヒーロー文庫、株式会社アルファポリスなどから刊行されている。

『オーバーロード』書籍化版のあとがきなどに見られるように、このサイトは、ライトノベルの新人賞に投稿していたがうまくいかなかった(才能はあったがカテゴリエラーとみなされ受け入れられなかった)三〇代以上の男性クリエイターの受け皿としてとくに機能しているようだ。たしかに『オーバーロード』のようにアンデッドを主人公とするダークファンタジーや、女キャラを性奴隷として買うという『異世界迷宮でハーレムを』のような作品は、いまのライトノベル新人賞では落とされてしまうだろう。『魔法科高校の劣等生』でさえライトノベルの新人賞に送っていたら「設定過多」と敬遠されていたかもしれないが、電撃文庫の敏腕編集者・三木一馬のメソッドを注入されてライトノベルとして刊行され、書籍版も爆発的な人気を獲得することに成功した。

成功パターンが確立されすぎてしまったがゆえにストライクゾーンが狭くなったライトノベルが受け容れられなくなったタイプのオタク向け小説が、ネットで華開いていると言える。

また、「お金を払っちゃったから、最後まで読んでみるか」といった紙の書籍ではしばしばみられるような事態は、ユーザーが無料で読め、いつでも離脱できるネット小説では生じえない。ゆえに投稿作品は一話目(シリーズ序盤)に読者の関心を惹き、欲望を満たすためにさまざまな趣向が凝らされ、俺TUEEEをはじめとする享楽的な設定が駆使される。また、短いボリュームのものを「連載」できるため、週刊漫画の連載のように、投稿者は自然と一話ごとのヤマを意識して、読者を飽きさせないように工夫している――がゆえに、人気作品は商業小説や映画以上に中毒性が高いものも存在する。

ただし「なろう」のネット小説は（後述するアルファポリスと同様に）メディアミックス展開に対する難点がある。アルファポリスの場合は資本、ノウハウ、人脈的な課題があるが、「なろう」発の場合はそもそも「なろう」を運営する株式会社ヒナプロジェクト自体が書籍化しているのではない（ヒナプロジェクトは版元化するつもりはないという）。アスキーメディアワークスやエンターブレイン、主婦の友社が書籍化している。ＡＭＷやエンブレにはメディアミックスをするノウハウはあるが、ヒーロー文庫を展開する主婦の友社には、おそらくない。それ以前に、地上波でアニメ化するには暴力描写や性描写においてやや過激な人気作品が多いという点がネックになる。ライトノベルは地上波で放映できるギリギリのラインまで、エロにしろバイオレンスにしろ、表現をソフィスティケイトさせてきたが、ネット小説にはそうした自主規制がない。よってソフトな表現のものしかＴＶアニメ化にまでは至らないだろう。劇場用アニメにすればいい？　劇場用アニメで成功しているのは奈須きのこ原作でufotableが映像化した『空の境界』と細田守作品を除いては、ＴＶアニメが放映されてから劇場版になったもの（総集編にせよ新作にせよ）である。つまりすでに数百万人以上に親しまれたコンテンツの劇場版化以外はうまくいっていない。そして『空の境界』も細田守作品も、そもそもは単館系で上映館数を絞って濃いファンにまず支持され、徐々に規模を拡大していったのであって、たとえば原作が一〇万部ていどしか売れていなかったのに全国一〇〇館以上で公開した犬村小六『とある飛空士への追憶』の劇場アニメは惨憺たる成績に終わっている。

もっともこれはいかにコンテンツを売り伸ばすかという視点に立った場合の課題であって、クリエイターや読者にとっての問題ではない。また、たとえばニコ動やHulu、ＹｏｕＴｕｂｅのような動画サイトがTVと同等の人数にリーチでき、適切にマネタイズできるメディアとなるだろう一〇年後、二〇年後には、TVアニメ化ではなく最初からネットでまず放映することを前提にしたアニメーション作品づくりができるようになり、こうした問題自体が霧散している可能性もある。

・アルファポリス——吉野匠『レイン』、柳内たくみ『ゲート』

「アルファポリス」は株式会社アルファポリスが運営する、市民登録（作家登録）一三万人、月間四〇〇万PV（ユニークユーザー数五〇万〜一〇〇万）のサイトである。ここに小説を直接的に投稿するのではなく、作家が自作のページ登録をするとランキングシステムをはじめ、アクセスアップに協力してくれる「リンク集」として人気を博している。

市川拓司や『レイン』の吉野匠を輩出した「アルファポリス」はネット小説の登録および閲覧ランキングのプラットフォームとしては老舗であるのみならず、ネット上で人気の作品を自社で単行本化、文庫化および漫画化まで手がける版元（出版社）として、ウェブ＋紙を組み合わせたビジネスモデルでもっとも成功した事業展開を行っていると言っていい。

ネット小説を書籍で刊行する出版社の基本的な思惑は、ネット上での著名人たちの知名度を利用して、〝安全〟にビジネスを展開することである。自前の新人賞で発掘し、育てた作家を売り出すには、プロモーションや作家育成に莫大なコストがかかり、短期間で回収できる見込みは立てづらい。だがネットの有名人を連れてくれれば、それほどコストはかからず、コケる確率も低い。株式会社アルファポリスの場合は、ネット上のプラットフォームを持つ版元である、という点に特異性がある。現在、このビジネスモデルをとって成功しているところは、株式会社アルファポリスくらいのものである。

ただし新興企業ゆえに映像制作のための資金調達や自社に有利な座組を組むことが難しいからか、あるいはアニメ化をはじめとする映像化のノウハウや人脈が自社内に存在しないからか、TVを媒介に爆発的な人気を獲得した作品は（小学館に引き抜かれた）市川拓司などごく一部を除けばまだ存在しない。

作品内容に関して言えば、アルファポリスのランキングで人気になる男性向けの作品は異世界転生ものやVRMMORPGものというネット小説の典型だが、女性向けファンタジーのレジーナブックスや、〝大人のための恋愛小説〟と銘打ったエタニティブックスといったレーベルも展開していることが大きな特徴である。レジーナやエタニティで人気になる作家は二〇代〜五〇代女性まで幅広く、その作家に近い年齢と趣味嗜好をもった読者がそれぞれの作品のファンになっている。

よく言えばシンプル、悪く言えば素っ気ないデザインの「小説家になろう」や、リア充／非オタ／ローティーンに親和性の高いデザインをしている「E★エブリスタ」に比べると、草食系男子やハイティーン以上の女性に好まれそうなサイトデザイン、ユーザーインターフェースをしているのがアルファポリスの特徴である。スマホの普及により、低年齢層のユーザーも急増中だという。

興味ぶかいのは、不幸な女子高生がイノシシに激突されて死亡し、異世界で〇歳からイケメンたちとあたたかい家族に囲まれながら成長していくという、女性向けの転生小説である如月ゆすら『リセット』の書籍版のユーザーには男性が三割いる（前述の「新文化」での社長インタビューがソース。ただし紙面には反映されていない）、という点である。一部の異世界転生ものは、男性向け、女性向けというワクを超えて、何かいまの日本人のある層に強く訴えかける要素があるのかもしれない。

・モバゲータウン／E★エブリスタ――金沢伸明『王様ゲーム』、岡田伸一『僕と23人の奴隷』

モバゲータウンはDeNAが運営する小説投稿プラットフォームである。そして、そのDeNAが七〇％、NTTドコモが三〇％の出資からなる株式会社エブリスタが運営するE★エブリスタはモバゲーと連動した小説投稿プラットフォームである。

日次のユニークユーザー一〇〇万人、人気作家の新作やヒット作のコミカライズが月額二一〇円で読み放題になる有料会員数二〇万人弱を誇る（二〇一三年三月現在）。アプリで配信した榊あおいの人気小説作品のコミカライズである『偽コイ同盟。』はAppStoreで五〇万ダウンロードを達成。

エブリスタの池上社長は「2ちゃんねるやニコニコ動画のユーザーよりはデジタルに強くない、ライトな『一般人』」と顧客像を語り、女性は恋愛ものを好み、男性はやや過激な作品を好む傾向にあると解説していた。

人気作品は双葉社や角川KCG文庫（エンターブレイン）などから刊行されている。

双葉社刊のものは非オタク層、もっといえばリア充／非オタ層向けのホラー作品が多く、角川KCG文庫のものはローティーン向けのシンプルなファンタジーが多い。

ネット小説の書籍化を手がけるKCG文庫はエブリスタ発のものを多数リリースしているが、結局のところキラーコンテンツは『カゲロウデイズ』になったように、ライトノベルに近い（近づけたパッケージにしている）ローティーン向けファンタジーは書籍で買わせるまでの力が弱いのかもしれない。SIPS的に考えても、中学生ならライトノベルファンタジーや「なろう」発のウェブファンタジーのほうを選ぶだろう。

むしろ内容的におもしろいのは、金沢伸明『王様ゲーム』や岡田伸一『僕と23人の奴隷』のような、双葉社から刊行されているホラーである。ホラー、と言っても、ノリが「ヤングマガジン」や「ヤングキング」に載っているようなヤンキーマンガに近い、バイオレンス・ホラー／サバイバルホラーである。『王様ゲーム』なら〝王様〟から届いたメールには王様からの命令が書かれており、その命令に24時間以内に従わなければ罰を与えられるという設定があり、『僕と23人の奴隷』ならある特殊機器を付けた人間同士がバトルして勝ったほうが負けたほうを思いどおりにできる、という設定がある――のだが、原作大場つぐみ、作画小畑健の『デスノート』や、えすのサカエ『未来日記』のような知的バトルにはならない。途中まではなりかけるのだが、たとえば『僕と23人の奴隷』では「勝負に勝てば奴隷にできる」というルールに基づいて、「知的に出し抜く」のではなく直接的に暴力を行使してボコボコにしてからいいなりにする、というヤンキー的な解決方法がとられる。ここがおもしろい。設定を破綻させるくらいの暴力の噴出や、性欲や見栄にまみれた人間の醜さ、突飛な発想、ウェブ連載という特性から来る設定の後付けがこれでもかと描かれている点が魅力である。

やはり既成の小説新人賞では、この野放図さを受け入れる度量はないだろう。

『王様ゲーム』は小説五冊と文庫五冊、合わせて一八六万部、コミックスは第一シリーズが全五巻で二二〇万部、「終極」シリーズが一巻目で二五万部を誇る。

『奴隷』は単行本は巻あたり三万～五万部、コミックス一巻が一五万部である（二〇一三年初時点）。

つまり、エブリスタ発の人気作品は小説単体というよりコミックの原作として強いという特徴がある――活字をふだん読まないがエンタメに飢えている層の心をつかむ作品が人気になる傾向にある。『王様ゲーム』や『奴隷』はネット書店では売れず、コンビニではけることが多い、という点も、ユーザー像を物語っている。

もっとも、エブリスタは何も男性向けのエグい作品ばかりが人気になっているわけではない。たとえば女子中高生のあいだで人気なのは榊あおい『偽コイ同盟。』をはじめとする少女漫画的な展開をする恋愛小説である。これらには必ずしもケータイ小説的な過激さをもつのでもなければ、ファンタジー要素があるわけでもない（男性向け作品はほぼ必ずファンタジー要素があることを思えば、興味ぶかい違いである）。本稿では広い意味でのＳＦ／ファンタジー的に注目すべき人気作品を中心的に取り挙げているため、客観的な記述にはなっていないことは留意されたい。

・2ちゃんねる――橙乃ままれ『まおゆう　魔王勇者』

古くは『電車男』のような例がある2ちゃんねるだが、近年の最大の出世作はＴＶアニメ化されるに至った橙乃ままれ『まおゆう』だろう。

魔王討伐に向かった勇者が、経済学に精通する魔王に説得されて世界をよりよくするために魔王と手を取り、数々の政策を実行していく物語であり、支倉凍砂『狼と香辛料』のように中世から近世の歴史や経済の知見が反映された内容となっている。

スレッド式掲示板を書籍化すると読みにくいという難点があり、『まおゆう』でさえそれは解消されていない。にもかかわらず、おもしろければ読まれることを証明したのが『まおゆう』である。

また、2ちゃんねるの中核ユーザーは三〇代から四〇代の団塊ジュニアであり、そうした人間が好む、凝った内容の（オッサンにウケる）作品が『まおゆう』だった。この作品の書籍化に動いた人間が、九〇年代を席巻した『天外魔境』シリーズなどへの参加で知られる桝田省治であり、書籍版巻末で付録として対談しているのが新城カズマや笹本祐一、久美沙織という時点で、一〇代を対象にしたパッケージになっていない(なりようもない)ことは明白である。

内容面を分析するなら、魔王=学者であり、何も考えていない(使えない)ヘタレである勇者よりも魔王のほうがどう見ても偉いやつとして描かれている。これは勉強ができるやつがエライという偏差値世代にしっくりくる考え方であり、おそらくゆとり世代以降には共感されない価値観である。また、プレイヤー=勇者ではなく、組織を統治/マネジメントする魔王サイドを軸にしている点も、管理職ポジションで苦労している団塊ジュニアの琴線に触れたであろうことが想像される。

・twitter――ブラッドレー・ボンド+フィリップ・N・モーゼズ『ニンジャスレイヤー』

twitterに「翻訳」という体で連載され、「イヤーッ!」「グワーッ!」「ザッケンナコラー!」など独自の叫び声やスリケン、セプクといった中毒性の高い用語を駆使し、それらをネタにする人間を増やし続けているアクション小説が『ニンジャスレイヤー』である。

『ニューロマンサー』に登場するチバシティならぬ「ネオサイタマ」を舞台に、『ブレードランナー』や『キル・ビル』に描かれているような、間違ったフューチャー・ジャポネスク感を誇張したサイバーパンク忍者活劇。という時点で、そもそもは『映画秘宝』ノリがわかる三〇代~四〇代男性をターゲットにしたものであったことは推察される(書籍版は『まおゆう』や『ログ・ホライズン』、『オーバーロード』と同じくエンターブレインのホビー編集部が刊行しており、同社のネット小説のメインターゲットはその年齢層だと思われる)。だが、「リアルヤクザ」だの「スゴイ級ハッカー」だの「アイエエエ!」だのといったシェア/拡散したくなるネタ分(言葉遣い)が大量に投入されていたため、八〇年代サイバーパンクにもB級ボンクラ映画にも親しんでいない大学生など、下の世代にも訴求することに成功した。

つぶやきがどんどん流れていってしまうフロー型メディアであるtwitterに合わせ、一話完結でどこからでも読める『水戸黄門』や『ゴルゴ13』のようなストーリー（毎回最後は主人公のニンジャスレイヤーがゲテモノ的な悪役を倒しておしまい）を提供、まとめサイトの活用により過去の投稿を閲覧可能にするなど、プラットフォームに合わせた運用とネタ選びに長けた作品である。『ニンジャスレイヤー』級に成功したtwitter小説はまだ存在しないと思われる。

・ニコニコ動画――悪ノP『悪ノ娘』、じん（自然の敵P）『カゲロウデイズ』、ｓｅｚｕ＋田村ヒロ＋オワタP『リンちゃんなう！』
二〇一二年五月末に発売されたじん（自然の敵P）『カゲロウデイズ -in a daze-』（ＫＣＧ文庫）は発売直後からライトノベルランキングの一位を獲得、女子中学生を中心に熱狂的なファンからの支持を得て新人のデビュー作としては破格の部数を売り上げ、あっという間にアニメ化が決まった（三巻めの帯にはシリーズ累計１２０万部突破とある）。じん（自然の敵P）は、ニコニコ動画を中心に活躍するミュージシャンであり、『カゲロウデイズ』は自分の音楽の世界観を小説化したものである（ちなみにじんは星新一からの影響を公言している）。

こうした、ニコニコ動画の「P」（プロデューサー）と呼ばれるクリエイターが小説を発表する（いわゆるボカロ小説）という流れは、累計一〇〇万部を突破した悪ノP（mothy）『悪の娘』（ＰＨＰ研究所）シリーズのヒット以降、着実に増えている。ボカロ小説は、ネット上に小説をアップしているわけではないので、厳密には「ネット小説」ではない。だがビジネスモデル的にも文化現象的にも近いところがあるので本稿でもとりあげている。

彼らはいずれもニコニコ動画では投稿楽曲が数百万回～数千万回の再生数を誇る人気クリエイターである。小説家としては新人だが、デビュー以前から多数のファンを持った存在である。それも、ニコ動のメインユーザーである一〇代、二〇代の若い層にファンが多い――彼らに好まれる内容の作品である――ことが特徴である。なかでも一〇代女子からの支持が絶大である。ケータイ小説ブーム時に数多くの書籍化がなされたように、有名Pのヘッドハントは一般化しつつある。

内容的には、Pがボーカロイドを使うこともあり、SFやファンタジー的な意匠が用いられること、各ボーカロイドの特徴と対応させたキャラクター設定がなされることが多かった（断っておけば、ニコ動＝オタクのもの、という理解はおおむね正しいと思うが、しかし、オタク的な文脈でのみボカロ文化をとらえることはできない。たとえばスズム『終焉ノ栞』は『バトルロワイヤル』や『王様ゲーム』の影響下に書かれた小説である。『終焉ノ栞』は隣に『王様ゲーム』、山田悠介、フリーゲームの『青鬼』を置くと、どういうものかよくわかる。いずれの作品でも、呪いの伝染、崩壊する人間関係、醜い感情の噴出と恐怖、軽い命が描かれている。これは別にオタク文化に由来する文脈からうまれたものとは言い切れない）。また、ボカロ楽曲自体の流れがそうであったように、ボカロ小説もまた、ミクやリン、レンなどのボーカロイド自体をキャラクターとする〝泣ける〟作品に加え、『カゲロウデイズ』の成功以降は、Pオリジナルのキャラクターを用いたエッジのきいた青春／学園作品も大きな支持を集めている。

文化史をひもとけば、楽曲と同じ世界観を物語でも表現する、あるいは物語のある楽曲をリスナーに提供することは、一九七〇年代のプログレッシブロックでよく見られたものであり（ゴングの「電気の精三部作」やマグマのコバイア神話、マイケル・ムアコックも参加したホークウィンドのスペースファンタジーなど）、現代ではサウンドホライズンも展開する手法でもある。

　現代日本のポピュラーミュージックシーンは、アイドルや声優が隆盛を誇っていることからも明らかなように、単純な楽曲のクオリティで人気が左右されるわけではない。また、カラオケで歌うといったかたちでの表層的なコミュニケーションツールとして機能させるための消費（九〇年代的な消費形態）でもない。もちろん、ニコ厨（ニコニコ動画の中毒者＝ネット用語でいう「厨房」）のあいだでは、ボカロしばりのカラオケもしばしば行われているが、それは「誰もが知っている歌謡曲やＪ－ＰＯＰを歌う」といった九〇年代のカラオケでのコミュニケーションとは異なる、より趣味性の高いコミュニティのための消費形態である。

　オタクたちが曲を愛するとき、それはミュージシャンやシンガー、アイドルや声優やＰ、歌い手たちの「ストーリー」を消費しているのである。バックグラウンドを知ること、ライフヒストリーを知ることで、たとえ四分の曲であろうとそこに込められた情報量、聞き手の感情移入の度合いは飛躍的に上昇する。ももいろクローバーＺが二〇一二年末の紅白歌合戦出場時に脱退メンバーも参加しているかのような演出をしたことで多くのファンが涙したように、ファンは単に曲を聴いているのではない。ストーリーをエクスペリエンスしているのだ。単にいい曲を書けるだとか歌がうまいだとかいったことは、今日では競争優位性になりえない。Ｐによる物語性のある楽曲、およびそれら楽曲から発展して生み出された小説とは、こうした状況にフィットした創作形態である。

　なかでも注目したいのは、『カゲロウデイズ』やタカハシヨウ（家の裏でマンボウが死んでるＰ）『クワガタにチョップしたらタイムスリップした』を典型とする、思春期の魂を射貫くパッションとエッジなビジュアル、もやもやと焦燥を抱えた偏屈なキャラクターたちが織りなす、痛く切ない青春ものである。二〇〇〇年代前半には「ファウスト」系と呼ばれた佐藤友哉、西尾維新、舞城王太郎といった作家を支持していたような今の三〇代の多くはこれらに関心が薄いように思われるが、似たような資質を持つ今のセンシティブな一〇代（とくに女子）が熱狂しているのは間違いなくこれらのボカロ／ボカロ小説を中心とするニコ動のムーブメントである。じんや石風呂、ゆずひこやハヤシケイのようなボカロックのPたちはレディオヘッドやナンバーガールをフェイバリットに挙げていることも多く、一〇代のセンシティブな心情をとらえる表現は、ここ二〇年でそれほど変わっていないのかもしれない。KEI『dialogue』のプロデューサーはサニーデイ・サービスの田中貴、ナノウ『Walts Of Anomalies』には元Syrup16gのキタダマキらが参加、さいたまスーパーアリーナを埋めつくす一七〇〇〇人を動員するイベントEXIT TUNES ACADEMYを主催するEXIT TUNES社長のDJ　UTOは石野卓球の影響でダンスミュージックに目覚めたトランスDJであり、日本初の野外レイヴイベントRAINBOW2000のスタッフだった過去をもつことなどから明らかなように、九〇年代中盤から二〇〇〇年代前半までのオルタナティヴ・ロックやテクノに親しみ、『ロッキング・オン』や『ele-king』『QuickJapan』を読んでいた人間にとってはボカロ／歌ってみたムーブメントは理解しやすい面が少なからずある。

また、『悪ノ娘』や猫口眠（囚人P）『囚人と紙飛行機』（というか鏡音リン・レンものの一部）は「きみとぼく」の純愛／悲恋ものであり、セカイ系の物語パターンや叙情をたたえていることも記しておきたい。

その他、ひたすらテンション高くかわいさを追求した作詞sezu、作曲オワタP「リンちゃんなう！」や、エロくて甘美な悲恋を描いた亜沙「吉原ラメント」なども、ボカロ／ボカロ小説では人気がある。

いずれにしても、萌え豚用のラブコメや日常系アニメ、男性オタク向けの作品では排除されてしまう感情や関係性、シチュエーションにフォーカスしたもの、地上波のTVやJ-POPではなかなか味わえないものが、ボカロや「歌ってみた」のランキング上位を沸かせている。

・ブロマガ――伊藤ヒロ『家畜人ヤプー』

ほかのコンテンツプラットフォームに比べればマイナーな媒体ながら、ドワンゴが主催するメールマガジンのシステム「ブロマガ」を利用した小説もある。

沼正三による戦後異端ＳＦ文学の金字塔『家畜人ヤプー』を作家・伊藤ヒロと漫画家・氏賀Ｙ太がリメイクするというキワモノ小説がその代表である（http://ch.nicovideo.jp/channel/yapoo）。『ヤプー』は原作からしてエログロの極みであるため、アレンジしたところでライトノベルとしては出版不可能であるのみならず、また、毎回カラーイラストを数点収録していることから、モノクロ印刷をベースとする既存の出版ではコストとリターンが見合わないだろう。

「ブロマガ」は基本的に〝有料〟メールマガジンであり、単価を一回数百円、登録者数が数百人を達成すればヘタな小説誌で原稿を書くよりはるかにワリがいいはずである（個人の場合）。

ただし無料であることで多くの読者にリーチできるという〝フリーミアム〟モデルを特徴とし、検索エンジン経由で小説作品にたどり着く可能性もある、ほかのネット小説プラットフォームが持つ利点を活かせないというデメリットを負ってもいる（これは小説や漫画雑誌をプロモーション媒体、コストセンターとして割り切ってタダで見られるようにはしない、出版社発の電子雑誌がやりがちなミスでもある)。

『ヤプー』以外にももう少し数や種類が増えてこないことには、ブロマガ独自のネット小説の姿は見えてこない。

・著者サイト――川原礫『ソードアート・オンライン』、藤井太洋『GeneMapper』

人気になる作品は少ないが、著者自身のサイトやブログに小説作品を掲載しているパターンもある。九里史生名義で書いていた作品が電撃文庫で刊行され、TVアニメも大人気作品となった『ソードアート・オンライン』は日本でもっとも成功したネット小説だろう。これはもともと著者のサイトに掲載されていたものである。

また、二〇一二年の電子書籍界を席巻した藤井太洋『GeneMapper』は、自作の小説を各種電子書籍サイトで販売し、その販売成績や反応を自分のサイトおよびブログで逐一報告することで衆目を集めた(よって、正確には個人サイトに掲載しているわけではない)。

これら個人サイトでの小説発表では、作品内容はむろん千差万別である。

ただし、流通形態として難点が多すぎる。たとえば専用ブラウザなどを用意できないため読みにくいことがままあること、ランキングもなければポータルが行ってくれるサイトやメルマガでの新着紹介もないため読者にアテンションを与えにくい(プロモーションが完全に個人のスキルと努力に限定される――藤井太洋はこれを徹底できたから成功した)し内容を周知もできないことなどである。

もっとも、その難点をクリアするための受け皿が、作家登録をすると作品をジャンル別にアクセスランキングに組み込んでくれるアルファポリスであるわけだ。つまり個人サイトのみで発表するだけではほとんどメリットがない。なんらかのランキングや紹介システムに登録しない作品に関しては、今後ますますこの形態のみでの人気作品の登場は減っていくことだろう。

これらが主要なネット小説プラットフォームである。

いずれにしろ、既存の出版業界が育んできた小説やマンガの作者―編集者―読者が織りなす生態系からは生まれ得なかった内容の作品が無数に、多様に現れ、受け入れられていることがおわかりいただけたと思う。

重要なのは、二一世紀ではこうしたネット発の創作―需要形態こそが主流となっていくことが避けられない、ということである。

## ■結語　ネット／小説の未来

本論で紹介してきたようなネット小説／ソーシャル・フィクションの流れは止まらない。大きくなりこそすれ、小さくなることはない。

その先にある未来を素描して、論を閉じることとしたい。

・ネットファースト、ペーパーセカンド時代の到来

インターネット産業の市場規模はボストン・コンサルティング・グループの試算では二〇一〇年段

階で二三兆円であり、拡大を続けている。

対照的に、日本の出版産業の市場規模は一九九六年の約二兆六〇〇〇億円をピークとし、二〇一二年には一兆八〇〇〇億円を割った。

体力を失った出版産業は、どんどんリスクを取れない体質になっていく。売れる見込みが立たない本は、ますます出せなくなる。

それゆえ、真に冒険的な作品は発表―流通コストが低く、自主規制のないネットからしか出てこられなくなる。おもしろい作品や作家は、ネット発ばかりになる。専門家や権威によって運営されてきた既存の新人賞システムは、ページビュー／ランキングに基づくユーザーからの評価に駆逐されて不要になる。SEOやインバウンドマーケティングに疎く、意思決定の遅い出版社発の投稿／閲覧プラットフォームは不発が続き、ソーシャルメディアの運営に長けたネットベンチャーによる業界再編が起こる。

ネットで無料で流通するコンテンツは人気になれば書籍化され（紙だけで無く、電子書籍や有料アプリでもリリースされるだろう）、漫画化され、アニメ化されるようになる。こうしたビジネスモデルが既存のライトノベル―漫画―TVアニメのビジネスモデルよりもどこが優れているのかについては「新文化」二〇一二年七月二九日売り号や、「小説トリッパー」二〇一二年秋号（九月三〇日号）に書いたので繰り返さない（拙ブログにも掲載してあるのでご興味ある方は http://d.hatena.ne.jp/cattower/20121127 および http://d.hatena.ne.jp/cattower/20121126 を参照いただきたい）。

SIPSにフィットした作品が作られ、愛されることがますます増える。ほとんどのクリエイターはソーシャルメディアで話題になるような作品づくりを志向する。

・三〇年来のファンタジー観の変容は続く

一九七九年にハヤカワ文庫FTが創設された当時、日本では「ファンタジー」なるものが物珍しかったことは風間賢二らが証言するとおりである。

それが一九八〇年代にファミコンで「ドラゴンクエスト」や「ファイナルファンタジー」が発表され、ファンタジーは子どもにとって当たり前の存在となる。他方では東雅夫や石堂藍ら「幻想文学」周辺を中心に、幻想文学の紹介や評価が進んだ。

一九九〇年代には神坂一『スレイヤーズ！』や秋田禎信『魔術師オーフェン』をはじめ、典型的なRPG的なファンタジーをパロディにしたり、ひねった内容のライトノベルファンタジーが隆盛した。また、荻原規子や上橋菜穂子らが登場し、ハイファンタジー界隈を賑わせるようになった。

二〇〇〇年代には『ゼロの使い魔』をはじめ現在のライトノベルファンタジーの潮流が完全に形成され、また、本論で紹介してきたようなネトゲの影響を受けたウェブファンタジーが誕生していった。ネット文化が爆発し、そのなかから既成の出版産業が生み出しえなかった新しいファンタジーが立ち上がってきた。

トールキンやルイスが思い描いていたであろうファンタジーの未来はここにはないし、これからもない。

明らかにこの三〇年来のファンタジーにもっとも影響を与えてきたのはデジタルゲームであり、それは今後も当分続くだろう（ゲームを中心にみたファンタジー史――それを詳述するには紙幅も私の能力も関心も足らない）。本稿が強調してきたのはゲームに次いでここ十年で創作と鑑賞に影響をもってきたネット上のプラットフォーム／ソーシャルメディアの力である。おそらく今後最も考えられうるのは、一〇〇〇億円市場にまで発展し、一〇代の遊びのひとつとして完全に定着したカードゲームや、四〇〇〇億円市場になりまだ成長が見込まれるソーシャルゲームから影響を受けたファンタジー小説だろう。

ゲームとネットによって私たちのファンタジー観、小説観はこれからも変容していく。

### ・ループから転生へ

二〇〇〇年代には「ループもの」が隆盛した。竜騎士07『ひぐらしのなく頃に』、細田守『時をかける少女』をはじめとした作品である。これらの特徴を持つ作品の社会的な意味や意義については東浩紀『ゲーム的リアリズムの誕生』や浅羽通明『時間ループ物語論』、あるいは本書の小森健太朗論文が論じているので触れない。

二〇〇〇年代後半から二〇一〇年代においては、明らかに転生もの、召還ものが流行っている。この兆候はネット小説に限らない。たとえばライトノベルでもアニメ化された竜ノ湖太郎『問題児たちが異世界から来るそうですよ？』などは異世界召還ものだし、漫画に目をむけても、村上もとか『JIN-仁-』や原作西村ミツル、作画梶川卓郎『信長のシェフ』、石井あゆみ『信長協奏曲』をはじめ、現代日本から過去の日本へなぜか転生してしまうという人気作品がいくつも見られる（一斗まるが書いた小説『千本桜』も、転生ものだ）。

そしてこれらの転生／召還ものは、八〇年代に流行した転生ものとは決定的に異なる点をもっている。前世でのつながりがない（薄い）ことである。日渡早紀『ぼくの地球を守って』からオカルト雑誌「ムー」の読者投稿欄、アトラスのゲーム『女神転生』に至るまで、前世で運命をともにした戦士や神々が現世に転生し、再会して困難へ立ち向かう物語が八〇年代の転生もののパターンだった。召還ものも同様である。アニメ『魔神英雄伝ワタル』や『ラムネ&40』をはじめ、多くの場合は主人公がこの世界から異世界へと召還されるに足る「因縁」めいた設定（過去生や親が異世界の人間であるなど）が用意されていた。

心理学者の河合隼雄は、そもそも転生とは「日本の古来においては、死者の魂は山のあなた（常世の国）へ行き、やがて再生して、この世に帰ってくると考えられていたようだ」と説き、「自分という存在がまったくなくなってしまうという事実は、簡単には受け入れ難い。自分という存在の、何らかの意味における永続性を願うのは当然であり、古来から多くの宗教がそのことを取りあげてきた」と『物語を生きる』のなかで述べている。

八〇年代の転生ものは、河合の理屈で理解できる。しかし、二〇一〇年代の転生ものは、前世のつながりをすべて断ち切って異世界へとジャンプするから、河合の理屈では説明がつかない。召還ものも、たとえば『JIN-仁-』では、仁が江戸末期に召還された理由はとくに説明されていない。現世の「つながり」を遮断して過去に飛んでいる。

「つながり」を遮断している？　ネット小説のニーズのひとつに「安心とつながり」があるのではなかったのか？　それは間違いない。しかし、主人公が（あるいは読者が）「つながり」を求める対象は、現世の人間ではなく、まったく見知らぬ世界で出会うひとびとなのだ。これはネトゲのユーザーにおいても同様だろう。リアルの知り合いとではなく、仮想空間で会うひとたちと仲良くなりたいのだ。

二〇一〇年代の転生ものにおける「この現実」の地位は、八〇年代よりも、二〇〇〇年代よりも低くなっている。

八〇年代転生ものは、過去での関係性が確認できさえすれば、「この現実」でも生きていける、という前提に立っていた。いまここよりも前世に重きを置いているという意味では厭世的だが、前世での生の充足が再現されれば砂を嚙むような苦い現世も生きられる、というのが八〇年代フィクションの価値観であった。

二〇〇〇年代ループものの多くは結局のところ、「この現実」をなんとか乗り切って最適な解を出して次に進むために何度も何度もやり直すか、ループから脱出するには最適解を見つけなければならない、というものである。これは『魔法少女まどか☆マギカ』にしろ「エンドレスエイト」にしろ、変わらない。最終的には「この現実」を受け容れて肯定するスタイルなのだと言える。

しかし、一〇年代転生もの（ウェブファンタジー）は、「この現実」を受け容れるつもりが一切ない。現世で持っていた外見や能力と来世でのそれはほぼ何の関係もなく、現世でつながりのある人間と来世で再会するわけでもない。一〇年代転生ものにハマってから二〇〇〇年代のループものを見返すと、なぜわざわざ「この現実」を何回もやり直していたのか、さっぱりわからない。ひとことで言うと、かったるい。別世界に行ってまったくあたらしい生を自由に生きるほうが断然楽しい。そういう気分になる。

現代の英米ＳＦでしばしば題材となるポストヒューマン／シンギュラリティものは、人類が肉体を捨て、「データ」という名の純粋な精神体に発展するものだと言いかえていいように思われる。ネット小説もある意味では現世の肉体を捨てる――死ぬ。そして異世界やゲームの世界で超人的な能力をもった存在として、まったく別の命を生き直す。本論集でテーマとなっている「日本的ポストヒューマン」の一形態が、ネット小説においても描かれている。ループにせよ転生にせよ、東洋的な輪廻の感覚が生きているものであり、英米圏の作品にはあまりみられないものだと思われる（ループものの先駆だったケン・グリムウッド『リプレイ』は東洋思想の影響を受けたヒッピームーブメントやニューエイジの産物である）。純粋な精神ではなく、肉体をもった別の存在に進化／帰着するのが、日本的ポストヒューマンの、ネット小説の特徴だろう。

もっとも、一〇年代転生ものの人気作のほとんどは『JIN-仁-』をのぞけばまだ完結しておらず、個々の作家がどんな着地をさせるのか、まだわからない（しかし、結末よりもプロセスが重要であるという連載漫画的な書き方をしているのがネット小説の特徴ではあるのだが）。よってここでは二〇〇〇年代ループと二〇一〇年代転生との感性の差を性急に意味づけすることはしない。だがループと転生との差異に、「ゼロ年代の想像力」（宇野常寛）と「二〇一〇年代の想像力」の違いがあらわれていることは疑いえない。

このトレンドは徐々に周知のものとなり、「ループから転生へ」という論点は、おそらく今後一〇年ていどをかけて、さまざまな論者が取り扱うものとなるだろう。

くりかえすが、小説としての内容面でも形式面でも、あるいはビジネスモデルとしてもネット小説がもたらしつつある変化は大きい。そして写経から活版印刷へ、手書き原稿からワープロへ、ウェブ1．0からウェブ2．0へと不可逆に変化が起こってきたように、ネット小説の台頭に象徴される時代の変化に、個々の人間があらがうことはできない。

むろん、ネット小説の九〇％はクズである。ＳＦの九〇％がクズであり、あらゆるものの九〇％がクズであると、かつてシオドア・スタージョンが喝破したように。

アラン・ケイは言っている。

未来を知る唯一の方法は、自らつくりだすことである。

まずは目下進行中の事態を知り、受け容れ、次いでこの時代に、未来へ向かって何をなすか。

本稿がその思考と行動の一助となれば幸いである。

なにより。一〇％の傑作たちがジャンルをドライブし、文化を刷新していく現場に、いまこそダイブしてほしいと、切に願う。

# あとがき

本評論集は、今、再び大きな波となっている現代日本SFを分析することで、そこで中心となっている主題が何なのかを探った。その結果概念化されたのが、〈日本的ポストヒューマン〉である。キャラクター文化、アニミズム、空気の支配などの日本的な条件と、情報社会とが混ざり合うことで、独自の新しい〈人間〉像が模索されているというのが本書の結論である。

〈日本的ポストヒューマン〉像が模索され、描かれ、そして共感や迫真性を持って〝我が事のように〟読みうるのは、読者において人間理解の変容が起こっているからであり、そのような変容を起こす社会的・時代的背景が存在するからであるという仮説の立場に本書では立った。それが真に妥当なのか否かは、読み手の方々の検証や、今後の社会的変動の中で審判を受けることになるだろう。

この本もまた、現在の時点に出版されることで、未来に対して、一石を投じようとするねらいを持っている。この本はそれ自体では完結しない。これを読んでいただいた方々が何かを考えたり、行ったり、認識する際に、何某か役に立ってくれたらと思う。

本書が現代SFについて網羅しきれなかった部分があることについては、ここでお詫び申し上げたい。例えば、音楽、演劇、美術などは、SFにおいて重要であるが、本書では単独の論考として扱うことはできなかった。だが、それらの領域において、本書が論じた〈日本的ポストヒューマン〉の主題と呼応している作品や展示は数多くある。

例えば、最近の文化庁メディア芸術祭は、初音ミクやキネクトを用いた展示を行い、情報・技術・

身体という〈日本的ポストヒューマン〉の主題に対して、メディア芸術という形でアプローチしていた。また、インターコミュニケーションセンターで行われた「アノニマス・ライフ」展は、人間とは違う生命のようなものがコンピュータや情報社会の中に存在しているのではないかという、これまた〈日本的ポストヒューマン〉の主題に呼応する部分のある展示であった。

舞台で言えば、大橋可也&ダンサーズが、飛浩隆のSF小説『グラン・ヴァカンス　廃園の天使I』をダンス作品化するという試みを行っている。仮想空間のAIを人間の身体で演じることで、「AIと人間の境界の融解」に人間と身体の側からアプローチしようという動きが起きているのである。これは、「浸透と拡散」したSFが、今、様々なジャンルやメディアに浸透と拡散していなければできなかったような多様な手法によって、今再び〈日本的ポストヒューマン〉の主題に多角的に挑んでいるのだといってよい。

上記の例を見るとおり、現代日本SFが中心にしているテーマである〈日本的ポストヒューマン〉は、狭義のSFファンだけがリアリティを感じるものだとはいえないだろう。一般読者が、ことさらSFと意識せずに本論で扱った作品に触れていることもそれを傍証してくれるだろう。

たとえば、大学読書人大賞の受賞作は、SF作品、あるいはSFに関わりが深い人間が受賞している。二〇〇八年の第一回ではなんとアーサー・C・クラークの『幼年期の終わり』が大賞に。二〇一二年には伊藤計劃の『ハーモニー』が、二〇一三年には野尻抱介『南極点のピアピア動画』が大賞を受賞している。その他の大賞受賞者も、舞城王太郎、森見登美彦、冲方丁と、SFに縁が深い人が多い。このような作品・作家が選ばれる背景には、大学生たちが、SFをSFと思わず、普通の「本」として受容していることを示していることがある。いまここで実際に生きている自分たちの生が揺らがされているという感覚があるからこそ、現代日本SFにおける〈日本的ポストヒューマン〉の主題を、抵抗なく理解する読者たちが生まれているのではないだろうか。
〈人間〉がどのように変容し、どのように自己認識されるかは、これから訪れるだろう新しい社会や政治を考える上では重要である。なぜなら、それは〈人間〉を対象とし、〈人間〉を基盤として生じるものだからである。〈人間〉が変容してしまえば、既存の制度が変わらない限り、軋轢を生むだろう。

フィクションの中に現れている〈日本的ポストヒューマン〉像は、新しい人間像の萌芽かもしれない。だとするならば、そのような変容が結果として齎すかもしれない新しい社会を構想し、提示し、実際に変わるという選択肢も、意識のどこかに上らせておくべきなのではないだろうか。われわれは、本書の提示した〈日本的ポストヒューマン〉像によって新たな社会が生み出されることを夢想すらしている。

そのために、本書が何らかの意義を果たし、何某かの触発を読んでくださった方々に受け取っていただくことができればと、役割は果たされたことになるだろう。そうなってくれることを、心から願っている。

限界研・藤田直哉

# 現代日本ＳＦを読むための15のキーワード

### ・アーキテクチャ

私たちは普段外を歩く時、道に沿って歩いていく。壁を壊したり、塀をよじ登ったりはしないだろう。整備された環境に対して無意識のうちに行動することが多い。このような環境の整備による人の規制・統制、またその環境のことを、アーキテクチャと言っている。

アーキテクチャは本来的には英語で「建築」、「構造」のことを指し示すが、二〇〇一年米国の憲法学者ローレンス・レッシグが『CODE』のなかで規範・法律・市場と並べて、人の行動や社会秩序を規制するための方法の一つとして論じた。日本では東浩紀により「環境管理型権力」として概念化されている。規範は人々の価値観や道徳心に訴えかける規制、法律は罰金や罰則などのムチを与えることによる規制、市場はお金などの経済感覚に訴えかける規制を行っている。そしてアーキテクチャの特徴としては①他の規制とは違い、ルールなどを人々の内面化の手続きを踏まずに規制をかけることが可能な点、②規制者の存在を気づかれずにコントロールされてしまう点がある。最初に挙げた例以外だと、ファーストフード店の椅子の硬さをあげることによって、長いあいだそこに座っていられなくしたり、BGMを大きな音量にして不快な気分にさせたりし、その場からなんとなく去ってしまい回転率を上げているといったことがあげられる。これは椅子やBGM、冷房の強さなどのアーキテクチャを設計することによって、その中にいる人は無意識のうちに立ち去ろうという気分になってしまっている。また対義語は「規律訓練型権力」といい、こちらは規範を内面化させていく権力である。

また、このようなアーキテクチャを担っているものとして、インターネットの各ネットメディアやウェブサービスがあげられる。多種多様なネットのサービスが増えているが、そこには多種多様な設計＝アーキテクチャがある「場」として設けられている。例えば、twitter と Facebook という二つのSNSを見比べてみても、前者は①一四〇文字という字数制限②匿名性があるといった特徴があり、後者は①特に字数制限がない②形式上本名記名性というように、全く違うアーキテクチャであり、もしそれぞれのSNSを利用するならば、それぞれの規制に無意識的に従わざるを得ない。これも一つのコントロールとして捉えることができる。

そして最近ではセキュリティの面でアーキテクチャが張り巡らされており、監視カメラや個人照会システムなどは安全性を確保するために取りつけ、犯罪を防止、排除をできるようになっている。このような安全を〝保障〟することに焦点を当てている権力をミッシェル・フーコーは「生権力」と呼んでいる。

しかし、ここで注意すべきなのは、アーキテクチャが「環境管理型権力」と言われるように「権力」であるところにある。権力には先も述べたように〝保障〟の面があり、それとは別に〝支配〟の面がある。この環境管理型権力も秩序を維持するという〝保障〟の側面があるが、同時に相手を無意識のうちにコントロールする〝支配〟の面が存在する。故にアーキテクチャの統制もそれを設計する設計者の倫理の問題が深く絡んでくる。規制・統制するのは一体誰で、またどのような基準で行うのか。もし一般的に「悪」とされる人がその統制権を担ってしまったら、私たちは無意識のうちにそれに従わなくてはならなくなってしまうので危険が付き纏う。このような倫理の問題に関しては伊藤計劃の『虐殺器官』や『ハーモニー』で描かれている。

（藤井）

・AI

AIとは、人間と同等の知能を持ったコンピュータのことである。一九五六年のダートマス会議でAIという名称が使われ始めた。Artificial Intelligence（人工知能）の略。

一九三〇年代から五〇年代にかけての論理学と計算機科学の発展が、人間の思考過程は計算であるという計算主義と結びつき、AI研究を盛り上げた。実際、エキスパートシステムといった、知識ベースと推論エンジンによって専門家のように推論を行うAIの研究開発が行われた。

そもそも知能とは一体何か。一九五〇年に計算機科学者のアラン・チューリングが、人間とのコミュニケーションが可能であることとして定式化し、それを確かめる方法としてチューリングテストを提案している。チューリングテストは、判定者が、相手がコンピュータだと分からない状態でコンピュータと対話を行い、相手を人間であると判定すれば、合格したと考える。現在までに、チューリングテストに合格したとされるコンピュータは存在していない。

哲学者のジョン・サールは、「中国語の部屋」という思考実験を用いて、チューリングテストは知能があることの判定には使えないと反論した。ある部屋の中に中国語を全く理解できない男と規則集がある。その部屋に（男には何が書いてあるか分からない）中国語の書かれた紙を入れると、男は規則集に従って（やはり男には何が書いてあるか分からない）別の紙を差し出す。すると、あたかも中国語で筆談しているように見える。しかし、この男自身は中国語について全く理解していない。仮にチューリングテストに合格したAIが出てきたとしても、会話の意味を理解できていないので、知能を持っているとはいえない（チューリングテスト批判）。それだけでなく、そもそも計算主義のもとでAIを開発しても、意味を理解することのできる知能は作ることができない（強いAI批判）という。

人工知能研究には他にも、フレーム問題と呼ばれる問題がある。何か行動する際に、何について気をつければよいか、何について気をつけなくてもよいか判断しなければならないが、気をつけなくてもよいものを無視するということが問題となる。何を検討し何を無視するか「フレーム」を与えてやらないと、コンピュータは無限に選択肢を検討してしまって、実際には何も行動できなくなってしまう。もっともこの問題は、コンピュータに限らず人間であっても解決できないとも言われている（一般化フレーム問題）。

「中国語の部屋」論証もフレーム問題も、計算主義などの古典的なアプローチに対する批判だと捉えることができる。記号操作のルールをいかに与えたところで、人間のような知能に至ることはできないということだ。そこで従来とは異なるアプローチが試みられている。一つはコネクショニズムであり、一つは包摂アーキテクチャだ。

コネクショニズムは、人間の脳のニューラルネットワークを模したシステムによってＡＩを作ろうとする。ネットワークのノード一つ一つはごく単純な処理だけを行うが、結果としてネットワーク全体として高度な処理が行われる。古典的な意味での記号を使用することなく計算処理が行われる点が従来と異なる。

包摂アーキテクチャとは、動物の振る舞いを模したロボットの開発手法で、全体を判断する「頭脳」は存在せず、腕や脚といった各パーツの判断がボトムアップ式に積み上がることで問題を解決する。地雷除去ロボット・パックボットや、掃除ロボット・ルンバを開発したiRobot社の設立者、ロドニー・ブルックスによって提唱された。人工知能には頭脳だけではなく身体が必要であるという考えは、「中国語の部屋」論争の中で既に言われていたことだが、ブルックスのロボットは頭脳がなく身体のみで知能を作りあげようとしている。

コネクショニズムや包摂アーキテクチャが、従来型のＡＩでは解決できなかった問題を解決できたのは確かである。しかし、人間と同等の知能の開発がそれらの方法で可能かどうかはなお困難であるとも考えられている。（シノハラ）

### ・仮想現実／拡張現実

仮想現実とは、コンピュータなどの中に再現された架空の世界のことを指す。そのような作品を描いた代表的な作家としてウィリアム・ギブスンがおり、彼の書いた『ニューロマンサー』はサイバーパンクムーブメントを代表する金字塔的作品となった。

多くはジャックインなどの装置を用いて、五感的にほとんど現実と変わらないような世界の中に「入り込む」という性質を持っている。そのイメージを代表する作品として、押井守監督『攻殻機動隊』『Avalon』、ウォシャウスキー兄弟監督『マトリックス』、ポール・バーホーベン監督『トータル・リコール』、デヴィッド・クローネンバーグ監督『イグジステンズ』などがある。

ただ、実際にインターネットが発達する前に抱かれていた期待を反映するかのように、サイバースペースをLSD的な眩惑空間として描いたり、あるいは未知のフロンティアとして描くような傾向は、最近では後退し、色調的にも内容的にも「仮想現実」は現実的な扱いを受けるようになっている。それは、実際のインターネットを人々が経験したことによって、「ジャックイン」は起きないし、LSD的な感覚の、サイケデリックなサイバースペースイメージがあまりリアリティはないということを理解したことを反映している。

実際、インターネットが発達しても、行っていることは結局はモニタの前でマウスとキーボード触ってるだけであり、視覚的にも平面的なインターフェイスとの接触こそが現在でも最も多い。

ただ、最近のライトノベルでは仮想現実を描くものがある。川原礫『アクセルワールド』などの非常に売れている作品において、オンラインゲームをモデルにした仮想現実が小説的装置として非常に生き生きと使われている。「ゲーム」と「人間関係」と「仮想現実」が重なった、いわば学校的仮想現実として、これはまた日本独自の発展を遂げている、注目すべきサブジャンルである。

「仮想現実」が「現実」との二項対立を形成してしまうものであることに対し、「拡張現実」とはこの現実そのものの上に情報の世界を重ね合わせることを特徴としており、最近俄かに注目を浴びている概念である。日本SF大賞受賞作である、磯光雄監督の『電脳コイル』では、子供たちが電脳メガネを通じて見る現実の上に、様々な電子的生き物や看板などが出現し、現実とも仮想現実とも違う「拡張現実空間」の中で起こる様々な出来事を描いていた。実際にGoogleは、そのような拡張現実の機能を備えたメガネの発売を予定している。日常的なレベルでもiPhoneのアプリケーション「セカイカメラ」や、ＰＳ ＶＩＴＡやＸＢＯＸ３６０の「キネクト」などを用いて、拡張現実を日常的に体験できるような環境が徐々に整いつつある。

そのような装置を使った「拡張現実」(Augumented Reality)と同義のものとして、「代替現実」(Altenateive Reality)と訳されるものが指されることもある。その場合は、装置などは使わず、思い込みや想像の力で現実を塗り替えてしまおうという精神論に近付き、そちらからは現実を騎士道小説の世界と思い込んだ『ドン・キホーテ』などの近代文学の起源が再来しそうな感じはある。時にそれはオタク業界で「中二病」と呼ばれるものと区別がつきにくくなる。

技術としての拡張現実を作品に取り入れた作例として、ウィリアム・ギブスン『スプークカントリー』、野尻抱介『南極点のピアピア動画』、芝村裕吏『この空のまもり』、東出祐一郎『オーギュメント・アルカディア』、ＡＲそのものを用いたゲーム作品では『初音ミク Project DIVA』、『フォトカノ』、美術作品ではni_ka『ＡＲ詩』などがある。「代替現実」的なリアリティを描いた作品であれば、それこそ枚挙に暇がない。

（藤田）

## ・ゲーム／ゲーミフィケーション

将棋、チェス、囲碁、トランプなどなど、ゲームと呼ばれるものは昔からずっと存在した。日本SF大賞を受賞した宮内悠介『盤上の夜』は、そのようなゲームを通じ、人間とゲームの関係、そして人間とは何かを巡る作品であった。

現代SFに大きな影響を与える存在にゲームがなったのは、コンピュータによるゲームが到来してからである。「コンピュータ・ゲーム」が新しい文化・芸術・娯楽として手に入れたことにより、そのテクノロジーが感性を構築したり、人間をコントロールしたりすることそのものにSF的な視線が向けられるようになった。古くは、オーソン・スコット・カードの『エンダーのゲーム』など、ゲームと現実が区別がつかなくなる状態を描く作品が多かった。『エンダーのゲーム』で描かれたゲーム的感覚で戦争を行うというテーマは、現在でも高野和明『ジェノサイド』などで描かれている。ロボット兵器市場の拡大などの現実と不即不離のリアリティを持ったテーマになっている。

一方、デジタルゲームというメディアの中においても傑作SFが多く生み出されたことも特筆に価する。日本SF大賞などが適切に評価することを逃しているが、『クロノ・トリガー』『ファイナルファンタジーⅦ』『ゼノギアス』『メタルギア・ソリッド』『ニーア・レプリカント』など、傑作SFゲームが、九〇年以降も大成功し続けている。その観点を取り入れるなら、八〇年代、九〇年代、ゼロ年代も、ミリオンセラーを達成する国産SFは存在し続けたことになる。その点からしても、「日本SFの冬」なる言説は、ゲームにおけるSFを単に視野から脱落させたというSF界の怠惰に拠る部分が間違いなく大である。上記のゲームによるSFは、SF的ガジェットを用いるだけではなく、ゲームそのものの持っているSF性を用いた高度な作品であったのだから。

一方、ゲームそのものを扱った、あるいはその感性を反映した小説もゼロ年代の日本SFにおいては重要であった。桜坂洋の『スラムオンライン』や『ALL YOU NEED IS KILL』、あるいは蓬莱学園のグランドマスターであった新城カズマの作品など、ゲームに関っていた人々、あるいはゲーム的感性を当たり前のように生きている人々の書いたSF小説が、ゼロ年代において、日本SFの復活のために大きな役割を果たしたことは間違いがない。

さらに、ゲームという言葉を、経済や政治に喩えて使う場合もある。デジタルゲームを「装置としてのゲーム」であり、経済や政治などを「隠喩としてのゲーム」とここでは便宜的に区分けする。この世界を生き抜くこと自体がゲームのように人を人と思わず駒のように使い捨てたり戦術を考えなければならないという残酷な状態にあるということを描いた代表的なＳＦ作家として、貴志祐介を挙げることができる。『クリムゾンの迷宮』や『新世界より』『悪の教典』『ダーク・ゾーン』は、まさにそのような人間を「道具」にするようなゲーム的な世界を描いていた。駒のように人間を動かすこと、動かせること、そしてそうしなければ生き残れないというネオリベラリズムの世界におけるリアリティを貴志の作品を挙げることができる。

さらに、ゲーム的な設計や、あるいはゲーム的な感性を、現実にも生かしてしまおうというゲーミフィケーションという思想が最近の潮流として無視できないものになっている。ジェイン・マクゴニガルは、「現実は壊れている」として、ゲームで「現実」を修復してしまうことすら提案する。ゲームのように、数値化されて、努力が目に見えて、エフェクトで脳内報酬系を刺激するような形で、現実の労働や介護などもゲーム化してしまおうという提案である。既に、ＳＮＳやショッピングサイトなどはゲーミフィケーションを取り入れ、脳内報酬系への作用を軸にした新たな人間の誘導の方法を用いている。

（藤田）

## ・言語SF

言語SFは二つに大きく分けられる。コミュニケーションの手段として言語がとりあげられる場合と、意識のメタファーとして使われる場合だ。後者の詳細な分析は本論に譲るとして、ここでは主に前者について記す。

手段としての言語を扱うSFは、エイリアンとコミュニケーションするときに、人類が新しい言語を分析・学習・習得する様子を描く。エイリアンの知性は様々で、人間が宇宙へ飛び立ち異星で相手を発見した場合は低いことが多いが、宇宙から地球にエイリアンが来訪した場合、知性は高いことが多い。このエイリアンと人間のコンタクトにおける言語交流の原型は、文化人類学的・植民地主義的なふるまいに求められる。人類が残した古代文字の解析、あるいは文明とジャングルの奥深くの未開部族との接触。これらは人類史において実際にあったこと。史実の舞台を未来や宇宙へと広げたものがSFだ。

この手の作品の幅は広い。単純にエイリアン言語の解析という暗号解読ミステリのようなものから、言語＝世界観の前提に基づいて、エイリアン言語を習得することを人類知性のブレイクスルーへと繋げるものもある。言語解析・習得が中心となるものもあれば、言語はあくまで手段とされるものもある。アイザック・アシモフの〈銀河帝国〉やアーシュラ・K・ルグゥインの〈エクーメン〉のような汎銀河文明を構築する場合、銀河共通言語が登場するが、あくまでそれは所与のものとしてある。これは地球におけるグローバル言語としての英語をアナロジーとして考えると理解しやすい。ただし当然、グローバル言語とローカル言語の衝突は想定される（ルグゥイン『闇の左手』で両性具有人種を「彼」と代名詞で受けざるをえなかったように）。人間が考える意味での言語をもっていないエイリアンも創造され、なかでも印象的なものはスティーブン・スピルバーグ監督の『未知との遭遇』だろう。エイリアン言語とは音声や文字といった人間が考えている言語の枠内に必ずしも収まるわけではない。

エイリアン言語とのコンタクトから見えてくる言語の本質とは何か。それはコミュニケーションの意図だ。人類が宇宙に向けて発信した「アレシボの伝言」は、一定のパターンで電波を打ち出したものだが、自然現象では得られないパターン（つまり反エントロピー）に気がつきさえすれば解読できるように工夫されている。この場合、言語は0と1の秩序だった配列にまで還元される。ただ、ここには逆接がある。物理学的にはエネルギーがゼロの無秩序（エントロピー）状態と、何かのメッセージを含んだ秩序状態は区別されうるが、コミュニケーション的には、一見するとランダムな配列の向こうにひとたび意志をもった何かを想定してしまえば、そのランダムさもまたメッセージとして（再）解釈できる。つまり、秩序だった配列が言語であるという発想は、配列を言語として秩序化するのは言語の向こう側に意志をもった何かを想定できるかどうかというコミュニケーション参加者の態度へと収束する。ウォルター・ベン・マイケルズが『シニフィアンのかたち』で指摘した通り、キム・スタンリー・ロビンソンの〈火星三部作〉は、火星も人類同様に意志をもった存在であると考える態度そのものが、火星との言語的なやり取りを可能にしている。

言語ＳＦのもう一つの形、意識のメタファーとして使われている場合は、エイリアンが必ずしも出てくるわけではない。もちろん、エイリアン言語とのコンタクトによって人間意識の変容を描くという作品もあるのだが、例えばジョージ・オーウェル『一九八四年』のように、言語が人間の思考を規定するという前提さえあれば、この種の言語ＳＦは可能である。人間の意識が極めて言語的であるというのはフロイト・ラカン的な精神分析の言説とも共鳴するし、今日であればコンピューター言語によって構築される人工知能との類比でも理解できる。

（海老原）

## ・シンギュラリティ

シンギュラリティ（特異点）は、本来、数学における関数の値が無限大になる点、物理学ではブラックホールの内部など通常の自然法則が成り立たない点を意味している。これが現代ＳＦを理解するための重要なキーワードとなったのは、数学者にしてコンピュータ科学者のヴァーナー・ヴィンジによる著名な提言がきっかけだった。一九八三年の講演において、彼は、主として一九八〇年代前半のコンピュータ・テクノロジーの発展に伴うハードウェアの高度化を前提にしながら、人間を超えた知性が創造されることで、従来の人間観・社会観が揚棄され、新しい現実が支配的となる時点が訪れると宣告した。それが技術的特異点の到来であり、ヴィンジはその時期を二〇〇五年から二〇三〇年の間であろうと予測していた。いったんシンギュラリティが訪れれば、人間は動物としての自然な進化の過程を一足飛びに越えてしまい、幾何級数的な進化を遂げる。結果、その本性が完全に制御不可能なものとなってしまうだろう。超人的な知性を有し「覚醒」に至るコンピュータが開発されること、巨大なコンピュータ・ネットワークおよびそのユーザーが超人的な知性を持った一つの実体として「覚醒」すること、マン＝マシン間のインターフェースが密接になった結果としてそのユーザーに超人的な知性が備わること、バイオテクノロジーの発展によって人間の生得的な知性が向上することなどを、ヴィンジはシンギュラリティの到来の原因とした。ヴィンジによれば、ナノテクノロジーを駆使したり、ＡＩの知能のプロセスをコントロールしたりすれることが、来るべきシンギュラリティへの対策として示唆されている。思想家のレイ・カーツワイルは、『ポスト・ヒューマン誕生　コンピューターが人類の知性を超えるとき』（二〇〇五年）において、ヴィンジらの研究を明快に整理したうえで、「収穫加速の法則」という概念を提示した。コンピュータ製造業の指数関数的な発展と細密化のプロセスを扱った「ムーアの法則」をパラフレーズしたものであった。カーツワイルによれば、進化は閉鎖系ではなく、ある段階での進化が次の段階の進化を生むために利用される加速度的なものであり、進化のプロセスの効率が上昇することでより多くの資源が供給されるようになる。それによって潜在力が消費され尽くすと、大規模なパラダイム・シフトが生じるというのが「収穫加速の法則」の要諦である。

ＳＦにおいて、シンギュラリティの考え方を意図的に導入した代表的な人物は、やはり当のヴィンジだろう。彼が書いた『マイクロチップの魔術師』（一九八一年）は、頭脳とダイレクトに接続されたコンピュータ・ネットワークを描くシンギュラリティＳＦの代表作と言うことができる。一方、シンギュラリティＳＦの起源を辿っていけば、フレドリック・ブラウンの「回答」（一九五四年）に行き着く。ヴィンジの提言以前にも、それこそ十九世紀から、シンギュラリティに類した考え方を提示した科学者や思想家は連綿と存在してきたが、「覚醒」したコンピュータによって起こり得たもう一つの歴史の叙述という体裁をとったウィリアム・ギブスン＆ブルース・スターリング『ディファレンス・エンジン』（一九九〇年）は、サイバーパンクの作家たちによるシンギュラリティへの回答と読むことができる。また、二十一世紀に入ってからは、チャールズ・ストロスの『シンギュラリティ・スカイ』（二〇〇五年）に代表されるイギリスの「ニュー・スペースオペラ」と呼ばれる作家たちが、シンギュラリティ後の世界を前提とした作品群を精力的に発表している。近年の日本ＳＦにおいては、伊藤計劃・円城塔『Self-Reference Engine』（二〇〇七年）、山口優「From the Nothing, with Love.」（二〇〇八年）、『シンギュラリティ・コンクエスト　女神の誓約』（二〇一〇年）、藤井太洋「コラボレーション」（二〇一三年）等が、シンギュラリティを主題的に扱った作品として注目に値するだろう。

（岡和田）

【主要参考文献】ヴァーナー・ヴィンジ「〈特異点〉とは何か?」「ＳＦマガジン」二〇〇五年一二月号、早川書房。

・哲学的ゾンビ

オーストラリアの哲学者デイヴィッド・チャーマーズによって提唱された思考実験、またはその思考実験に出てくる、普通の人間と物理的には全く同じでありながら、意識体験だけを欠くような人間のこと。心身二元論を擁護するために用いられる議論である。物的一元論が正しければ、物理的に全く同一な二つの存在はどのような性質についても同じとなる。ところで、もし物理的に全く同じでありながらも性質が異なるような存在が可能であれば、物的一元論は正しくない（二元論が正しい）、ということになる。哲学的ゾンビの可能性さえ示すことができれば、物的一元論の必然性が反駁できるというもので、哲学的ゾンビが現実世界に存在するという主張ではない。

ここでいう意識体験とは、意識の主観的で現象的な側面（クオリア）のことを指す。つまり、知覚や感情に伴って感じられる、独特の質感（痛みの「ズキズキ」とした感じ、期待の「ワクワク」とした感じなど）のことである。知覚や感情等の働きは、脳神経系の電気的化学的反応によるものであると考えられるが、そのような物質的・物理的過程がどのようにして意識体験を生み出すのかということを、チャーマーズは「意識のハードプロブレム」と呼んで問題提起した。

人間の意識体験は物的一元論の枠組みでは捉えられないとして、二元論を擁護する議論には、哲学的ゾンビの他に、トマス・ネーゲルによる「コウモリであるとはどのようなことか」やフランク・ジャクソンによる「マリーの部屋（知識論法）」が挙げられる。どちらも、意識体験が主観的なものであり、物理的・客観的なものに還元できないということを主張している。

こうした二元論からの議論に対して、物的一元論には大きく分けて二つの反論がある。一つは、意識体験は物理的なものに完全に還元できるのであり、還元できないように思われるとするならば、それは現在の自然科学が十分に発展しておらず、脳神経系についてよく知られていないからであるというものである。この立場は意識のハードプロブレム自体を認めない（これをチャーマーズはタイプA物理主義と呼ぶ）。もう一つは、確かに意識体験（主観）と物理的な過程（客観）には異なるように思えるところがあること（認識論的ギャップ）は認めつつも、存在基盤はあくまでも物理的なものであるとする（存在論的ギャップは認めない）ものである（同じくタイプB物理主義と呼ぶ）。

意識を物理主義的に説明する代表的なものとして、志向説がある。意識とは、志向性を有した表象なのであるという考えである。心的状態のうち、命題的態度は志向性を持つとされ、また志向性については物理主義の範囲内で説明がつくとされている。一方、同じ心的状態でも知覚や感情(つまり意識を構成していると思われるもの)については、志向性を持つかどうか議論がある。また、知覚や感情を志向性によって説明できたとしても、それはあくまでも機能的側面についての説明であり、現象的側面についての説明にはなっていないとする反論もある。現象的側面については、知覚のフィードバックループやモニタリング機能であるという考えもある。この考えは、脳神経学者や心理学者などに見られるが、例えば、脳神経学者のジェラルド・エーデルマンがフィードバックループは必然的に伴っているというのに対して、心理学者のニコラス・ハンフリーは、知覚とフィードバックループは進化の途上で別々に獲得されたものだと考えている。

（シノハラ）

### ・都市

古くはアーサー・C・クラーク『都市と星』やアイザック・アシモフ『鋼鉄都市』、近年ではグレッグ・イーガン『順列都市』やチャイナ・ミエヴィル『都市と都市』など、都市をテーマに（あるいは舞台に）した作品が描かれてきた。

なぜSFにおいて「都市」が重要なモチーフたりうるのか?

無数の交流／交換と対比／対立が生じる場だからだ。

都市には、一方でアーキテクチャの設計者がいる。ある思想に基づきコンセプトメイキングをし、計画に基づきつくられた部分がある。他方でそうしたグランドデザインという概念と対極にある、ボトムアップで自生的に形成された秩序がある。

都市には、公式な権限をもった為政者がいる。他方で、非公式なパワーをもったアンダーグラウンドのボスがいる。

ジョージ・オーウェル『1984』から伊藤計劃『ハーモニー』まで、テクノロジーによって徹底的に管理された社会の悪夢を描きたければ、前者に力点を置いた話になろう。

ウィリアム・ギブスンの『ニューロマンサー』をはじめとした電脳空間三部作、サイバーパンク作品やミエヴィル作品のように、管理のスポットライトをすり抜けて暗躍するひとびとを追い、猥雑な匂いを描くのであれば、後者に力点を置いた話になるだろう。

合法／不法、権力／反権力、オモテの世界／ウラの世界、意図したもの／意図せざるものが、交流し、ときに対立する。

試験管ベイビーと蛮人が対比的に描かれ、後者の叛乱を高揚感をもって描くオルダス・ハクスリー『すばらしい新世界』の昔から、都市＝管理＝権力＝理性というコードは、しばしばWASP（白人・男性・プロテスタント）に象徴され、反対の属性をもつ野蛮人や少女、東洋系かラスタファリアンのハッカー犯罪者にだしぬかれ、打ち倒される物語が紡がれてきた。

そしてしかし、これらの対立するコードを交錯させるものがある。SFにおいては、こうした対比、対立をドライブさせていくツールとなるのもサイエンスであり、テクノロジーなのだ。つまり、持てる側と持たざる側とが、それぞれの科学技術を軸に交易し、あるいは闘争するのがSF作品の特徴である。

たとえば冲方丁『マルドゥック・スクランブル』では、

少女娼婦であったルーン＝バロットが瀕死の重傷に陥るも人体改造を施されて新たな能力を手に入れる。そしてあらゆる形状のものに変型できる相棒ウフコック・ペンティーノとともに、都市の闇の象徴オクトーバー社のマネーロンダリングを担当し、少女を欺いたシェル・セプティノスと戦う。石ノ森章太郎や永井豪が『仮面ライダー』や『マジンガーZ』などで使い方によって神にも悪魔にもなれるテクノロジーの力を描いてきたように――ショッカーとライダー、光子力研究所とDr．ヘルは科学対科学という意味では同じ土俵で戦っている――バロットとシェルもまた、テクノロジーとテクノロジーを戦わせる。

テクノロジーや管理社会に対抗するために「自然に還れ」と言うのがジャン・ジャック・ルソーやドイツロマン派の作家・思想家たち、ヘンリー・D・ソローから近年の中沢新一や坂本龍一までの流れだが、SF作家たちはこうした反動には与しない。為政者たちとは別様のかたちながら、テクノロジーをもって窮屈や苦痛から逃れんとする。自由を勝ちとるために、先端技術を駆使する。そしてしばしばその過程において、都市／野蛮のコードは混淆し、反転する。都市的なものこそもっとも野蛮であり、野蛮人の振る舞いこそ尊いものである、はたまた、実は二つの勢力は同根であったのだ――と。

整理すれば、都市SFのおもしろさとは、まずは交流し対立するコードがどのように配置されているのかの妙にある。次いで、交易者や対立者たちの同源となるテクノロジーは何か、彼らが同じくしている前提は何か。そしてその取引や対立がいかにして深まり、脱構築され、止揚されていくのかのプロセスと、ラストのセンス・オブ・ワンダー。この三つが時代によって、作家によって異なる点に注意しながら読むことで、「都市」に集約されるSF的なトピックを、時代精神を明らかにできる。

（飯田）

### ・ナノテクノロジー

ナノテクノロジー（以下、ナノテク）の「ナノ」とは、十億分の一の単位を表す接頭辞であり、もともと小人を意味するギリシャ語の「nannos」とラテン語の「nano」に由来している。一ナノメートルは、一〇のマイナス九乗メートル＝十億分の一メートルを意味しており、ナノテクとは一般に、このような極小単位（ナノスケール）で原子や分子の配列を自在に制御することにより、望みの性質を持つ材料、望みの機能を発現するデバイスを実現し、産業に活かす技術と定義されている。ナノテクノロジーという言葉を人口に膾炙させたのは、エリック・ドレクスラーの『創造する機械』（一九八六年）を嚆矢とする。ドレクスラーは分子機械工学という学問分野を提唱し、ナノスケールの機械を「アセンブラー」と名づけた。アセンブラーを用いれば、原子を配列を自在に制御でき、自然の法則の許す限り、何でも作り上げることができるというのだ。極端な話、ありふれた材料をアセンブラーに入れ込んでおけば、車でも飛行機でも、好きなものが出来上がるという塩梅である。このようなプロセスは生物の身体のなかでも起こっていることである。ドレクスラーの発想は、学術論文としての厳密さを欠いていると批判されたが、科学界に強烈なインパクトを与え、広く浸透を見せもした。「医療、宇宙、コンピュータ、製造技術のこれからの進歩は、すべて原子を配列する我々の手腕にかかっている。だからアセンブラーを使えば、我々の世界を再構築することも可能だし、破壊することもできる」と告げたドレクスラーは、ナノテクの利点だけではなく、危険性についても言及していた。ナノテクは、純粋に技術のみが追究されるだけのものではなく、それによりもたらされる社会的影響込みで考察される対象とするべきものである。だからこそ、ナノテクは複雑な社会状況を理論的に描く現代ＳＦの方法論と強い親和性を有している。

ナノテクＳＦの起源はシオドア・スタージョンの「極小宇宙の神」（一九四一年）にまで遡ることができる。映画『ミクロの決死圏』（一九六六年）はナノテク的な考え方を広く知らしめたが、先端技術としてのナノテクにいち早く着目したＳＦ作家は、ドレクスラーと同時代に華々しい活躍を行なっていたサイバーパンクの作家たちだった。彼らは情報環境の進展だけではなく、ドレクスラーのヴィジョンを巧妙に作中へ取り入れたのである。とりわけグレッグ・ベアの『ブラッド・ミュージック』（一九八五年）やニール・スティーヴンスンの『ダイヤモンド・エイジ』

（一九九五年）は高い評価を集め、一九九〇年代以降は、ＳＦのサブジャンルとしての「ナノテクＳＦ」が定着を見せた。現在では、ナノテクは主題的に扱われるというよりも、ＳＦガジェットの一種として自然に登場するケースが多いようだが、ナンシー・クレス「ナノテクが町にやってきた」（二〇〇六年）のような作品も江湖に問われている。
一方、日本においては、『ブラッド・ミュージック』に強い影響を受けた森青花『ＢＨ85』（一九九九年）や黒葉雅人『宇宙細胞』（二〇〇八年）等を、ナノテクＳＦの代表作として取り上げることができるだろう。加えて、映画やコミックのみならず、ハードＳＦ的な自然科学志向とは異なるスタイルを志向したスペキュレイティヴ・フィクションが――荒巻義雄「柔らかい時計」（一九六八年）や、飛浩隆「夜と泥の」（二〇〇四年）のように――ナノテクのヴィジョンと作品の世界観がうまく結びついた佳作として読み直され、新たな解釈を生むケースも少なくないようだ。

（岡和田）

【主要参考文献】タヤンディエー・ドゥニ「日本ＳＦにおけるナノテクによる社会的影響の批判的展望：『銃夢』のケーススタディ」「立命館言語文化研究」22巻3号、立命館大学国際言語文化研究所、二〇一一年。

### ・ハードウェア／ソフトウェア／ウェットウェア

ハードウェアとはコンピューターの機械装置。ソフトウェアとは、そのハードウェアの上で走らされるプログラム／アプリケーション。簡単に言い直せば、容器と中身となる。情報工学において、ハードウェアへの関心は速い計算能力をもつスーパー・コンピューターや高性能・小型端末の開発へ、ソフトウェアへの関心はより快適で役に立つアプリケーション・ソフトの開発へと向けられてきた。しかしSFではハード／ソフトは単なるコンピューターの容器／中身だけを指すのではない。比喩的な意味の拡張を経て、ハードウェアは人間の身体を、ソフトウェアは人間の精神を指すようになっている。

PCの性能を向上させようと思ったら、ユーザーはメモリを増築しCPUを交換する。同様に、人類は「精神の容器」たる身体の性能向上をテクノロジーで行ってきた。古くは、義手義足、義歯、眼鏡など。質はともあれ人間の失われた身体を代替するこれら人工物は、古代文明の遺跡からも発見されている。近年のテクノロジーの発展は、失われた視覚を取り戻すためにカメラでとらえた情報を視神経に接続するといった、より直接的で根本的な手法を可能にしている。また、失われたものの代替物としてのみならず、デフォルトの性能向上のために身体を拡張する場合もある。背中に羽と燃料を装着し空を飛ぶ、コンピューター制御された強化外骨格を身にまとい筋力を増強するなどの事例は、ハードウェア拡張史の一部に含めることができる。昨今の情報環境の変化もこの一部といえる。

興味深いのは、人間身体をテクノロジーによって改変（補強／拡張）したときに、中身である精神も何らかの変容を被ることだ。新しいマシンに変えるというハードウェアのアップデートにより、プログラムをスムーズに操作できる、新しいアプリケーションを使えるという単純かつ体感的な変容だけを意味していない。例えばユーザーの使用履歴を蓄積することで、そのユーザーの思考を先取することがPCやスマートフォンにはできる。腕をなくした人がその腕の痛みを感じる「幻肢」現象は、喪失した身体をそれでも体感していることだといえるが、これに対して、これらの装置に私たちの意識が先取されている現象は、拡張した身体の先にまで意識がおよんでいるのだといえる。

このハードウェアによるソフトウェアの改変／アップデートというテーマは、SFで好まれてきた。身体は精神よりも圧倒的に手近で、テクノロジーの対象にしやすい。身体を変えることで精神が変容するのであれば、とても「お得」だ。ロバート・Ａ・ハインラインの「ウォルドウ」やウィリアム・ギブスンの「冬のマーケット」といった短編では、身体障害者がその身体のハンディキャップをテクノロジーによって補うことで、健常者をある意味で超越するポスト・ヒューマンへとなる可能性が模索される。

ただ近年ではこのハード（身体）／ソフト（精神）の弁証法の限界も指摘されている。ハードウェアとソフトウェアをはっきりと分けることは、見かけ以上に難しい。工学の領域であれば、ハードウェアを設計しその上に走らせる最適なプログラムを構築すればよいのだが、人間の身体／精神の場合、この手順を踏むことはできない。精神は所与のものとして確実に存在しているからだ。神といった超越概念も否定されたいま、ハードウェアとソフトウェアの中間的な存在、ウェットウェアが注目されている。ウェットウェアは、ハードウェアのような物理的境界をもち、周囲にあるものと相互交流しながら、自らのふるまいを再帰的（自己言及的）に決めるモデルを採用している。ソフトウェア開発だけに力点が置かれる人工知能研究ではなく、生命の自己組織化や進化を説明するためのモデルとして作られた人工生命研究においてウェットウェアは注目されている。

（海老原）

## ・バイオテクノロジー

iPS細胞の研究者、山中伸弥がノーベル賞を受賞したことは記憶に新しい。このiPS細胞の技術により、医療分野における技術的なブレイクスルーが起きると、国民的な期待が高まっている。一方で、生命の根源にまで触れるものなので、感情的な抵抗感や反発もまた表れている。

例えば、人間の臓器を取り出すためにクローンを培養し、殺害するのではないかという恐怖心をテーマにした作品は数多く描かれている。マイケル・ベイの『アイランド』や、古くは手塚治虫の『火の鳥』もそうであろう。しかし、iPS細胞の場合、臓器をとるためにクローンを作ったり、あるいは卵子を用いたりする必要がないために、そのような政治的・倫理的・宗教的な問題がクリアされることが期待されている。生命や健康に対する技術的な介入の可能性が飛躍的に拡大しつつあるのだ。

そもそも、人間が、自身の生存のために生物に技術的な介入を行うことは今になって始まったことではない。猫や家畜を慣らしたこと、あるいは発酵食品を作ることも広義のバイオテクノロジーであるし、農業における品種改良もまたバイオテクノロジーであると言える。予防接種などなど、その恩恵を実際に我々は受けているし、そのことが改善した物事の量は計り知れない。

現代的な観点から問題にされること、また最近のSF作品が中心的な問題とするのは、そのような「オールドバイオ」に対し、ゲノム（遺伝子）への介入による「ニューバイオ」がこれから生むかもしれない未来についてである。たとえば、ある特定の病気を引き起こすリスクのある遺伝子が出生前に分かり、それを取り除くことができれば、それを実行するか？　あるいは、自身の遺伝子を改良することに手を染めるだろうか？　子供を願いどおり育てるために、筋肉や脳を増強するだろうか？　健康や福祉の側面からは、議論を引き起こすことは間違いはないが、希望的な観測が見える。一方で、ウイルス兵器に用いてしまったり、動物を改良した兵器を作ってしまったり、ウサギの体毛にクラゲの蛍光遺伝子を注入したキメラ生物が現に作られているように愛玩や娯楽目的で生命が利用されたり、優生学的に人間を管理することに用いられえるのではないか、あるいは遺伝子改良された作物が知的財産であるために独占されたりするのではないかという、危惧の声もまた聞こえる。

生殖が生命観の根幹に関る神秘であるために、この問題は独自の複雑さを孕む一方で、健康という観点からはなかなか否定することは難しい。「健康」をテーマにした『ハーモニー』もまた広義のバイオテクノロジーＳＦというべきかもしれない。新書『ｉＰＳ細胞』を刊行した研究者・八代嘉美が協力した筒井康隆『ビアンカ・オーバースタディ』では、バイオテクノロジーの暴走が滑稽に描かれていた。バイオテクノロジーを扱う主要な作家として、パオロ・バチガルピがいる。環境活動家でもあった彼が『第六ポンプ』などの作品で描く未来は、バイオテクノロジーと資本主義の最悪の部分が結合したときに起こる未来である。日本では、日本ＳＦ大賞受賞作である椎名誠の『アド・バード』が、遺伝子改良された生物たちの暴走で崩壊した世界を描いている。

新しい技術は常にそうであるが、それは果てしない希望と夢を与えてくれる側面と、途方もない恐怖や危惧を生み出してしまう側面がある。個々のＳＦ作家たちの想像力の中で様々な可能性が検討され、ある意味で作品そのものによって思想闘争を行い、エンターテイメント作品として読者に享受されながら思考を促すことによって、技術の危険な側面を認識ながらより良いあり方を模索しなければいけないという点で、今の日本の読者にとって最もリアリティを持って「参加」できる論点のひとつかもしれない。

（藤田）

### ・初音ミク／ボーカロイド

初音ミクはクリプトン・フューチャーメディアがリリースした音声合成／DTM用ソフトであり、ボーカロイドとはヤマハが開発した音声合成技術およびその応用製品の総称である。そのソフトを使って制作された楽曲がニコニコ動画上で話題になったことで、二〇〇七年以降、キャラクターとしての人気が爆発している。ミク同様のボーカロイドである鏡音リン・レン、巡音ルカ、KAITO、GUMI、IAなどもソフトとして、キャラクターとして親しまれている（ボカロ以外にもUTAUという歌声合成ソフトウェアも同様に人気が高い）。

SF作家の野尻抱介や木本雅彦はニコニコ動画に作品を投稿しており、海外作家ではウィリアム・ギブスンがtwitterでミクについて「アニメっぽいのじゃなくてもっと高解像度なのがいい」と言って炎上したことがある。

ボカロは同時代のオタク文化とよく比較されて論じられている。ニコ動でやはり盛り上がっているアイドルマスターや東方Project、あるいはAKB48をはじめとするアイドル文化と結びつけた考察がある。

SF的にはどんな点が注目に値したのか？　SFファンの琴線をくすぐったポイントをいくつかあげてみよう。

①ヴァーチャルアイドルまたは人工知能／人造人間／女性型アンドロイドとして

ウィリアム・ギブスン『あいどる』『フューチャーマチック』のレイ・トーエイ、『メガゾーン23』の時祭イブや『マクロスプラス』のシャロン・アップルなどの流れ——身体を持たないアイドルが存在してきた。そしてアシモフのロボットもの諸作、はたまたヴィリエ・ド・リラダン『未来のイヴ』、ティプトリー「接続された女」やエイミー・トムスン『ヴァーチャル・ガール』、山本弘『アイの物語』のアイビスなど肉体を持つアンドロイドの流れもあった。こうした流れでボカロを捉えることができた。

②集合知、ネットワーク型知性の比喩としてのCGM

SFではシオドア・スタージョン『人間以上』からアニメ『蒼穹のファフナー』まで、中心をもたず、連結されたネットワーク型知性が描かれてきた。ニコ動のようなコンシューマー・ジェネレイテッド・メディア（CGM）を通じて設定が膨らみ、イメージが形成されていったミクたちは、ネットワーク型知性や集合知そのものに見えた。

③音楽SF史から

電子音楽初期の傑作にカールハインツ・シュトックハウゼン「少年の歌」がある。つまり電子音楽は「少年の歌」

にはじまり「少女の歌」――ミクに至ったと整理しうる。あるいは、クラフトワークからPerfumeまでのテクノポップの流れとも結びつけて論じられた。

〇八年には初音ミクは星雲賞を受賞しているが、これはジェファーソン・エアプレーンがヒューゴー賞にノミネートされたというエピソードを想起させる。エアプレーンはのちにジェファーソン・スターシップへと改名し、サイケデリック・ロックからサイエンスフィクション・ロックへと舵をきったバンドだが、その宇宙的なサウンドをバックに歌姫グレイス・スリックが屹立していたことは、ニコ動におけるＰ（プロデューサー）＋歌姫ミクのルーツとして捉えうる。

近年では、これに加えてmothy_悪ノＰ『悪ノ娘』から始まる「ボカロ小説」の流れがある。Ｐや作詞家がボカロを主人公にし、楽曲の世界観を小説で表現している作品は、ボカロのファンを中心にシリーズ累計数万部〜百数十万部のヒット作になっている。

野尻抱介の『南極点のピアピア動画』をのぞけばコアなＳＦファンに注目されているとは言いがたいが、ボカロ小説の大半はファンタジーかＳＦテイストのものである。「人間とロボット」という古典的なテーマを扱ったトラボルタ原作、著石沢克宜『ココロ』などが典型だ。これらは支持層の中心である女子中高生にとっては初めて読むＳＦ／ファンタジー小説になっている。

また、「Ｅ★エブリスタ」や「小説家になろう」と並び、ネット発の人気小説の一角を占めているという点でもボカロ小説は注目に値する。

かつてＭＡＧＭＡやＧＯＮＧ、あるいはマイケル・ムアコックを擁したホークウィンドのようなプログレッシブ・ロック・バンドは楽曲の背後に壮大なＳＦ／ファンタジー設定をつくりあげていた。ボカロ小説は音楽の世界観と小説が二〇一〇年代らしくカジュアルかつソーシャルに連動し、ティーネイジャーたちを熱狂させる新しいＳＦ／ファンタジーなのである。

ボカロ楽曲の人気自体は異世界やＳＦ＋叙情というもの（鏡音三大悲劇や「ココロ」など）から、都市／郊外／学園＋軋み／痛み／歪み／青春的なもの（じん、スズム、Ｎｅｒｕ、Ｌａｓｔ Ｎｏｔｅ．作品など）にうつりかわっているが、流行のサイクルが早く、来年、再来年はまた違うものがランキング上位にあることだろう。

（飯田）

### ・並行世界（可能世界）

現実世界と並行して存在する別の世界（宇宙）のこと。SFで広く用いられるアイデアであるが、ここでは、宇宙物理学、量子力学、様相論理学において扱われている並行世界について概観する。どれも理論上の話であり実証されたものではないし、そもそも実証することができない。また、基本的にどの並行宇宙もそれぞれ物理的に閉じており、相互干渉はできない。つまり、SFで描かれるような行き来できるようなものではない。

宇宙物理学では近年、マルチバース（universe の「一つの uni」という接頭語を「多数の multi」に変えた語）という言葉で並行世界について論じられている。大きく分けて三種類のものがある。一つは、観測不可能なほど距離の離れた宇宙である。宇宙背景放射の曲率から、宇宙空間は無限に広がっていると推測されており、物理的に観測も到達もできないような宇宙空間があるという。そうした並行宇宙は、この宇宙と物理法則や物理定数は同じであるが、物質の配置が異なっているとされる。もう一つは、インフレーションの過程で複数の宇宙が生じたとするもの。この宇宙とは物理定数が異なっており、そのため素粒子の種類も異なる場合がある。このような並行宇宙は仮に存在していたとしても実証はできないし、推測する証拠にも乏しいが、以下のような論証がある。この宇宙は、知的生命体が存在するのに都合のよい物理定数に微調整（ファインチューニング）されている。とりうる物理定数が他にも無数にありうることを考えると、これは一見不可解なことである。しかし、もしそれぞれ物理定数の異なる宇宙が無数に存在しているのであれば、これは全く不思議ではない。逆に考えると、現に知的生命体の存在する宇宙がこのように存在しているからには、他にも無数の宇宙が存在していると考える方が自然である、というものだ。

物理学における並行世界の三つ目は、膜宇宙（ブレインワールド）論によるものである。これは超弦理論から導き出され、電磁気力、弱い力、強い力、重力のうち、重力だけが極端に弱いことを説明できる理論として注目されている。宇宙はさらに高次元の時空に浮かぶブレーン（膜）であるという考えであり、他にも同様のブレーン＝並行宇宙があるかもしれないという。四つの力のうち重力だけはこのブレーンの外に伝わり、他の宇宙（ブレーン）との相互作用がある。

量子力学においては、波動関数の重ね合わせ状態について、ヒュー・エヴェレット三世による多世界解釈というものがある。ミクロのスケールでは重ね合わせ状態になっているが、マクロのスケールでは観測によって収縮が起こるというコペンハーゲン解釈に対して、そのような収縮は起きないと考えるものだ。収縮ではなく多世界への分岐が起きると一般に理解されたため、ＳＦで並行世界が登場する際には、その理論付けとしてよく用いられる。

最後は様相論理学で使われる可能世界である。可能世界という概念自体はライプニッツに起源があるが、哲学者のソール・クリプキによって様相命題を記号論理学で扱うための道具として精緻化された。「Ｐは必然である」⇕「あらゆる可能世界でＰが真である」、「Ｐは可能である」⇕「Ｐが真であるような可能世界が少なくとも一つ存在する」と定義することで、様相を量化することができるようになった。ここでいう可能世界は、あくまでも論理学のための道具であってそのような世界が存在するとは一般的には考えられていない。だが、哲学者のデイヴィッド・ルイスは、この「現実世界」が存在するのと同様の意味で、可能世界は存在しているという様相実在論を唱えた。可能世界同士には何ら時間的、空間的、因果的関係はないが、個体Ｏに対して各可能世界にはよく似た存在＝対応者Ｏ'が存在するとされる。（シノハラ）

## ・ポストヒューマン

ポストヒューマンとは様々な定義で使われることが多いが、基本的には、現在の人類よりも様々な面で強化された人類であるとされることが多い。たとえばバイオテクノロジーやナノテクノロジーなどで人体改造をしたり、あるいは古典的なサイボーグのように機械の身体を使ったりネットに接続してしまったり、あるいは現代の人類からは想像がつかないほど知性の強化されていたりする。データとなった人間が次々とコピーされたり多重化したり、混ざり合って巨大な生命体になるなど、様々なパターンのポストヒューマン像が考案されてきた。

その中でも重要なのが「シンギュラリティ」という概念である。技術的あるいは知性的な「特異点」を超えてしまうことが、ポストヒューマンの条件だという説をレイ・カーツワイルは『ポストヒューマン誕生』の中で語っている。彼の言うシンギュラリティ後の世界では、指数関数的に成長する技術によって死が存在しなくなり、人間は徐々に人間以外のパーツに置き換えられていき、やがてはデータ上の身体を持った存在へと変わってしまう。ここで面白いのは、自分が徐々に機械などに置き換わっていくというアイデアを用いることにより、「データ上の自分の複製はこの自分自身ではないので、自分自身の死を避けることはできないのではないか」というSFが提起し続けてきた問題をクリアしようとしている点である。

しかし、このようなシンギュラリティという考え方は、宗教的なバックグラウンドがあってこそ理解可能なものなのかもしれない。ここにある、永遠の生を得て、知性が宇宙に広がっていくというアイデアは、レイ自身が述べている通り、キリスト教の「千年王国主義」を彷彿とさせる。彼はアーサー・C・クラークの影響を強く受けており、そのデータ化によって死を超えるという発想は、クラークの『都市と星』の影響が見られる。類似の考え方として、日本では、小松左京が『未来の思想』の中で、人類が死を乗り越えるために「情報」になると展望を述べている。

現代思想の立場からは、ミシェル・フーコーの、人間の終焉論と、J・G・バラードの「終末の浜辺」の光景を重ね合わせる見方が存在している。人間が変容しているという意見だけでは、六〇年代ごろから存在している見解なので、特に特異ともいえない。そもそも、道具を作ったり、言語を作り出したり、自らの生み出したテクノロジーを自身に組み込むことこそが「人間」の定義に入っているという立場からすると、「人間」を乗り越えていくこと自体が

「人間」の定義であり、「ポストヒューマン」という言葉は同語反復、あるいは語義矛盾となるという考え方もある。そのような旧来からある「道具」との共存の問題が新たな論点になっているのは、ＡＩやロボットのように、「言葉を使える」「道具を使える」「知性がある」ような存在によって、従来の〈人間〉をそれ以外のものと分けるために使われてきた定義が、揺るがされているからである。

代表的な作家・作品として、ヴァーナー・ヴィンジ、チャールズ・ストロス、ハンヌ・ライアニエミらが挙げられるが、彼らの特徴として、楽観主義的で豪華絢爛な情報社会イメージの高揚感を与えてくれるというところはある。

本論ではそのような英米での「ポストヒューマン」像とは異なる様々な人間観の変容こそが日本ＳＦの主題系となっているとの認識の元、それを「日本的ポストヒューマン」と呼ぶ。その特徴として、伊藤計劃の『ハーモニー』に描かれた主体をひとつのモデルとし、いくつかの特徴を挙げる。・特異点や無限発展の多幸感がない。・コミュニケーションや空気の中に接続・浸透している。・キャラクター文化におけるキャラクターと自己の境界が融解しているかのようである。そのような、日本ＳＦ独自の特徴こそが、伊藤計劃以後の日本ＳＦが大衆的な支持を得ている要因であるというのが、本論集の主張である。

（藤田）

## ・ミーム〈meme〉

人は多くのものに対して影響を受け、思考し、行動する。勿論、それは実際に目の前で起きたことに対してもそうであるし、それ以外にも他人から話されたこと、またフィクションである物語に対しても、である。そしてその影響を受けたものを基盤にして私たちはそこから新しいものを生み出す。このように人から人へと伝染し、コピーされ、変容していくものをミームと呼んでいる。

ミームは生物学者のリチャード・ドーキンスが『利己的な遺伝子』で提唱した言葉であり、日本語では「文化遺伝子」「摸倣子」「意伝子」などと呼ばれている。ミーム〈meme〉という言葉はもともとジーン〈gene〉＝「遺伝子」との類推で述べられており、その性質も遺伝子と似ている。例えば、生物の遺伝子は自己複製子であり、変異、淘汰、保持辿るが、これはミームにも言えることである。まず、まったく同じ物語が二度と伝えられることはないといったように、伝えられるものはいつも完全であるということはなく（＝変異）、またまったく伝えられることのない摸倣もある（＝淘汰）。そして伝えられたことには必ずもともと含まれる何かしらの考えや思想が残っている（＝保持）。しかし勿論、必ずしも遺伝子とミームは同じではなく、進化をしていく自己複製子という特性を双方とも持っているがそれを越えたところでは差異がある。

伝播するもの、摸倣するものがミームということになると、全てがミームになってしまうのではないかと考えてしまうがそうではなく、論者によって細かい部分は変わっていくが、基本的には媒介があり摸倣によって伝染して遺伝子のように自己複製をしていくものがあげられる。

またミームという概念に対して過去にはいくつかの議論がされている。その一つはその存在の単位を突き止めることができないところにある。哲学者のダニエル・デネットは「信頼性と多産性をもって自己複製できる最小の要素」と定義しており、本当のところ何なのかという問いに対する答えは存在していない。しかし実は遺伝子も各専門家によって使い方が異なっており、答えを出すことが出来ていない。

一見すると突拍子もない概念に思われるが、生物学者のダーウィンによる生物の自然淘汰による進化論も提唱した当時は批判や批難が多く、その後の自然科学の進歩によって研究が進み、受け入れられるようになった背景がある。現在、ミームも徐々にその認知度が上がっていき、「ミーム学」という研究手法も出現し始めている。

重要なミームの一つとして「言葉」がある。従来、言葉を使うことは遺伝子的な利益で論じられることが多かったが、ミーム学の視点から見ると、私たちが言葉を話すのではなく、ミームが私たちに言葉を話させるということになる。なぜなら私たちが言葉を話すのはミームの増殖を促進する働きがあるからだと考えることができる。そしてデネットはこの考えの延長上にミームが我々の心や自己の意識を作り出すという論を展開しており、作家のスーザン・ブラックモアも『ミーム・マシーンとしての私』という本の中で自分自身をミーム複合体〈memeplex〉、すなわちミーム・マシーンとして論じている。

言葉や物語といった人文科学的なものは自然科学的にあまり重要視されていないものだが、ミームは遺伝子と並列で語ることができる。そのためミームは言葉や物語の重要性を自然科学的に見直せる一概念だとも言える。（藤井）

【り】



【る】



【れ】



【ろ】



【わ】

【な】



【に】



【ね】



【の】



【は】



【ひ】



【ふ】



【へ】

# 人 名 索 引

# 著者略歴

**飯田一史―いいだ・いちし**

一九八二年生まれ。サブカルチャーと文芸をドメインとするライター、編集者、講師。グロービス経営大学院経営研究科経営専攻修了（経営学修士／ＭＢＡ）。コンテンツビジネスに関するリサーチからジャーナリスティックな取材・執筆、キャラクターやストーリーづくりの講義・ワークショップまでを手がける。著作に『ベストセラー・ライトノベルのしくみ　キャラクター小説の競争戦略』（青土社）、共著に『アンビエント・ミュージック１９６９‐２００９』（ＩＮＦＡＳパブリケーションズ）など。

**海老原豊―えびはら・ゆたか**

一九八二年、東京生まれ。第二回日本ＳＦ評論賞優秀賞を「グレッグ・イーガンとスパイラルダンスを」で受賞（同論考は「Ｓ‐Ｆマガジン」二〇〇七年六月号に掲載）。「週刊読書人」「Ｓ‐Ｆマガジン」に書評、「ユリイカ」に評論を寄稿。まれに翻訳もする。ジェンダー、教育、若年者労働、小劇場演劇に関心がある。

**岡和田晃―おかわだ・あきら**

一九八一年北海道生まれ。批評家、日本ＳＦ作家クラブ会員。「「世界内戦」とわずかな希望――伊藤計劃『虐殺器官』へ向き合うために」で第五回日本ＳＦ評論賞優秀賞受賞。著書に『向井豊昭の闘争　異種混交性（ハイブリディティ）の世界文学』（仮題、近刊）、共著に『しずおかＳＦ　異次元への扉』（財団法人静岡県文化財団）、翻訳書に『Ｈ・Ｐ・ラヴクラフト大事典』（共訳、エンターブレイン）など。文庫解説に伊藤計劃『The Indifference Engine』（ハヤカワ文庫ＪＡ）、ピーター・ディキンスン『生ける屍』（ちくま文庫）ほか。「Ｓ‐Ｆマガジン」「季刊メタポゾン」「Ｗｅｂミステリーズ！」「時事通信」等に寄稿。ゲームライティングの仕事も多数あり、研究・実践団体Analog Game Studies代表をつとめる。著書にリプレイ小説『アゲインスト・ジェノサイド』（新紀元社）。ポストヒューマンＲＰＧ『エクリプス・フェイズ』日本語版（近刊）に携わり、日本SF作家クラブ公認ネットマガジン「SF Prologue Wave」でSF作家たちとシェアードワールド小説企画を進行中。

**小森健太朗―こもり・けんたろう**

一九六五年大阪生まれ。東京大学文学部哲学科卒。一九八二年『ローウェル城の密室』江戸川乱歩賞最終候補、一九九四年『コミケ殺人事件』でデビュー。近書に『神、さもなくば残念。』『ネメシスの虐笑S』『探偵小説の様相論理学』など。『探偵小説の論理学』で第八回本格ミステリ大賞評論・研究部門受賞。二〇一〇年『英文学の地下水脈』で第六三回日本推理作家協会賞（評論・その他部門）受賞。

**シノハラユウキ―しのはら・ゆうき**

一九八五年札幌生まれ。同人サークル「筑波批評社」主宰。二〇〇七年、筑波大学在学中に同サークルを立ち上げ、卒業後の現在も継続して活動。主にフィクション論の観点から作品分析を行っており、分析哲学・美学を用いた批評の可能性を模索中。ブログ logical cypher scape (http://d.hatena.ne.jp/sakstyle/) では、哲学書やSF小説などの書評を行っている。

**蔓葉信博―つるば・のぶひろ**

一九七五年生まれ。二〇〇三年から評論活動を開始。「ユリイカ」「ジャーロ」「メフィスト」などに寄稿。

**藤井義允―ふじい・よしのぶ**

一九九一年東京生まれ。中央大学文学部国文学専攻卒業。関東文芸サークル連盟（lit関東）元副代表。大学在学中はアニメーションのイベントや作家・評論家の講演会の企画等に携わっていた。限界研編『21世紀探偵小説』収録のブックレビューに参加、また限界研 blog にて海猫沢めろん論を寄稿。文芸とアニメーションに強い関心がある。

**藤田直哉―ふじた・なおや**

一九八三年札幌生まれ。SF・文芸評論家。日本SF作家クラブ会員。東京工業大学社会理工学研究科価値システム専攻博士課程在籍中。「消失点、暗黒の塔」で日本SF評論賞・選考委員特別賞を受賞して評論活動を開始（「S-Fマガジン」二〇〇九年六月号に掲載）。単著に『虚構内存在　筒井康隆と〈新しい《生》の次元〉』（作品社）。共著に『ゼロ年代プラスの映画』『『色彩を持たない多崎つくると、彼の巡礼の年』をどう読むか』（河出書房新社）など。「S-Fマガジン」「ダ・ヴィンチ」「国文学」「ユリイカ」「野生時代」などに寄稿。『ゼロ年代SF傑作選』（早川書房）の解説も書いています。

**山川賢一―やまかわ・けんいち**
一九七七年愛知県生まれ。SF・文芸評論家。名古屋大学大学院文学研究科仏文専攻終了。著作に『エ／ヱヴァ考』（平凡社）『Mの迷宮「輪るピングドラム」論』『成熟という檻「魔法少女まどか☆マギカ」論』（共にキネマ旬報社）

**渡邉大輔―わたなべ・だいすけ**
一九八二年生まれ。映画史研究者・批評家。専攻は日本映画史・映画学。現在、日本大学芸術学部非常勤講師、跡見学園女子大学文学部兼任講師など。著作に『イメージの進行形』（人文書院）、共著に『日本映画史叢書15　日本映画の誕生』（森話社）『見えない殺人カード』（講談社文庫）『ゼロ年代＋の映画』（河出書房新社）『ソーシャル・ドキュメンタリー』（フィルムアート社）など多数。近刊共著に『映画史を学ぶクリティカル・ワーズ』（フィルムアート社）『映画／アジア／世界』（作品社）。

# ポストヒューマニティーズ

## 伊藤計劃以後のSF

二〇一三年七月二十五日　第一刷発行

〔編　者〕限界研
〔発行者〕南雲一範
〔装　丁〕奥定泰之
〔DTP〕株式会社言語社
〔ロゴデザイン〕西島大介
〔発行所〕株式会社南雲堂
東京都新宿区山吹町三六一
郵便番号一六二―〇八〇一
電話番号　(〇三)三二六八―二三八四
ファクシミリ　(〇三)三二六〇―五四二五
URL　http://wwwnanun-do.co.jp
E-Mail　nanundo@post.email.ne.jp

〔印刷所〕図書印刷株式会社
〔製本所〕図書印刷株式会社


ISBN　978-4-523-26516-0 C0095
カバー写真提供：www.shutterstock.com

《奇想》と《不可能》を探求する革新的本格ミステリー・シリーズ
**島田荘司／二階堂黎人** 監修

# 本格ミステリー・ワールド・スペシャル

## 龍の寺の晒し首

小島正樹

群馬県北部の寒村、首ノ原。村の名家神月家の長女、彩が結婚式の前日に殺害され、首は近くの寺に置かれていた。その後、彩の幼なじみ達が次々と殺害される連続殺人事件へ発展していく。僻地の交番勤務を望みながら度重なる不運（？）にみまわれ、県警捜査一課の刑事となった浜中康平と彩の祖母、一乃から事件の解決を依頼された脱力系名探偵・海老原浩一の二人が捜査を進めて行くが……

## 灰王家の怪人

門前典之

「己が出生の秘密を知りたくば、山口県鳴女村の灰王家を訪ねよ」という手紙をもらい鳴女村を訪ねた慶四郎は、すでに廃業した温泉旅館灰王館でもてなされる。そこで聞く十三年前に灰王家の座敷牢で起きたばらばら殺人事件。館の周囲をうろつく怪しい人影。それらの謎を調べていた友人は同じ座敷廊で殺され、焼失した蔵からは死体が消えていた。時を越え二つの事件が複雑に絡み合う。

## 君の館で惨劇を

獅子宮敏彦

セレブから秘密裏に依頼をうけ、難解な事件を解き明かすダーク探偵。探偵から事件を小説にかきおこすためワトソン役として指名された売れない本格作家三神悠也は大富豪・天綬在正の館へ招かれる。ミステリー・マニアが集うその館には黒死卿から脅迫状が届き、乱歩と正史の作品を範にした連続密室殺人事件がおこる。